棺材铺

COFFIN SHOP

杨争光中短篇小说精选

杨争光 著

陕西师范大学出版总社

图书代号：WX17N0145

图书在版编目（CIP）数据

棺材铺：杨争光中短篇小说精选/杨争光著. —西安：陕西师范大学出版总社有限公司，2017.4

ISBN 978-7-5613-8919-5

Ⅰ. ①棺… Ⅱ. ①杨… Ⅲ. ①中篇小说－小说集－中国－当代 ②短篇小说－小说集－中国－当代 Ⅳ.①I247.7

中国版本图书馆CIP数据核字（2017）第025478号

GUANCAI PU　YANGZHENGGUANG ZHONGDUANPIAN XIAOSHUO JINGXUAN

棺材铺：杨争光中短篇小说精选

杨争光　著

选题策划	刘东风　郭永新
责任编辑	张　佩
特邀编辑	杨　珂
装帧设计	龚心宇
出版发行	陕西师范大学出版总社
	（西安市长安南路199号　邮编：710062）
网　　址	http://www.snupg.com
印　　刷	重庆新金雅迪艺术印刷有限公司
开　　本	787mm×1092mm　1/16
印　　张	23
插　　页	4
字　　数	390千
版　　次	2017年4月第1版
印　　次	2017年4月第1次印刷
书　　号	ISBN 978-7-5613-8919-5
定　　价	68.00元

读者购书、书店添货或发现印装质量问题，请与本公司营销部联系、调换。

电话：（029）85307864　85303629　传真：（029）85303879

目 录

短篇小説

从沙坪镇到顶天峁

集市从下午两点就开始散了。没两袋烟的工夫，赶集的人就珠子一样，滚进方圆几十里的十几个梢沟。街道上空落落的。收购站门前的石头上坐着三个老头，表情淡漠地说着什么。几条狗在街上大模大样地走来走去。风从西街口灌进来，溜过街道。街道的尽头是一所学校，没有围墙，一棵槐树上吊着一个铁片，上下课当铃敲。学校的旁边是一家逢集才开业的食堂。

那个提着纸包包的汉子就是从食堂里出来的。他拐进学校，时间不长，又从学校里出来了，背上多了一个铺盖卷。一个十二三岁的男孩相跟着。石头上的三个老头儿一直仰着脖子，看着他们走过来，下了街口的土坡。

当他们登上一个高坡的时候，沙坪镇就变成了一个空火柴盒子，一无声响地被丢弃在山梁的阴影里，两根指头就能把它捏碎。

看不见人影，看不见树影，也没有庄稼，满眼都是山梁、山坡。坡上有一些梯田，秋收后留下的玉米根直乎乎对着天空。山顶上是种小麦的土地，光秃秃的，像一顶顶贫瘠的帽子。太阳还有一阵才能跌进不知哪一架山梁的背后。在太阳光的照射下，那些帽子金灿灿的，赤裸裸地袒露着，让人寒心。背阴处长着些草一样的东西，已经干枯了，像一片又一片垢甲。

那个汉子眯着眼睛，望了望挂在天空的太阳。

"走小路。"他说。

小孩没有说话，也没有看那个汉子，只跟着他，走上了一条通向拐沟的小路。风从沟里窜出来，有点冷。

这条路只能通向顶天峁。那是这个镇所辖最西边的一个村子，三十多里。路不时地在拐弯的地方消失，又在远处爬起来。就是这样的路。

"你说你给我送馍，不让我回家，你又不了。"小孩说。"念不好书我不管。"

汉子不说话，好像没听见小孩的话。

"我真不愿意跟你回去。"小孩说。

"你妈想你。"汉子说。

"妈好点了吗？"小孩的头并没有歪过来，只盯着路面。

"她说她想你。"

"看了妈，我再来学校。"

"……"

小孩歪过头，看了看汉子的脸。他什么也没看出来，就不再言语了，顺脚把一块石子踢进沟底。

他们又看见太阳了。

"太阳真耀眼。"小孩说。对面的崖畔上有一些蒿草一样的东西，不是树，也许是些不能活的小树。

小孩没什么事可想，就看着那些东西，看着几株高一点的，看什么时候能把它们转到背后去。

"这路真难走。我都不想走了。"他说。

"这路近。"

"这么多沟。我都讨厌沟了，这么多。"

"水冲的。"

"我就不信。"

"一天一天冲的。"

"我就不信。"

孩子仰头看着那些山梁，层层叠叠的，都是这样的山梁。

"你说不让我回家，你又不了。"孩子说。

不知什么地方传来一溜浑浊的歌声，只唱了两句就停住了：

来了来了又来了，

对面壕壕下来了——吆喝！

他们走了好长一阵，才看见是个拦牛的，看不清模样，只有头上的白羊肚手巾很显眼。他手里拿着一根长鞭，在坡上转悠着。他好像看了他们一眼，又转过去，唱了两句：

来了来了又来了，

清水河里过来了——吆喝！

每一次都不唱完，两句后边一定有个吆喝牛的动作，似乎那个歌儿就应该这么唱。曲调很简单，也只有两句，不停地反复，可他唱得很特别，速度很慢，发声的部位不在喉咙，比喉咙低一点，声音就是从那里拱出来的，出口以后，又被干巴巴的风撕成了长短宽窄不齐的破布条，显得吃力而沙哑，使他的歌声带上了一种说不出是奔放还是拘谨，是凄凉还是悲壮的味道。歌声使一贫如洗的天空和一眼望不透的山包子显得更加单调、寂寥。歌声虽然沙哑，却传得很远：

来了来了又来了，

花花大门进来了——吆喝！

"爸，他唱歌呢。"小孩说。

"拦牛的。"

"他唱的什么？"

"酸曲。"

"酸曲是什么？"

"胡编的。"

"他怎么老唱？"

"心里恓惶。"

"唱歌了，心里就恓惶？"

"就恓惶。"

"唱歌的人都恓惶？"

"都恓惶。"

孩子不做声了。转过一个弯，又看见那个唱歌的人。他还在唱，沙哑的歌声像撕碎的布条，在干冷的空气里摇来摆去，落在沟岔里，沉下去了，四周冷冰冰的。

"我真不想跟你回去。你说你给我送馍的。"孩子说。

"我说了，你妈想你。"汉子说。

他们已经走到沟底了。两面都是山，天似乎暗了下来，太阳光只能照在最上边的山包顶上。风偶尔拨弄一下沟坡上的干草，一条小河向深沟里流过去。小路被河水拦了一下，又向对面的高处伸去。

"我本来就不想走这条路，你硬走，都怪你。"

"歇歇吧。"汉子说。他放下铺盖卷，靠着崖畔站住。小孩站在他的旁边。汉子坐在铺盖卷上，低头看着脚尖，想着什么。孩子站了一会，便跑到河水跟前，用手撩水花。一会儿，又走回来了。

"看你把我叫回去，人家本不想跟你回去。"孩子说。

汉子抬起来，看着孩子，拉住孩子的手。孩子不知道要发生什么事情，紧紧地盯着汉子那张粗糙的脸，脸背着光，更显得粗糙不堪。

"三子，你成大人了。"汉子说。他把孩子拉过来，把孩子的头偎在他的胸膛上。

"你又喝酒了。"孩子说。

汉子不说话，用脸偎着孩子的脸。

"三子，你姐走了。"汉子说。

"走哪儿？"

"不知道……跟一个过路的男人走了。那个人在咱家住了一夜。第二天，你姐就跟他走了。"

"姐为什么要走？"

"……"

"你没挡？"

"没挡。"

"妈呢？"

"你妈也没挡。你妈哭了。"

小孩在汉子的怀中看着天。天好像一个大布包子，把下边的一切包得严严的。布包子出奇的蓝，连一丝儿风也挂不住。

"我听见你姐和那个人说话哩。你姐找的人家。说了一个晚上，我都听见了。我睡着了，你妈摇我，我起来听。你姐和那个人在院子里。就这样走了，连窑也没回……你妈就病了，我给你妈抓药，也叫你回去。"

山包子上已没有太阳光了，阴影最先伸进那些凹进去的地方，那些地方就像被刀子砍过一样，坐上了一层厚甲。高高的崖畔不言不语地向沟底挤过来，再一看，它们又冰似地冻住了。山梁上的那些土地，已藏起了那种让人寒心的黄色。暮色把一切都掩盖起来，沟壑也罢，山坡也罢，都模糊不清了。

"山到什么地方了？"孩子仰着头，问。

"很远。"

"能翻出去么？"

"能吧。"

就这么，天真的黑了。沟里的风像带着指甲，在他们的脸上划来划去。他们在这里停留的时间已经很长了。汉子站起来，重新把铺盖卷搭在肩膀上。那实在算不上铺盖卷。

"天黑了。"他说。

"我就不想跟你回去。你说过，你又不了。"小孩的声音很委屈，但他还是跟着汉子走。他们走过沟底那条不知名的河水，开始爬沟，沟里能看清的只有这条弯曲的路。

他们听到了一声狗叫。

"咱庄上的狗。"孩子说。

他们又看见了几团灯光。他们的脚步突然慢了。汉子打了一个寒噤。孩子害怕似地向汉子身边靠了靠，抓住汉子的后衣襟。

灯光看起来很近，其实，走起来还很得一阵。

（原载于《中国》1986年第9期）

盖　佬 *

　　他看见他们来了。他感到他的腿软了一忽儿。他知道他们迟早要来的，可当他看见他们正朝他走过来，腿还是软了一忽儿。

　　他们一共三个人，他看得很清楚。尽管他们离他还有好一截路，尽管太阳正好在他们走来的那个方向，虚光很大，他还是看清了他们是三个人。他们并排走着，手里拿着什么东西。他想可能是镢头什么的。

　　从他们走来的路上，一直可以走到那个村子。村子只有七八户人家。那地方他常去。他现在就想到那里去。事情就出在这上面，他们就是为这件事来的。他们来了，他就不能去了。他知道他们会来的。

　　这时候，山里很静。连一声鸟叫也听不见，连一声狗叫也听不见。那些鸟不知在什么地方钻着。这里离村子挺远，当然听不到狗叫声。风只有碰到什么东西上，才能发出点响声。在这么个日子，太阳在天上照着，什么东西都明明亮亮的，谁也想不到会出什么事情。谁

---

* 方言，被戴绿帽子的人。

也不会这么想。

他们来了。

他感到他有点激动。他用手托住腮帮，那里长了很多硬毛。他看见他们站住了。他们可能看见他了，所以才站住。他们也许要说些什么，总得商量商量怎么干。那三个人什么也没说，只站了一会儿，又朝前走。这让他有点意外。也许他们早商量好了。

现在他才感到，这里地势有些险要。早时候，这里闹过土匪。他们就钻在这一带的山里，后来被剿了。这些山叫罗子山，最高的那一座像一只狗头。山东边是一条河，远近的人都知道这条河。一到夜里，许多人都听见河的声音。但现在听不见，也看不见那个狗头，因为他在山底下的一条沟里。那些沟沟壑壑都不声不响。他想如果是他一个人站在这儿的话，他一定会害怕。可现在不是他一个人，是四个。那三个人正朝他走过来，他们要对他干一桩事情。他们到底来了。

他最先看清的是他们的眼睛和嘴，就像石头在地上碰过后留下的几个坑。他还没这么仔细地看过人。后来，他看清了他们的脸色。他们并不像要干一桩事情那样的表情，脸上土不拉叽的，有些晦气。他不知道他的脸这会儿是个什么样子，可能也很脏。他就这么想着，一直等那三个人走到他的跟前。他没猜错，他们都拿着镢头。

在这儿可不好，他想，离路太近了。

他这么一想，就转过身子，朝沟里走。他走路的时候，仍旧用手托着腮帮子。那三个人好像知道他的意思，跟着他一块儿往里走。他们离他只有三步远，他能听见他们的喘气的声音。

他认识他们。矮个儿在中间，他是那个女人的丈夫。他刚到这里来的时候，就住在他们家，矮个儿待他很好。后来，矮个儿就可怜了。高一点的是矮个儿他哥，另一个是他兄弟。他们是兄弟三个。那天，他们寻找到他揽工的地方，把他叫到没人看见的旮旯那里，他就知道快了。

"你知道你做了什么事？"他哥说。

"知道。"他说。

"知道你还做？"

"嗯。"

"你不怕人家卸你的腿？"

"怕也没用。"

"那你还做？"

"嗯。"

"不光是卸腿？"

"我知道。"

"这是要命的事。"

"我知道。"他说。

他把一根毛毛草放在嘴里嚼，眼睛看着别处。他一直看着别处。他的腮帮子上长着那种硬毛，像插进去一样。

"我知道是怎么回事。我想要是让他们知道了，他们会怎么样对我。"他说。

"现在他们知道了。"

"我知道他们知道了。"

"那你还不走？"

"我不想走。"

"等着让他们弄死你？"

"我不想让他们弄死我。"

"你这人。"

"我做了他们不会饶的事，他们要弄我，这是他们的事，我总不能因为他们要弄死我，就不干我自己的事。"

"就为了那个烂脏女人？"

"他们这么说她？"

"你毁了一家人。"

"我没想要毁他们一家人。"

"可你毁了。"

"我没想。"

"你还要毁了你自个儿。"

"我没这么想过。也许你说的都对，可我没想过这事。"

"那你现在想想。"

"我可是不想。你要我想，你倒是说话。"

"你和她走算了。"

"她不走。你知道，她给饭锅里下过毒药，没毒死他们，她就不走了。这是我后来才知道的。我没叫她这么干，谁知道她是怎么想的。她怎么想我不管。她说就这么过活着，我想这么过活也没什么不好。"

"那你走你的。"

"我可不愿意。我可没想过要离开这里。人不是走到哪里都可心。"

"哪里黄土不埋人。你又有手艺。"

"我不愿意到别的什么地方去。"

"你非要惹出事来。"

他们都感到风吹着他们的鼻尖。土坎上有一撮土溜下来，拉起一点烟尘。山里总有风，总有些干土从土坎上溜下来。

"我就是给你说说，事情总要出来的。其实你离开了，什么事也就没了。"

他哥看了他一眼，看他没说话的意思，又说：

"你知道，我是他哥。虽然分开了，可我是他哥。"

"我知道你是他哥。"

"我得管这事。"

"这我知道，我知道你要管这事。"

"你一走，什么事都没了。"

"如果你们要弄我，我也没办法。要让一个人死，他就没办法，这是他们的事。"

他们不说话了。他们掏出一条纸条，把烟末撒在上面，卷了一个烟筒。他哥看着他卷好，看着他划火柴。他使劲吸了一口。他们再没说话。他把烟吸了一半，把剩下的一半扔在地上，用脚踹了几下。后来，他们就走开了。后来，天就黑了，他睡了一觉。他好像做过梦，起来后一点也记不清了，不知道梦了些什么。能记得的就这些。

他听见什么东西在他的脑后边响了一声。当时，他想吸烟了。他把一只手塞进口袋，想抽出一张纸条。他的口袋里总装着纸条，他总能从什么地方弄到这种东西。他听见那一声，身子就向前趔趄了一下，又站住了，因为他想站住。他知道是怎么回事，他歪过头，想看看是谁弄得那一下。他只看见一把镢头上好像染上了什么。接着，他感到头上有什么往下流，一直流到他的脖子里。他有点想尿，他可能尿了一点。后来，他就倒了，身子撞在土坎上，又滚下去。他的那只手一直插在口袋里，没有取出来。

他们都听见了那一声，声音不大，可他们都听见了。他们看见一股凉粉一样的东西从他的头那里吐出来，有点红颜色。有一些往下淌，把他的头发弄湿了，接着，就看见他倒下去。他们围着他。刚开始，他的身子还不停地弹，过了一会儿，就一点也不动了。那时候，沟里已经有点冷，他们就把他留在那儿，从原路往回走。他们谁也不说话，走过一个岔路口，就朝村子走了。后来，总之是后来，矮个子记得，他跑到乡政府，给乡长说了那天他所干的事，他说是他一个人干的。乡长先是瞪着眼睛，然后就不让他回家。他看见乡长给县上接电话，摇了好大一阵才摇通了。乡长结结巴巴说了半晌，他只听清了一句："盖佬把，把嫖客打死了，用镢头砸了一下。"他还听见窑里几个人笑了笑。再后来，来了个戴大盖帽的人，让他领着到那条沟里去。他吓坏了，因为那个人没有了，一群蚂蚁在那里爬来爬去。他们看见了一只鞋底，已经腐朽了，一株水条杨从鞋底中间长了出来。

他哇地一声哭了。

这些，矮子记得很清楚。

（原载于《延河》1987年第7期）

干 沟

　　没人来这条沟，虽然离村子不远，可没人来。沟里满是梢林，就是那号不成材的树，叫不出名字，它们长在沟坡上，这会儿，它们没有叶子，成了干巴巴的枝条，勾着，挽着，缠着。站在山包子上，才能看见沟有多长。可站在沟口，就感到不吉利，就感到走进去就会出不来，会干死在里面。

　　他进沟的时候就这么想过。那时，他刚拔了几根鼻毛，鼻子里有些空空荡荡。他捏了捏鼻头，朝沟里看了一眼。听不见什么声音，有时候能听见狼叫唤，就叫那么几声，很远，听不出在哪一块。

　　天快亮了。

　　他感到有些冷，他知道天快亮了。天快亮的时候就有些冷。月亮像吊死鬼，在山包子上边忽忽悠悠，他能看见它。他听见那些枝条碰在他的脸上，划拉着，像划拉石头一样，一点也不动心。他用手拨它们。他想它们会把他绊倒，绊倒就起不来了。

　　他们得一会儿才能来。他想他赶天亮还能睡一觉。他拨开一个空隙，顺坡躺下来。他把手垫在头底下，看了一会儿月亮。月亮好像变得亮了些。他看着它，就睡着了。

"走。"他说。他看着拉能的后脑勺。拉能是他妹。他看见拉能转过脸，脸向上翻看着他。他们去地质队看电影，他看见拉能坐在塄坎上，一个地质队的人抱着她。地质队有这号人。他们抱这里的女人，他们给她们钱什么的，给她们尼龙袜子。他们的女人在城里，所以他们抱这里的女人。他们在山里找石头，他们能找出他们说的那种石头，他们说找出他们说的那种石头，这里的人就会发财。他们就是这么一群恬不知耻找石头的人。

他看见地质队那个人在拉能身上摸。拉能眼睛看着电影，不动身子，让那个人摸。后来，她也摸他。拉能不看电影了。

他一直没看电影，因为他一直想着罗子山那个人。上午，他来他们家了。拉能正在做饭，他看见拉能给罗子山那个人笑了一下。

他没吃饭，他出去了，他感到肚子里钻了个苍蝇。他到麻贵家窑里和麻贵打赌。麻贵让他吃冻豆腐，麻贵说他吃完就不问他要钱。他看着麻贵得意的脸，恨不得咬麻贵一口。他没吭声，他蹲在麻贵家灶窝里一口一口吃。他听见冰渣渣在他的牙齿上咯噌咯噌响。他感到牙里边像钻了许多虫子，舌头一层一层脱皮。他感到他把舌头上脱的皮一块儿吃到肚子里了。开始的时候，麻贵看着他笑，后来不笑了，麻贵脸上的皮也像挨了冷冻，和冻豆腐一个样子。他吃完了，吃了三斤。他想他千万不敢抹嘴，他想他一抹，嘴就会掉下来。他从麻贵家窑里出来，在沟底里跑了几个来回。后来，他跑到山包子上，在那里打滚，一直滚到天麻黑。他看见有人去地质队那里看电影，拉能也去了。他想他也去看。

"走。"他对拉能说。

拉能站起来，拍拍屁股上的土。他看见地质队那个人翻眼看他，他听见那人骂了一声：

"他妈的。"

他们骂人就这样：他妈的。

他们朝回走。他们听见有人在黑旮旯里动弹，在那里咬嘴。这地方兴找相好，不相识也能找，拉着辫子一拽就成。这地方民风纯正，女人不怕坏人。这地方没坏人。

"罗子山那人来了。"他说。

"嗯。"拉能说。

"我看见了。"

"嗯。"

"那人看着日脏。"

"嗯。"

"嗯，嗯！"他说。

"你要跟他？"他说。

"嗯。"

"我知道你要跟他。"

他出气的声音很大。他感到鼻眼里有些痒，有几根鼻毛长的太长了，他想他得把它们拔下来。

他们朝回走。那时候，电影还没完。那时候，他没想会出什么事。

大大睡了，听出气的声音就知道他睡了。他是个瞎眼。他们妈一死，他就瞎了眼。大大挨着炕墙，他们在另一头，他们家就一个窑。

"你甭跟罗子山那人。"他说。

"你甭跟。"他说。

拉能不说话。他们听见窗子上的麻纸不停响，没有风，可麻纸不停响。噼啪，噼啪。

"我不让你跟他。"他说。

"我跟他。"拉能说。

"他看着日脏。"他说。

"他说他们那里有麦子面。"拉能说。

"你跟他，你和地质队的人就好不成了。"

"我没跟地质队的人好。"

"他摸你。"他说。

"哥。"拉能叫了一声。他听见她叫了一声。她一叫，他心里就有些高兴。

"你也摸他。"他说。

"哥！"

"我看见了。"他说。他听见拉能拉棉被子，拉能把头往被子里埋。

"他一摸我，我就想摸他了。"拉能说。

"我不嫌你摸。"他说。"你甭跟罗子山那人，我不想让你跟他。"

"我跟他，我都想好了。我给他说了，我都想好了。"拉能说。

"你跟他，你就毁了。"他说。

"我想不来。"

"我知道你想不来。"

"我想不来。"

"我说你要毁了。"

"我可没想。"

他听见拉能睡着了。大大在炕那头翻身，大大出气的声音很粗。大大睡觉咬牙，像牛嚼草一样。有时候就紧咬一阵，像怀着仇恨。

他醒过来，听见有人说话。有人在他头顶上什么地方说话。他听出是他们村上的。

"也不盖上，抬出来也不盖上。"一个说。

"没见过女人的身子，我还没见过。"另一个说。

"都看哩，他娘的都看哩。"

"没流多少血，日怪，身子光光的。"

"就是眉眼难看，人死了就眉眼难看。"

"你看见哩？"

"没，我看做什么。"

"没看你知道。"

"我没看。看你说的。"

拉能把一只胳膊甩过来，甩在他的肚子上。拉能胳膊上有什么味，他很熟悉，一闻见，他就难过，就不自在。他感到他的喉咙里干得厉害。他想把拉能的胳膊放在被窝里，他想放到被窝里他就会好受一些。可他没放，他把拉能的胳膊拉到他脖子底下。拉能醒了。拉能叫唤了一声：

"哥。"

他听见拉能叫他，他不搭话，他抱着她的胳膊，他跪在拉能跟前。他感到他想干什么。

"哥，你是畜牲。"拉能说。拉能用手背挡着脸，她哭了。

"哥，你是畜牲。"她说。

他跪在那里，看着拉能。他感到有什么东西正从他的眼睛里爬出来。

他不想用那把刀，可没有更好的东西，他就拿了它，就是拉能切菜用的那把。这是拉能不会知道的。他感到刀很凉。窗上的麻纸一下一下响，没有风，可它一下一下响。

劈啪。劈啪。

"我不想了。"他给拉能说，"我再也不想了。我没办法。拉能你不敢怪我。要不我就是畜牲了。"他说。

他给她盖好被子。被子很烂，有一股呛鼻的汗臭味。他把被子一直盖到她脖子那里，他用手在那里摸了摸。

她被冰凉的刀激了一下，打了一个颤。这是她想不到的。她猛地伸开胳膊，朝他搂过来。他感到身子里有一股力量涌到他的手上，他朝下一压，她就把他抱住了。他感到她抱得很紧。他听见她呻唤了一声。

"拉能，你可不能怪我。"他说。

他把烂棉被往上拥，一会儿，就听见被子里有一种声音，他知道是她脖子里流出来的东西正往被子里边渗。

拉能就呻唤了一声。他记得她就呻唤了那么一声。

"大大。大大。"

他站在炕墙跟前，看着大大。他感到鼻眼里痒痒，气从肚子里出来，拨弄着鼻眼里那几根长毛。他把它们拔了。

"噌！"

他听见那几根鼻毛从肉里出来了，声音很响。那时候天还没亮，没什么响动，所以他听见拔鼻毛的声音很响。

"你甭找我。"他对大大说。

"看你，我一个瞎眼。"大大翻个身，他不停地咬牙。

"他肯定跑了。他钻在这里边做什么。"

那两个人坐着不走。他们坐在他头顶上什么地方，在那里说话。

"我看不一定。"另一个说。

"我尿些，我出来就想尿，都看拉能的光身子，就忘了。"

"你尿，尿么。"

他听见尿尿的声音从上边传下来。他感到喉咙里很难受。

"这沟里有些怕人。"尿尿的说，"我看这沟里有些怕人。"

"沟有什么怕？"

"你不怕？你想想。"

"我看他不会藏在这里边。"

"说不准。"

"我可不想让他把我弄死。你想，他突然出来，就会把我们弄死。"

"你听。"

"是野兔，肯定是野兔。"

他听见他们拔树枝，一会儿就听不见了。他想喊他们，把他们喊回来。是他们村上的，那两个人，他想他们还会来，说不定什么时候会来。

他想错了，后来他就知道他想错了。许多天后，他爬到那两个人说话的地方，那里有一块大石头。他想他们就是在石头上说话的。

他靠着那块石头，他感到他再也没力气爬了。他张着眼窝，想找见那个人尿尿的地方，没找见。他就这么靠着石头，一动不动。后来，他听见两只老鸦落在他的头跟前，翅膀扫着他的脸。他感到它们啄他的眼窝，啄得很重。后来，它们飞走了，他想它们很得意。他感到眼眶里往外流什么东西。那时候，太阳很红，虽然是冬天，太阳还是很红。半天工夫，他的眼眶干了，变成了两个圆坑。

（原载于《上海文学》1988年第6期）

高坎的儿子

谁都记得高坎的儿子棒棒，因为他刚死不久。那天，村里过事情，他多喝了几杯，高坎骂了他几句，他就指着高坎的鼻子说："爸，你丢了我的脸。"就上吊死了，死得很容易。他用一根绳套住脖子，把他挂在一棵柳树上。他走了很长一截路，因为那棵柳树离村子有好长一截路，长在一个小沟岔里。人们找见他的时候，他已经不动了，好像柳树上本来就挂着这么一件东西。人们托着他，把他从柳树上往下落，他还是一动不动，舌头吐得老长。人们闻到了一股浓烈的尿骚味。人们听见高坎在一旁扯着嗓子哭："狗日的儿啊，没良心的儿啊，我费了一辈子的劲，啊啊，让你娘把你生出来，我死了谁埋我呢吗呀啊啊……"高坎这么一哭，人们就闻不见那股尿骚味了，都觉得鼻子眼里发酸。人们都记得这些。棒棒不像别的要死的人那样，换一身新衣服，他没有，他穿的就是人们平常看见的那身：上边是一件油气垢臭的棉袄，下边是一条单裤。他穿衣服总赶不上季节，夏天穿冬天的衣服，冬天穿夏天的衣服。他拖着那双圆口布鞋。他从来都拖着，脚后跟亮在外面，像两个带土的胡萝卜。人们常能听见那双布鞋拍打着他的脚后跟发出"呱叽呱叽"的声响。他就是这么吊在树上的，鞋竟然没掉下来。看见那双鞋，人们就想起"呱叽呱叽"的声响。他的头发黑里发红，钻满了土和麦糠那一类东西。

后来才听说，棒棒把他挂在柳树上之前，到他姐家去过一趟。这是他姐高兰凤说的。高兰凤住在槐树屹崂，离这里隔一道沟，十里地。那天，太阳正旺，棒棒进了他姐高兰凤的窑门。他什么也看不清，满窑里一股酸菜味。他知道窑掌跟前放着几个酸菜缸子，用半截锅板盖着，能听见苍蝇在锅板上抖翅膀。

"棒棒你来了？"他听见姐在黑暗里说。

"姐，我看不清你人。"他说。

他坐在炕沿上，听见他姐抽了一下鼻子。一会儿，他就看清他姐的模样了。

"姐，我要死了。"

他看见他姐张着嘴巴不说话。

"爸把我的人丢尽了。"他说。

"爸怎么你了？"

"他骂我。"

"骂你就丢人了？"

"他在那么多人跟前骂我。"

"爸不敢骂你，得是？"

"那么多人。"他说。

"二十大几的人，掂不来轻重，得是？"

"那么多人。"他说。

姐给他泡了一缸砖茶。

"姐夫呢？"他问。

他看见姐姐的脸哭丧着。他这才看清，姐的眼睛有点肿，脸脏得难看。姐不到三十岁，看着过四十了。本来，姐挺俊的。

"他不要脸，黑里白日要钱。"姐说。

"你不让他要。"

"他打我，揪我的头发。"

"你给他脸上唾。"

"他踢我的肚子。"

"他睡觉的时候，你把他杀了。"

"呜呜呜，啊。"

姐捂着脸跑出去，蹲在窑门外的石头上哭，好像让蝎子把眼睛蜇了。

姐夫不回来，也就没什么事了，可姐夫偏偏回来了。他看见姐夫一上硷畔，就对姐吼："哭，你爸尿日的你就会哭。"

他看见姐夫像猫一样蹿到姐跟前，抓住姐的头发，把她从石头上提起来。他抓得很熟练。姐仰着脸，眼睛和嘴往一边歪着。

他吭了一声，站在窑门口。他看见姐夫眨巴了一阵眼睛，把姐放开了。

"兄弟你来了。"姐夫说，"你看我不知道呢，我和你姐玩耍哩。"姐夫说。姐夫很瘦，可个子不低。他看见姐夫把脸上的皮挤到下巴周围，给他笑。

"回窑来回窑来。"

姐夫说着，往他跟前走。

他掐得真准，一把就掐住了姐夫的脖子。他听见姐夫喉咙里咕咕响。

"姐夫你闭上眼。"他说。

姐夫很听话地闭上眼。

"姐夫你甭出气。"他说。

他把姐夫掐到酸菜缸子跟前。他听见苍蝇嗡地一声。他把姐夫的头往下一压，塞进了酸菜里。他感到姐夫用脚踩他，有几下踩得很疼。一会儿，他听见缸子里有冒水泡的声音，这才松开手。姐夫从缸里拔出头，噗地吹了口气，喷了他一脸带酸味的脏物。

他逮住姐夫一只胳膊往后拧，姐夫的肚子就挺起来了。他把他拧到炕沿上，脱下一只鞋，朝姐夫的脏脸上打了一鞋底。脏脸上留下一个土鞋样。

"你赔我姐。"他说。

"兰凤。"姐夫歪着脖子叫。

"我姐跟你睡觉，给你生娃，你狗日的，你赔我姐。"他说。

"兰凤——"

"姐，刀呢？我把他做了。"他说。

他看见姐的眼睛瞪成了两个核桃。姐把他的腿抱住，身子抖成一团。

"棒棒，你别，你饶了他，他死了，我跟谁过呢呀啊，啊。"姐说。

他松开姐夫。姐夫跳出窑门，站在硷畔上往里看。姐还抱着他的腿。

"尿腥气，下贱!"

他甩了一下腿，穿上手里的那只鞋。

"我回呀!"他说。

"谁知道他会上吊呢!"高兰凤说。

她看着棒棒。棒棒躺在一张木板床上，脸上盖着一张黄纸。烛光摇晃着，他躺得很有福气，可几天前的这个时候，他还在徐德家吃八碗。

当时，全村的人都在场。棒棒他爸高坎也在。这些交公粮纳税的人们，难得有机会喝个稀里糊涂，许多人喝得抹鼻涕流眼泪，棒棒也多喝了几杯。他呱叽着那双圆口布鞋，走到中间，说他要给大家唱个酸曲。就这么，高坎骂他了。

"驴日的你。"高坎斜眉瞪眼。

"咋啦？"

"你驴日的。"

父子俩像鳖瞅蛋一样瞅了一阵。喝酒的人全笑了。

"爸，你丢了我的脸。"他说。

"驴日的样。"高坎说。

"你丢了我的脸。"

"活腻了，得是？"

"我死给你看。"他说。

他说死就真的死了。

他拿了一截绳。有人看见他把绳搭在肩膀上出了窑门，就像去揽柴火那样。谁也不知道他要去死。怎么能说死就死呢？死又不是吃西瓜或者喝凉水。

他走过村里最后一家住户，回头看了看。他看见蛮精正在她家的硷畔上磨什么东西。那里有个小石磨。毛驴拉着石磨转圈，驴头上蒙着一块布。转过来了，蛮精就用手拍一下驴屁股，让它走快点。蛮精是个骚女人。她嫌她男人腿短，鼻眼凹里长着一个肉疮，她就跟村长胡来。所以，她是个骚女人，村里人都知道。村里人常听见她挨短腿男人打，她尖叫起来和杀猪差不多。

他看了蛮精一会儿，就扭过头，朝蛮精家硷畔那里爬上去。有人看见他爬了上去。

"蛮精嫂。"他说。

"棒棒是你。"蛮精说。

"我要死了。"他说。

蛮精看着他的脸，不明白。蛮精的样子很好看。

"真的。"他说。

蛮精格儿格儿笑。蛮精的胸脯那里鼓鼓的，一抖一抖。

"你和村长在荞麦地里。那一回，我看见了。"他说。

蛮精不笑了，脸扑拉一下红了。她低着头，眼睛顺着。他们都能听见毛驴拉石磨的声音。

"我听见荞麦地里有响动。我听见是你和村长。你给村长说，你男人越打你，你越和村长好。你男人打你，你就拼命叫，你说你有意拼命叫。你和村长两个人在荞麦地里说话，山上一个人也没有，就我一个听见了。"他说，"村长把你的布衫扔了，我看见的。我爬在豆子地里，你们没看见我。"他说，"后来，我就听见荞麦秆响。后来，你头发像个鸡窝。你去取布衫。你光着身子。我看见你的奶奶了。"他说。

"棒棒。"蛮精叫了一声。

"我怕你看见我，就顺着坡滚下来。"

"棒棒。"

"我没给人说过，我听你给村长说的话，我知道你是好人。谁哄你是地上爬的。"他说。

"棒棒，你让我没脸了。"

"你的奶奶，我想过好长时间。"

"棒棒别胡说。"

"我要死了，我是说，我想和村长那样，摸摸你的奶奶，就摸摸。"他说。

"棒棒，你糟踏我来了。"

他看见蛮精哭了。

"不，你不让我摸，我就不摸了。我是说我要死了。"

"棒棒兄弟，我是个坏女人。我不能让你摸，一摸你就坏了。我不能让你坏。"蛮精的眼泪往下淌。

"我只是想摸，我走到半路上又想起来了，我看见你在这里磨豆子。你不让摸就算了。我是说，我要死了。"

"人睡一觉起来能死就好了，我常想我睡一觉起来就会死在炕上，可总是活着。死一定很难受，棒棒你说是不？"

"我不知道。"

"人眼睛一闭要能死就好了。"

"看你说的。"棒棒说。

"我心里这么想呢。"蛮精说。

他看见蛮精笑了一下。她一笑很好看。

"那你磨面，我走了。你看，驴不走了。"

他看着蛮精打了驴一巴掌，就从原路走下来。

他走了很长一截路，走到那个沟岔。他一直走到最里边那棵柳树跟前。他把绳子一头绑在树身上，扯了扯，又把另一头挽成个环，从树杈上扔过去。他看见环在半空里摆来摆去。他找了两块石头放在环底下。他挪了几次地方，才把石头和环正好对齐。然后，他站在石头上。

"操他妈妈，不能摸蛮精的奶奶了。真操他妈妈。算了。"他说。

他把头一仰，钻进那个绳环里，脚拨了一下。他听见脚下的石头响了一声，身子就悬起来。

人们还记得，埋了棒棒以后，高坎穿了棒棒的那件棉袄。裤子太脏，就和那双圆口布鞋一块扔了。有人看见汪富章家的黑狗叼着一只鞋，在碥畔下的壕壕里呜呜叫。

（原载于《人民文学》1987年1—2期合刊）

高　潮

黄梅女士的第一次性高潮和麻雀有关。

她说：那年我十二岁。

十二岁的黄梅女士站在她家的屋顶上挥动着双手，噢噢地发出一声又一声吆喝。和黄梅女士一起站在屋顶上吆喝的还有她的母亲和弟弟。黄梅女士的祖父母因为年事已高爬不上屋顶，就站在院子里吆喝。邻居家的屋顶上站着黄梅女士的邻居们，也有像黄梅女士一样的女孩子。邻居的邻居呢？他们当然也在他们的屋顶上和院子里。

登高可以望远。黄梅女士看见了钟楼和鼓楼，钟楼和鼓楼上也站满了人。黄梅女士还看见了许多高大的楼房。黄梅女士的父亲作为工人阶级的一员，很可能就站在其中的一座高大的楼房的顶上。

城市太大了，黄梅女士看不见郊外，但黄梅女士完全可以想象出郊外的田野和兵营。田野里满是勤劳朴实的农民伯伯，兵营里满是亲爱的解放军叔叔，他们和黄梅女士一起挥动双手噢噢地吆喝着。

他们在驱赶麻雀。

紧接着，黄梅女士就想到了整个祖国。九百六十万平方公里的祖国大地上和屋顶上站满了工农商学兵。那时候，黄梅女士已经能准确地说出祖国的国土面积。从东海之滨到帕米尔高原，从水乡江南到塞外北国，吆喝声像波浪推着波浪一样。

"噢噢"——第一层波浪过来了。

"噢噢"——紧接着的是第二层波浪。

那时候，黄梅女士已经能在作文里写出"从东海之滨到帕米尔高原，从水乡江南到塞外北国"这样的文字来表示祖国的辽阔了。

"噢噢"——从东海之滨到帕米尔高原。

"噢噢"——从水乡江南到塞外北国。

"噢噢"——工农商学兵。

那是一个无比兴奋的时刻。屋顶上的黄梅女士穿着一件短袖衫，在她兴奋地挥动双手发出那种兴奋的"噢噢"的时候，她的短袖衫和裤腰就会出现短暂的分离，就会露出黄梅女士的肚皮和肚脐眼。那时候的女孩子是不时兴露出她们的肚脐眼的，但不时兴露出并不等于没有露出的可能，就如同那时候的女孩子不时兴谈论性高潮不等于她们没有性高潮一样。

麻雀们陷入了人民战争的汪洋大海，无处逃遁，便一只又一只跌落下来。满世界都有麻雀落地时发出的那种柔软的响声。每一个跌落都会引起一阵欢呼。每一阵欢呼都会使紧接着的"噢噢"声变得更为兴奋。

黄梅女士家的屋顶上就有跌落的麻雀。

黄梅女士就是在这时候出现晕眩和酥软的。嘭，一只麻雀跌落在黄梅女士的脚跟前，陶醉在欢呼声里的黄梅女士晕眩了，通体酥软了。风撩起她胸前的红领巾，她咬住了它。然后，她坐了下去。

没有人对坐下去的黄梅女士表示特别的关注，他们看见她微闭着眼睛，以为她累了。

当然，也不能排除黄梅女士在晕眩和酥软之后，会有一种累的感觉。

也可以说黄梅女士的这一次晕眩和酥软以及累与性高潮无关，但是，性高潮的过程会伴有晕眩酥软和些微疲乏却是不可否认的，所以，也不能绝对肯定黄梅女士的这一次晕眩和通体酥软以及累就不是性高潮。谁好意思去进一步追究一个十二岁的女孩子在晕眩和酥软的同时，身体里有没有产生那种特殊的分泌？这不成流氓了么？又有谁敢说女人的性高潮只能和男人有关，而绝对不会和赶麻雀或者别的什么有关呢？事实上，黄梅女士在许多年以后从记忆中搜寻出了她的这一次晕眩和酥软，她说：

我是有过性高潮的。

我在我家的屋顶上赶麻雀的时候就有过。

她目光迷蒙，像回忆久远的往事那样对她的丈夫老曹说。

黄梅女士发育良好，很快长大了。身高一百六十四厘米胸脯挺着的黄梅女士又一次出现了性高潮。

这一次是因为李铁梅。

麻雀没有赶尽跌绝，赶麻雀的人已经有了新的兴奋和激动。难道江水英不让人激动么？白毛女呢？吴青华呢？小常宝呢？

黄梅女士是扮演李铁梅的。

老曹就是在黄梅女士扮演李铁梅的那一段时间里看上她并和她结婚的。

想想吧，想想痛说革命家史那一场，当李奶奶用一大段台词把张玉和变成了李玉和，然后把十七岁的李铁梅紧紧地抱在怀里的时候，李铁梅激动了，她举起号志灯，给曾经和她一起打过麻雀现在正看着她的工农商学兵们唱出了那一段"跟我爹爹打豺狼"。

想想吧，想想九百六十万平方公里的祖国大地，从东海之滨到帕米尔高原，从水乡江南到塞外北国，有多少个梳着长辫子穿着红布衫的李铁梅举着号志灯在唱？

当她唱到"红灯高举闪闪亮"的时候，唱到"子子孙孙打下去"的时候，尤其唱到"打不尽豺狼决不下战场"一句中那个长长的"战"的时候，已经亢奋了很长时间的李铁梅终于晕眩了，通体酥软了，要坐下去了——当然，她不能坐下去，因为这不是赶麻雀，也不在她家的屋顶。李奶奶及时地扶住了她。她们做出了一个共举一盏红灯的造型。

黄梅女士非常感激这一个造型设计。晕眩和酥软了的黄梅女士是无力长时间举着那盏红灯的，李奶奶的帮助使她在想坐下去又不能坐下去的时候没有坐下去。如果不是李铁梅，她也许会坐下去的，让那种晕眩和酥软延长一会儿，再延长一会儿。

许多年前举着红灯打豺狼使黄梅女士出现过许多次晕眩和酥软。

难道这不是性高潮么？

黄梅女士坚定地看着她的丈夫老曹。

她说：我可是严格按照你说的性高潮的特征来检查我的。我有性高潮，这就是结论。

老曹说：是的是的你有。你不但有性高潮，而且还紧扣着时代的脉搏。你让我想哭！

黄梅女士说：别哭。我愿意让我的性高潮在你希望出现的时候出现，但你不能否认我的历史。我不是你说的那种没有性高潮的人。如果你还要让我举例，我就该说到麻将了。

经过和老曹的几次交谈，黄梅女士不但知道了性高潮是怎么回事，也能轻易地把性高潮和打麻将联系起来了。近些年来她一直喜欢打麻将。她很肯定地说她在打麻将的时候也出现过性高潮。比如触摸，她说我摸麻将的时候也可以说麻将在摸我，这种触摸不但是愉悦的也是亲昵的。比如情绪的高涨和突然低落，在把六万摸成七万但翻开一看是六万而不是七万的时候就会出现。高潮当然是在需要六万就真的摸到了一张六万的时候出现的。噢，是它。噢噢……血液已经快速地流动过了，也晕眩过了，然后就是酥软和放松。

黄梅女士说：事实证明，我不但有性高潮，而且会多次出现。

老曹说：你跟我没有。

黄梅女士说：这我承认。

老曹说：我要让你跟我有。我和你费了这么多的口舌就是为了这一点。

黄梅女士很没把握地说：我不想让你失望，但是，这很难，因为你不是麻雀，不是号志灯，也不是麻将牌。

老曹说：想想吧，每天晚上，九百六十万平方公里的祖国大地上，有多少人在搞性活动，多少人出现了性高潮……

黄梅女士想了一会儿，说：这倒是个办法。

黄梅女士又想了一会儿，说：我一直想问你，我们这么多年，你从来没和我说过性高潮的事，现在你怎么老说？

老曹说：过去我只知道我和你在床上的时候很乏味但不知道为什么乏味，现在我知道了，我不想乏味。我恨不能掐死你。

黄梅女士同意和老曹试试，因为她不想让老曹掐死她。

桑拿房里的按摩小姐使老曹发现了女人的性高潮。老曹第一次进桑拿房是朋友请客，后来又自个儿进过几次。按摩小姐每一次都有性高潮，而黄梅女士没有。比如呻吟，黄梅女士从不呻吟。比如扭动，黄梅女士从不扭动。比如叫床，黄梅女士从来都是一声不吭的。完了？黄梅女士只是在老曹完了的时候才这么问一句，然后睁开眼睛。乏味啊乏味啊，而且，乏味了多少年啊！老曹想大哭一场。

老曹终于决定要改变他和黄梅女士的这种乏味的状况了，因为有性高潮的按摩小姐不乏味却是要花钱的。能不花钱就不花钱是老曹的经济原则。

老曹险些成功了。他在又一次出差归来之后，把黄梅女士从打麻将的地方拽了回去。

老曹说：你说过要和我试试的。

黄梅女士想起了她曾经有过的诺言：噢，是的，我说过。

黄梅女士躺了下来，抱住了老曹。开始的时候，黄梅女士似乎有些漫不经心，但很快就有了变化。黄梅女士的眼睛是睁开着的，嘴巴也张开了一些，甚至，老曹能听见她喘气的声音了。老曹说好么？老曹说舒服么？老曹还说了许多动情的话。老曹说你也说一句什么吧我想听你说你哪怕哼一声也好啊我的亲亲。

黄梅女士真哼了一声。

黄梅女士说：我怎么也不该打那一张二饼啊我怎么那么傻！

老曹不动了，定定地看着黄梅女士。然后，老曹从黄梅女士的身体上翻滚下来。

老曹说：我会掐死你的。

黄梅女士哭了。黄梅女士说老曹啊老曹我知道你在调动我。黄梅女士说老曹啊老曹我愿意让你调动可我没办法不想我打错的那张牌我的对家要的就是二饼而且是夹二饼。

老曹说：我会掐死你的。

黄梅女士还在哭。黄梅女士说你别泄气你再调动吧。黄梅女士说人的变化是有过程的你耐心一点吧老曹，我是有过性高潮的人说不定我跟你也会有的。

奇迹是在老曹对黄梅女士的又一次调动中出现的。黄梅女士到底感到了性高潮的来临，她突然抱紧了老曹并张大了嘴巴。她想给老曹说来了来了我来了……

她没有说出口，因为老曹不但紧紧地压着她的身体，也紧紧地掐着她的喉咙。

老曹说：你肯定把我当成了麻将牌或者号志灯，这是我无法容忍的。

黄梅女士正在努力地扭动着她的身体。

（原载于《作家》2000年5月7日第8期）

公羊串门

几只鸡正在村口觅食，灵巧的嘴不时啄几下，不知啄到了没有。大概没有，因为它们只是啄，并不仰起脖子来。一只公鸡突然伸开翅膀，向一只母鸡紧挨过去。母鸡趔了一下，意思很明显，它这会儿不想。但公鸡想，所以，公鸡并没有因为母鸡趔了一下就不挨了，它拉着一只翅膀，一次次挨着，死乞白赖的。

王满胜和他家的那群羊就是这时候走过村口的。羊们悠然自得的蹄脚搅扰了公鸡。它跳开了，收住翅膀，诚惶诚恐地看着那群羊。

领头的是只公羊，犄角上挂着红绫，很耀眼。还有一只铃铛，在脖子底下吊着。它扬着头，一副神高气傲的样子。它的神气完全来自它良好的自我感觉。它很重要。它不但是公羊，而且是种羊。世上的公羊很多，可种羊就难得了。它是种羊。

王满胜跟在羊群的后边，腰里系着一截草绳。不是系不起麻绳或者皮带，也不是舍不得，而是因为习惯。草绳有草绳的好处，断了就扔掉，再编一条。你每天在山上，羊一吃开草你做啥？吼歌？吼歌又不妨碍编草绳。所以，王满胜从来都系草绳。他三十多岁，粗糙的脸褶里扑着尘土。胡荏上也扑着，成颗粒状，如果染成红色，会以为那里挂着的是酸枣或者枸杞豆。他迈的是八字步，背着手，攥着一根拦羊鞭。"回来了？""噢么。"他边走边和几个村人打着招呼。

很快就到家门口了。再走几步，他的羊群就会从他家半开的门里拥进去。可是，那只公羊站住不动了。王满胜有些奇怪。他看见公羊支棱着耳朵，在听着什么。他也支棱起耳朵。他很快就听见了几声母羊发情的叫唤。是邻居胡安全家的母羊。肯定。再看他的那只公羊，分明已经心猿意马了。它不愿进门。

王满胜很果断，扬起手中的拦羊鞭，在空中抽出一声脆响，鞭梢从公羊的头顶上掠过去。公羊打了一个激灵，贼一样从门里钻着进去。

狗日的想吃野食。王满胜骂了一句。

王满胜端起老碗开始吃饭了。他把嘴放在碗沿上，一转，就发出一串长长的吸声。他感到那一口温热的钱钱饭像小鱼一样，通过喉咙和食道，一头撞进了他的胃里，停在里边的某个部位，温柔地动弹着。噢，他说。日他妈舒坦，噢，他说。他不再吸了。他把老碗放在了石板桌上，似乎要好好享受那口钱钱饭在胃里轻轻动弹着的滋味。然后，他给婆姨说：

"胡安全家的母羊寻羔哩。"

"噢噢。"他婆姨说。

他说："你没听见？"

他婆姨说："这会儿好像不叫唤了。"

他斜了他婆姨一眼，说："它又不是机器，还能不停地叫唤？"他感到他婆姨很无知。他端起老碗又要吸了。他刚把嘴唇挨上碗沿，就发现他家的那只公羊不见了。他往羊圈里看了一眼，没看见那只公羊。他立刻产生了一种不好的感觉。"狗日的。"他骂了一句，放下手里的碗，从圈墙上取下那根拦羊鞭，风一样从门里吹了出去。他很有把握地推开了邻居胡安全家的门。

王满胜家的公羊早已骑在了胡安全家的母羊身上，两条后腿像弓一样绷着，屁股像一台小发动机，突突突抖着。红绫子闪着，铃铛响着。它正在使劲出力。王满胜急了，当然不是因为他家公羊犄角上的红绫和脖子上的铃铛，而是因为公羊运动着的屁股。他看得很分明，他家公羊的屁股再这么运动一会儿，就会产生重要的后果。他不能让它运动了。他晃着拦羊鞭，朝胡安全家的羊圈走过去。

胡安全蹲在羊圈跟前，很有兴致地看两只羊交欢。他看见王满胜走了过来。

他说："你家公羊串门来了。"

王满胜说："狗日的吃野食！"

王满胜的拦羊鞭刚举起来，就被胡安全拦住了。"哎哎还没成哩。"胡安全说，"你让人家把事做完嘛。"又说，"你不能动不动就用鞭子抽啊。"王满脸说我要抽。胡安全说要抽也不能这会儿抽。王满胜就要抽。胡安全说你和你婆姨正做好事谁突然抽你一鞭子你会是个啥感觉？这时候抽说不定会抽出病来的，以后再做不成这号事咋办？王满胜觉得胡安全的话有道理，就收起拦羊鞭，说，不抽就不抽，要配种把你家母羊拉到我家去。胡安全说，人家正在好处哩你非要人家挪个地方这不是成心折腾人家吗？你和你婆姨正做到好处，硬要你挪个地方，你想想。王满胜说这才叫奇怪哩你非要把羊和我拉到一起比。胡安全说那就和我比，我和我婆姨正做到好处就是皇上让我挪地方我也会往他脸上吐的。你看，你看，这不成了。

确实，两只羊好事已成。公羊的屁股一阵迅速的抖动，然后，从母羊身上溜了下来。母羊歪过头，用嘴在公羊身上挨了几下。胡安全一脸笑，走到他家的母羊跟前，说："行了行了别骚情了。"又给王满胜说："行了行了你把你家公羊拉回去。"他看王满胜没有走的意思，又说："我家母羊寻羔寻了几天了，你家公羊真是个公羊，不打招呼就窜进来，一进来就搞上了嗨嗨嗨嗨。"胡安全说话的语气和神态似乎比他家的那只母羊还要舒坦。胡安全还说了许多话。后来，胡安全就看着王满胜，一个劲地嗨嗨。他不提配种费。

回到家，王满胜把那只公羊拴进了一个独立的羊栏，他抡起羊鞭，朝公羊狠抽了一阵子。每挨一鞭，公羊就会跳一下，然后，就直眼看着它的主人，一脸的迷茫。它不知道它为什么要挨这一顿鞭子。

但配种费是不能不说的。

几天以后，王满胜和胡安全在他们各自家门外的茅厕里相遇了。那时候是清早，他们都站在茅厕里撒尿。

王满胜咳嗽了一声。

胡安全叫了一声满胜哥，说："我服你家的公羊了，一次就解决了问题。每天早上我都要去羊圈里看一眼，刚才也看了。我家母羊不叫唤了，卧在羊圈里，安静得像个菩萨。"

王满胜说："我家公羊配种从来都一次成。"

胡安全说："是的是的，我心服口服。"

胡安全系着裤带要回去了。王满胜哎了一声，他也系好了裤带。他走到胡安全家的茅厕跟前，说："我家公羊不能白出力气。"

胡安全把眉毛往上挑了一下，说："你这话是啥意思？"

王满胜说："我家公羊配种收费，这你是知道的。"他跟在胡安全的屁股后边，进了胡安全家的院子。

他说："我也不是非要今天让你给钱。你要是手头紧，缓几天给也行。"

胡安全的脸阴了下来，说："我家母羊寻羔是事实，可它没寻到你家去是不是？是你家公羊找上门来的，你让我出钱有些说不过去吧？"

王满胜说："听你的意思，配羔钱你是不想给了是不是？"

胡安全说："不是不想给，是给了不合适，旁人听了会笑话我的。我家母羊让你家公羊弄了，我还得掏钱？"

王满胜说："你给不给？"

胡安全说："问你家公羊要去。"

王满胜知道他要不到钱了。他低头想了一会儿，然后转过身，向胡安全家的羊圈跑过去。等胡安全醒过来的时候，他家的母羊已挨了王满胜重重的一脚。又一脚。又一脚。每一脚都踢在了他想踢的地方。

王满胜朝外走的时候被胡安全挡住了。胡安全和他婆姨把王满胜压倒在他家的院子里，扇肿了王满胜的嘴。

王满胜没有回家，他去了村长李世民的家里。李世民给他倒了一杯水，说："啥事？"王满胜努力想了一阵，说："我先喝口水。"他喝了一口水。李世民说再喝再喝。王满胜说不喝了我就喝这一口。然后，他给李世民说了他家公羊和胡安全家母羊的事。

他说："我家公羊给他家母羊配了羔，我收钱该是天经地义的吧？他胡安全不但不给钱还扇我的嘴你说咋办？"

李世民说："你想咋办？"

王满胜有些惊异了，看着村长。村长说你别这么看我你一来就给我提了一串疑问号我才给你提了一个你就瞪眼。

王满胜说："反正这事你得管。"

李世民说："管么管么，交公粮收款修路出公差给女人戴环你说我啥不管？管啥我都能想到，就是想不到连公羊给母羊配羔的事也得管。"

李世民让王满胜先回去。李世民说你把你的嘴赶紧治理治理，这么肿着太难看，说话吐字也不清，听得我难受，费耳朵。

王满胜等了好几天，又打问了几个人，才知道李世民压根就没去找胡安全。他很生气，又找了一次李世民。

他说："你把我的事放在后脑勺上了是不是？"

李世民在后脑勺上拍了一下，说："就是就是不管在哪儿放着总还是放着哩又没丢。乡上来人搞计划生育我领着抓了几个妇女你没看见？还要找你婆姨哩。"

王满胜说："我婆姨戴环了。"

李世民说那也得看看环还在不在要是掉了和没戴一样要重新戴。王满胜说你别打岔你说我的事。李世民说你婆姨的环也是你的事。王满胜说你不管我的事我就让我婆姨取环我让她生一群娃。李世民说你敢，你再生一个我就把你家的羊全拉走。王满胜说你不管我就去乡上法庭告状打官司。李世民说哎你这主意不错去法庭也许是一条正路。

王满胜真到乡上的法庭走了一趟，然后又进了李世民家。

李世民说："告了？"

王满胜说："告个尻子。驴日的法庭嫌事情太小，不管。我说难道要出了人命再管不成？难道让胡安全把我打死了再管不成？法庭的人不说话，光给我笑。驴日的法庭。"

李世民仰着脖子笑了。

王满胜说："你还笑啊！"

李世民又笑了一阵子。李世民说你回吧我晚上就去胡安全家。

李世民让胡安全拿两块半钱出来。李世民说："就算满胜家的公羊是串门，可你家母羊怀羔了所以你要拿钱。就因为满胜家的公羊是串门，所以只给你要一半钱。"又说："你打肿了满胜的嘴我不处理你了。"

胡安全拿出了两块半钱。

王满胜不同意，非要五块钱。李世民说，你好好的啊。又说："我不出面你连一分钱也要不到说不定嘴还要肿。"王满胜说就因为打肿了我的嘴我咽不下这口气我要受疼钱。李世民说："嘴是肉长的不是泥捏的肿了还会好的不是？疼当然要疼可疼是当时的现在不疼了不是？还疼不？还疼就让婆姨晚上给你舔舔。"李世民把钱撒在王满胜家的炕沿上，背着手走了。王满胜想追出去，被他婆姨拉住了。他看着他婆姨。婆姨给他笑了一下。为了公羊的事，这些天他一直没动过婆姨，虽然他婆姨是那种热爱男人疼男人的女人。

王满胜说好吧好吧就算他李世民说得有道理。他婆姨就收起了炕沿上的钱，往炕上铺被子。他们睡了个好觉。

第二天清早，王满胜出门去茅厕撒尿，又一次和胡安全相遇了。胡安全也在撒尿。他们能听见对方撒尿的声响。他们一个不看一个，说了几句话。

胡安全说："满胜哥，昨晚可睡好了？"

王满胜说："一倒下就睡过去了，踏踏实实的，睁眼就到了天亮。"

胡安全说："都是那两块半钱的作用。"

王满胜说："没错没错。兜兜里少了两块半钱，你睡得可踏实？"

胡安全说："开始的时候不踏实，在炕上翻来倒去的，后来又踏实了。我家母羊怀了羔，我又扇了人的嘴，两块半钱不算多。"

胡安全提着裤子走了。王满胜家的那群羊也从他家门里拥了出来，打头的依然是那公羊。王满胜的婆姨把拦羊鞭和干粮袋递给王满胜。王满胜表演一样，用拦羊鞭甩了一声脆响，跟在羊群的后边，上山了。

那时候，王满胜和胡安全都没想到他们还会发生事情。

胡安全家的母羊落羔了。胡安全蹲在母羊跟前，半晌没吭出声气。母羊卧在羊圈里，腿上沾满了血糊糊的脏物。

两个村民和胡安全蹲在一起，表情和胡安全一样沉重。他们想安慰胡安全几句。

一个说："白出了两块半钱。"

另一个说："那天我在窑背上看得清清楚楚，王满胜在母羊肚子上踢了几脚。当时我就想，这羊配不住了，配住了也得落羔。"

又说："李世民能断个尿官司。公羊要是个人会是个啥情况？要判强奸罪。"

胡安全听不下去了。他蹭一下站起来，很快出了村，上山了。他要找王满胜。他想把王满胜的嘴再一次扇肿，然后再和他说母羊落羔的事。但他很快又改变了主意。他一翻过沟坎，就看见了王满胜家的那群羊。它们正在吃草，散乱在沟坡上。然后，他就看见了那只公羊，就改变了主意。那时候，王满胜躺在一块石头跟前，好像睡着了。胡安全从他身边走过去，径直走到公羊跟前，抱起了它。

公羊的叫声惊醒了王满胜。胡安全抱着公羊已走远了。王满胜愣了一会儿，然后就失声了。他跌撞着追过去。本来能追上，可他太急了，脚不稳，从沟坡上滑了下去。等他从坡底爬起来的时候，已找不见胡安全的影子。他没再追，因为他还有一群羊在山上。

三天以后，王满胜又一次敲开了村长李世民家的门。

王满胜说："我恨不得咬他驴日的一口。他家母羊落羔了硬说是我踢的，要我赔两只羊羔的钱。我跟他磨了三天嘴皮子，我没办法我只能找你。"

李世民说噢噢你先回去。王满胜不回。王满胜说："胡安全把亲朋好友都发动起来了，满世界找发情寻羔的母羊让我家公羊配哩。"

李世民说："是不是？"

王满胜说："赶紧你赶紧。"

李世民边够鞋边说："狗日的胡安全亏他想得出来。"他觉得事情变得有意思了。

胡安全家的院子变成配种站了。那只公羊骑在一只母羊的脊背上，很卖力地工作着。母羊的主人在口袋里摸着钱，准备给胡安全付账。还有几个人各牵着一只母羊在旁边等候着。

配过种的顾主拉着母羊要走了。胡安全边装钱边说："给你们村的人宣传宣传，母羊寻羔就往我这儿拉，配一个三块，童叟不欺。下一个——"

下一个主顾磨蹭了一会儿，似乎不愿意把母羊给公羊跟前拉。他说："胡安全你怕是过高估计了你的公羊了一天配这么多就算它能撑住可它有没有那么多东西？"胡安全说："不多不多你这是第三个配不上我给你退钱你怕啥？"

在场的人都看着那只公羊。他们都以为它不行了。可是，他们很快就知道他们错了。那只公羊先用鼻子在母羊身上蹭了蹭，也许是闻到了什么气味，也许是好事做红了眼，它突然一用力，跳起来，把两条前腿搭上了母羊的脊背。"噢！"他们都发出来一声惊呼。

胡安全说："牛皮不是吹的，火车不是推的。今天我打算让它配五个。"

他们又发出一声惊呼。

胡安全说："我要试试。我想看看一只公羊到底有多大的能耐。"

但公羊的后腿明显不如前一次有力了。

胡安全说："这是正常情况。好像你们没做过这号事一样。让你们连做三次，看你们的腿打抖不打抖。"

王满胜和村长李世民就是这时候从大门里走进来的。王满胜一眼就看见了他家的那只可怜的公羊。他撕心裂肺地叫了一声，要扑过去，被李世民抱住了。

王满胜说："他会累死它的！"

他痛苦地吼叫着，要从李世民的胳膊里挣脱出来。他要和胡安全拼命。李世民更紧地抱着他，说："你往石墩上看——"

院子里有个石墩。石墩上放着一把杀猪刀。胡安全在石墩跟前蹲着。

李世民说："你扑着扑着挨刀啊？"

王满胜立刻安静了。他想抢救公羊，但更怕挨刀，所以，他站着不动了。

可怜的公羊，它在出着大力。

王满胜给拉着母羊的人说："求你们了，你们走吧。他想把公羊往死里整。"

胡安全说："你把我看扁了。整死公羊我拿啥挣钱？我不过是想多配几个，你听清了没有？"

王满胜转过脸，可怜兮兮地看着李世民。李世民给他摆摆手，让他离开这儿，他要和胡安全说话。王满胜不想走。李世民说你不走我没法说话。王满胜不情愿地走了。

李世民说："安全……"

胡安全说："这事你别管我自个儿处理。你去告诉王满胜，我不想占他的便宜。我挣够我的钱就把公羊还给他。他把我家母羊踢落羔了我得把损失补回来。"

又说："上回那两块半钱我出得窝囊。他家公羊串门搞了我家母羊该是强奸，你看，我还懂点法律。你是村长连法律也不懂还给人说是非。你要说是非就拿法律来咱依法办事。"

李世民的脸发烧了。胡安全没有说错，他确实不懂法律。官司断不成了。

但村长李世民决计要断这个官司。

乡上法庭的老刘歪着脖子把李世民看了很长时间。老刘说我都不敢认你了我在法庭工作了这么多年没见过哪个村长主动上门来要学习法律。老实说法律书的种类很多植树造林环境保护计划生育都有法律你要哪一种？李世民说我要管男女关系的那一种。老刘说没有这种专门的法律。李世民说间接的也行。老刘就给了李世民一摞子法律书。

李世民把自己关在他家的一间屋子里，不让任何人打扰他。"我要读书。"他说。他像虫子一样，一页一页蛀着那些小册子。他相信他能从这些小册子里找出办法，不但能把胡安全说倒，也能让王满胜心服口服。

那些天，胡安全用王满胜家的公羊又配了几次羔。王满胜几次找李世民，都被李世民的婆姨挡在了门外。李世民的婆姨把脸笑得像核桃一样，说："世民在屋里念书哩，不让打搅。"王满胜跳起来了。王满胜说："李世民你听着你再这么念下去我家的公羊就被胡安全折腾死了。"李世民的婆姨把王满胜友好地推到了街道上，说："世民不会出来的。他的脾气你知道他不会出来。"

王满胜没心思上山了。我的心像尿戳哩我没有心思上山，他给他婆姨这么说。就在他难熬的那些日子里，每天都有人拉着母羊去胡安全家配羔。胡安全已经检验出了那只公羊的能耐，它一天最多只能配三次，到第四次就是用鞭子抽也不肯上了。世上也许有一天连配五次六次的公羊，但这一只不行。

每有一位主顾拉着母羊从胡安全家出来，王满胜的婆姨都要向王满胜报告。王满胜到底憋不住了。他咬了一阵牙根，从炕沿上跳下来。他一直蹲在炕沿上抽烟，现在，他从炕沿上跳了下来。

"日他妈我等不得李世民了。"他说。

"日他妈我自个儿处理！"他说。

他很快就叫来了王满堂王满光王学魁王学文一帮王家人，提着镢头铁锨铁锹一类长把儿家伙，来到了胡安全家。

王满胜说："把公羊交出来！"

胡安全的婆姨惊叫了一声，抱着头钻进了窑里，关上了门。

胡安全没想到王满胜会这么做。王满胜做得太突然了，不给他一点准备的时间。他把杀猪刀攥在手里，直勾勾地看着王满胜一伙。

王满胜威严地说："放下屠刀！"

胡安全说："谁过来我捅谁，捅个血流满地，捅出他的肠子来。我照准一个往死里捅。"

当然，他们没打起来。许多天以后，人们还能想起村长李世民冲进胡安全家院子里的情景。他英勇无比，把一只手举在空中，对着院里的人喊了一声："都给我站住！"正要往上扑的王满堂王满光王学魁王学文们被村长李世民的气势震住了，站住不动了。李世民并不放下他举在空中的五指划开的手。他转头看着胡安全，说："把刀放下！"他看着胡安全放下了杀猪刀，才把他的手从空中收了回来。

他说："你们听着。只要你们一动手，就不是我李世民能管的事了。我念了好几天法律书。你们看我的眼。"

确实，李世民的眼睛像鸡屁股一样，鼻子底也像抹了一道锅黑。

他说："我熬夜了，停电了我就点着煤油灯熬，我到底熬出来了。法律不是唬人的是正经东西，出了人命就得去公安局说事。县法院三天两头毙人哩，难道你们不怕毙？怕毙就给我退出去。"

王满堂王满光们心虚了。他们怕毙，就一个跟着一个退出了胡安全家的院子。

王满胜不愿意走。王满胜说我要我的公羊。李世民给王满胜吐了一口。王满胜也出去了。

现在，李世民走到胡安全跟前了。

李世民说："你说我能不能断这官司？"

胡安全说："能。你断吧你能。"

李世民说："明天一早就在这儿，我来断，用法律断。"

全村的人都涌到了胡安全家的院子里，心情都一样的兴奋和激动，等着观赏村长李世民用法律断公羊串门的官司。

院子中间空出来一个大圆圈，扎了两根木橛，分别拴着王满胜家的那只公羊和胡安全家的那只母羊。它们听不懂围观者们热闹的话语，偶尔抬一下头，支棱着耳朵，它们的主人王满胜和胡安全分别蹲在它们跟前，低着头。

圆圈的一边放着一张木桌，一条木凳。村长李世民和乡上法庭的老刘从人圈外走进来，坐在了木凳上。李世民咳嗽了一声，把夹在胳肢窝里的一摞法律书放在了木桌上。

人们鸦雀无声了。

李世民一脸严肃，说："这位是咱乡上法庭的刘同志，叫他来是做个见证，他不断官司，我断。"

人们哄一声笑了。李世民说你们笑，笑完了我再断。人们立刻收住了笑声。李世民又咳嗽了一声，开始断官司了。

他说："王满胜胡安全两家险些闹出人命，是由这两只惹是生非的羊引起的。我就先说羊。母羊寻羔当然要叫唤，公羊听见叫声就串了门。公羊的主人王满胜要收配种钱，母羊的主人胡安全说公羊犯了强奸罪。这就是矛盾。母羊的主人说是送上门的，配羔钱不该出，公羊的主人说母羊用叫声勾引公羊，钱一定要收。这也是矛盾。矛有矛的说法，盾有盾的道理。法律呢？按照法律，强奸要在二十四小时以内报案才能立案。还有，母羊不情愿，以公羊自身的条件和能力，也不可能强奸成功。所以，强奸不能成立。事实只能是，两只羊互为邻居，长期见面，声息相闻，产生了感情，应为通奸。法律不管通奸，胡安全，不信你看法律书去。"

李世民把桌上的法律书扔在了胡安全的脚跟前，说："你要找出一条来，我把村长让给你当。"

胡安全说："我不看我也不信，法律不管通奸让世上的人都通奸去。"

李世民不理会胡安全，继续断官司："但是，两只羊违犯家规，私自幽会，引起两家主人的矛盾，并造成一定的后果，法律就要管了。按照法律，不满十六岁的儿童和智力不全的人，行为后果由监护人负责。以此推理，羊是畜生，不通人事，行为过失应由主人承担责任。根据以上论证，现对公羊串门一案宣判如下——"

老刘拨了一下李世民的胳膊，说："是调解不是宣判。"

李世民说："现对公羊串门纠纷案调解如下：第一，公羊强奸既不成立，母羊家应全额给付配种费。第二，母羊落羔是因公羊的主人脚踢所致，公羊家应给予一定补偿。第三，公羊在母羊家受到非法拘禁并强行被迫劳役，劳役的收入，除去饲料费，全数退还公羊主人，这是一笔细账，要坐下来慢慢算。"

官司就这么断了。满场的人嗷一声叫了起来，给李世民拍了好长一阵巴掌。

王满胜和胡安全又在茅厕相遇了。也许王满胜不该多嘴，可他喉咙有些发痒，就叫了胡安全一声，说："我一直不知道，你告我家公羊强奸啊，亏你能想得出来。我一想起来就觉得好笑。法律不承认是强奸，是通奸。你虽然想得绝，可就是白想了。"又说："我还得感谢你。我一直不知道我家公羊能配三次羔，现在知道了。但我一天只让它配两次，我的心没你那么贪。"

胡安全一句话也没说。那些天，胡安全一直很少说话。他满脑子都想着"通奸"这两个字。他的喉咙里像卡了一样东西，咽不下又吐不出来，很难受。就在那天，在许多天以后的那天正午，他去了王满胜家。他知道王满胜和他的羊群在山上。他给王满胜的婆姨说他喉咙里卡了一样东西想让她看看能不能取出来。他说他婆姨回娘家了要不他不会找她。他说得很认真，甚至还咳了几下。王满胜的婆姨信了，她让他张开嘴。他没张嘴。他一把抓住了她的手腕。她说安全你把我的手攥疼了快放开。他说一会儿还有更厉害的进去！他一用力，就把女人的手拧到了背后。女人哼了一声，肚子立刻挺了起来。他把她推进了窑里。女人挣扎了一下，他又加了点力，女人的肚子挺得更高了。女人说安全你让我给你取喉咙里的东西你让我取。他说我不让你取了我要弄你。女人拧过脸看他。他说别这么看我。女人说我看你有没有脸。他说噢噢你看，看一会儿我再弄。他又用了一下力，女人不看了。女人大口地喘着粗气。

他说："我知道你不愿意，但你不能喊叫，你喊叫我就掐死你。"

女人不想死。胡安全再没什么口舌就睡了她。临走的时候，他看了一眼躺在炕上的女人。女人歪着头，眼睛睁得大大的，看着炕墙。

他说："这不是强奸，是通奸。"

胡安全揣着杀猪刀睡了一夜。也许王满胜的婆姨会告诉王满胜。也许王满胜永远不会知道。最好是王满胜知道了却不张扬。不管王满胜知道还是不知道，揣着杀猪刀总比不揣好。

王满胜没找他。第二早上去茅厕尿尿的时候，王满胜也没扑过来。王满胜尿完尿赶着羊上山去了。王满胜甚至看也没看他一眼。他放心了，然后兴奋了，便从茅厕里跳出来，进了王满胜家。

女人正在梳头。女人好像给他笑了一下。

女人说："你不怕满胜回来？"

胡安全亮了亮怀里的杀猪刀说："我有这东西。"

他没来得及用那把刀，王满胜就用镢头把他砸平了。他骑在王满胜婆姨的身子上，听见门响了一声，回头就看见了王满胜。王满胜举起镢头，斜着朝他抢过来。砸在了他的腰上。他哼了一声，再也没爬起来。女人把她的身子从胡安全的身子底下抽出来，说："我把事情给满胜说了。"

王满胜说胡安全你起来。胡安全努力了几次，说："我的腰断了。"他的脸上布满痛苦，又说："你应该找李世民啊，他有法律。"

王满胜说："我想自个儿解决。"

王满胜又要举镢头了。

胡安全说："我以为你不知道，我还想弄一次。"

王满胜说："说得好我也想再砸一下。"

这一回，他砸在了胡安全的头上。

他婆姨说："你把他砸死了。"

他扔下镢头，蹲在窑门外点了烟吸了一口，说："找李世民去。"

那时候，李世民已经成了名人。先是县上的记者找他，然后是地区的记者，他们让他谈体会。李世民说我没体会我按法律办事我没体会。记者们兴奋了，说这就是最好的体会接着说。李世民受到鼓舞，就把他点着煤油灯熬夜念法律书的事抖了出来，就进了广播上了报纸，很可能还要上电视。王满胜的婆姨找到他家的时候，他正和婆姨商量上电视该穿什么衣服。王满胜婆姨说快快快满胜把胡安全砸死了，李世民愣了。李世民说你慢点说我没听清。王满胜婆姨又说了一遍。李世民到底听清了。

他说："快个屎这得找公安局。"

公安局的人问王满胜为什么砸了一镢头还要砸另一镢头？王满胜说第一镢头砸在了腰上我想砸的是头而不是腰。

"知道不知道会砸死人？"

"知道。"

"知道会砸死人你还砸？"

"你这话问得怪。他活着我难受。难道你们要让我难受地活着？"

公安局的人笑了。

枪毙王满胜的那天，村上的人都去了县城看热闹。王满胜家的那只公羊大摇大摆地走进了胡安全家的羊圈。

（原载于《文友》1999年第10期）

蓝鱼儿

蓝鱼儿不是鱼，是蓝鱼儿。她正在院子里切红薯。她是个三十多岁
的女人，不难看也不好看。切成块的红薯渗出许多汁液，黏在她的指头
上，像抹了一层丰厚的奶油，用舌头一舔，立刻就能感到一种黏稠的甜
味。蓝鱼儿就这么做。她不时地伸出舌头，在手指头上舔一下，然后
把舌头收进去，嘬嘬嘴唇，享受着那甜味。这样不会造成浪费，也能调
剂调剂她做这种营生时单调的心情。她把它们切好后，用开水煮着当饭
吃。那时候，人们大都吃这种东西。炼钢铁吃大灶后，紧接着是困难时
期，庄稼连年歉收，人们只能吃这种东西。许多人一边吐酸水一边往下
瘦，瘦得失了眉目，鬼一样。蓝鱼儿与他们有些不同，她也吐酸水，却
不见瘦，她是那种喝凉水也上膘的女人。如果你能看见蓝鱼儿舔指头嘬
嘴唇的样子，你也就不会惊讶她为什么喝凉水也上膘了。她像嘬一样亲
爱的东西，啧啧有声，那股子甜味和唾液搅在一起，顺着喉咙往下滑的
时候，她的脸上就会绽开一个天真无邪的笑。好像只要能让她这么嘬下
去，她就很满足一样，满足一辈子。你只能在孩子嘬他妈奶头时才会看

到这种神气。

蓝鱼儿就是这么个女人。

"啧。啧。"蓝鱼儿又在指头上嘬了两下。这回，她没有立刻去切红薯。她听见门外有脚步声。叽啦叽啦。她知道是她男人仁俊义。仁俊义趿拉着一双棉鞋，抄着手从大门里走进来，靠在檐墙的棱角上，心事重重地看着蓝鱼儿。有什么难缠的事正让他发愁。

"甜死了甜死了。"蓝鱼儿给她男人说。她说的是她手指头上的白色汁液。"不信你嘬嘬。"她划拉着五根手指头。仁俊义看着蓝鱼儿的手，没吭声。蓝鱼儿以为他想嘬，又有些不好意思。"想嘬就嘬没人看见的。"她说，"看见了又怎么的？嘬手指头又不是嘬奶头。"蓝鱼儿的心里涌起一股温热的情感，"过来，"她朝男人捞捞手，"过来呀。"又捞捞手，看着仁俊义。仁俊义的眉头展开了，眼睛里射出一种奇异的光彩。她很熟悉她男人的这种神情。他要跟她做什么事的时候，眼睛里就会有这种光彩。就是这种光彩缠着她，让她跟他一起过穷难日子的，把穷难日子过得有滋有味。仁俊义离开檐墙朝她走来了。蓝鱼儿心里涌起的那股温热的情感立刻搅动起来，一直搅到她大腿上，让大腿上的肉突突跳。她想他也许会把她提起来，夹在胳肢窝里，放到屋里的炕上去。他总是这么一声不吭地夹起她，把她甩在炕上，然后撕扯她的衣服，撕扯得一丝不挂，然后骑她，像骑着马一样在土炕上疯跑。她喜欢他这样。仁俊义一声不吭往她跟前走。她看着他。她感到她的身子正在发软，要软成一团面了。她已经忘记了她的手，忘记了她手指头上奶油一样的红薯汁液。

仁俊义没有夹她。她很快就知道了，仁俊义不是冲着她的身子，而是冲着她的手走到她的跟前的。仁俊义捏着她的手翻过来翻过去看了好长时间。仁俊义说蓝鱼儿我跟你一炕睡了几年咋没发现你的手这么灵巧。蓝鱼儿愣了半晌才醒过神来，才想起她的男人正在夸她的手。她把手从她男人的手心里抽出来，也翻来覆去看了一阵，说："就是，你这么一说我也觉到了。"她放下切刀，抬起另一只手看。

"真的，像老头乐。"蓝鱼儿说。

就这么，他们同时发现了蓝鱼儿的那双手，像老头乐一样的手。仁俊义的嘴里吐出来一串声音，仁俊义说有了有了日他娘愁得人心慌这下有了。没等蓝鱼儿说话，仁俊义就从大门里跑了出去，啪啦啦啦，给院子里拍出一溜鞋脚声。

仁俊义一口气跑进了队委会。那时候，村长刘洪全和省上来的周盯队正在抽闷烟，仁家堡四清三个月没清出一个贪污分子，在公社县上都失了脸面。嫌疑最大的保管员旺旺死不认账。刘洪全急得直抠脚脖子，恨不得撬开旺旺的宽板牙齿，把眼珠子塞进旺旺的喉咙看看旺旺的心。刘洪全甚至到旺旺的草棚屋里求过旺旺。刘洪全说旺旺你多少承认点，全世界的村子都有贪污的人咱村上没有咋成？难道咱村是天上掉下来的白屎巴牛？难道你忍心让咱村这么落后着不跟全社全县的人一起奔社会主义？你忍心你？好意思你？旺旺把白眼仁一翻，说："你不忍心你承认去，你是村长你好意思你？"刘洪全像凉水噎住了喉管，仰仰脖子打了个嗝，说："旺旺你驴日的，你驴日的说得好。"刘洪全给周盯队说："旺旺的嘴比猪蹄子还硬，得吊到二梁上试试"。周盯队说不成，共产党不是国民党，不兴打骂逼供。刘洪全说旺旺就是看准了这一条才把嘴封严的，你看古戏上咋演的，断官司没有不用刑的。周盯队说我看过古戏，一动刑就出冤案，那叫屈打成招。周盯队不叫周盯队，是工作组派到队上村上专门负责四清的那一类人，村上人就叫他们盯队。周盯队是个认真的人，周盯队说想想再想想总能想出个办法。他们连开了几天几夜诸葛会，眼睛被烟熏成了鸡屁股，没想出办法。旺旺还是不招。仁家堡的四清工作就这么僵住了。他们谁也没想到民兵队长仁俊义的婆娘蓝鱼儿的那双手。

"有了有了日他娘有了。"仁俊义一进队委会就这么说，激动得嘴唇乱颤悠，不小心就会掉下来一样。

刘洪全和周盯队梗着脖子，直着眼，等仁俊义往下说。仁俊义不说了，伸手拿起火炉上的茶缸喝了几口茶叶水。他喝得很仔细，边喝边吹着飘在茶水上的茶叶，他大概喝进去了一截茶叶梗，不时用舌尖抵着，嚼着，咂着里边的深味。刘洪全不耐烦了。

"你有个完没你？"刘洪全说，"再嚼就把茶叶屎嚼出来了。"

仁俊义的脸上立刻浮现出一副自得的神情。仁俊义说村长这你可就外行了虽然你年长可喝茶是外行，不会喝茶的叫喝会喝茶的叫嚼你不懂吧？刘洪全说你把茶缸放下有真屁就放空空屁我不喜听。仁俊义这才吐了嚼烂的茶叶梗，开始说正经事。

"我婆娘的手像老头乐。"他说。

刘洪全和周盯队差点没背过气去。刘洪全说日你先人去仁俊义，我以为你想出好办法了你说你婆娘的手。周盯队是念过书的人，话说得比较斯文。仁俊义同志，周盯队说，你把四清工作搞得很色情啊。

仁俊义眨了几下眼。他不懂周盯队的话。

"色情？我不懂，我就听过骚情。"仁俊义说。

"噢噢，"周盯队说，"色情骚情差不多，咱不能把四清工作搞成骚情吧？"

"当然当然。"仁俊义说，"咱不能打人吊人咱能不能胳肢人？"

这回，眨眼的是刘洪全和周盯队。他们不懂仁俊义的话是什么意思。

"打人吊人犯政策让人笑该不犯吧，咱胳肢他。人能抵得住打不一定能抵得住胳肢你们信不信？人能经得住哭不一定能抵得住笑你们信不信？你们不信我信。"仁俊义说。他神情严肃地看着刘洪全和周盯队。

刘洪全和周盯队神情迷茫，把仁俊义看了好大一会儿，然后，扭过头互相看。他们突然想开了仁俊义的话。他们禁不住从嗓子眼里喷出来两声笑，然后就嗓门大开，抖出来一串笑声。他们一定想到了某种情景。他们笑得弯腰曲背，满脸涨红，笑困了肚皮，笑得肠子绞在了一起。

"啊哈哈哈，仁俊义你个狗熊。"刘洪全流着眼泪说。

"哦嗬嗬嗬，仁俊义同志。"周盯队捏着袖口上的一枚纽扣说。周盯队穿的是那种袖口上有三枚纽扣的衣服。

他们对仁俊义有些刮目相看了。伟大的时代常常会出现这种情形，突然之间就会有一个平凡的人让人刮目，大吃一惊。

他们都觉得这件事值得一试。他们立刻叫来了蓝鱼儿。蓝鱼儿浑身散发着一股红薯的气味。蓝鱼儿把她那双浸满红薯汁液的手伸在了仁家堡队长刘洪全和四清工作队周盯队的眼皮底下。仁俊义没有说错，那确实是一双灵巧的手。他们甚至有些迷惑，一个浑身是膘的女人怎么会有这么一双灵巧的手，胖女人的手都像发面一样，手指头和手腕粗短膨胀，手腕上打着肉褶，像勒着一圈线。蓝鱼儿的手腕和手指头偏偏很长，像葱。五根指头并拢起来，关节稍一弯曲，就真是一对老头乐了。没有哪一双手比蓝鱼儿的手更适合胳肢人了。他们把他们的想法轮流给蓝鱼儿说了一遍，然后就敲定了。

胳肢旺旺是在那天晚上进行的。喝罢晚汤以后，仁家堡所有的人都来到了队委会的院子里，屋檐下挂着一盏汽灯，强烈的灯火里，是一张张老嫩不一肥瘦有别却一样亢奋的脸。他们都不愿意失去激动一次的机会。他们都装着一肚子红薯糊糊。

旺旺被提前叫到了村委会。他依然像一堆死牛皮。刘洪全咽了一口从胃里泛上来的酸水后说："旺旺，你还不想交代得是？"旺旺不吭声。刘洪全说你认识仁俊义的婆娘不？旺旺说咋不认识？刘洪全说认识就好，一会儿让她胳肢胳肢你。旺旺感到有些可笑。

"笑话。"旺旺说。

刘洪全说不是笑话，你看院里人站满了咱到院里去。

"到天上去我也不怕。"旺旺牛犟牛犟。

刘洪全说怕不怕待会儿再说咱先出去。他把旺旺从门里推了出来。院子里立刻安静得只剩下了出气声。

"蓝鱼儿蓝鱼儿。"刘洪全脖子上的头像货郎鼓一样。

蓝鱼儿从墙旮旯里走出来，站在汽灯光里。

刘洪全说旺旺你靠墙站好。

旺旺靠墙站好。

刘洪全说蓝鱼儿你过来弄。

这时候，旺旺才知道事情成真的了。他张着眼窝，看着蓝鱼儿朝他跟前走。蓝鱼儿站住了，伸出那双灵巧的手，划拉了一下手指头。旺旺怯了，骇怕了。旺旺说蓝鱼儿你一个女人家胡摸抓男人的身子就不怕人说闲话？蓝鱼儿说我顾不得了。旺旺说你把我叫叔哩叔和侄媳妇要不得的。蓝鱼儿说叔这不是耍是工作。说着，蓝鱼儿的手指头就上了旺旺的身，一阵奇痒立刻袭遍了旺旺的身子。旺旺尖叫了一声，跳起来。好你哩好你哩叔给你磕头作揖行不？蓝鱼儿的手又上身了。旺旺扭着身子跳来跳去。好你哩嘻嘻，哈哈好你哩。蓝鱼儿站住了，扭过头对刘洪全说："他这么跳我弄不成。"刘洪全说，去两个人，把旺旺贴在墙边。人堆里走出两个小伙子，扯开旺旺的胳膊，旺旺就直挺挺站在了墙边，胳肢窝和肚子成了没遮没拦的开阔地。蓝鱼儿的两只手很容易地抓摸上去，像两只怪兽一样，在旺旺身体上最敏感的部位胡蹦乱跳。

"嘻嘻嘻嘻。"旺旺像吸气一样笑着，脖子伸长了许多，后脑勺死死抵着墙壁。

"哟嗬嗬嗬。"旺旺拼力收缩着肚子，抖着大腿。

"噢哈哈哈。"旺旺的肚子猛地腆了起来，龇着肮脏的宽板牙齿。

蓝鱼儿的手指头像抓兔子一样。

就这么旺旺像扭麻花一样，笑出了满头汗水，笑失了眉眼，笑软了浑身的肉和每一根骨头。后来，笑就变成了嚎。噢嗬！噢嗬！他这么嚎着，翻着白眼仁，模样比哭还要难看。

开始的时候，人们觉得很开心，跟着旺旺一起笑。这会儿，他们笑不出声了。他们的笑僵在了脸上，眼睛直勾勾地看着旺旺。他们感觉旺旺再笑两声就会笑死。

扯旺旺胳膊的两个小伙子松开了旺旺。

"噢嗬，我贪污了，噢嗬，两斗麦子。"

这就是旺旺在软下去的时候说的话。

旺旺软成了一摊泥。

第二天，仁家堡的人们敲锣打鼓，把四清工作的第一张喜报送到了公社。

后来，蓝鱼儿又胳肢过几个人。

胳肢刘洪全的时候，蓝鱼儿多少有些不忍心。她看见刘洪全像霜打了一样。刘洪全叹了一口气，叫了蓝鱼儿一声妹子，听得蓝鱼儿心直动弹。

"妹子，"刘洪全说，"该怎么胳肢你还怎么胳肢，撑不住了我也交代。"

"你看这事弄的，我也没办法，"蓝鱼儿说，"好多天不胳肢人，我这手就痒痒。"

蓝鱼儿说得很诚恳。

"就是就是，"刘洪全说，"弄得多了就上瘾了，跟抽烟一个道理。"

她胳肢了他。刘洪全没有撑住，成了四不清分子。

再后来就是胳肢仁俊义。那时候，队长又换了新人，队干部都换了新人，只有民兵队长仁俊义还在位。刘洪全划不过，就起了事。

"是骡子是马都拉出来遛遛。"刘洪全这么说。

新队长觉得这话在理，就说："遛遛就遛遛。"

蓝鱼儿不能不胳肢她男人仁俊义了。先天晚上，他们在炕上坐了半夜，眉心都挽了个愁疙瘩。

"咋办呀你说？"蓝鱼儿问仁俊义。

"你说咋办？胳肢人的是你你说咋办？"仁俊义说。

"包子是空的，馒头是实的。"蓝鱼儿说。

"你以为旺旺刘洪全他们交代的都是实的？他们撑不住了胡说哩。"仁俊义说。

"你甭胡说。"蓝鱼儿说。

"我撑不住了也会胡说。"仁俊义说。

"硬撑。"蓝鱼儿说。

"那得看你的手了。"仁俊义说。

"不睡了，我胳肢你，你试着撑。"蓝鱼儿说，"人怕胳肢怕的是生手，我的手你熟悉，也许能撑住。"

蓝鱼儿让仁俊义躺在炕上，然后试着胳肢，这时候，他们才知道，手虽然是熟手，可抚摸和胳肢是两回事。只要蓝鱼儿的手指头拨拉着挨上仁俊义的身子，仁俊义就像打别虫一样蹦跳，笑得上下不接气。他们一直试到天麻亮，终于绝望了。他们互相抱着哭了一阵，流了许多泪。

胳肢如期进行。那是蓝鱼儿胳肢人以来感觉最好的一次。蓝鱼儿想，反正他撑不住要笑，还不如让他笑个够，反正都是胳肢，还不如好好胳肢一次，把瘾过足，也不枉胳肢人一场。人在无路可退的时候就会这么不顾一切地往前走。蓝鱼儿就这么做的。她胳肢得痛快淋漓。仁俊义笑得鼻眼里喷出了血。血滴在蓝鱼儿的手背上，她以为是鼻涕，又觉得有些不对劲，鼻涕不该这么热她停住手，往上一看，才知道是从仁俊义鼻眼里喷出来的血，红而鲜亮。蓝鱼儿傻了，她没想到她男人会笑成这样。

当天，民兵队长就换了新人。新换的队干部们每人都做了一把老头乐，他们不用它挠痒痒。每天晚上，他们在被窝里偷偷练习着抵抗胳肢的耐力。他们相信耐力是锻炼出来的。谁知道哪一天蓝鱼儿的手就会抓摸到他们的身上。

一年后，蓝鱼儿又坐在院子里切红薯。她不时地伸出舌头，在手指上舔一下，喀喀嘴唇，享受着那种黏稠的甜味。她男人仁俊义蹲在门槛上看着她切。他再没骑过她。不是不想骑，一看见蓝鱼儿的那双手，他就蔫了，一点办法也没有，直想哭。他说蓝鱼儿你把手放到身子底下我看不得它了。蓝鱼儿也很难过，她把手压在身子底下让仁俊义骑。仁俊义似乎行了，骑上去。这时候，蓝鱼儿就管不住她的手了。她舒服就想抱仁俊义。俊义俊义好死了好死了，她情不自禁地抱住仁俊义的屁股。仁俊义尖叫一声，从她的身子上弹了起来，恐怖地看着蓝鱼儿不知所措的手。蓝鱼儿恨不得把她的手剁掉。就这么，他不能骑她了。

这会儿，仁俊义看着蓝鱼儿切红薯。看着看着，他站起来，朝蓝鱼儿走过来，拉住了蓝鱼儿的一只手。

"看看，我看看。"仁俊义说。

仁俊义给蓝鱼儿笑了一下。

仁俊义突然抓过切刀，朝蓝鱼儿的手腕砍过去。蓝鱼儿的身子猛地挺了一下。仁俊义抓过蓝鱼儿的另一只手，又砍了一刀。他把砍掉的两只手扔上了房顶，然后抱起蓝鱼儿，上县城医院缝针去了。

以后的几年里，仁家堡的人老看见蓝鱼儿吊着两条没了手的胳膊，在村外的大路上向远处张望。他们知道她想仁俊义了。仁俊义正在蹲大牢。他们觉得她有些可怜，不忍心和她打招呼。

那两只手一直在房顶上。

（原载于《延河》1994年第4期）

中篇小説

棺材铺

一

　　杨明远在蛤蟆滩袭击了一队做丝绸生意的商人之后，回到了老家新镇，敲开了他弟杨明善的门。那时候天刚麻亮，街道上没有人影。他在他弟的破门上敲了几下。新镇前后两条长街，中间一条马道相连，他弟杨明善就住在马道里。他听见他敲门的声音像豌豆一样滚出去老远，然后，他听见了几声咳嗽。他弟杨明善光着脚拉开一道门缝，仰着脖子，从门缝里看着他的脏脸。他弟小时候害过一场病，以后的四十多年里没怎么长个子，就成了现在这么个矮男人。他弟的眼珠子偏偏长得很大，从鼻梁的两边挣出来，像时刻都会从眼眶里蹦出去一样。他眨眼的时候，就会眨出一阵"啪叽啪叽"的响声。

　　这会儿，他仰着脖子，神情认真，从门缝里"啪叽啪叽"看着他哥杨明远。

　　"你回来做甚？"他说。他没有让他哥进门的意思。杨明远当了土匪以后，他们兄弟之间很少来往。

"你回来做甚？"他眨着眼，啪叽啪叽。

"你让我进去。"杨明远说。

"你说，你说你回来……"

杨明远把手伸进门缝，张开五根粗硬的指头，箍在他弟杨明善的脑顶上，一使劲，杨明善的头就从脖子上转了过去。杨明远挤身进门，把一包袱白花花的银子放在柜盖上。杨明善的女人正在炕上穿衣服，她从来没见过这么多的银子，身子立刻软了，嘴巴嗫成了一截竹筒。

"噢！"她呻唤了一声。

杨明善一脸鄙夷的神色，瞄了他女人一眼。他感到他女人太有些见钱眼开了。

"顺墙靠着我说，悄悄的别出声，别给我丢人现眼。"他说。

然后，他把脸转向他哥杨明远。

"我不要你的钱。"他说。

"我不要来路不明的钱。"他说。

女人用鼻子哼了一声，耸耸肩，紧好裤带，顺炕墙坐了下去。她觉得她男人像一块生姜疙瘩。

后来，杨明善就知道了那一包袱银子不是给他的。他哥杨明远要收心洗手，回新镇当一名规矩的镇民。

"我不想在外边胡跑了。"土匪杨明远说。

"跑么，你跑么，"杨明善说，"我又没拉你的腿。"

"咱可是一个娘裤裆里倒出来的。"他哥说。

"你听你说的话，一个裤裆！"杨明善说。

"你给我弄一块地皮。"他哥说。

"地皮？我为什么给你弄一块地皮？"

"你是镇长。"

"我可不是你的镇长。"杨明善说，"我是个屎不顶的镇长。"

"屎顶屎不顶你给我弄一块地皮。"杨明远说，"一笔写不出两个杨字。"

"新镇可都是规矩人家。"镇长杨明善说。

"我不给你惹是生非。"他哥说。

"这可是人话？"杨明善说。

"人话！"他哥说。

杨明远的身子背后传出来一阵溜吸鼻涕的声音。杨明善的女人又呻唤了一声。她看见杨明远的身后站着一个脏兮兮的鼻嘴娃，进门的时候她竟然没看见。

"我的后人。"杨明远说，"我和你嫂睡了一觉就有了他，好歹是杨家的种，我留了他。"

"噢。"女人说。

"你嫂命不长，死了。"杨明远给他弟和弟媳妇笑了一下，把他的后人坎子，从身子背后拨到他弟跟前。

"叫叔。"他给坎子说。

坎子叫了一声叔。

"叫婶。"

坎子叫了一声婶。杨明善的女人从炕上跳下来，摸着坎子的头。

"多乖。"女人说。她朝柜盖上的包袱瞄了一眼。

"你给我照看坎子几天。"杨明远说。他给柜盖上留了一把碎银，提着包袱走了。

女人兴奋得像一只下了蛋的母鸡，她飞快地收起银子，包好，放在一个牢靠的地方。

"他留了我就收，我不嫌来路不明。"女人说，"我不嫌少。坎子，你好生在婶子这里待着，婶子给你烙油饼吃。"

镇长杨明善眨巴了一阵眼睛，没说什么。

许多天以后，土匪杨明远在新镇城外盖起一座深宅大院，做起了棺材生意。人们看见一截截带着树甲的圆木从马车上卸下来，抬进了杨明远家漆黑的大门，出来的时候，就变成了一口口崭新的白木棺材，散发着一股木香味，老远就能闻见。杨明远成了新镇的三家富户之一。他没惹是生非。他和新镇的人来往很少，棺材铺成了新镇最神秘的地方。新镇人不知道杨明远是怎么用棺材发财的，他们猜测了很久，有人说，杨明远的棺材是给队伍上的，队伍上用那些白木棺材给挨了枪子的士兵收尸，这种猜测一直没有得到证实。后来他们又为杨明远一直不娶女人的事嘀咕了一段时间。再后来，他们什么话也不说了，他们想杨明远还会发财。他们没想到杨明远的棺材会有卖不动的时候。他们更想不到杨明远非要把卖不动的棺材卖给新镇的人。

镇长杨明善到那座深宅大院里看过他哥一次。他老远就听见了凿子刨子锯子和木头接触的那种"叮叮当当""噼噼啪啪"的声响。他踩着满地的刨花从一群潜心做活的伙计中间走过去。他看见他哥杨明远坐在一把黑漆木椅子里，手里焐着泥茶壶。他哥的脸刮得白白净净，白净得让他有些接受不了。他哥给他笑了笑。他感到他笑得有些怪模怪样。他没和他哥说生意兴隆不兴隆的事情，他觉得一个正派人谈生意很下贱，和一个生意兴隆的人谈生意的事情更下贱。"他很得意，他肯定很得意，我偏不和他说他得意的事情。"他一路上都这么想。

他和他哥说了几句娶不娶女人的话。

"你不给你弄个女人？"他说。

他哥往喉咙里灌了一口茶水，没有说话。

"嗯？不弄。"他说。

"女人伤身子。"他哥说。

"说发你就发了。"他朝那些做棺材的伙计们看了一眼。

"噢么。"他哥说。

"看你得意的，我可不是眼红你。"他说。

"噢么。"他哥说。

"你还要发，得是？"他说。

这回，他哥没说噢么，他哥端着泥茶壶看了一会儿天，他们好长时间没有说话，他们听了一阵锯子切割木板的声音。后来，他听他哥说："棺材卖不动了。"

"做生意都有卖不动的时候。"他说。

"我可不想让我的棺材卖不出去。"他哥说。

杨明善"啪叽啪叽"眨了一会儿眼睛。他觉得他哥有些可笑。

"棺材可不是什么好东西，你总不能硬往别人家里抬吧？"他说。

"我可不想让我的棺材卖不出去。"他哥又说了一句。

"熊话。看你说这熊话。"他说。

他哥扭过脸又给他笑了笑。他哥往喉咙里灌了一口茶水。他哥咽茶水的声音很响。他哥仰着脖子，他看见他哥的喉结滑动了一下。他哥的喉结很大。

那时候，镇长杨明善和新镇所有的人一样，没有多想。

"啪叽啪叽"，他眨着眼。

二

事情发生得有些蹊跷。那天傍晚，杨明远端着那把泥茶壶出了他家的黑门，他想出去走走。最近一段时间，他总爱这么端着泥茶壶出去走走。离他家不远处有一个土壕，一会儿，他就蹲在了土壕边上。他看见坎子和另外两个一般大小的孩子在土壕里"过家家"。他认识他们，一个是地主的儿子大头贵贵，另一个是当铺掌柜的女儿花花。他们和坎子一样，都穿着开裆裤。他们玩得很潜心。坎子当轿夫，"抬"着新娘花花忽悠忽悠走了一阵，然后，新郎贵贵扶新娘下轿。

"亲一口，贵贵，要亲一口。"坎子说。

大头贵贵愣眼看了坎子一眼，突然转身抱住花花，在花花脸上亲了一口。他让花花躺下，花花不躺，花花说地上有土。

"你是新娘，新娘要上炕。"贵贵说。

贵贵把花花扳倒，然后骑上去，竟撅着小屁股晃了起来。花花不让贵贵晃，她说贵贵你晃我就不和你玩了。贵贵说新郎都这么晃，不信你问坎子。坎子说就是就是。花花不说话了，任贵贵一下一下晃着。上壕岸上的杨明远笑失了声。贵贵一抬头，看见有人笑他，便受了鼓舞似的，小屁股晃得越上心了。当铺的女佣人刘妈来喊花花吃饭的时候，贵贵正晃在了兴头上。

"嗨哎！嗨哎！"刘妈喊叫着从土坡上颠了下来。

"他们玩耍哩。"杨明远说。

刘妈没听见杨明远的话。刘妈一直颠到大头贵贵跟前，在贵贵一晃一晃的屁股上扇了一把。贵贵扭过头，很不服气地看着刘妈。

"你扇我？"贵贵说。

刘妈拧着贵贵的耳朵，把他从花花身上提起来。

"你拧我耳朵？"贵贵说。

刘妈本来想笑，可她没笑。

"小小年纪就知道弄这种事，谁教你的？"刘妈说，"我看看你的牛牛有多长。"

刘妈说着，就从贵贵的裤裆里拉出贵贵的小牛牛，贵贵挺着肚子，一脸英雄气概。

刘妈在贵贵的小牛牛上捏了一下。

贵贵叫唤了一声。

贵贵把头仰在脊背上，斜眼看着刘妈。刘妈拽着花花走了。

"你捏我！"贵贵捂着裤裆喊了一声。

刘妈没有回头。刘妈怎么也想不到她会捏出事来，会把贵贵的小牛牛捏肿。

第二天早上地主李兆连的女人贵贵他妈让贵贵下炕，贵贵不下，女人以为儿子恋炕，便揭了被子。

"下去下去我要扫炕。"女人说。

女人突然瞪圆了眼珠子，她发现她儿贵贵的两只手非常可疑。一拨开贵贵的手，她就失声了，贵贵的小牛牛肿得像棒槌一样，直乎乎竖在两腿之间。

贵贵哇一声哭了。

"她捏我。"贵贵说。

"刘妈捏我，她说她看看我的牛牛有多长她就捏我。"贵贵看着他妈的脸，他怕他妈揍他。

贵贵妈半晌没有喘气，她突然叫了一声，像挨了戳的鸡一样从门里奔了出去，喊叫着，跳着，满院子转。

"啊哈，她捏我娃！啊哈，她捏我娃牛牛！"女人的眼泪像断了线的珠子。女人拍着屁股，打着脸。

地主李兆连正在马房里调理牲口，他是个四十多岁的瘦男人，长得像个书生。

他以为他女人让开水烫了肚子，女人让开水烫了肚子的时候才会这么喊叫。他和几个长工从马房里跑过去，他甚至给一个长工说："去油房舀些清油。"开水烫了肚子抹点清油就好受了。女人一见李兆连，立刻止住了哭声。

"贵贵的牛牛肿了。"女人说。

李兆连松了一口气，说："我当是开水烫了你的肚子，听你那腔调。"

"驴！"女人跳着喊了一声，"你去看，贵贵的牛牛让人捏肿了！"

李兆连和长工们跑进屋，围在炕跟前，要看贵贵的牛牛。贵贵乐了，从来没有这么多的人对他的牛牛这么关心过。他们说贵贵你甭捂你把手放开让我们瞧瞧。贵贵放开手，躺平身子，让他的肿牛牛直直地竖进他爹李兆连和那几个长工的眼睛里。

开始的时候，李兆连并没有把这件事放在心上，肿了就肿了，过几天会好的，可没多长时间，他就不这么想了。贵贵的牛牛被当铺女佣人刘妈捏肿的消息惊动了李家户族的男男女女和许多佃户，他们提着鸡蛋瓜果一类贵贵爱吃的东西，成群结队地来到李兆连家看望贵贵。这阵势使四十多岁的地主李兆连突然产生了一种激动的情绪。他越想越觉得刘妈捏得太不是地方了，他越想越觉得事情有些严重。当他想到他只有贵贵这么一个宝贝儿子的时候，他浑身的血好像烧开了一样，在他的身子里"咕咚咕咚"直冒泡儿。他感到刘妈的那一捏简直是个阴谋。

"叫去，"他给几个长工说，"叫户族里的人都来看看。"

更多的人来到了李兆连家，他们都怀着激动的心情。贵贵平展展躺在炕上，啃着人送来的好东西，听他们激烈地谈论他的牛牛。李兆连的女人已平静了许多，她趴在贵贵跟前，一脸怜爱的神情。

"贵贵你尿不？"

贵贵摇摇头。

"疼不？"

贵贵摇摇头。

"妈知道你疼，疼也要尿些，你不尿就会让尿水憋死。尿不？"

贵贵还是摇摇头。

"多可怜。"有人说。

"她怎么敢捏娃的牛牛！"有人想起了刘妈。

"她那么大的胆！"他们愤怒了。

就这么，地主李兆连产生了一种激动的情绪。他想他要干一件什么事情。他想他在干这件事情之前应该到棺材铺去一趟。

"我问问杨明远去。"他说。

杨明远知道李兆连会来找他，一看见李兆连从门里走进来，他的眼珠子就亮了一下，然后，就做出一副沉重的样子。他把手里的泥壶递过去，让李兆连喝茶。李兆连不喝。杨明远叹了一口气。

"我说兆连，一口气好忍。"他说。

他看见李兆连的瘦脸拉长了。

"你没做什么对不起当铺家的事吧？"杨明远问李兆连。

李兆连没吭声。

"刘妈下手也太狠了，"杨明远说，"她怎么能下那么重的手。"

"他当铺家想让我李兆连断子绝孙。"李兆连说。

"重了，重了，话说得重了。"杨明远说。

"他胡为想让我李兆连断子绝孙。"李兆连又说了一句。

"佣人是佣人，不敢往人家掌柜的身上扯。"杨明远说。

"他胡为眼黑我。"李兆连说。

"牛牛是根，怎么能捏人的根嘛。"杨明远把目光从李兆连脸上移开，看着远处，像自言自语，"放在谁身上，这口气也难忍。"

"呼——"李兆连吹了一口气。

"呼——"李兆连又吹了一口气。

"我日胡为他妈的腿！"李兆连突然跳起来骂了一句，走了。

杨明远看着李兆连的背影，往喉咙里灌了一口茶水。伙计们停了手中的活，听他和李兆连说话。杨明远把手里的泥壶朝他们扬了扬。

"做你们的活去。"他说。

刨子凿子斧子锯子一齐动了，棺材铺一片热闹的响声，一直响到深夜。

三

那天晚上，镇长杨明善被请进了李兆连的家，他看见院子里站着许多人，大都是李家的长工，他们提着镢头铁锨一类家伙，手里点着火把，脸上布满激动的神情。

"我要砸胡为的当铺。"李兆连说。

杨明善的心在胸膛里颤了一下，他没想到李兆连会这么干。他看着李兆连的脸，眼睛啪叽了半晌。

"我给你招呼一声。"李兆连说。

"啪叽啪叽。"

"我不能蔑视政府。"李兆连说。

"差矣！"镇长杨明善终于想出了一句合适的话，"差矣！"他说。

"我现在就砸。"李兆连说。

"差矣！"杨明善说。

没等他再说什么，砸当铺的队伍就呼啦啦出了大门，上了镇街，空荡荡的院子里只剩下杨明善一个人。

"差矣！"他喊叫了一声，追出门去。

当铺掌柜胡为正躺在炕上抽烟。有人把李兆连要砸当铺的消息传了过来，他不信。他想刘妈捏牛牛的事与他胡为没有干系。牛牛是刘妈捏的，我没让她捏，李兆连不能胡拉被子乱扯毡找我胡为寻事，他这么想。他想，捏肿了又不是捏死了没什么大不了的，他想实在不行把刘妈辞退就结了，刘妈手脚不净，老偷东西，他正想辞了她。他很快就想出了结束这件事的办法，他觉得事情很简单，用不着大惊小怪，所以，他没把这件事放在心上，他一直躺在炕上抽烟，他用六根手指头捏着烟枪。他一只手上长了六根指头。当铺的生意红火起来以后，他老感到是那根多余的指头给他带来的运气。高兴的时候，他总要用舌头舔舔那根与众不同的指头，它像一根弯弯拧拧的树根一样，从大拇指的旁边伸出来，紧紧贴着，显出一种乖巧而又多情的样子。抽烟的时候，他喜欢用那只六指头的手捏烟枪，不为别的，就因为他喜欢。

咣一声，门开了，一个伙计从门外撞进来。那时候，胡为刚在那根可爱的指头上舔了一下，沾在指头上的唾沫水还没干。

"来了。"伙计说。

胡为瞪着伙计，一脸不高兴的神气。他最讨厌的就是舔指头的时候有人打扰。

"他们打着火把。他们叫你出去哩。"伙计说。

胡为躁气了。

"你给李兆连说去，就说我不出去。"

"他们说你不出去他们就砸。"伙计说。

"他敢！"胡为说，"他敢！"

李兆连和长工们围在当铺门口，火把在空气里烧出，阵阵"哗哗啪啪"的响声。当铺伙计跑出大门，给李兆连说："我家掌柜不出来，我家掌柜说你敢！"李兆连也躁气了，他指着当铺的木板门说："砸！"提家伙的长工们一拥而上，木板门立刻发出一阵欢快的呻吟，然后就破裂成许多碎片。长工们拥了进去。

"砸！"李兆连指着当铺里的柜台说。

当铺伙计不敢拦挡，在一边来回跳着："你敢！你敢！"

"砸！"李兆连说。

又一阵欢快的呻吟之后，当铺的柜台变成了一堆废物。当铺伙计不跳了，他看看被砸倒的柜台，又看看李兆连。"好，"他说，"好。"他一下一下抖着下巴壳，

"你砸得真好。"他突然扭过头，撒腿跑了回去。

"差矣！差矣！"镇长杨明善甩着两条短腿从街道上跑过来，他还想说一句"差矣"，他猛地收住腿，看着被砸倒的一堆东西，把最后一个"差矣"和唾沫一起咽进了喉咙。他歪过头，在人堆里搜寻着李兆连。他看见李兆连领着砸当铺的队伍越走越远，他能听见火把在空气里划过的那种忽啦声。后来，他又听见了一阵脚步。当铺伙计领着胡为从屋里走了出来。他想胡为肯定咽不下这口气，胡为也不是省油的灯。

胡为没和他打招呼。胡为跨过被砸成碎片的木板门，在当铺里转了

几个圈子。

他听见胡为笑了一声。

"日他的。"胡为说。

杨明善有些糊涂了。他猜不透胡为的心思。他没想到胡为会笑。

"一口气好忍。"他给胡为说。他想探探胡为的深浅。

"我没气,"胡为说,"他李兆连就砸了我一扇门嘛,就砸了我一个柜台嘛,我以为他要砸我的过活哩。"

镇长杨明善兴奋得两眼放光了,"哎嗨!"他叫了一声,"我没看出你的肚量,你胡为日他妈真算个人!我以为你也要砸李兆连家的什么哩。"

"我不砸,"胡为也为自己表现出来的大度感动了。"又没人捏我家谁的牛牛,我砸他我吃多了得是?我不砸。"他说。

"你知道,我就怕你也砸李兆连家的什么,我就怕你们两家你砸我我砸你砸得拉不住闸,砸得昏天黑地的,你知道,尽管我尿不顶可也算个镇长,好坏得管点事。"

"我不砸。"胡为说。

"你真好。"杨明善说。

镇长杨明善和当铺掌柜胡为在一瞬间沟通了。他们越说越高兴,越说越投机。

开始的时候,杨明善不断地吹捧胡为宰相一样的肚量,后来,他们就互相吹捧。他们吹得浑身发热,吹红了眼。他们感到站在大街上这么吹没有意思,他们手拉着手进了胡为的家。胡为让伙计热了一壶酒,他们对着酒壶继续吹,一直吹到了天亮。眼看着要发生的一起殴斗就这么让他们吹得烟消云散了。镇长杨明善很有些得意,他感到他一个晚上没有白吹,要不然,嗨嗨,胡为叫上一帮子人往李兆连家一冲,日他妈这镇上就得死人!

"胡掌柜你看,天亮了。"杨明善说。

"噢么。"胡为说。

"说亮就亮了。"杨明善说。

"天亮了你就走我睡一觉。"胡为说。

"你睡。我出去走走。"杨明善说。

杨明善迈着两条短腿从胡为家摇了出来。镇街上空落落的，风从街口灌进来，扑在杨明善的额颅上，像年轻女人纤巧的手指头，像母猫软乎乎的舌头。出门的时候，他想他应该回家睡一觉，可这会儿，他突然感到在这么好的时辰把头蒙在肮脏的被窝里有些不划算。他没有回家，他顺着街道走了出去。

他听见了一阵叮叮当当乒乒乓乓的响声。

响声是从他哥杨明远的那座深宅大院里传出来的。伙计们在那里制造着白木棺材。

"日他妈真是越富越贪。"他想。

他朝他哥家的那扇大黑门摇了过去。他想和他哥随便聊几句什么。人不是什么时候都有好心情，人心情好的时候就想和谁随便说几句什么话。

他哥家的黑门敞开着。他哥家有一摊猪屎正等着他，这是他想不到的。

他甩着两条短腿摇过来了。

四

棺材铺老板杨明远一夜没睡。地主李兆连领着长工在胡为的当铺一开砸，杨明远就来了精神，他把已躺进被窝的伙计们叫起来。他说不出几天镇上就会有一场好戏，李兆连和胡为要开火。他们都是镇上的大户，他们一打起来就会死人。他说要赶紧把棺材准备好。他说这几天大家都少睡点觉，工钱嘛不会亏了大家。他把那把黑木椅子搬进了工房。

"我和你们一起熬眼。"他给伙计们说。

他给工房的梁上吊了一盏耀眼的汽灯。

"把活做得精细些。"他说。

刨子锯子斧子叮叮当当响了起来，他每天都能听到这种响声。他感到过去的这种响声没有今天的好听。他感到他很兴奋，兴奋得想流眼泪水。日他妈人兴奋得想流眼泪水的时候就知道什么是幸福。日他妈这就叫幸福！他想。

"我不是想挣钱。"他说，"我觉得用我的棺材装死人有意思，要不我就不开棺材铺了。"他说。"做什么都能挣钱，挣不来钱你就去抢，去偷。那没意思。"他说。

"我还没亲眼见过用我的棺材装死人哩。"他说，"我想亲眼看看。"

天亮的时候，他感到有些困，他想在椅子里打个盹。他弟杨明善从大门里走了进来。他打了个激灵，呼一下从椅子里坐直了身子。

"要来事了。"他想。

他没说话。他直直地看着杨明善朝他走过来，他想他一定会给他说点什么，他等着他开口说话。

杨明善一脸得意的神色，什么也不说。

杨明远有些狐疑了。

杨明善拿过他哥的泥壶，美滋滋呷了一口茶水，圪蹴在他哥的木椅跟前。

"日他的，喝了几盅酒，口渴得很。"杨明善又呷了一口茶水。

"你忙你的，我没事，我来转转。"杨明善说。

杨明远看着他弟杨明善的模样，想把他一脚踢倒。

"我不想喝酒，胡为说喝喝，这么好的时辰有酒不喝是傻蛋，我就喝了，喝了一夜。"杨明善说，"酒喝多了口渴。"

"胡为呢？"杨明远问。

"胡为？在他家睡觉哩，"杨明善说，"那驴日的真是宰相的肚量，我以为他要和李兆连开一火哩。"

"不开了？"杨明远问。

"不开了不开了，我和他说了一夜话，我把他劝住了。我刚才给你说你就没听，我和他喝了一夜酒，你闻。"他努起嘴，朝他哥吹了一口气。

"你狗咬耗子。"他哥说。

杨明善觉得他哥的话说得有些怪。

"关你什么事？"他哥说。

"啪叽啪叽"，杨明善飞快地扑闪着眼，"你这话说得就不对了，我是镇长。"他说，"我是镇长我不管？你要是镇长你管不管？"

"你是个屎。"他哥说。

杨明善好像不认识他哥一样站起来，朝后退了一步，啪叽啪叽。

"你骂我？做什么你骂我？我该你骂，得是？"他对他哥吼着。

"我看你该吃些猪屎。"他哥说。

"凭什么？凭什么我该吃些猪屎？"

杨明远不吭声了，他歪着头，在他弟的脸上扫描着，人又气又没办法的时候就会有这么一副古怪的神气。杨明善有些胆怯了，他不知道他哥想干什么。

"你看我做什么？"他说。

"给你吃些猪屎。"杨明远说。

"凭什么？"杨明善说，"真是天知道。"

杨明远把脸转向那些伙计："过来，过来两个人。"

两个拉锯的伙计走过来。杨明善的眼睛不再扑闪了，他看着他哥。

"你看你，你还能把事弄成真的？"他说。

他往大门口退着，他想他只要能退到大门跟前，就转身撒腿跑。

"甭让他走。"杨明远说。

一个伙计走过去，挡住了杨明善的退路。杨明善失慌了，你感到他腿上的关节正在皴裂。

"真是天知道！"杨明善喊了一声。

"去，到猪圈弄些猪屎来。"杨明远给另一个伙计说。

伙计很乐意干这件事，这比锯木板有意思多了。他飞快地拐了几个弯，进了猪圈，又飞快地跑回来。杨明善看见伙计的手里真抓着一把黏稠的东西。伙计的袖口高高挽着。

"哥，你怎能这么干！"杨明善又喊了一声，他还跳了一下。他看见他哥端起泥壶回屋去了，他哥头也没回，他哥不给他一点希望。他感到这猪屎非吃不可了。挡他退路的那个伙计抱住了他的胳膊，拿着脏物的伙计正一步一步朝他走近。他咬紧牙关，憋住气，他知道他们要掰他的嘴，他知道要掰开他的嘴唇是很容易的事，而牙齿不容易，所以他使劲咬着牙关。他闭着眼。他听见伙计说镇长你就忍着点你哥让我们给你吃这玩货我们当伙计的没办法这不怪我们。他想反驳伙计几句，他想说去你妈的甭给我说客气话要弄你就快点弄。他没说，他想他不能张嘴。他想他们给他说客气话也许是为了惹他开口，他一开口他们可就好办多了，所以他没说话，他感到有一根手指头在他的嘴上抿了一下，把那种脏东西抿进了他的嘴里。然后，他们放开了他。

"噗哟——"杨明善朝上吹了一口。

"呸！"他弯下腰，朝地上吐着。

"噗——呸！你想让镇上死人得是？你日弄人哩！噗——"他感到他嘴里的脏物怎么吐也吐不净。他看见他哥从里屋出来，手里端着泥壶，站在台阶上看着他。他哥脸上的皮肉平顺多了。

"你还算个人！"他对他哥喊着。

"以后你少管闲事。"他哥说。

"你还算个人！"他说。

他甩着胳膊，从大门里摇出来。

"你还，还算个人！"他扭过头又喊了一声，然后进了城门洞。

已是早晨的时光了，他看见当铺门口有几个人在清理那些被砸烂的东西。他从一边绕了过去，他不想和他们打招呼。他感到他的牙齿上还有些那种黑绿色的脏物。他很快拐进了家门，在厨房门口的瓮里舀了一马勺凉水，认真地漱了一会儿口。这时候，他才想起他一夜没有合眼，真有些累了，他走进屋，看见他女人直乎乎在炕上，头发像一堆干草，衣服半开着，胸膛上吊着两个肉葫芦。女人一脸忧郁的神色。

"你才起身？"他问。

"我没睡。"女人说。

"没睡？"他显出吃惊的样子。

"我睡不着，你不回来我睡不着。"女人说。

"我去当铺喝酒了，"他说，"后来我去棺材铺转了一趟。"

"你哥没留你吃早饭？"女人说。女人朝窗户上看了一眼，太阳光已照到窗纸上了。

"没，没有，我不吃他的饭。"他说。他蹬掉两只鞋，爬上炕。"睡，咱睡一会儿。"他说，"脱了，脱了睡舒服。"他在女人的两个肉葫芦上拨了一下。

他们一块钻进了被窝里。他没给他女人说猪屎的事，他觉得给女人说这种事不好，男人不一定把什么事都告诉女人。

五

地主李兆连每天早晚都要去马房看看。马房单独一个院子，拴着几十头牛马骡子一类牲口，由两个长工饲养。早上下地的时候，牲口们就摇着尾巴从圈里出来，队伍一样走过新镇的街道，在地上踩出一阵结实的蹄脚声，晚上，它们再排着队走回来，踩出的蹄脚声同样结实。李兆连喜欢听这种声音，他感到自在，熨帖，日他妈的，好听！所以，他每天都去马房。贵贵的牛牛肿了以后，他被耽搁了几天。现在，贵贵的牛牛消肿了，胡为当铺也砸过了，他想他该去马房看看。穷人爱娃娃，富人爱骡马，这是胡话，李兆连是新镇的富人，他可是娃娃、马都爱。那天早上一醒来，他给他女人说我去马房呀。女人搂着贵贵，在被窝里哼了一声。他蹬上鞋，穿着那件白布褂，边扣纽扣边往外走。

他没看见他的牲口们。马房的院子里围了一堆人，正嘈嘈着什么。他们看见李兆连走进来，就闭住嘴，朝他脸上看。他们给他闪开一条路，他看见了那两个长工。两个长工一脸沮丧，手里提着两截缰绳，可怜巴巴的，要上吊一样。李兆连心里咯噔响了一声。

"日他妈出事了。"他想。

两个长工叫了一声："东家。"

"牲口没了。"长工说。

李兆连感到他大腿上的肉好像被剃头刀子割了一下。

"有人割断了缰绳，把牲口全放跑了。"长工说。

李兆连的眼前立刻出现了一幅情景：有人趁长工睡觉的时候溜进牲口棚，用刀子割断了缰绳，把牲口们一头一头赶了出去。李兆连的脑袋里忽一下乱成了一锅粥。李兆连的脑袋里忽一下又变成了一盆清水。

"日他妈还不给我找去！"他朝长工们吼了一声。长工们像受惊的野兔一样从门里跳了出去。一会儿，新镇方圆几里的沟岔和河滩上就响起了长工们吆喝牲口的叫喊声。

事情太明显了。李兆连想也没想，就走进了马道，推开了镇长杨明善家的门。

杨明善在猪圈里正给他家的猪逮虱子。那是一只老母猪，刚下了一窝猪崽。它功臣一样躺成一个自在的姿势，把它的十几个奶子亮给它的儿女们，让它们肆意拱着。它似乎很舒服，不时发出几声幸福的哼哼。

李兆连站在杨明善的跟前了。李兆连的脸像一枚青茄子。

"我给猪逮虱子哩。"杨明善说。

"逮个尿！"李兆连说。李兆连脖子上的筋硬成了两根筷子。

"咋啦咋啦？"杨明善说。

"有人放跑了我家的牲口！"李兆连说。

"笑话。"杨明善又要逮虱子了。

李兆连往前走了两步，抬起脚，朝那头猪踢过去。猪叫唤了一声，从杨明善的手底下跳了出去，猪蹄子刨起的粪土花甩了杨明善一脸。

"你怎么踢我家的猪？真是，不是自家的就不心疼。"杨明善心疼地看着那头母猪在粪堆上哼哼着转圈子。"真是，要是你家的猪你踢不踢？"他说。

李兆连抓住杨明善的胳膊，把他从门里拉了出去。

"你甭拉你甭拉，大清早起来就踢我家的猪，还拉人，有没有个天理良心！"杨明善说，"你松开我。"

李兆连不松手，一直把杨明善拉进了他家的马房。

"你看看，你睁眼看看。"李兆连说。

几间牲口棚空荡荡的。

"你听，你听听。"李兆连说。

杨明善竖着耳朵。长工们吆喝牲口的声音像风筝一样从镇子外边飘了过来。

"少一头牲口，我和他胡为完不了。"李兆连说。

杨明善没吭声，扭身走了。

"我和他胡为唱火炮戏！"李兆连朝杨明善的背影吼叫着。他追出门，看见杨明善拐过马道，进了当铺家。

胡为的心情看上去很好，他正在火炉上温酒，心情好的时候，他总喜欢把酒温热喝。他已经喝了好大一会儿了。他一见杨明善就说："好，镇长，好。"他的脸红扑扑的，他说热酒上脸，可热酒不伤胃。

他给杨明善倒了一盅。

"来，喝一盅，热酒不伤胃，我不骗你。"

杨明善没接胡为递过来的酒盅。他觉得胡为很恶心。

"你这人真恶心。"他说。

"我心里高兴。"胡为说。

"我以为你真是宰相的肚量哩，你这人真恶心。"杨明善说，"我不喝你的酒。"

"你不喝我喝。"胡为说。胡为把酒盅贴在嘴上，一扬脖子，那盅热酒全进了喉咙。他放下酒盅，咂咂嘴，哈了一口气。

"有本事你和人家李兆连明着来，你做什么日弄人家的牲口？"杨明善说。

"我日李兆连他先人哩我日弄他家的牲口！"胡为说。

"李兆连说你把他家的牲口放跑了。"杨明善说，"你听，李兆连家的长工满河滩吆喝着寻找牲口哩。"

"我听见了，我就是听见了我才热酒喝哩。我管尿他，我没放他家的牲口。"胡为说。

"李兆连说是你放的。"

"他爱说他说去，我没放。这是报应，他砸了我家柜台，这是报应。他家的牲口全跑丢了才好，跑丢了我就热一老瓮酒喝。"

"他要和你唱火炮戏！"杨明善说。

"嫖客日的放他家牲口。"胡为说。

"李兆连把长工佃户都叫到他家里了，在石头上磨刀子哩。"杨明善说。

胡为不喝酒了，他觉得事情有些不对头，他把眼睛瞪成了两个酒盅，脸上的皮肉颤着，颤着。他突然从地上跳了起来。

"他李兆连欺侮人哩！他凭着他有长工有佃户欺侮人哩！"他说。

"我没放他家的牲口！婊子养的放他家的牲口！"他说。

"那你给他说去。"杨明善说。

"我不说！我胡为的玩货在我胡为的大腿根长着哩，软硬由我自己。"

胡为抡开胳膊，把手里的酒盅朝墙壁上摔过去，一声短促的碎裂声，酒盅变成了许多瓷片。胡为的鼻尖和耳朵也变红了。

"火炮戏就火炮戏，我没长工没佃户可我能叫镇上的光棍地痞二流子。他李兆连磨刀子，我就磨镰！"胡为说。

杨明善没想到胡为会突然变脸，他看见胡为像一只愤怒的公猫，从门里跳了出去。

"差矣！"杨明善说。

"日他妈，弄！"胡为说。

人真是怪物，说起性就起性了。胡为动了真格的。没多大工夫，二十多个光棍地痞二流子就聚进了当铺掌柜胡为的家。胡为神气得像个将军。

六

光棍地痞二流子们推举出一个叫稀泥的人当他们的头目，稀泥听胡为的，他们听稀泥的，免得打起来的时候乱阵脚。他们每人手里真提着一把镰刀，在院子里喊叫着，一脸好事的神情。

"稀泥，问掌柜的怎么个弄法。"

"要弄就干脆些。"

"把人弄死了谁承担？"

"好，我给咱问去，你们等着。"稀泥说。

稀泥进了胡为的屋子，眼睛直勾勾看着胡为。"弟兄们等你说话哩。"他说。

"磨镰！"胡为说。

稀泥把脖子伸出门外，朝院子里喊了一声："掌柜的说了，磨镰——"

"进来一个撂倒一个。"胡为说。

"进一个撂一个——。"稀泥说。

光棍地痞二流子们吆喝着纷纷寻找石头瓦片，一会儿，院子里就响起了一阵酣畅的磨镰声。事情闹大了。

胡为突然有些后悔了。他本来没想把事情闹这么大，只是和杨明善话撺话，撺出了一肚子火气。院子里吆喝声和磨镰声不时从窗口灌进来，塞满了他的耳朵。他不时地朝院子里看一眼，他想他实在有些冤枉，不知是哪个龟孙儿子放了李兆连家的牲口，早不放晚不放偏偏在李兆连砸了当铺柜台的时候放。他想他得给院子里的那伙光棍地痞二流子们管饭，还要发两块大洋，要是打死一个两个，还要办后事。他越想越觉得后悔。他想人日他妈说不定什么时候就会碰上倒霉事，人倒霉的时候喝凉水也会中毒。他心里乱极了。他想打退堂鼓，想让光棍地痞二流子们各回各家。他想李兆连他娘的一定是吃错了药，他想咬李兆连一口；他想他只能有尿没尿撑住尿了。

"李兆连，你驴日的把我害苦了。"他对着墙壁这么说了一句，他一肚子晦气怨气恨气。

"日他妈磨镰！"他说。

"进来一个撂倒一个。"他说。

"往脖子上撸！"他说。

他踩着摔碎的酒盅碴儿走了几个来回。他听见光棍地痞二流子们提着磨利的镰刀涌到前院去了。他抬起脚，在他温酒的小火炉上踢了一脚，然后，倒在炕上睡着了。稀泥撞开门喊他起来的时候已是傍晚的光景了。

"来了！"稀泥说。

他呼一声从炕上直了起来，他看见稀泥的脸上没了一点血色。

"你狗日的害怕了！"他说。

"来了！"稀泥说。

他跟着稀泥跑进前院。他看见光棍地痞二流子们紧攥着镰刀，眼睛圆嘟嘟睁着，从大门里往外瞅着。

"来了？"他问。

"来了。"有人说。

他听见一阵牲口的蹄脚声。

"进来一个撂倒一个。"他说。

他看见一头牲口从他家门口的街上走了过去。又一头。又一头。牲口们排着队，摇着尾巴。李兆连家的一伙长工跟在牲口队的后边，一边走一边说着笑话，很轻松的样子。

他们把牲口找回来了。

什么事情也没有发生。

光棍地痞二流子们空紧张了一阵，他们你看我我看你，互相看着，一脸迷茫的神色。后来，他们就把目光放在了胡为的脸上。

胡为长长地出了一口气。"杨明善把我哄了，"他说，"杨明善说李兆连让长工们磨刀子要和我唱火炮戏。"

光棍地痞二流子们把攥湿的镰把儿别进腰里，等着胡为说一句他们想听的话。

"回，你们都回家，这里没事了。"胡为说。

他们没有走的意思。他们看着稀泥。

稀泥给胡为笑了一下。

"日他的，害我们等了整整一天。"稀泥说。他又笑了一下。

"就是，日他的，你们回。"胡为说。

"你看这……工钱。"稀泥说。

"杨明善把我哄了。"胡为说。

"哄是哄了，可工钱……"稀泥说，"人说不定什么时候就会遇点麻烦事，你说是不？"他把头转向他的同伙们："你们说，是不？"

"是，当然，"胡为说，"看你稀泥说的，我胡为还能做亏人的事……"

他看着稀泥他们每人拿着两块银圆走了。他在那只火炉上又踢了一脚，他听见火炉呻吟了一声。他飞快地抖抖脚，他用的劲大了些，踢疼了脚趾头。然后，他让伙计把摔碎的酒盅渣儿扫出去，他觉得它们惹眼。他想李兆连要是一个酒盅就好了，他就把李兆连摔碎，摔成瓷渣渣，然后扫出去，扔在城壕里。李兆连偏偏不是酒盅。他想他说不定什么时候会捏死李兆连。他想象着他的手掐在李兆连脖子上的情景，李兆连蹬着腿，李兆连的眼珠子鼓着鼓着就从眼眶里蹦出来，掉在鼻子两边，像两个软软的麻雀蛋。他想那时候他什么话也不说，咬住牙往手指头上用劲就行了。他把他捏人的情景想得很瘆人。他出了一头汗。人想这种事的时候浑身都用着力气。

"他驴熊哄了我。"他又想起了杨明善。他想他再见到杨明善就给他脸上吐一口。

杨明善没有说错。地主李兆连真让人磨了几把刀子，他说如果找不回牲口他就割当铺掌柜胡为的耳朵。他一直守在马房的院子里，等着牲口的消息。

"胡为说牲口不是他放的。"杨明善说。

"我不管。"李兆连说。

"人不能这么弄事。"杨明善说。

"少一头牲口我也和他弄事。"李兆连说。

牲口们一头接一头回来了，李兆连气消了大半。牲口们没跑远。

"你看，牲口找回来了。"杨明善说。

"一头不少。"长工说。

"胡为叫了一屋光棍汉，是些不要命的货。"杨明善说。

李兆连看着长工们给牲口饮水，拌草，然后，又听了一阵牲口嚼草的声音。

"算了，牲口都回来了那就算了。"李兆连说。他出了马房院子，进了家门。

"算了。"他给跟过来的杨明善说。

李兆连把门关上了。

杨明善以为李兆连会留他吃晚饭，李兆连把门一关，他才知道他想错了。他听见他肚子里有一种咕咕的响声。

"日他妈人越富越贪。"他说。

他顺着街道来到当铺家门口，他想进去看看，摇摇门，也关了。

"日他妈人……"

天黑了，街道上一只狗也看不见。他回到家，摸进厨房，吃了一碗凉水泡馍。

他感到那些被水浸泡过的馍在肚子化开来，变成了一股又一股热乎乎的东西，顺着他的身子流开去，流过胳膊和腿，一直流到指头梢。他感到他很快就有了力气。他猫一样跳上炕，钻进被窝，抓住了他女人胸脯上那两个百捏不厌的肉葫芦。女人睁开眼看看他，又闭上眼，嘴里发出一声声轻微的呻唤。他伸开一条腿，顺着女人的肚子搭过去。

"日他妈还是自己的女人好。"他想。

七

棺材铺老板杨明远从来没这么背运过。他不太喝茶水了。他常常坐在那把黑木椅子里看着做棺材的伙计们发呆。伙计们做工的热情已明显不如以前。有几口棺材已经做好，整齐地排列在工房里，散发着一股木香味，直往人心里去。

他们没打起来，狗日的。

那天，他又搬出了那把木椅，坐了进去。他看看伙计们，伙计们也看看他，都没有吭声。他们已懒得吭声了。

"瞿——"使刨子的伙计在一条木凳上没滋没味地刨着，木花从刨眼里卷出来，像裤带。

"哧——哧——"是锯子切割圆木的声音。拉锯的两个伙计面无表情，身子一倾一仰地拉着，锯屑顺着锯齿掉下来，落在他们的腿上，脚上。

"叮，叮叮。"是凿子。

他听得有些心烦。好多天以来他心里一直很烦。他想去镇街上走走，他甚至想去当铺和地主家转转，他感到他已经没有耐心等待了。每天早晚，街道上都会响起李兆连家牲口们上地或下地的蹄脚声。当铺门前说不上红火，但总有人去典当东西，也不能说冷清。他们没打起来，他们都平静地做着他们各自的事情。他们就这么不动声色地折磨着棺材铺老板杨明远。他弟杨明善也有好长时间不来棺材铺了。

一进镇街，杨明远立刻有了一种扫兴的感觉。镇街上几乎没有人影。那时候是正午，太阳正旺，人们都躲在自家屋里的晾房里睡觉歇晌。几只狗卧在墙根底下的阴凉处，伸着舌头喘气。远处走过去一个人，一会儿，又走过去一个，一样无精打采，好像被太阳晒软了。他认不出他们是谁。

当铺的门大开着，被砸倒的门面和柜台早已修复起来，两个伙计正枕着胳膊在柜台上打盹，有一个抬起头，看了杨明远一眼，又把头埋进了胳膊里。

"如果打起来，也许他们已装进我的棺材里了。"杨明远远远看着那两个伙计这么想。他这么一想，立刻就想起了排列在工房里的那几口白木棺材。

狗日的他们没打。

他来到了李兆连家的马房院跟前。他从门里往进瞅了一会儿。一个长工从牲口棚出来，在大水缸里提了一桶水，又走进去，把水倒进牲口槽。他能听见他倒水的声音。

他又想起了那几口白木棺材。

他想他得把他们装进去，他想他一定要这么做。他很快走完了两条街道，从西城门走出去。他要从城外绕回棺材铺。

和所有的镇子一样，新镇城墙外也有一圈护城壕。杨明远就是在护城壕里看见地主李兆连的儿子贵贵的。他一看见贵贵，心里就咯噔响了一声。他以为他花眼了。阳光太旺的时候，人头脑发热，眼光容易缭乱。他摇摇头，仔细看了看：是贵贵。贵贵在城壕的拐坎上刨一种叫作小棒槌的东西吃。

他想和贵贵说几句话。他突然产生了这种欲望。他叫了一声贵贵，朝贵贵走过去。

"贵贵。"

贵贵没有抬头，继续用手指头在土里剜着。

"贵贵，你不和我家坎子玩了？"

"我妈不让我和别家的娃们玩。"贵贵说。

"你的牛牛好了？"杨明远蹲下来，朝贵贵跟前凑了凑。

"我妈不让人动我的牛牛。"贵贵说。

"我不动。"杨明远说。

"我剜小棒槌哩。"贵贵说。

"你剜，你剜你的。"杨明远说。他扭着脖子朝周围看了一圈，狗大个人影也没有。

"你一个人出来了？"他问贵贵，他看着贵贵剜土的手指头。

"嗯。"贵贵说。

"唰——"贵贵剜着。

"唰——"

贵贵的手指头像虫虫一样，在土里伸屈扭动着。贵贵剜土的声音很大。杨明远咽了一口唾沫。他感到贵贵剜土的声音正压迫着他。

"唰——"

他感到胸口憋得慌。贵贵刨土的声音越来越响，越来越急。

"唰——"

他又一次想起了那几口白木棺材。他的手朝贵贵的脖子伸过去。

"我先把这小狗日的装进去。"他说。

贵贵没听清他说什么，想扭过头来。他没让贵贵扭，他掐住了贵贵的脖子，把贵贵的头塞进了土窝里。他感到贵贵的脖子一下一下鼓着，好像要咳嗽一样，他给手上加了点力气。贵贵到底没咳嗽出来。贵贵的手被压在了身子底下，贵贵只能蹬腿。贵贵使劲蹬着，蹬掉了一只鞋，脚趾头弓着，努力往土里抠进去。后来，贵贵的身子发冷似的猛抖了一阵，抖出了一泡尿水，就一动不动了。

他松开手，他感到他身子里的血急剧地向他的手指头上涌过去。他抬起头朝天上看了一眼。他坐在贵贵身边，等贵贵的身体一点一点凉下来，然后，他捡起贵贵蹬掉的那只鞋给贵贵穿好。他感到时辰差不多了。

他抱起贵贵的尸体，朝镇子里走进去。他想他必须这么做。他一直走到地主李兆连家门口，一脚踢开了门。

"兆连！"他叫了一声。

他站在院子里，等李兆连出来。

"兆连！"

他听见了一阵呱唧呱唧的声音。李兆连拖着鞋从屋里走出来，站在台阶上朝他这里看着。李兆连看了好大一会儿，才看出他怀里抱的是贵贵，他以为贵贵在哪儿睡着了。

"不让他狗熊出去他偏要出去，睡着了得是？"李兆连说。

"你狗日的睁眼看看！"杨明远说，"有人把他掐死了！"

李兆连的身子硬在了台阶上，然后，李兆连就像鹞子一样朝杨明远扑了过来。

"贵贵！"李兆连惨叫了一声。

"我的儿啊！"李兆连的声音像被风撕开的布条。

李兆连的女人穿着一件薄绸衫，出门没走几步，就像掉进水里一样，胳膊扬了扬，摇晃着软了下去。

后来，李兆连家门里门外拥满了人，屋里屋外乱成了一锅粥。有人在上房厅里支了一架木板床，把贵贵放了上去。李兆连的女人被抬进了里屋，几个女人在她身上搓着，揉着，用指甲掐着人中，想让她呼出一口气来。李兆连坐在台阶上，眼睛直直地看着前面，没有人敢动他，敢和他说话。

"啊，啊——"里屋的女人终于呼出气来了，然后是一长串悲痛欲绝的哭嚎声："哎嗨嗨嗨嗨……"

"啊，啊，"李兆连受了感染似的，脖子一扬一扬，人们以为他的喉咙里堵了一口痰，都紧张地看着他，等着他把那口痰吐出来。

"啊——"李兆连拖长腔叫了一声。人们看见两股眼泪水从他干巴巴的眼窝里涌了出来。他喉咙里没有痰。

"我就这么一个儿啊！"李兆连说。

"可怜死了。"人们说。

"我娶了三个女人，我四十岁才有这么一个儿啊……"李兆连说。

李兆连的腔调像唱歌一样。

八

棺材铺老板领着两个伙计，把一口白木棺材抬进了地主李兆连的家。他劝说了李兆连几句。李兆连像霜打了一样。

"人死不能复活，给贵贵办后事要紧。"杨明远说，"棺材钱我不要，贵贵死得太可怜了，那么小点年纪，还不懂世事哩。"

李兆连家又响起了一阵悲痛的哭声。哭声小一点的时候，杨明远又感叹了一句："大人的事有大人在嘛，狗日的对小孩子下这黑手。"

有人给杨明远端来茶，杨明远不喝，他看着李兆连红肿的眼窝说："我不喝了，你家里有事，我走呀。"

"走。"他给两个伙计说。

这时候，杨明善在棺材铺里正等着他哥杨明远。杨明远一进门，就看见杨明善坐在他的那把黑木椅里，一脸怪眉怪眼的神气。

"大清早你来做甚？"杨明远说，"你坐在我的椅子上像个人一样。"

杨明善不说话。杨明善朝他哥扑闪着眼睛。"啪叽啪叽"。

"看我做甚？看我不认识我？"杨明远说。

"你掐死了贵贵！"杨明善突然说了一句。

那天早上，他女人端尿盆去猪圈倒尿，刚进去就叫了一声："猪死了！"他没听清，女人又喊了一声："猪死了！"他慌慌失失跑进猪圈，看见粪堆顶上躺着一只死猪崽。

"看你大声野气的死了一个我以为全死了。"他说。他感到女人太有些大惊小怪了。"一窝十几个猪崽还能不死一个两个？"他说。

"你快把它埋了去我看不得死猪。"女人说。

"埋粪堆里得了，沤粪。"他说。

"不成不成我一进猪圈就想粪堆里有死猪我害怕。"女人说。"你不想让我屙屎尿尿了，得是？"

"那就埋咱的树根底下，树能长旺。"他说。

女人叫得更急了："不成不成晚上我睡不着你不想让我睡觉得是？去，埋城壕里去。"

他同意了，可他不同意现在就去。他说不急不急吃了饭去，我走到城拐角手一抡就会把它抡到城壕里，你去做饭。

他还没抡，就看见了他哥掐死贵贵的情景。他被他看见的那一幕吓坏了。他趴在一个树坑里一直看完了整个过程。他感到他大腿上的肉像遭虫蛀一样。他张着眼窝一动不动，一直看着他哥杨明远抱着贵贵的尸体进了镇子。他坐在树坑里揉了好大一会儿眼睛。他攥着拳头在头顶上砸了一下，又伸开巴掌在脸上扇了一下，他才知道他不是在做梦。然后，他走到他哥掐死贵贵的地方看了一会儿。他看见了几截小棒槌和一堆零乱的湿土。

"呀咦！"他咬着牙从喉咙里挤出来一声短促的怪叫。

他感到他不是在跑，而是在飘。他从他家门里飘了进去，眼睛直直地看着他女人。女人光着上身，正在屋檐底下的阴凉处洗脖子。女人一眼就看见了他手里提着的那只死猪崽。女人的眼睛也直了。

"你没扔？"女人的湿手停在脖子上，一股脏水从她的指缝里流下来，又顺着奶头之间的肉沟里流了下去。

"呀咦！"他又挤出了一声。

他飘到水缸跟前，一头扎进去，使劲吹了起来，水缸里响起了一阵激烈的水泡声。女人一脸迷惑，鹅一样伸着脖子，看看他撅起的屁股，又看看扔在院子里的死猪。

"这怂人疯了。"女人说。

他从水缸里拔出头来，使劲摇了几下，摇出了一圈水花。

"呀咦！"

女人看见他从屋门里奔了进去。

"疯了。"女人说。

女人没理他，继续洗她的脖子。女人倒脏水的时候又看见了那头死猪。死猪躺在阳光里，很惹眼。她想她一定得让他把死猪扔到城壕里去。她进屋一看，才感到事情有些麻烦。她看见杨明善像死了一样，平展展躺在炕上，眼睛和嘴大张着。女人慌了，她在杨明善的额颅上摸了摸。

"你病了。"女人说。

"难怪，这么热的天，你病了。"女人说。

杨明善平展展一直躺到晚上。女人给他做了两大碗饸饹面，他吃得通体冒汗。然后，他在院子里转了好长时间，然后，又躺在了炕上。他的脸从来没这么严肃过，严肃得像一堵墙。他感到他脸上的汗毛像操练的士兵一样，噌噌噌倒了，又噌噌噌竖了起来。女人守在他跟前，不时在他的额颅上摸一下。

"可怜的人。"女人说。

"你看，眼睁睁瘦了一圈。"女人说。

早上一醒来，他就提着院子里的那只死猪崽出了门，很轻松地把它抡进了城壕里。后来，他就坐在了他哥杨明远的那把黑木椅子里。

"你掐死了贵贵。"他说。

"我没有。"他哥说。

"我看见了。"他说。

"我的棺材不能白做。"他哥说。

"是你掐死了他。我要给人说。"

"起来你起来你坐在我的椅子里像个人一样。"他哥说。

"起来就起来。总有一天我会给人说。"

"没人信你的话。"他哥说。

"土匪。"他说。

"我不过想卖几口棺材。"他哥说。

"看么。"他说。

"看么。"他哥说。

这回，他哥没让伙计给他喂猪屎。

九

棺材铺老板杨明远又开始喝茶了，他到当铺掌柜胡为家去的时候就端着那把泥壶，边走边往嘴里灌着茶水。胡为坐在凉房底下摇着扇子。他多少有些诧异，杨明远从来没来过当铺，可他往进走的时候就像进他自己的家一样，摇摇摆摆就进来了。杨明远一落座，就说了一句让胡为瞪眼睛的话。

"胡掌柜，你做得也太盖不过眼了。"杨明远这么说。

"什么我做得盖不过眼？"胡为说，"你这人真怪，到我家来给我说这话。"

"李兆连家贵贵死了。"杨明远说。

"死了死了去。"胡为说。

"他们说是你掐死的。"杨明远说。

胡为急眼了。他已听到了一些风言风语，他最怕人说这句话。

"扯他妈的闲蛋！"胡为说。

"镇上人都这么说哩。"杨明远说，"你说过你要杀李兆连全家的话，得是？"

胡为的喉咙像塞了半截胡萝卜，喉结滑着滑着，半晌没说出话来。杨明远的话太噎人了。杨明远神里怪气地看着胡为。

"我说是说过，那时候我在气头上，可我没杀。"胡为说。

"你看你看，这事非闹大不可。"杨明远说，"你怎么能说杀人家全家的话。"

"那天中午我一直在家里睡觉，你知道天一热人就害瞌睡，我在我家炕上掐他家贵贵？"胡为说。

"你看你看。"杨明远说。

"我说过我要杀他全家可我没说我要掐他家贵贵。"胡为说。

"你看你看。"杨明远说。

"你老说你看你看你说这话是什么意思？我不想听你这话。"胡为心里发毛了。

"你看你看。"杨明远说。

"你说我掐死贵贵了？我告诉你，我没掐。我为什么要掐死他家贵贵？"胡为说。

"这话你得给李兆连说去。"杨明远说。

"我不去，我不说，你走，我不想和你说这些话。"胡为说。

"我知道你心里乱。"杨明远说。

"我不乱。"胡为说。

杨明远一走，胡为就坐不住了，他像吃了苍蝇一样。他发现这几天镇上的人一直用一种怪异的目光看他，当铺的伙计们总背着他窃窃私语。他想他一定要和李兆连说清楚，他想他和李兆连不说清楚他心里憋得慌，他睡不踏实。这可不是捏肿牛牛，这是人命关天的事。那天吃罢晚饭，他提了几盒烧纸去了李兆连家。

李兆连家的院子里挂着一盏汽灯，亮得耀眼。贵贵已经入殓。那只白木棺材上了油漆，停放在一个竹箔搭起的棚里，棚里设了灵堂，点着几排蜡烛，看样子，地主李兆连要大张旗鼓地给他儿子贵贵办丧事。

送烧纸的人很多，他们排着队，一个执事的人在方桌上登记礼单。胡为一声没吭，悄悄跟在队伍后边。

有人看见胡为了。

"我给贵贵送几盒烧纸。"胡为说。他感到他头上正在冒汗。他在额颅上抹了一把。

"天真热。"他说。他觉得在这种境地里说什么话都不合适，他恨不得地上裂开一条缝，让他缩进去，他想为人不做亏心事，半夜不怕鬼敲门，可有时候人不做亏心事鬼偏偏要来敲你的门。

"胡掌柜来了！"有人喊了一声。

胡为的身子颤了一下。他看见院子里的人都把头朝他扭过来，他们好像看见了一只狼。胡为在额颅上又抹了一把。"嗬，嗬嗬。"他给他们做了一个笑模样，扬扬手里的那几盒烧纸，"我给贵贵送几盒烧纸。"他说。

登记礼单的人从二门里跑进去，一会儿又跑了出来。

"东家不让收你的烧纸。"那人说。

胡为急了："为什么不收我的？我不是新镇的人，得是？"

"东家让你回去。"那人说。

"我不回，我和你东家有话说。"

"东家说等办完丧事他和你慢慢说。"

胡为傻眼了，院子里没有一个人说话，只有汽灯发出的那种咝咝声。

"贵贵不是我弄死的！"胡为突然说了一句。胡为的脸憋得涨红。

"这里正办丧事，你甭打搅。去，把他搈出去。"

两个人朝胡为走过来，搈住了胡为的胳膊。

"那天中午我在家睡觉，我能在我家炕上掐死贵贵？"胡为说。

两个人搈着胡为的胳膊往外走，他们把胡为扔在门外，咣一声插上了门关。

"李兆连你听着！"胡为把头仰在脊背上，朝天上吼着，"我没弄死你家贵贵！"

胡为低着头想了一会儿，又抬起头。

"李兆连，你想弄事咱就弄，我胡为日他妈豁出去了！"他说。

胡为把那盒烧纸扔在了街道上。他摇晃着往回走，长长的镇街上响着胡为的脚步声。他没想到事情会弄到这种地步。他想他说不清楚了，他想他就是说烂舌头李兆连也不会相信。满世界的人都说贵贵是我胡为掐死的，那一定就是我胡为掐死的，人舌头上有毒哩，人能把假的说成真的，人真他妈的不是东西。他恨死了李兆连。他想一脚把这个镇子踢翻。他真踢了一脚，镇子一动没动，他没踢翻它，他踢起了镇街上的几片树叶。

后来，他去了稀泥家。

"我说不清楚了，我也不想说了，我要留一手。"他给稀泥说，

"你把你那伙人叫到我家来，我一天给你们三块银洋。"

光棍汉稀泥在胡为肩膀上拍了一巴掌："人活一口气，人不能当孙子。"

"就是就是。"胡为像遇到了知己一样。一会儿，他就把心里的烦恼一扫而光了。

那时候，棺材铺的刨子锯子凿子斧子声响得正欢，又有几口白木棺材做好了。

"就这么弄，"杨明远给伙计们说，"到时候把棺材抬到街上去。"

十

地主李兆连不露声色地给他儿贵贵办着丧事。他好像忘记了贵贵是怎么死的。他好像给他儿贵贵做生日一样。他很舍得花钱。他甚至亲手做一些具体的事情。他不像几天前那么悲痛伤心了。他虽然不太说话，但脸上偶尔会出现一点笑容。他一句也没说起过当铺掌柜胡为。几个长工用忧虑的口吻给他说胡为又把镇上的光棍地痞二流子叫到当铺商量事情的时候，他也没有吭声，他甚至连头也没抬，依旧做着手里的事情。人们对这个长得有些文弱的地主投注了巨大的同情，他们不时地朝这个穿着白布褂的不幸的男人脸上看一眼，他们总觉得他肚子里埋着一颗炸弹。他们卖力地为他忙碌着。

"看着么。"他们私下这么说。

"看着么。"他们说。

一队和尚敲着木鱼在停放棺材的棚子里整整念了一天经文。李兆连坐在旁边听他们念，他听得很认真，他把两只胳膊交叉着放在膝盖上，把头放在胳膊中间，一动不动地看着那些唔唔啦啦的和尚。

"你看，他眼珠子动也不动。"人们说。

"整整一天没动。"人们说。

后来又来了一队乐人，在李兆连家整整吹了一天。人们看见李兆连和前一天一样。把下巴颏放在胳膊上听乐人们唱"祭灵"：

营帐外三军齐挂孝，

白人白马白旗号……

他们一直唱到夜深人静的时候。乐人们收拾家伙准备歇息了。人们看见李兆连不声不响地进了他和他女人睡觉的那间屋子。这些天，李兆连的女人一直躺在炕上，没有出门。

女人明显瘦了。女人的眼眶里没有水分。女人总干巴巴地看他。他坐在炕沿上，拉住女人的一只手，在手背上摸着。他从来没这么拉过女人的手。他想给女人说明天一大早就起丧，可他没说。

"你给我再生一个儿子。"他这么说。

他看见女人的眼眶里有了些水一样的东西，好像不是自己流出来的，而是别人给里边滴进去的。

"我生不成了。"女人说，"我伤心透了。"

叭叽一声，叭叽又一声，他退掉了两只鞋，从女人身上爬过去，挨着女人睡了。他们再没说一句话。

所有的佃户和长工以及李家户族的男男女女都参加了贵贵的葬礼。他们把那口棺材放进墓坑，用土填起来，给那里堆了一个坟堆。唢呐声在黎明的空气里欢乐地叫着。李兆连没有动手，他一直站在旁边看着。坟堆堆起来的时候，唢呐声戛然而止。李兆连把一张白纸放在坟堆顶上，压好。人们把铁锨放到肩膀上，要回家了。

"等等。"李兆连留住了他们。人们看李兆连的脸红得像女人的指头蛋。

"你们都看见了，"李兆连站在他儿贵贵的坟堆跟前给人们说，

"我李兆连没儿了，我李兆连快五十岁的人没儿了。"

人们把铁锨插进土里，屏心静气地听李兆连说话。

"我李兆连就是有三十万的过活没人接香火半个钱的事也不顶。我李兆连对不起李家的先人。"李兆连说。

"我要弄一场事。"他说，"我要和当铺掌柜胡为抗战到底。我要把胡力的皮扒下来扔在房顶上让太阳晒干。"李兆连咽了一口唾沫，继续说，"长工佃户你们听着，我把话说在明处，跟我干的，我李兆连给他好吃好喝，打死了我给他买柏木棺材做寿衣唱大戏给他送终，不愿跟我干的，就甭在我家里干活，甭种我李兆连的地，就这。"

李兆连一甩袖子走了。

"哦！"人们叫了一声。

"噢！"他们看着李兆连的背影。

那天晚上，地主李兆连在他家上房厅里摆了一桌酒菜，请来李家户族的几位长者。他觉得这是大事情，他得和他们通通气，也许他们还能给他出些好主意。一杯酒上去，几位长者就心火上攻了。

"要弄事就往大的弄，弄出气派来。"他们溅着唾沫星子给李兆连说。

他们确实想出了一个好主意。

"打兵器。"他们说，"大刀，长矛。"

他们觉得这主意不错，并为此激动了一会儿。"每人发一把刀，或者长矛。"他们说。

事情就这么定了。几天以后，人们看见李兆连家的大门口支起了两个铁匠炉。李兆连家的长工套了一辆马车，从县城请来了两位打铁的高手，他们把铁砧铁锤铁钳和风箱一类的家伙从马车上搬下来，当天就点着了炉火。人们都听见了铁匠炉传出来的风箱声和铁锤撞击铁器的声音。铁匠炉跟前放着两口大水缸。

"嗞——"铁器在水里发出一声尖厉的呻吟后，立刻改变了颜色。

两位铁匠的功夫确实不浅，动作熟练而有力。

镇长杨明善知道李兆连支起铁匠炉的消息以后，痛苦得一夜没有合眼，他下决心要阻拦这件事。

"这么大的事你不和我商量？"他问李兆连，"嗯？"

"去，弄你自个的事去。"李兆连说。

"你不能这么弄，这么弄要死人。"杨明善说，"我虽然屎不顶，可好坏也算个镇长。"他说，"我不能眼看着镇上死人。"

"贵贵已经死了。"李兆连说。

"你知道是胡为掐死了贵贵？"

"我不管，我就知道贵贵死了，我没儿了。"李兆连说。

"这事里有鬼。"

"有鬼没鬼我不管，我就认准他当铺掌柜胡为。"李兆连说。

"我不能让你支铁匠炉，"杨明善说，"你把炉子拆了，让铁匠回去。你嫌话不好说我去说，我让他们走。"

"小心铁匠把你做了。"李兆连说。

"哎！"杨明善在铁匠炉跟前喊了一声，"你们赶紧把炉子拆了，回你们县城去。"

铁匠从炉膛里夹出一件烧红的铁器，在杨明善鼻子底下晃了晃。杨明善朝后退了两步，说："小心你手里的东西，那可是烧红的。"铁匠没吭声，朝镇街那头指了指。杨明善不明白铁匠的意思，啪叽啪叽眨了一阵眼。铁匠又指了指，杨明善这才看见当铺掌柜胡为家门口也支起了两座铁匠炉，两个伙计正卖力地拉着风箱。杨明善不眨眼了。

"乱套了。"他咕哝了一声。

"他们疯了！"他说。

胡为一见杨明善，就做出一副嬉皮笑脸的模样。杨明善说："你看你，还笑哩。"

"我说不清了，"胡为说，"这不怪我。"

"不怪你不怪你把事情越弄越大了。你不动，看他李兆连能把你怎么样！"杨明善说。

"你说的，李兆连扒我的皮不扒你的，看你说的。"胡为说。"我还有好玩货哩。稀泥你过来，让镇长看看。"

稀泥和几个光棍汉正摆弄着几支火枪。

"啊！"杨明善叫了一声。

"我花银子从土匪手里买的。"胡为说。

"噢！"杨明善又叫一声，他用手捂住脸，痛苦地蹲了下去。

"当，叮叮；当，叮叮……"两家的铁匠像比赛一样。

"嗞——"是铁器淬火的声音。

新镇弥漫着一种死亡的气息。人们站在远处，恐惧地看着铁匠们手中烧红的铁器。

"只要给钱，什么样的玩货咱都能打。"李兆连家的铁匠说。

"就是就是。"胡为家的铁匠说。

许多住户已悄悄地弃家远去。

"当，叮叮；当，叮叮……"

"当——"

十一

那场痛快淋漓的打斗是从黎明开始的。

"咣！"李兆连家的门打开了。

"咣！"胡为家的门打开了。

他们像商量过一样。他们扛着崭新的铁器，潮水一样从门里涌出来，在马道里相遇了。他们没有急着开打。他们像两群鳖一样互相瞅着。黎明里响起了一阵紧张的喘气声。

"动手吧。"李兆连看着胡为说。

"动手吧。"胡为看着李兆连说。

镇长杨明善从他家门里跳出来。

"不能动手！"他失眉吊眼地喊了一声。他满脸赧红，站在两支队伍中间。

"把他扔进去。"李兆连给长工说。

两个长工走到杨明善跟前，把他抬起来，从门里扔了进去。杨明善的女人不知道外边发生了什么事，刚一探头就叫了一声爹，飞快地关上了门。杨明善爬起来，还要出去，女人一把揪住了他的耳朵。

"没看见他们拿着刀？"女人说。

"我要出去！"杨明善说，"你把我的耳朵揪疼了。"

女人不理他。女人抿着嘴，把他揪进了屋。

一个长工突然发现了稀泥手里的火枪，他挤到李兆连跟前说："他们有火枪哩，你看。"李兆连说："甭吭声。""火枪。"长工又说了一句。李兆连说："顾不得了。"

这时候，他们听见一阵脚步声。他们看见棺材铺的伙计们抬着十几口白木棺材从镇街口走了过来，在街道边上整齐地排列成一排。杨明远端着那把泥壶，坐在一口棺材盖上，朝马道里看着，他儿坎子趴在他爹的脊背上。

"他们唱戏哩，得是？"坎子问他爹。

"噢么。"他爹说。

杨明善把女人美美地捶了一顿，他从女人的裤腰上抽下那条线裤带，把她绑在柜腿上。女人老实了许多，他搬来一架木梯，爬上了他家的屋顶。他激动地在屋顶上走了几个来回，踏得瓦片梆梆响。

他一眼就看见了他哥杨明远。

"就是他！"他指着他哥喊了一声。

"就是他！"他又喊了一声。

没有人听懂杨明善的话。光棍稀泥觉得杨明善有些讨厌，便举起火枪，朝杨明善瞄了瞄。叭一声，枪响了，杨明善一个前扑，扒在屋顶上，直着眼瞪着稀泥。

"他狗日的想打死我。"他说。

他顺墙溜了下去，再也没有露面。

稀泥的枪声使所有的人都吓了一跳，他们感到浑身的血突然停止了流动，又突然在他们的身子里奔跑起来，冲上了他们的脸。他们的头发像公鸡毛一样燥了，硬了。

"砍了！"有人喊了一声。

"嗷——"李兆连的长工和佃户们叫喊着朝胡为的队伍冲了过来。

"叭——"又一支火枪响了，铁屑像无数个豌豆一样从枪口喷射而出。跑在最前边的几个长工趔趄着栽倒了。李兆连猛地捂住脸，短促地叫了一声。

"我的眼睛瞎了。"他说。

他弯曲着跪了下去。红了眼的长工佃户们从他的身边呼啸而过，勾倒了他。他感到有一只脚踩在了他的肋骨上，又一只脚。他听见了一阵肋骨断裂的响声。他没想到会死得这么快，也没想到他会这么死。

马道里哗啦啦一片铁器戳穿肉体的声音。一个光棍汉举起砍刀朝一个长工砍过去，噗一声，砍刀深深切入了头骨。光棍汉乐了。他感到砍刀砍透头骨的声音和砍透水葫芦差不多。他张开嘴，想笑一声，一柄梭镖从他的后背心戳了进来，他很快又有了另一种感受。他感到梭镖激进肉里和把冰块吃进喉咙里一样，都有一种凉飕飕的感觉。他没笑出声，他哼了一声，摇晃着歪在了地上，他感到马道里的打斗声离他越来越遥远了。

稀泥蹲在墙根下急得满头大汗，他正往火枪里灌火药。这会儿他才感到火枪没有砍刀和梭镖方便。他朝人堆里看了一眼，他看见许多人已躺倒了，脸上血肉模糊。他到底装好了火药和铁屑，他想他马上就可以站起来向人群瞄准。这会儿他又感到火枪很可爱。吭一声，他的脸上挨了一刀。"吭"，又一刀。他不知道是谁砍的，两刀砍得都很准。他没有站起来。他抱着那杆火枪倒了，肥胖的脸被严重地改变了形状。

当铺掌柜胡为也挨了两刀，一刀在大腿上，一刀在脖子上，他仰面躺着，好像长了两张嘴，上边的一张嘴泛着青色，下边的一张正顽皮地吹着气，不时吹出来一个又一个粉红色的血泡。

打斗进行了整整一个时辰，马道里摆满了尸体。几个活着的人扔下手里的铁器，疯了一样号叫着跑出城门。那时候太阳正在上升，阳光优美地穿过空气，从墙头斜射而下，落在马道里的那些尸体上，像一群抖动着翅膀的金色蝴蝶。没有风。血腥味无声地盘旋着。

坐在棺材盖上的杨明远有些索然寡味了。他感到人杀人并不像他想得那么好看。他眯着眼朝马道里看着，他知道那些尸体们正在一点一点变凉，变硬。他想如果有一具尸体突然坐起来对着他开口说话，他就不会感到乏味了，他也许会大吃一惊。

他真大吃了一惊。他看见有个什么东西在死人堆里蠕动着。他突然睁大了眼睛。

是坎子。

坎子不知什么时候跑进了死人堆，像兔子一样跳着，跳过许多尸体，跳到了墙根底下，那里是稀泥倒下的地方。坎子看中了稀泥手中的那杆火枪，他摇着，抽着，把枪从稀泥手里拔了出来。他不知道火枪为什么会发出一声脆响。他亲眼看见它放翻了几个人，他感到它比砍刀神气多了。他摸着它，用手指头抠着。他把一只眼睛贴在黑洞洞的枪口上，想看看里边是个什么样子。

杨明远突然感到了什么，他撕心裂肺地喊了一声："坎子！"

他听见了一声沉闷的枪响，坎子像惊飞的鸽子一样扇着翅膀，向空中一跃，又跌了下去。

无数个铁屑全部从坎子的眼睛里射了进去，又从脑后飞了出来。火药熏黑了坎子的眼眶。

"坎子。"杨明远跪在他儿坎子跟前叫了一声，这一声叫得很轻。

他把目光从坎子的脸上移开，穿过马道。他看见他的那些白木棺材，它们整齐地排列在那儿，散发着一股夺人的木香味。

伙计们不见了。

阳光如柱，它永远都是那种金黄的颜色。

十二

几天后，杨明远敲开了他弟杨明善的门。杨明善和他女人正往一辆独轮车上装东西，好像要出远门的样子。

"我走呀，"杨明善说，"我不在这儿待了，你待着吧。"

东西捆绑好了，女人坐了上去。猪圈里传出来一阵猪的哼哼声。杨明善朝猪圈那边看了一眼，手抓起独轮车把。

"你离开点，让我过去。"他给他哥说。

杨明远挪挪脚，靠边了一些。

"我猪圈里有一窝猪还活着，你要觉得难受你把它们也弄死算尿了。"杨明善说。

杨明远看着他弟推着女人出了门。他知道他弟再也不会回新镇了。他弟没有回头，也没给门上挂锁。

那时候，新镇已成了空镇。杨明远挨家挨户推着门扇。他好像老了许多。

"收尸啊！"他叫着。

又推开了一扇：

"收尸啊！"

街道很长，远远看去，他像一只蚂蚁。

（原载于《小说家》1991年第2期）

黑风景

一

事情开始的时候很简单。其实后来发生的一切也很简单。那天，种瓜人站在瓜棚跟前朝瓜地里看了一眼。太阳总是从东边出来，然后从西边落下去。西瓜又长大了一些。没有什么东西能让人激动或者不安。就这么，他朝瓜地里看了一眼。然后，太阳就旺了。然后，他在地畔上找了块地方，躺下去。

瓜地在峁上。一条土路像裤带一样摇晃着从两边搭下去。峁是挂那条裤带的架子。再就是西瓜。瓜棚边的土坑里有一些啃过的瓜皮。在这种地方，竟然长出来这么一片西瓜，让人感到有些滑稽。西瓜确实丰收了，它们排列在那里，不动声色。远处，依然是那种沟壑梁峁一类的东西，直往人眼窝里蹭，干巴巴像塞满了土。

那里有一道塄坎。他刚好把头枕在塄坎上，脸上盖着一顶草帽。他没有睡着。他感到小腿上有个什么东西。他把腿抬起来。很熟练地在那里扇了一巴掌。他立刻感到一阵黏糊，很得意。

那是一只飞虫。

后来，他就听见了一阵牲口走路的声音。它们踩着那条裤带悠然地往上爬着。他突然产生了一种想吼一句什么的欲望。

"来了，来了，又来了……"

他这么唱了一句。他顺着帽檐朝路上看了一眼，一群贩牲口的人已停在地头了。那是一群面目肮脏的男人。他们穿着那种少颜无色的长腰宽腿裤子，扎一条线裤带。他们进了瓜地，猫着腰，挨个儿在西瓜上摸着，像摸着一样可心的东西。

他听见他们摸过来了。

他听见他们摸过来了。他没看他们，他用耳朵听着。一会儿，他感到一只手摸上了他的草帽。

"切个瓜吃。"

摸他的是一个长着茬茬胡子的人。

种瓜人没说话，也没动，茬茬胡子揭掉他脸上的草帽。阳光猛烈地刺进他的眼窝。

"切几个瓜吃。"茬茬胡子说。

种瓜人依然未动。他正对付着猛烈的太阳光。茬茬胡子把草帽放在屁股底下，在他的头跟前坐下来。

种瓜人听见一声西瓜破裂的响声。

瓜地里响起了一阵西瓜破裂的响声。

种瓜人斜着眼。他看见几个牲口贩子砸着西瓜吃，他们吃得很高兴。种瓜人想闭上眼，但又睁开了。他看见他们砸着西瓜要闹，看着看着，种瓜人变脸了，气粗了。他甚至夸张地吹了几口气。

又一声西瓜破裂的响声。

"这伙熊人。"他说。

他突然坐了起来。

"甭砸！"他说。他鼓着全身的力气，使劲摇着头。

"甭砸！"他这么说。

"给你钱。让他们砸去。"茬茬胡子说。他大口大口地啃着西瓜。

"甭砸！"种瓜人又喊了一声。他好像很固执。他像喊给自己听一样。他仍然坐着。

牲口贩子们愣了一会儿。

"我说甭砸！"种瓜人说。

瓜地里响起一阵更激烈的破裂声。

种瓜人看见一个贩子抱着一个大西瓜，朝那个蹲着吃瓜的光头头上砸了下去。西瓜砰然破裂。光头上满是破碎的瓜瓤。光头动了动，依然吃瓜。

"甭砸！"种瓜人说。

那个贩子并不理会。他把半个西瓜朝那颗光脑袋扣了下去。他感到他的喉咙里很快就会颤抖出一阵笑声。他没笑，因为他感到有些不对劲。他扭过头，种瓜人已到他跟前了。他把那一阵笑声给了种瓜人。他笑得很憨厚。

"我说甭砸！"种瓜人声音小了，但语气很硬。

贩子又笑了一声。贩子笑得依然憨厚。

种瓜人突然抡起了切瓜刀。那是一把弯月形的切瓜刀。那一声和西瓜破裂的声音很相像。这回，贩子没笑出声，他使劲扭着身子，倒了，脸上浮着那种憨厚的笑容。

贩子们围过来，他们看着挨了刀的同伙，然后瞅着种瓜人。

"你这熊人。"其中的一个说。

"我说甭砸，他要砸！"种瓜人说。

"你的瓜不卖钱得是？"

"不卖钱做甚？"

"那你杀人。"

"我说甭砸，他要砸！"种瓜人不明白贩子说什么，他眨瞢着眼。他想，瓜卖钱当然瓜要卖钱，可他做什么要砸。

光头上满是碎瓜瓤的那位凑过脸来，仔细端详着种瓜人的老脸。他是个矮壮的男人。

"你狗日的杀人。"光头说。

"他砸西瓜。"种瓜人说。

光头抓住种瓜人的一只手往背后拧，一直拧到他发出一声痛苦的喊叫。然后，光头把种瓜人的两条腿扳上来，往鼻尖上折。种瓜人躺在地上，并不反抗，眼珠子定定地看着他的两只脚，一点一点朝他的鼻子折了过来。

"这老熊筋还软。"贩子们说。

"就是。"

他们终于听见了骨头挫裂的梆梆声。种瓜人又发出了那种痛苦的喊叫。就这么，他们摆弄着种瓜人。他们摆弄得很仔细，很认真。他们像做一件平常的事情一样做着这一切。后来，他们从瓜棚上取下来一条麻绳，拴在种瓜人的脚脖子上。他们把他倒吊在橼上，用他的头夯着松软的土。再后来，他们把他的头装在裤裆里，种瓜人也穿着那种褪色的蓝布大裆裤。他们到底把他弄成了一个圆球，吊了起来，吊在了瓜棚上的木橼上。光头一下一下拉着麻绳，圆球打着旋儿往上升着。

"狗日的还杀人，让你杀。拿三千块大洋来。送个没开苞的女人来。七天不见人影，就把村子洗了。"光头说。

村子在沟坡底下，像随便扔在那里的一堆温暖的旧衣服。

贩子们把挨了刀的同伙搭在牲口背上走了。

他们是一群贩牲口的土匪。

那时候，吊在瓜棚上的种瓜人像一件东西，悠悠晃动着。瓜地里，有几个西瓜被竖了起来，在阳光里闪着油光。

二

六姥是村里最有魅力的女人，六姥家上房厅里聚集着一群表情淡漠的男人。他们在这里商量着一件重大的事情。他们蹲着，坐着，靠着墙壁。他们听着酸菜缸上苍蝇振翅的声音。那里排列着几口大菜缸。

六姥靠着门框，手里拿着半截胡萝卜。她是个爱吃胡萝卜的老女人。她形容枯槁，一脸老皮，但牙齿很好。灯光从屋里射出来，抹亮了六姥的半个瘦脸。另一盏灯放在菜缸的缸盖上。

他们刚刚吃完晚饭。他们的脚跟前放着一碟酸菜。有人伸长舌头，努力地舔着碗里的饭粒，舌头在瓷碗上拉出一阵悦耳的响声。

"这么大一个村子，找不出一个合适的，我不信。"有人说。

"拴牢。"有人喊了一声。

拴牢抬眼盯了喊他的那人一眼。

"我家女子才十二岁，亏你说得出。"拴牢说。

"那你说谁家的女子合适？"

"我看存道家月桂合适。"拴牢说。

众人都把目光放在了存道的脑顶上。

存道半晌没说话。存道似乎触到了伤心处。存道难受得什么似的。

存道说：

"事到如今，我也不护卫了。我家月桂跟人睡过了。就是那个补锅的。他在我家住了几天，就出了丢人事。他把村上的烂锅补好了，他把我家月桂睡成了烂女人。我家月桂的肚子大了，不信到我家看去。他走的时候，没给我家要补锅钱。他不声不响就走了。他个狗日的。不信到我家看去。"

存道泣不成声了。

六姥不说话。她一直嚼着手里的那半截胡萝卜。

"来米她爹。"一个年轻一点的户主喊了一声。他叫德盛。

他们把头扭向墙角。来米她爹像没听见一样。他没有抬头。

"你家来米合适。"德盛说。

"来米她爹你自己说。"

来米她爹一动不动。

他们看六姥了。他们的意思很明白：我们把合适的人选出来了，可人家来米她爹不吭声。

六姥眯缝着眼。她好像在笑一样，其实她就这么一副像笑一样的模样。她停止了咀嚼，嘴巴不动了。她合住嘴唇的时候，嘴巴就像一朵枯萎的花。

"来米合适。"有人说。

"让六姥说。"有人说。

缸盖上的苍蝇们激动地振着翅膀。

来米她爹扬起头，看着德盛。他看了好大一会儿。他突然站了起来。

"德盛。"他叫了一声。

德盛狐疑地看着来米她爹的脸。

"我操你女人！"来米她爹说。

"我操你家女人！"他说。

他拨开人堆，从墙角里走出来，走进了院子，朝大门口走去。半道上，又折过身来。

"我操你女人！"他似乎跳了一下。

他们一直看着他出了大门。他拖着鞋，鞋底打着脚板，啪嗒啪嗒作响。

有人醒过神来，急急地跟了出去。

"甭走，哎，看这人，哎……"

一只猫从门槛上窜出来，六姥一伸手，熟练地抓住它，朝屋里的土炕上扔过去。猫发出一声尖厉的叫唤。

六姥又嚼胡萝卜了。她咬了一口。他们都听到了清脆的声音。

事情就这么定了。

六姥嚼胡萝卜的声音很响。

那时候，月光很亮。峁顶上，种瓜人吊在瓜棚的木橼上，像一样东西。满地的西瓜像一个又一个活物，怪绿怪绿的。

远处是山包子。还是山包子。

三

挑客憨娃背靠着碌碡，圪蹴在仁义家门口。他的脖子边上插着一根小竹棍，竹棍上拴着两条红布，这是他的职业标志。他爹死的时候庄重地指着那根小竹棍说，憨娃你甭小看那条红布布，它是你吃饭的碗。憨娃就朝小竹棍看了一眼。他爹又跟憨娃说，憨娃你把小竹棍插在脖子上你就成了挑客就有人求你高接远送好吃好待。憨娃给他爹点了点头。憨娃爹从炕角里取出一个油光闪亮的挑刀盒，把它塞进了憨娃的裹肚兜里。他爹说憨娃你下刀的时候手要狠要用力气甭怕猪叫唤猪蹬甭怕血。憨娃又点点头。后来，憨娃成了挑猪阉蛋的能手。

现在，挑客憨娃圪蹴在仁义家的门口。夹在他指头上的烟卷已抽过一半了。仁义家的院子里传出来一阵凄厉的猪叫声。

仁义两手攥着一头小猪的四条腿，从门里碎步跑了出来。

"哪儿？在哪儿挑？"仁义说。

憨娃用脚尖在地上点点。"就这儿。"他说。他从挂在裤腰上的那个盒子里抽出一把锋利的挑猪刀。他用膝盖压住小猪的后腿根，仁义揪着猪耳朵。猪拼命地挣扎着。

"压住头。"憨娃说。

仁义看着憋娃的脸，他感到憋娃太有些不近情理了。挑猪就挑猪，用那么大劲做什么？

　　"看你说的。压住压住，不是你家的猪得是？你轻点。"他看着憋娃的手。

　　憋娃不理他。他用挑猪刀在猪肚子上剔毛。那里很快露出了一块白皮。他在那里划了一刀，猪皮裂开了一道白口，他又划了一刀，猪皮透了。他把挑猪的刀咬在嘴里，然后把一根手指头从刀口里塞进去，在猪肚子里揣摸着，另一只手取下挑猪刀，把带钩的一头顺着那根血指头塞进去，勾出来一团血肉模糊的东西。他掉过刀，噌一声，那团血肉就滑进了他的手心。他一扬手，那团血肉就飞上了街道。一只狗跑过来，舌头一卷，那团沾满泥土的血肉就进了狗嘴。狗牙之间发出一种咀嚼的响声。

　　"你割的口子太大了。"仁义说。

　　憋娃用针缝着那道口子。绳子穿过猪皮时也有一种响声。

　　"我说你割的口子太大了。"仁义说，"这么小个猪，你割那么大口子。不是你家的猪你不害心疼得是？"

　　憋娃看了仁义一眼。

　　"我看五个铜钱就行了，你还要七个。你割那么大的口子。"仁义说。

　　梆一声，憋娃把缝好的线割断了。他站了起来。

　　"我不要钱了。"憋娃说。

　　仁义的眼珠子不动。猪乱蹬着腿，他有些抓不住了。

　　"看你。你看你。"仁义说，"大了就大了，我就说说。你看你。"

　　"八个铜钱。"憋娃说。

　　"看你。"仁义要哭了一样。

　　"八个。"

　　"看你，说好的七个。"

"八个。"

"八个就八个。"

"掏钱。"憨娃说。

"看你,我这么大岁数还诳你。八个就八个。"仁义说。他从口袋里摸出一把铜钱。"看你,我能挑得起猪出不起钱?你把我看成什么人了。"他说。

憨娃重新缝好了刀口。他们放开了那头小猪。

"你挑净了没?"仁义突然说。

憨娃往盒子里装着挑猪刀和针线。

"没挑净让你赔。"仁义说。

"呸!"憨娃给仁义的脸上吐了一口。他吐得很准。他走了。

仁义看着憨娃的背影,半晌没回过神来。

"这熊人。"他说。

他拽过袖子,擦掉了脸上的脏物。他想起了那头小猪。

"唠唠唠唠……"他叫唤着。

猪已跑得没影了。他看见拴牢敲着鼓从街那头走过来。

"筹粮了——"拴牢喊着。

人们扛着装满粮食的口袋从门里走出来,朝来米家走去。一群踢瓦块玩耍的娃们哄闹着,跟在大人们的屁股后边跑。

四

来米家的院子里堆满了粮食口袋。人们蹲在自己的口袋跟前。口袋上写着他们的姓氏。他们不说话。他们已做出了明智的抉择。他们爱粮食,可更想活下去。好死不如赖活着,他们总这么说。他们抽着旱烟。他们不时地把烟锅嘴上的涎水吸进肚子。他们竖着耳朵,等待厢房屋里的来米她爹开口说话。

又有几个人扛着粮食口袋从门里走进来。那时候，来米坐在上房门口的台阶上摘辣椒。她是那种单眼皮的姑娘。她身体很好。她似乎对她家院子里发生的事情漠不关心。她甚至大大方方地走进猪圈，在里边撒出一阵无拘无束的尿水声，然后又进行了一种痛苦而幸福的努力。她屙了一泡。她一边紧着裤带，一边听着那头猪吞食排泄物发出的畅快的声响。她满面红光地走过院子里的粮食口袋，坐在台阶上，拿起了一串辣椒。

"来米她爹说话了没有？"有人说。

"没。没呢。"

"他狗日的嫌少。"德盛说。他也蹲在一个粮食口袋跟前。

他们朝厢房里看一眼。

厢房屋里像死了人一样，让人透不过气来。他们等待得太久了。他们仍然在等待。他们有足够的耐心。他们看着屋顶上的木橼，看着柜盖上的木纹。他们偶尔往来米她爹的脸上瞄一眼。他们给他已说过很多话了。现在他们不吭声。

来米她爹的一条腿伸在炕沿上，另一条腿吊着。他正编着一条线裤带，他腰上的那一条不太管用了。他想他在这时候编一条裤带是很快活的事情。裤带的一头在他的手里，另一头缠在他的脚趾头上。他的表现是所有人中最自在的。他们在求他，哎嗨！他背靠着墙壁。他一抬头就可以从窗户看到院子，但他不看。他编得很专心。他好像胸有成竹一样。人可不是什么时候都能这么胸有成竹。

院子里的粮口袋越来越多。几个娃们在口袋丛里窜来窜去，拍打着数数："十七，十八，十九，二十……"另一伙娃们做着"打桩"的游戏。

来米她爹真是来米她爹。他继续编着线裤带，似乎要编出世界上最光彩最气派足以让他一辈子脸上生辉的一条来。能听见空气流动的声音。屋里的人都盯着他。一种近似于愤怒的东西正在他们的身子里爬动着。他们恨不得咬他一口。他们恨不得夺过他手里的那条裤带，把它扔在猪圈里，塞进屎尿里。

德盛从门口挤进来，讨好似地凑到来米她爹耳朵跟前。

"你看行不？行不行你说句话。"他说。

来米她爹仍然编着他的裤带。

"拿去。再拿去。把囤底腾了。"德盛站在门口给院子里的人说。

"他想勒死村上人。"有人愤怒了。

"不给了。让土匪来吊死算了。"

"看你说的，我可不想吊死。"另一个说。

"走，拿去。"

来米看了他们一眼。她摘好的辣椒已两大堆了，一堆鲜红，一堆墨绿。她把一根红辣椒放在鼻子底下嗅着。她咬了一口。她禁不住辣椒猛烈的刺激，张大口哈着气，眼窝里立刻涌出了泪水花花。有人扭头看了来米一眼。

"给她嘴里塞个驴屎才好。"他们说。

来米没听见。也许她听见了。她张着口。

"你看嘛，你朝外边看一眼。"拴牢给来米她爹说。

有人把盛着糜谷的斗和升子一类的东西也摆在了院子里。还有人拿来了几篮子鸡蛋。

厢房屋里的空气已很紧张了。

"时辰到了。"来米她爹想。

他想往窗外看一眼。他把目光停在了门口。六姥不知什么时候来了。她靠在门框上。他们又听到了那种嚼胡萝卜的声音。

"啊哈！"来米她爹突然大动悲声，号啕起来。

"我对不起她妈呀……她妈死得早呀吗啊啊……到了阴曹地府我给她妈咋说呀吗……"他泪流满面了。

六姥走了。

人们大大松了一口气。他们一个一个相跟着出了来米家的大门。

"啊，啊，啊……"来米她爹还在厢房号啕着。

来米愣愣地看着院子里的那些粮食口袋。后来，她整了整衣服，在台阶上坐好，坐成女人哭坟的那种姿势，然后，嘴巴一张，就哭出一长串声来：

"哎嗨嗨嗨嗨妈呀，你把我咃——"

她拖着腔。那是一种真正的歌哭，抑扬顿挫，暗合阴阳，说不出是欢乐还是悲痛。那是一种叙述式的咏叹，把叙事和抒情完美地结合在一起。她吸了两口气，对着满院的粮食口袋继续歌哭。她吸气的时候，喉咙里也有一种声音。

"你把我咃……"

来米的歌哭在空气里颤动着。

五

仁义和他婆娘拌了一天嘴。仁义婆娘让仁义送粮，仁义不送。

"我不出粮。"他说。

他婆娘斜了他一眼。他婆娘是个肥胖的女人，粗腿大屁股，胸脯上嘟噜噜一堆肥肉，看着让人眼馋。

"都出哩你不出，你能的。"女人说。

"我就能的。"仁义说。

"你不出粮就得去骡马寨子，土匪不杀了你才怪。"女人说。

"我不出粮，我也不去骡马寨子，我管尿他。"仁义说。

"能么。你能么。"女人说。

"噢么。"仁义说。

"村上就出了你这么个能豆豆。"女人说。

"我没粮。"仁义说。

"我把粮都装好了。"

仁义的眼窝张大了一点。他看见墙角蹲着一个装满粮食的口袋。他拧过头，往婆娘的脸上瞅。婆娘太日脏了。

"日你妈。"仁义说。

女人张了一下嘴。

"做什么你装粮？"

女人仍然张着嘴。仁义朝她走过来，揪住了她的头发。她知道仁义要揍她了。仁义总这么揍她。仁义揪着她的头发，使劲一拉，她的脸就仰起来，对着屋顶。她的眼珠子钻进了额颅里，眼眶里剩下两窝白东西。她的身子朝后弯着，肚子腆起来，胸脯上的那两堆肥肉鼓鼓的要绷出来。可仁义不动这些地方。仁义把另一只手顺着她的肚子往下塞，一直塞进她的大腿间。仁义的五根指头一抓，就会抓住一把肥肉。然后，仁义就往手指头上使劲。然后，女人就感到了一种钻心的滋味，说不出是疼痛还是兴奋，眼眶和鼻眼里就涌出来一股酸水。女人就淋漓地叫唤一声，露出两排肮脏的牙齿。

这会儿，仁义就这么抓着女人大腿上的一块肉，往指头上使着劲。

"日你妈。"仁义说。仁义狠着脸。

女人龇着牙，正忍受着那种钻心的滋味。

"你把粮食给我倒到囤里去。"仁义说。

"我不。"女人说。

仁义又使了使劲。女人叫唤了一声。

"倒不倒？"仁义说。

"倒。"女人说。

仁义松开手。女人摸着大腿上那块肉，呻吟了几声。仁义看着女人把粮食倒进了囤里。

"他们会让你去骡马寨子。"女人说。

"谁敢让我去？吃了豹子胆！"仁义说。

"看么。"女人说。

"看么就看么。我管尿他。"仁义说。

"我不出粮，我也不去骡马寨子。"他说。

后来，他们就听见了来米的歌哭。他们静静地听着，都有一种想尿尿的感觉。

"我管尿他。"仁义这么说。他看着屋顶上的木椽。

六

来米一直哭到了天黑。来米没挪地方，还坐在白天歌哭的那地方，还是那个姿势。她的单眼皮有些肿胀。

院子里的粮食口袋已少了许多。来米她爹把它们腾空了，倒进了囤里。囤里的粮食已冒尖了。他把倒空的口袋从屋里扔出来。他给门外边扔了一堆空口袋。

"甭难过了。"他给来米说。

"是女人总要找男人。"他说。他要开导开导来米。

"这穷熊地方有好男人？你说。你见过？土匪也是人，也是吃五谷杂粮的。土匪就不娶老婆了？土匪吃人哩得是？土匪是吃人哩，看吃谁哩。你好好地顺着他，他吃你？不就是让你给他当老婆嘛，是不是？你说是不是？"

他又扔出来一条空口袋。他总是拖着鞋。他从来米跟前走过去。

"让你帮个手你不帮。"他说。他又抱起一袋粮食。"不帮就不帮，紧你爹我一个人往死里累。你的心就这么硬？真是，女人的心比石头还硬。你妈的心就跟石头一样。我说你不能死你得活着，你死了让我和来米咋办，她眼睛一闭腿一蹬就死了。心比石头还硬哩。"

他又站在囤台上了。

"这不比种地强？这不叫种粮食，也不叫收粮食。这是往囤里倒粮食。你长这么大啥时候有这么多粮食。这是粮食我说娃哟，不是土，也不是牛粪。你悄悄地坐着，你爹我把什么都想到了。你爹我能让你吃亏？你说。你想和他过了你就和他过，不想过活了你再回来，他强扭你不成？人心是能强扭的？扭了一月扭不了一年，扭了一年扭不了两年，强扭的瓜不甜。土匪也不是吃草屑料的，他不知道？你看这粮食。你回来了咱坐在家里慢慢吃。吃这东西不会坏肚子。你看你看，给你说你还不爱听。看你难受的样，好像你把粮食给人家了一样，哎嗨。"

来米抬起屁股，进了另一间屋。来米她爹歪着脖子，看着来米关上了门。

"模样，看你那模样。"来米她爹说。

来米吹灭了屋里的灯。院子里满是月亮光。来米她爹背着手，在月亮光里踩踏着，似乎在试试能不能把月亮光踩碎。后来，他竖着耳朵听了一会儿。来米的屋里没有声响。他蹑足走过去，挂上了门闩，又从身上摸出来一把锁子，锁上了门。

"来米你睡。"他对着门扇说。"好好养养神，村上选好人，你们要上远路呢。睡，你睡。"

"我也睡，"他说，"剩下的活我明天做。我这人活了一辈子，一辈子是个闲不住。"

来米她爹进了那间厢房屋。他一眼就看见了白天编好的那条线裤带。他抽掉了裤腰上那条旧的，把它从门里扔了出去。布条正好搭在猪的木栏上，摇来摆去。

他一口气吹灭了灯。

院子里只有月亮光了。像铺了一层水。没顾上倒的几个粮食口袋浸泡在清水一样的月亮光里。不知什么地方传来几声夜鸟的叫声，直往人头皮里钻。

来米她爹挪挪脖子底下的枕砖，睡了。

七

拴牢又敲鼓了。鼓声不紧不慢，像报丧一样，给人一种不祥的预感。

全村的人都聚集在六姥家门前。他们竖七竖八歪拧在那里。他们总是一脸晦气。那里有几棵树，还有一个草垛，一堆粪土。几只鸡不避人，在草垛和粪堆跟前扒食，鸡爪不时挥动，弹蹦着土粒和碎草。一只猪在街道的路沟里拱土，也许就是仁义家挑过的那只小猪。

门前的木桌上白花花放着几锭银洋，还有一只女人用的针线篮子。这会儿，那里放着许多麻纸团。

那时候是正午，太阳光里有种揉断干草一样的响声，让人心里直发毛。

六姥坐在门槛上，眯缝着眼。她没吃胡萝卜，她抱着膝盖骨。

没人往木桌上看。他们不知道在看什么，也许什么都没看。他们的眼窝像核桃砸出来的两个圆坑。

有人咳嗽了一声，从人堆里站起来。

是拴牢。

"仁义。"他叫了一声。

仁义没动。他翻了拴牢一眼。

"你没出粮，得是？"拴牢说。

"我没粮。"仁义说。

拴牢把头转向众人。

"仁义没谷子，也没豆子，也没钱，干蘸油葫芦不成。送来米他去。"拴牢说。

仁义失慌了。

"我不去，我腿不好。"他说。

"不去不行。"拴牢说，"有钱出钱，有力出力，这是老规矩。"

"仁义你站过去！"拴牢说。

人们都看着仁义。仁义不敢不站过去，他一边斜着身子一边给拴牢说："我不去，咋说我也不去。"

拴牢向大家宣布："还得一个人，没人愿意去，咱就抓阄。"

"不准挑挑拣拣，手指头蛋碰到哪个就拿哪个。"

"我不抓。"来米她爹从人堆里走出来。他很有些自得的样子。他走到六姥跟前，挨着六姥圪蹴下去。

"抓就抓。"

人们纷纷站起来，朝木桌拥过去。

"一个挨着一个。"拴牢说。

人们就排好队，一个挨着一个。

仁义蹲在桌子旁边。他很不服气。

"我不去。日他妈谁爱去谁去。"他说。

来米她爹颠着屁股，欣赏地看着人们抓阄的神态，仿佛他是世界上最自在的人。他想人日他妈就应该这么活着。他突然想起了来米。他想他应该把来米的情况给六姥说说。

"六姥，"他说，"您安安地把心放在肚子里，我把来米在上房屋里锁着哩。我给她送饭，她死不了，也跑不掉。"

六姥没说话。六姥眯缝着眼。

抓完了，没人报告他抓着了。

"谁抓着就报名。"拴牢说。

人们愤怒了。

"谁抓着了站出来，别要赖。"他们说。

"肯定是鳖娃。"有人说。

鳖娃抱着头在一边一声不吭。

"送人都不愿去，那来米呢？心甭太黑了，我说。"来米她爹说。

"屎！"鳖娃站起来。他把手里的纸团撕成了碎米花。

八

拴牢和鳖娃站在仁义家门口。

"仁义。"拴牢喊。

仁义从屋里走出来。

"我不去。谁爱去谁去。"仁义说。

"我家出粮，我家现在就出。"仁义婆娘说。她从仁义脊背后边腆出来。

"不成。早些做什么去了？"拴牢说。

"我不去。"仁义说。

鳖娃抓得很准。他一把捏住了仁义裤裆里的那一堆东西。仁义叫唤了一声，跪在地上，肚子使劲往后缩着。

"你甭动弹。"鳖娃说。

仁义跪直身子，一动不动。

"你躺下。"鳖娃说。

"我不。"仁义说。

鳖娃用了用力，仁义疼痛难忍，又叫了一声。"我躺，我躺。"他说。

仁义朝后仰面躺下。他看着鳖娃的脸。

"你去不去？"鳖娃说。

"我不去。"仁义说。

鳖娃从腰里掏出了那把挑猪刀。

"拴牢，你把这狗熊的裤带解开。我把他阉了去。"鳖娃说。

仁义婆娘叫唤了一声，朝鳖娃扑过来。她使足劲在鳖娃身上蹬了一脚。鳖娃没动，女人反而被弹了回去，一屁股坐在地上。

"不活了，不活了。"女人哭嚎着。

"脱，把狗日的裤子脱了。"鳖娃说。

拴牢解开了仁义的裤带。鳖娃晃晃那把挑猪刀。仁义没动，一副任人宰割的模样。

挑猪刀扶上了仁义的皮肉。一阵冰凉的感觉，仁义的腿抖起来。他知道鳖娃会真下手的。鳖娃真能把他的那东西割下来喂狗。

"我去。"他给鳖娃说。

"不去不是娘生父母养的。"他说。

鳖娃松开手，把挑猪刀装进了盒子。仁义站起来，拍着身上的土。

"看把你能的。挑猪挑得眼花了你还挑人呀，得是？"仁义说。

"呸！"鳖娃照着仁义的额颅吐了一口。

"呸！"仁义又听见了一声唾。仁义婆娘照着仁义的脸也吐了一口，吐在了仁义的下巴上。仁义没说话。他看了婆娘一眼。

那天晚上，仁义和鳖娃一起蹲在六姥家的门槛里边。仁义顺溜多了。六姥从腰里掏出来一堆银洋，放在柜盖上。

"这是你们路上的盘缠。"六姥说。

他们朝那堆银洋看了一眼。

"吃了饭就走。"六姥说。

出门的时候，六姥说：

"把老眼杀了。"

他们像受了惊吓似地回过头来。

"把他杀了。"六姥说。

六姥靠着木柜。六姥像瞌睡了一样。那只猫卧在土炕上的棉被窝里。

六姥又吃胡萝卜了。他们出了门，还能听见那种清脆的咀嚼声。

九

瓜棚上的种瓜人不再晃悠了。没有风。距瓜棚不远有一道土梁。

一阵咯吱咯吱的木轮声。

土梁的豁口处，出现了鳖娃、仁义和来米。来米坐在一辆单轮木车上。车上铺着一床棉被。还有一床棉被在来米的脊背后头，卷着当靠背。仁义推车，鳖娃跟在后头。

来米穿一件红布衫，像红辣椒。她歪着头，顺着眼，任单轮木车颠着，摇着。

鳖娃背着手，边走边观景。鳖娃的脖子边上插着他挑猪阉蛋的标志。

他们看见了种瓜人。他们停了下来。他们听见对面山上有人唱歌。

"来了，来了，又来了"

"花花大门进来了……"

他们朝对面山上望了一眼。仁义咽了一口唾沫，心里有些虚慌。

"坑人哩！"仁义突然喊了一声。

"凭什么让我去？坑人哩！"

仁义跳了一下。木轮车又响了，他们走下了沟坡。

他们要走一段很长的路程。

他们走到沟底了。一条小河从几块大石头上摔下来，顺着沟流过去。来米一伸腿，从单轮车上跳下来。她要喝水。

"喝就喝，都喝。"仁义说。

仁义和鳖娃跪着，把嘴伸进水里吸着。来米喝完水，靠在土坎上解辫子。她把辫子解开，然后再编。鳖娃和仁义坐在石头上，听着来米解开辫子的声音。

"这回该你推了吧？一人推一程。"仁义说。他看着鳖娃的脏脸。

"人不能耍赖，不能得寸进尺。我可不是你鳖娃雇来赶脚的。让来米说。来米你说。"

来米编着辫子。来米很超脱。来米是坐车的，谁爱推谁推。所以，来米不说话。来米继续编着辫子。编好了，来米朝脊背后头一甩，来米甩得很好看。来米一伸腿，又坐在了木轮车上。

鳖娃攥住木轮车把。鳖娃推着，仁义拉着，他们过了小河。河岸上留下了几个鲜活的湿脚样。仁义看看那几个湿脚样，就跟在车子后头了。他把手背起来。他想他应该把手背起来。人有时候是孙子，有时候就是爷。当孙子就得有个龟孙样，当爷也得有爷的气派，所以，他也要一边走路一边观景。

"就这。哎嗨。"他想。

后来，他想起了来米她爹。他想和来米说几句话。

"我说来米，你爹可真行，成咱村上的财东了。"他说。

"你爹这会儿在家里蒸白馍馍吃哩。你信不。"他说。

车上的来米一颠一颠的，眼睛一动不动。

"信不信由你。我要是你爹就蒸白馍馍吃。哎嗨。"仁义说。

他眯着眼看着远处。他似乎成了来米她爹。他闻到了一股白馒头的香味。

两边都是山。路窄长窄长，在山沟里胡乱拐着，拐着。

他们在路上走着。他们三个人。

十

来米家很热闹。来米家从来没这么热闹过。来米她爹想好好收拾收拾家。现在，他有这个力量了，也有这个心情了。他请了存道、拴牢和德盛几个人给他打墙。他给他们熬罐罐茶。他把熬好的茶水倒在碗里，让他们喝。

"喝，"他说，"甭急，喝了再打。有你们吃的喝的。"

"噢，噢。"德盛几个人对来米她爹笑着，看着他提着茶罐走开。

"心真黑。来米她爹的心黑透了。"存道说。

"他成咱村上的富户了。"拴牢说。

"粮食都给了他，咱喝西北风。"德盛说。

"我就想把这碗摔了去。"存道说。

"摔了去。"德盛说。

"给驴日的摔了。"拴牢说。

咣当一声，存道手里的茶碗碎在了一块半截砖头上。存道一脸夸张的表情。

"看你。"德盛和拴牢说。他们都看着来米她爹。

"没抓牢，日他的没抓牢。"存道说。

来米她爹看了地上的碎碗一眼，他没过来。

"尿，一个碗，尿。"来米她爹说。

德盛他们都感到肚子憋。

"这不成。他一人好过，这不成。"存道说。

"我婆娘和我闹翻了，"德盛说，"我一进门，她就抓我的脸，骂我是鳖蛋，抓了我一把就回娘家去了。"

德盛脸上真有几道指印。

"总得想个办法。"存道说。

"就是。"德盛说。

"找六姥去。"拴牢说。

他们放下手中的活计，相跟着朝村里走。来米她爹以为他们想屙屎撒尿。

"我家有猪圈。"他说。

"这伙熊人。"他说。他似乎有些不满。

就是这时候，德盛发现有人在他家偷鸡。不知道这人的名字，就叫他溜溜吧。他进了德盛家的门。他一边往进走一边说："大叔大婶爷爷奶奶给点吃的。"他背着一个布褡裢。窗台上有一双洗过的布鞋。他飞快地把它装进了褡裢里。"大叔大婶爷爷奶奶……"他这么叫着。后来，他看见那只母鸡。半墙上有个鸡窝，母鸡正在窝里下蛋。他把它抓了出来。他拧着脖子想把它拧死，然后装进褡裢。

"贼！"德盛站在大门口吼了一声。

溜溜吓了一跳。他把一根手指头飞快地塞进了鸡屁股。

"有蛋哩。真是个母鸡。我摸着有蛋哩。嗬，嗬嗬。"他一脸赖皮的模样。他对德盛笑着，想往外溜。

"放下！"德盛说。

溜溜放开母鸡。母鸡扇了几下翅膀。

"我看它有蛋没蛋。有哩，我不骗你。"溜溜说。

"看你贼眉鼠眼的。"德盛说。

"闪开！"溜溜突然变了脸，喊了一声。趁德盛发愣的功夫，他猫起腰朝德盛冲过来。他没有成功。德盛一把撕住了他的耳朵。他歪着脖子转了一圈。

"我没偷。我看它会不会下蛋。"溜溜尖声喊了起来。

德盛把撕耳朵的那只手往上一提，溜溜就踮起了脚尖。他们就这么出了门，上了街道。一碰见人，溜溜就放开嗓子干号，没人的时候就求饶。

"你放了我。我一辈子不来你们村了。谁哄你是四条腿。我把你叫爷。爷，大爷。"溜溜给德盛说。

德盛把浑身的力气都用在了手指头上。他撕着溜溜的耳朵。

十一

六姥盘腿坐在土炕上，她抽着旱烟。那是一根长杆铜头烟锅。除了吃胡萝卜，六姥还爱抽旱烟。那只猫卧在六姥的怀里。

除了拴牢和存道，还有许多人。他们都来找六姥要主意。

"日子没法过了。"拴牢说。

"他不仁，咱也不义。"存道说。

"六姥你拿个主意。"拴牢说。

"把他做了。"有人说。

六姥敲掉了烟锅里的烟灰。她抬起一只胳膊取柜盖上的那半截胡萝卜。

他们听见了溜溜的喊叫声。一会儿，他们就看见德盛撕着溜溜走进来。

"他偷我家鸡。"德盛说。

"没有。我看它会不会下蛋。"溜溜说。

德盛使劲拧了一下。溜溜跺着脚叫唤。德盛的手塞进溜溜的褡裢里，取出来一只鞋。

"他还偷鞋。"德盛说。

"叭！"德盛用鞋底在溜溜脸上扇了一下。

"把狗日的绑了。"有人喊。

他们把溜溜绑在门前的树上。

"取刀去！"有人说。

"剁了他！"有人说。

溜溜不叫唤了。他闭上眼。

"死了吧，死了吧。"他说。

人们有些诧异。他们感到事情有些不好办。贼娃子不怕死，你能有什么办法。

六姥从人堆后边走出来。

"放了他。我有话和他说。"

溜溜睁开眼，瞪着六姥。拴牢给溜溜松开绳子。溜溜活动活动胳膊，很轻蔑地扫了众人一眼，跟着六姥进了屋。

后来就发生了溜溜给来米她爹剃头的事。

来米她爹用热水洗完头，把毛巾围在脖子上，在那条单人木凳上坐下来。看着溜溜磨剃刀。溜溜磨得很利洒。

"你说你能剃头？不像。"来米她爹说。

"人不可貌相，海水不可斗量。"溜溜说。他用指头试试刀刃，朝来米她爹走过来。

"弄这事多年了，最拿手的就是剃光葫芦。"他说，"你又不是没见。德盛，拴牢，都是我剃的。你又不是没见。"他说。

"怎么看也不像。"来米她爹说。

溜溜一手按在来米她爹头上，一手举着剃刀。他朝门外边看了一眼。他想这事情事关重大，得稳住神。

"嗞——"来米她爹的脑顶上出现了一道白皮。一堆毛发顺着剃刀卷下来。溜溜的手好像抖了一下。

"嗞——"溜溜挨着白茬又剃了一刀子。又一堆毛发卷了下来。溜溜的脸严肃得有些怕人。来米她爹很有些无所谓的样子。他想起了村上人恶心的嘴脸。

"他们眼红我呢！"来米她爹说，"我日他妈让出了闺女，他们出了点粮就眼红我。这是什么世道。闺女是好养的？我早后悔了，他们还眼红我。黄花闺女换粮食，我吃多大的亏？你说是不？"来米她爹斜过脸，翻眼看着溜溜。

溜溜心虚了，手抖得厉害。他又朝外边看了一眼。他知道他们在外边等着他。

"你剃，剃。"来米她爹说，"我看你的手艺还凑合。听刀子的声音就知道。"

"嗞——"剃刀挨着白茬又一次划过来。溜溜已经满脸汗水了。有人在什么地方咳嗽了一声，又咳嗽了一声。他们都听见了。

"吃白石灰了。狗日的吃白石灰了。"来米她爹说。

"嗞——"

"嗞——"

刺刀的速度越来越快。后来，溜溜手上的剃刀闪了一下，就在来米她爹的脖子上划出一道口子。来米她爹叫唤了一声。溜溜从门里跳出来，跌跌撞撞跑上街道。

街道上黑压压蹲着许多人。他们突然站起来，看着溜溜。溜溜从人伙堆里撞了过去，一直跑出村子，跑上那座土峁。种瓜人还吊在瓜棚上，像一件东西。

"啊，啊。"他叫喊着。他不时地看着身后。没有人追他。他们用不着追他。

来米家厢房屋也有一种"呵呵"的叫唤声。那是从来米她爹的喉咙里发出来的。后来，人们就看见他从门槛上爬出来半截身子，脖子上的刀口冒着一种粉红色的泡沫。

人们屏息静气地看着他。他们围在他的跟前，直到那些红色的泡沫一个一个破灭净尽。

"死了。"他们说。

拴牢把来米她爹的头转过来。他们看到了一双怕人的眼睛。眼珠子从眼眶里掉了出来，沾满了土，圆鼓鼓地对着他们。

人群一阵骚动。人们向粮囤拥过去。来米她爹倒完粮食后扔掉的那些空口袋堆在上房门口的台阶上。他们翻腾着，找自己的口袋。

拴牢从布衫口袋里掏出一个麻纸本。

"还有规矩没有？"他说。

"一家装了一家装。"他说。

他照着麻纸本念了起来：

"刘存道，谷子三斗，小麦二斗。"

刘存道提着口袋走向粮囤。

"王德盛，谷子八斗。"

他们排着队，挨个儿装粮。一会儿，来米她爹曾经抚摸过的粮囤就空了，像一只空洞的眼窝。

院子里安静下来。来米家的猪不知什么时候拱开了木栏，在院子里吃着撒落的粮食，一直吃过门槛，吃到粮囤跟前。

十二

他们在一孔土窑跟前停了下来。天已麻黑了，他们想歇歇脚。他们看着那孔窑。

"你进去看看。"鳖娃给仁义说。

"你去，你去喀。"仁义说。

那是一孔拦羊人废弃的空窑洞，很大。里边有些干草一类的东西，好像有人睡过。鳖娃把干草往一块踢踢，踩平。

"就睡这。"他说。

"怎么睡？"仁义看着干草说。

来米已在最里边躺下了。鳖娃从木轮车上取下铺盖卷。他伸手进去摸了摸，里边有银洋的响声。它们在。他把铺盖卷放在头底下当枕头，紧挨着来米躺下去，边上留出来一溜干草。仁义知道那是给他留的地方。他想说什么，又憋了回去。他坐在干草上，脱鞋，倒鞋窝里的土，然后躺下。

窑里一满是干草和羊粪的气味。

月亮光从窑门口照进来。他们都张着眼窝。

"睡不着。日怪了，想睡睡不着。"仁义说。他听见来米的身子动了一下，他突然想起了什么，两只胳膊一用力，把半个身子撑起来。他看看来米，又看看鳖娃，然后就看他们之间的空档。来米和鳖娃的身子快挨在一起了。

"我睡不着。"仁义说。

"咱换换地方。"仁义给鳖娃说，"我这人躺在门边上睡不着。"

鳖娃一动不动。仁义又躺了下去。

"睡不着，真日怪了。"他说。

他感到他身上有一样东西正在起着变化。他立刻就想起了他那位肥胖的婆娘。一到晚上，他总要想起她。他想起她的时候，就会闻到一股缠人的怪味，他身上的什么东西就会变化，硬挺挺的让他难受，他就想干一件什么事情。他就这么想着，难受着。

鳖娃真是个鳖娃。鳖娃早睡着了。他想没沾过女人的男人都这么贪睡。他这么一想，就有些模模糊糊了。

他听见了一阵干草的声音。他看见来米站起来，从他的脚跟前走过去，出了窑门。他推了推鳖娃。

"来米想跑。"他说。

鳖娃跟着来米出了窑门。他看见来米在一块石头背后蹲了下去。他感到身上什么地方被触动了一下。他看着那块石头，听见了一串尿水声。仁义站在他后头，和他一起听着。来米一站起来，就看见了他们。来米没说话，来米动了动眉毛，来米从他们身边走过去。

"你看人家来米尿尿！"仁义说。他感到鳖娃很无耻。

"你真不要脸。人家一个大姑娘。"他说。

来米好像听见了仁义的话。来米没回头，她进了窑门。鳖娃一直看着她。

"我看你存心不良。"仁义说。

"好啊你个鳖娃！"他说。

鳖娃瞪着仁义。鳖娃的脸让仁义感到害怕。

"好吧好吧我不说了，爱看你看去。看还不是干看，哎嗨！"仁义说。

他们没有进窑。他们在石头上坐下来。山沟里很安静。

"你说咱能杀了老眼？"仁义说，"他们都是杀人的货，咱能杀了他？你说。"

"咱不弄那事。咱把来米送到就走。咱管屄他。"仁义说。

"他们会把咱怎么样？咱把来米和钱给他们送到手，他们能把咱怎么样？"仁义说。

"不知道。"鳖娃说。

"来米呢？他们会把来米怎么样？他们把来米……"仁义说。

"不知道。"鳖娃说。

"咱跑。咱不去了。"仁义突然说。他看着鳖娃的脸。

"咱手里有三千块大洋。咱满世界浪去。咱浪出个什么眉眼就什么眉眼。"仁义说。

鳖娃不吭声。

"要不你让我走。我的腿有病，你给我分点，咱各走各的。"仁义说。

"行不？"仁义说。

"我割了你。"鳖娃说。他突然变了脸。

仁义听见鳖娃裤腰上的挑刀盒响了一声。

"看你看你，"他说，"不跑就不跑。我还有老婆娃哩。不跑就不跑。"

窑里传来一阵哽咽声。他们听了一会儿。

"来米想他爹了。"仁义说。

他们一进窑门，看见来米坐在干草上抽泣。来米没想她爹。来米不知道她这是怎么啦。来米压根就没想这事。来米想你让我坐单轮车我就单轮车，你让我去骡马寨子就去骡马寨子。来米想往前的路是黑的。来米有时候会想起她妈。她记不得她妈的模样。她想她妈可能是个比她年龄大的女人。她一想她妈，心里就有些不是滋味，就想流些眼泪什么的。她感到这很怪。人有时候就有这么一种很怪的感觉。

天麻亮的时候，来米出了窑门。仁义看见来米出了窑门。他没惊动鳖娃，悄悄跟出去。他看见来米下了沟坡。他有些失慌了。

"来米跑了！"他朝鳖娃的腿骨上踢了一脚。鳖娃一骨碌爬起来。

"我看着她从沟坡那里下去了。她跑了。"仁义说。他没跟鳖娃出去。他从铺盖卷里取出了装银洋的布袋。他没想到鳖娃会折回来。他愣了一下。

"看什么？人都跑了你还看什么？我说她要跑你还不信。"仁义说。

"一人一千五，咱各走各的。"仁义说。

鳖娃没动。

"你想多分？那不成。一人一半。"仁义说。他解开了布袋上的绳子。

他们听见了脚步声。来米从沟坡那里走上来，来米的怀里抱着一抱山果。来米不知道他们要干什么。她看着他们。

几块银洋从解开的布袋里掉下来，在地上滚了几圈，像仁义张大的眼睛。

"这熊人。"仁义说。他给鳖娃笑了一下。

来米坐上单轮车。他们又起程了。来米把一颗鲜红的山果放进嘴里，嚼了几下。

后来，他们就碰上了溜溜。

十三

溜溜在沟里坡里胡窜了几天几夜，就忘了他给来米她爹剃头的事。他感到肚子很饿。他看见了在沟底下行走的鳖娃他们。他想他应该把他们截住，也许能弄点吃的。他抡开胳膊，从峁顶上栽爬下来。

鳖娃他们一上沟，就看见了溜溜。他们不认识他。他坐在路边的塄坎上。在这么个很难看见人影的地方突然看见了一个人，他们都有些惊奇。他们想和他打个招呼，但没打。他们从他跟前走了过去。他们甚至没有回头。

溜溜一直看着他们。他感到他们太没道理，有这么见人不打招呼的么？

"嗨！"溜溜喊了一声。

鳖娃和仁义回过头看着溜溜，等溜溜说话。溜溜不言语了。仁义感到没什么危险，就朝溜溜走过来。

"你喊啦？"仁义说。

"我喊啦。"溜溜说。

"你做什么喊？"仁义说。

"我说嗨！"溜溜说。

"你吃多了？"仁义说。

"我饿啦。"溜溜说，"我几天水米没沾牙了。"

"饿了你还喊？"仁义说。

"我说嗨！"溜溜说。

"我摸摸你肚子。"仁义说着就要摸。

"摸女人的肚子去。"溜溜说。他看了来米一眼。

"你狗日的真会想。"仁义说。他突然伸出手在溜溜的脖子上拍了一巴掌。溜溜跳了起来。

"你打人。"溜溜说。

"我想卸你的腿。"仁义说。

"你敢打人。我几天水米没沾牙你敢打人。你看你看,你还卸我的腿。"溜溜一边说一边往后退,一直退到木轮车跟前。他扫了来米一眼。他愣住了。来米的脸很美,红是红白是白。他给仁义笑了一下。

"你们送新娘,得是?"溜溜说,"我跟你们混口饭吃。"

"我推车。"溜溜又看了来米一眼。

"你知道我们去哪儿?"鳖娃说。

"我管屎。该不是杀人去?"溜溜说。

"还真让你说着了,哎嗨!"仁义说。

"我推我的车,我管屎。"溜溜说。

"到时你就尿裤裆。"仁义说。

"墙缝里看人哩。我也弄过那号事。剃头刀子一抹,就是一个血脖子。你不信?我溜溜走南闯北,什么事没经过?"他又看了来米一眼。

"我给咱推车吧。"他说。

"一路上都推?"仁义说。

"看你说的。给点吃的。"溜溜说。

鳖娃给溜溜一张玉米煎饼。溜溜推着来米在前,鳖娃和仁义背着手相跟在后。

就这么,他们收留了溜溜。

后来,他们碰到了一棵树。那时候太阳正热。他们在大树下睡了一觉。

十四

来米没睡。来米在离他们不远的一块石头上坐着。来米看着远处的什么东西。那时候太阳正热。空气里有一种干土的气味。

仁义睁开眼睛，正好看见了来米绷紧的屁股蛋。他好像想起了一样重大的事情。他看看鳖娃和溜溜。他们正睡得一塌糊涂。他爬起来，走到来米跟前，挨着她坐下来。

"你要小心鳖娃。"仁义说。

"我看他心怀鬼胎。他想打你的主意哩。"仁义说。

来米好像没听见，身子一动不动。

"给你说你还不信？"仁义说。

溜溜睁开眼，在鳖娃身上蹬了一脚。

"挑猪阉蛋的没好人，我说。"仁义继续给来米说着，"你可不能让他把你弄了。"仁义说得很诚恳。

仁义听见了一阵响动。他回头一看，鳖娃不知什么时候站在他背后了。仁义有些难堪。

"来米真会找地方。这儿有风，凉快。"仁义站起来，给鳖娃说，"不信你试试。"

鳖娃没动。他想扇仁义一个耳光。

"你们谈，你们谈。"仁义说。他从鳖娃跟前侧了过去。

溜溜远远看着他们。他飞快地从鳖娃当枕头的铺盖卷里摸出钱袋，取出两块银洋，塞进鞋窝，然后穿好。

那时候，鳖娃改变了扇仁义一个耳光的主意，他想往仁义脸上吐一口。他感到仁义这样的人只能吐给一口唾沫。他侧过头，他感到唾液已爬上舌头尖了。可他没吐。他看见溜溜正在偷钱。

"你们谈，你们谈。"仁义这么说。

鳖娃没吐出那口唾沫。

来米转过头来了。她看着鳖娃。来米的眼睛好像大有深意。她挺着绷紧的胸脯。鳖娃心里有个什么东西动了一下。

然而，鳖娃转身走了。来米看着鳖娃的背影，眼睛一点一点顺下来。她走到单轮车跟前，一伸腿，又一伸腿，坐了上去。溜溜很麻利地驾起了单轮车。他心里正烧着一团火，因为他的鞋窝里有两个光闪闪的银圆。

"妹子，你坐好。"他给来米说。

"我要快走了。"他说。他把袢绳在肩膀上挪挪好，手上运了运劲。车子果真快了。

"什么好，女人的大腿好。"

溜溜听仁义给鳖娃这么说。

"妹子，你听见没？"溜溜已满头大汗了，他问来米。他看着来米的脖子。

来米在木轮车上一颠一颠的。

溜溜想干一件什么事。他刚干了一件，那两块银圆在鞋窝里正美好地磨着他的脚掌。他还想干一件好事。好事多了不累人，也不遭罪。谁不想多干好事，谁都想不停地碰到好事，让好事淹死。溜溜这么想着。他不停地回过头看被他越甩越远的鳖娃和仁义。

"女人的大腿好。我不信。"溜溜想。

溜溜终于下了决心。溜溜一下决心，木轮车就翻倒了，来米惊叫一声，从车上摔下来。溜溜飞快地凑到来米跟前。

"摔着了？我看我看。"他捏着来米的脚脖子顺腿往上摸。

"这儿疼？这儿？"他捏着，问着。

"这儿？这儿？"溜溜的手又顺着来米的大腿往下捏。

"怎么啦？怎么啦？"仁义喊着。

"绊倒了。石头把车子绊倒了。"溜溜也喊着。他在来米的大腿上狠狠捏了一把。

来米看了溜溜一眼，溜溜驾起车辕。他给来米笑了一下。

"我有银圆。"溜溜突然说。

"我晚上给你看。"他说。他又笑了一下。

鳖娃和仁义赶上来了。

"你狗日的怎么推车？"鳖娃说。

鳖娃拽着溜溜的胳膊，把他从车辕里揪出来。溜溜打了个趔趄。溜溜很得意。

"你推得好。"来米给鳖娃说。

溜溜看着仁义的后脑勺，很不服气的样子。他想教训仁义几句。

"你说女人的大腿好？"溜溜说。

"咋啦？"仁义说。

"我看没什么好。"溜溜说。

"你知道个屎。"仁义说。

"我捏过。"溜溜说。

"你知道个屎。"仁义说。

仁义根本不把他溜溜放在眼里。

"你见过几个女人？你那不叫见，叫看。你闻过女人的肉没？你骑过女人的肚子？你知道个屎。"仁义说。

溜溜瞪圆了眼珠子。他想一掌把仁义扇倒。仁义不知道溜溜的心思。仁义背着手，头仰得老高老高。

溜溜没扇。溜溜吸一口气，又吐了出来。他看着来米的背影又下了一次决心。他想他无论如何也要闻闻来米的肉。他想他闻了来米的肉还不行，他还要好好教训教训仁义。他不想骑来米的肚子。他想女人的肚子没什么好骑，没什么意思。还是闻肉好。那时候，他感到脚掌一阵阵疼。他知道是那两块银圆在鞋窝里作怪。他想来米不让他闻肉的话，他就把银圆送给来米。两块银圆哩，她还不让闻？

那天晚上，他们歇息在崖畔底下。那天晚上没有月亮，溜溜枕着他的那双鞋躺了一会儿。然后他趴在来米耳朵跟前给来米说："来米我想闻闻你身上的肉，我有银圆你让我闻闻。"

来米扇得真准。她抡圆胳膊，手掌重重地落在溜溜的脸上。溜溜想喊叫一声。溜溜捂着半个脸，没喊出声来。他没想到来米会扇他。他感到事情太突然了。他轻轻地叫了一声来米。来米不说话。她好像什么事也没做过。她好像快要睡着了一样。

溜溜听见了一阵金属敲击的声音，然后又听见啪嗒一声，一双鞋飞过来，摔在他的脚跟前。溜溜立刻想坏了坏了。他拧过头一看，鳖娃不知什么时候坐起来了。鳖娃手里拿着两块银圆，一下一下敲着。溜溜急了。溜溜想发作。他感到鳖娃太不要脸了。

溜溜没发作，他要哭一样，把那双鞋放到他头底下睡了。一阵尖厉的疼痛正从脚掌上往他的心里钻。

那时候他们都没了瞌睡。他们在黑暗里张着眼窝。他们突然感到了一种沉重的东西。

"再五十里，就到骡马寨子了。"鳖娃像自言自语。

一溜土从崖背上溜下来，发出一阵"滋啦"的声音。他们都听见了。

"要下雨了。"仁义说。

天上的云确实越来越重了。

来米走到鳖娃跟前，看着鳖娃黑乎乎的脸。鳖娃不知道来米要干什么。

"我命苦。"来米说。

来米转过身，半个屁股坐在单轮车上。那时候天还没亮，他们又上了路。

十五

　　那是一座野店。周围什么也没有，独独这么一座野店。店门紧紧地闭着。

　　"过了这个店，就是骡马寨子。"仁义说，仁义的声音很虚弱。

　　他们一路上都没想骡马寨子。现在他们不能不想它。他们要到那里去。他们的独轮车上推着一个女人和三千块大洋。

　　"把老眼杀了。"六姥嚼着胡萝卜给他们说。

　　鳖娃脸上的皮动了一下。他看见来米正看着他，目光有里有一种让人怜惜的期待。一股风吹过来，撩起那根竹棍上的两条红布。红布条在风里甩出一阵响。然后就是一阵雷声。然后就大雨如注了。雨点猛烈地砸在他们的肩膀上，砸在木轮车上。地上积水横流。

　　"鳖娃你狗日的说句话。"仁义喷着满嘴的雨水朝鳖娃喊着。

　　"要走你一个人走。"仁义说。

　　仁义踏着雨水，跑到店门跟前，用力一推，门开了。

　　院子里没有人。几间屋子的门关闭着。除了雨水，什么声音也没有。这里一定发生过什么事情。

　　他们听见了一阵噼噼剥剥的声音，是从伙房里传出来的。一个蓬头垢面的男人靠着墙壁，脸埋在胸脯上，好像睡着了。灶膛里的火已灭了，灰堆里不时爆出一阵响声。锅里不知道煮着什么东西。

　　"哎。"仁义对那个人喊了一声。仁义上前拨了一下。那人直直地倒了下去。

　　仁义看见了一张结满血痂的脏脸。

　　他早已死了。

　　仁义叫了一声。仁义像疯了一样在院子里跑着，寻找着什么东西。他终于找到了一块石头。他朝自己的脚踝上砸了几下。

他的手被鳖娃紧紧攥住了。鳖娃把他从泥水里拽起来，恶狠狠地盯着他。

"叭！"鳖娃打了仁义一个耳光。

"叭！"鳖娃又打了一个。

仁义愣愣地看着鳖娃。鳖娃手一松，仁义又一屁股坐在了泥水里。他看着鳖娃进了一间屋子。

"我不去。我死也不去。"仁义突然放声哭了起来，"老眼会杀了我们，啊，啊……"他痛苦地捂着脸。

雨小多了。天急剧地黑下来。他们没走。他们在野店里住了一夜。

来米坐在一间偏房的土炕上梳理头发。溜溜蹲在墙角，瞅着黑洞洞的炕门。他不时抬头看看来米。来米梳头的时候总有一种头发的声音。一会儿溜溜就靠着墙根睡着了。来米把梳好的辫子甩到脊背后头，出了门。

鳖娃在另一间屋。他躺在一堆干草里。那是一间堆干草的屋子。他不知道在想着什么。

"鳖娃。"来米在门口叫着。来米从门口走进来，她看着草堆里的鳖娃。

"你们不会活着回来。"来米说。

"我不是黄花闺女。"来米说。

鳖娃好像没听懂来米的话。

"我和男人睡过觉。"来米说。

"和我爹，我不骗你。"来米说。

鳖娃的脸色剧烈地变化着。

"母狗！"鳖娃突然跳了起来。鳖娃脸上的肉突突跳着。鳖娃抓着来米的肩膀。鳖娃的眼睛睁得老大。鳖娃的目光慢慢变得复杂起来。鳖娃甚至有些温柔了。

"来米……"鳖娃这么叫了一声。鳖娃的声音很轻，只有来米能听见。

来米迎着鳖娃的目光。鳖娃感到来米的胸脯正一点一点膨胀着，让他不能自己。不知怎么的，他把来米扳倒了。

"噢。"来米惊叫了一声。来米惊叫的那一声和呻吟一样。

就这么鳖娃弄了来米。鳖娃喘着气，来米呻吟着，来米像蛇一样扭着身子。后来，他们都软在了那堆干草里。

"鳖娃……"来米说。

"来米……"鳖娃说。

"你娶了我。我跟你走。"来米说。

鳖娃躺在来米跟前。鳖娃不说话。

"我知道你不会娶我。"来米说。来米站起来，扣上衣扣。她穿的是那种大襟布衫。

"我再也不坐你的车了。"来米说。

来米出门的时候，看见仁义站在门口。仁义等来米一走，就发疯一样扑进来，扑向鳖娃。他想骑在鳖娃身上，劈头盖脸打他一顿。他没打，鳖娃的目光把他吓住了。他伸出手做了一个要打的架势。

"鳖娃你起来。"仁义说。

鳖娃站起来。

"你别动。"仁义说。

鳖娃没动。

"我要打你。你让我打。"仁义闪着巴掌。

后来，仁义放下了手。他在屋里走来走去。他很激动。他狠狠地教训了鳖娃一顿。

"好你个挑猪的。"他说，"你敢睡来米。有你这么伤天害理的人么？就算她不是黄花闺女，她是你能睡的么？你鳖娃手捂着胸口想一想，哪个女人不能睡，你偏偏要睡来米……"

十六

骡马寨子真是骡马寨子。骡马寨子有许多马房。马房里拴着马、驴和骡子一类高足牲口。土匪们以贩牲口为职业。骡马寨子是他们聚居的老巢。他们把牲口从内蒙古贩回来，然后在骡马交易会上卖给当地人。他们像走亲戚串门一样在内蒙古、山西和甘肃一带做着牲口生意。他们爱牲口如命。他们都是些杀人不眨眼的货色。他们就是这么一伙人。他们有他们的活法。他们给牲口刮毛、配种、铲蹄子、钉掌。他们熟悉牲口像熟悉他们的脚趾头一样。

他们也是吃五谷杂粮的。来米她爹这么说。

那天，他们和往常一样在马房里忙碌着。他们说着各种各样的笑话。他们的说笑夹杂在牲口的叫声里。驴叫声是这里最嘹亮的声响。有人在伙房里做饭。

石头峁是骡马寨子最高的地方。峁上面有许多窑洞，那是贩子们睡觉的地方。老眼住在最中间的那孔窑里。窑前边盖了一截木房。

一条大路从马房跟前伸出来，一直伸到远处。那里有一道石头垒成的矮墙。过了那道矮墙就下山了。

鳖娃、仁义他们就是从那里走上来的。那时候，一匹小公马从远处跑进了马房，跑到一匹母马跟前。正给母马铲蹄的土匪说：该骗这狗日的了。然后，他们就听见了一阵木轮车的咯吱声。然后他们就看见了鳖娃他们。

鳖娃他们站在那道矮墙跟前，肮脏的脸上布满了太阳光。他们看着土匪们。土匪们看着他们。他们都有些疑惑不解。

土匪们以为那几个人走错了路。他们又各干各的事情了。可是，鳖娃他们眼睁睁朝马房这里走了过来。

"老眼呢？"鳖娃说。

没人回答。一个矮个子土匪不知从哪里追出来一只狗。狗拼命地跑着，叫着，狗叫声像刀子一样。快追上了，矮个子土匪灵巧地伸出一只脚，朝狗的后腿上踏过去。

"咔嚓！"狗的一条后腿断了。

狗打了一个滚，翻过身子，更凄厉地叫了一声，拖着一条断腿跑着。

"咔嚓！"又一声。

另一条狗腿断了。

仁义的腿打抖了。仁义闭上了眼睛。

矮个子土匪像戏耍一样，把狗提起来，提到伙房跟前。那里有一口锅，水已烧开了。土匪取过刀子，朝狗的脖子抹过去。

土匪剥下狗皮。他把狗皮挂在了伙房的墙上。狗头没有割断，连带在狗皮上，涂满了鲜红的狗血。矮个子朝马房里的土匪们笑了一下。他把狗肉放进了锅里。

没有人搭理鳖娃他们。

仁义的身子像筛糠一样。他圆瞪着双眼，扑通一声跪在地上。

"他要杀人！"仁义突然喊叫了一声。他指着鳖娃。

"他杀人来啦！"仁义喊着。

鳖娃好像迷糊了一会儿。他听见土匪们哄一声笑了起来。

土匪们以为仁义是个疯子。

仁义失慌了。仁义慢慢爬起来。他折过身，撒腿跑了。谁知道呢？人有时候就会这样。

"杀人啦！杀人啦！"

仁义一边跑一边喊着，一直跑过了那道矮墙。没有人追他。

"老眼呢？"鳖娃又问了一句。

溜溜一直没放下车辕。来米也没下去。她感到鼻眼里有些难受。她把小拇指塞进鼻眼里掏了一会儿，掏出来一块鼻痂。她吸了两下鼻子，然后弹了一下指甲盖儿。她感到好受多了。

"老眼呢？"她听见鳖娃这么说。

老眼正给一匹马灌药。老眼五十多岁，戴一副茶色石头镜，穿一件白布褂，宽腿裤。他不像土匪头，像一个经纪人。以后鳖娃就会知道，其实老眼不坏。老眼挺好。来米也会这么说。

马痛苦地扭着脖子，药很难灌进去。

溜溜把木轮车直推到老眼跟前。来米下了车。来米下车的姿势很好看。

鳖娃解开钱袋，把一堆银圆倒在地上。老眼看也没看。

"耍哩，耍笑哩，你们就当真了。"老眼说。他到底把药灌进了马嘴。他朝来米的脸上看了一眼。

"耍哩。"老眼说。

鳖娃气歪了脸。他冲着老眼大吼了一声：

"我操你妈！"

鳖娃的眼眶里涌满了泪水。

"村上人快让你们整死了。"鳖娃说。

老眼一点也不生气。

"人总要有点什么事。无事生非哩。你没听人这么说？"老眼说。他又看了来米一眼。

"走，咱们走。"溜溜说。

"哎，"老眼说，"来了就住几天。"

他们住下了。

十七

鳖娃盘腿坐在马房的土炕上。他们被安顿在这里了。这里拴着几匹牲口。

"这地方不坏。"溜溜说。他贼眉鼠眼到处乱瞅。

鳖娃正卷着一根烟。

"吃狗肉了——"

他们听见矮个子土匪喊了一声。从炕墙上的窗口刚好能看到伙房那里。他们看见矮个子土匪揭开锅盖，用鼻子嗅着冒出来的热气。他想取一块肉尝尝。太烫了。他赶紧拔出手，放在嘴边吹着气。土匪们夹着碗。围在锅跟前等着领肉。

"我也领去。"溜溜说。

土匪看了溜溜一眼。溜溜指指锅里。

"有福同享。"溜溜说。

土匪夹了块肉，放在溜溜碗里。

"吃。日他妈不吃白不吃。"溜溜给鳖娃说。他把狗肉碗重重地蹾了一下。

鳖娃没动。鳖娃看着老眼的那座小木房。从马房的门里正好能看到那里。矮个子土匪端着一大碗上好的狗肉，敲着老眼的木门。他侧耳听了听，给其他土匪们做了个鬼脸。

门开了。老眼一身热汗。

"把肉放门口。"老眼说。

老眼在木房门边上尿了一泡。他端起肉碗，门又关上了。

"操他娘。"溜溜说。他有些愤愤不平。

溜溜开始吃肉了。他愤怒地对付着一块带肉的骨头。

"什么世道。不吃白不吃。"溜溜说。

"操他的妈妈。"溜溜又骂了一声。

鳖娃掐灭了手里的烟卷。烟头上掉下来一溜火星。天黑了下来。

明月高照。土匪们已经入睡。几排平静的马房里亮着几盏灯光。偶尔能听见牲口响鼻和挪动蹄脚的声音。

溜溜脱着裤子，唱了两句酸曲：

先解纽扣后解怀那个，

然后再把那个裤带解，

奴和你玩耍来……

老眼的木门紧紧关闭着。鳖娃一夜没睡。鳖娃一夜都想着来米和老眼睡觉的样子。溜溜累极了，一夜睡得很香。

天一亮，老眼就来找鳖娃。

"来米不是黄花闺女。"老眼说。

鳖娃板着脸，他看见来米提着一个空脸盆从木门里走出来。她在伙房门口的瓮里打了一盆水，又进了那座木房子。

"她和男人睡过。"老眼说。

"噢么。"鳖娃这么说了一句。

"你们在路上走了几天，怕是和你睡的？"老眼说。

"没。没有。"鳖娃说。

"看你说的。"鳖娃又说一句。他好像给老眼笑了一下。

"大屁股，肥突突的。"老眼说。

老眼从屁股后边摸出来一把铲蹄刀。

"到马房里转转。"老眼说。老眼似乎忘了来米和男人睡觉的事。

"这些马都是从内蒙古买回来的。"老眼给鳖娃说。他很得意。他和鳖娃转了好几个马房。他铲蹄的技术很老练，搬起腿噌噌两下就铲好了。他放开马腿，在马臀上拍了两下。

"纯纯的蒙古种，至少赚一半价钱。"老眼说。

就这么转了一圈，鳖娃不太别扭了。他甚至忘了老眼是个土匪。他甚至感到老眼是个能人。他想不通老眼怎么会是个土匪。他想世上的事说到底没个什么道理。

“把老眼杀了。”嚼胡萝卜的老女人说。

十八

那天早上，鳖娃看见一群土匪往牲口背上搭驮子，好像要上远路。

“他们去定边城赶骡马交易会。你要回去就跟他们一起走。”老眼给鳖娃说。

鳖娃没准备回去，所以鳖娃半晌没说话。

“不走住几天也行。”老眼说。他的一只手在一匹母马的肚子下摸着。

“怀驹了。狗日的怀驹了。”他说。

那匹小公马扬着蹄子从马房跟前跑过去，鬃毛像水一样颠簸着。

“该骗他狗日的了。”老眼说。

“我骗。”鳖娃说。

要上远路的土匪们搭好了驮子。

“这回一定要卖个好价钱。”一个土匪说。

“顺便去一趟内蒙古。回来走山西。山西的女人奶子大。”另一个说。

来米从木门里出来倒水。她提着脸盆，朝马房这里看了一眼。溜溜趴在一口大缸跟前喝水。溜溜看没人注意他，便放下马勺，朝木房子溜过去。

“来米。”他扒在窗口往里看。木房子的偏墙上有个窗口。

来米已坐在炕上了。

“老眼把你怎么啦？我问你话哩。”溜溜一副不要脸的样子。

“呸！”来米隔窗朝溜溜脸上吐了一口。

“你让我进来，我有话跟你说。”

来米开了门。溜溜和太阳光一起跨进来。

"行啊来米。"溜溜在凳子上坐下，自在地翘起一条腿。桌子上有吃剩的狗肉。溜溜拿过来一块塞进嘴里。

"老眼这地方不坏。"溜溜说。

来米正在清点一叠皮货。她对它们好像很满意。她好像没听见溜溜的感叹。

"你看这，三个月的羔皮。"来米说。

"老眼从内蒙古弄的。"她说。

溜溜好像发现了一件重大的秘密。他一下一下瞪圆了眼睛，他使劲把那口狗肉咽下了喉咙。

"我说来米，你还真跟老眼过一辈子呀？"溜溜说。

那时候，鳖娃正要骟那匹小公马。老眼和几个土匪把小公马绑在一根木桩上。鳖娃骟马的技术和挑猪一样熟练。他在那里割了一刀。那一刀和挑猪很相像。他把带血的刀子在裤腿上抹了两下。

溜溜给来米讲了他剃头的事。

"他还以为我给他剃头哩。"溜溜说得眉飞色舞，"剃着剃着，我就剃到他脖子上了。我手这么一划拉，他就成了血脖子。你不信？我说的你不信？"

"他是我爹。"来米说。来米没抬头。

溜溜的眼睛又瞪圆了。

"你爹？你说他是你爹。"溜溜说。

"你把我爹割死了？"

"看你来米净说笑话。"溜溜说。

老眼从门里进来。老眼一边走一边问来米：

"谁把你爹割死了？"

"没有。来米说笑哩。嘿嘿，嗬嗬。"溜溜有些不会笑了。他想往外走。

"杀你爹就是杀我岳丈大人。"老眼笑着给来米说。

"来米你可别胡说。嗬嗬，你们在，你们在。"溜溜顺手拿走了吃剩的那碗狗肉。他退出门槛，撒腿就跑。

溜溜在土崖边上找到了鳖娃。

"来米不走了。这里好吃好喝，她不想走了。"溜溜说。

鳖娃一脸铁青，不知道想着什么。溜溜把那碗剩狗肉推在鳖娃跟前。

"吃。我在老眼屋里偷的。"他说。

"她要和老眼过活。"他说。

"没看出来。真不是个货。"他说。

"烂脏女人。"他说。

鳖娃一声不吭。鳖娃咬着牙根，腮帮子一鼓一鼓的。

"你说咋办？"溜溜说。

"日他的！遇到这号事情。"他说。

他看见鳖娃把什么东西塞进嘴里嚼着。

"你不管？这么大的事你不管？你还是男人呢！他还睡过人家来米呢！"溜溜说。

溜溜终于看清了，鳖娃往嘴里塞的是土坷垃。鳖娃不紧不慢地嚼着。他又捡了一块。

"你吃土？"溜溜说。

"做什么你吃土？"溜溜说。

溜溜有些害怕。溜溜的脸扭成了一堆难看的肉皮。

"啊哈，你吃土。"溜溜突然尖声叫喊起来。"他吃土呢！他狗熊吃土呢！"

鳖娃已经是满嘴湿泥了。

远行的土匪们上路了。牲口队走过马房，走上大路，一直走过了那道矮墙。

"他吃土呢！"溜溜喊着。

溜溜回到了马房。他跪在炕上，想着鳖娃满嘴湿泥的样子。

十九

天还没大亮，老眼就来喊鳖娃，叫鳖娃和他给牲口铡草。老眼说人上了年纪瞌睡就少。鳖娃说人不上年纪有时候也睡不着。老眼说就是就是，咱铡着草谝着闲话我还爱和你谝。鳖娃说走，鳖娃蹬上了鞋。

一间马房跟前有一个干草垛。鳖娃扳铡刀，老眼递草。他们都是铡草的把式。

他们铡得很老练。他们都很认真。

"嚓——，嚓——"

那时候天边慢慢有了几道红色，像枣刺划破的血印。那时候来米和几个没出门的土匪肯定还在睡觉。那时候骡马寨子只有老眼鳖娃铡草的声音。溜溜睁眼看看鳖娃的被窝，以为鳖娃尿尿去了。他又闭上眼，嚼着唾沫翻过身睡了过去。

"嚓——"

铡刀有力地切割下去，被铡断的碎草向一边翻卷着。铡刀抬起来的时候，刀口那里就齐刷刷亮出一道白茬。老眼的膝盖压在干草上，一下一下递着。鳖娃扳着刀把，一抬一压，一起一落。

"嚓——"鳖娃狠狠地压下去。他把铡碎的草朝旁边拨了一下。

"我看你这人不坏，留在骡马寨子算了。"老眼说。

"弄我们这营生没什么窍门。你到内蒙古去，没钱不怕，你借，你借蒙古人的。第一回少借点，借二十块，还的时候你还三十。他巴不得你再借。再借你就借他三百，借了你就走人，走得远远的，你再买马。天下那么大，他到哪儿找你？找个屎！"老眼说。

"你不要怕事，也不能怕死。人不怕死，什么事情都能干成，要什么有什么。"老眼说。

老眼说得不紧不慢，像讲着一件平常的事情。他埋着头，没看鳖娃。他知道鳖娃在听他说话。

鳖娃的脸色有些难看，嘴很干。鳖娃的嘴唇上炸起了一层白皮。鳖娃鬓角上的青筋鼓了起来。鳖娃的眼窝像两个土坑。

"把老眼杀了。"六姥说。

"我日他的妈妈。"鳖娃在喉咙里咕噜了一声，不知道是骂六姥还是骂老眼。

老眼没听清。老眼递草的手停下来。他伸着下巴看着鳖娃的脸。他不知道他的手正放在铡刀底下。

"嗯？"他说。

鳖娃使劲把铡刀压了下去。他听见一声手骨断裂的响声。他看见老眼的两只手离开了手腕，从铡枕上掉下来，在白花花的碎草里动弹着。

老眼没感到疼。老眼不知道发生了什么事情。他张着嘴，看着鳖娃。他以为鳖娃要说一句什么话。后来，他终于感到疼了。他叫喊着蜷成了一团，在地上滚着。

鳖娃愣了好大一会儿。他想他应该干点什么。他想他得把这件事干完。他跑进了马房，在马房里寻找着。他找到了一把镢头。他操起它，朝蜷曲着叫喊不已的老眼跑过来。

他用镢背在老眼头上砸了两下。他感到镢头砸在人头上和砸在硬土块上差不多。就这么他砸死了老眼。老眼的茶色石头眼镜断成了两截，镜片上沾着几滴粉红色的液体。那时候太阳正一下一下在云层里往上拱着，云层里有一种挤破东西的咔咔声。

二十

溜溜下了村外的土坡，就失眉吊眼地喊起来：

"杀啦！杀啦！"

他连滚带爬地跑进村街，在街上来回奔跑，惊得鸡飞狗叫。

溜溜从来没有这么光荣过。全村人跟他来到村口，围着他，听他讲述世界上最让人惊讶的事情。他们张着眼窝，眨着眼窝。他们都渴极了一样，想被深深地惊讶一次。

"杀啦？"拴牢的脖子和雁一样。

"给我水喝。"溜溜说。

别人给溜溜一碗凉水。他一饮而尽。人们盯着他的嘴，等着他开口说话。

"来烟。"溜溜说。

有人把正抽的烟卷递给溜溜。他狠狠地咂了两口。

"杀啦？"仁义说。仁义也来了。

溜溜鄙弃地瞄了仁义一眼。

"人头遍地……"溜溜说。

"啊。"人群骚动了。

"遍地？"人们说。

"遍地……"溜溜说。

"遍……"

"尸堆如山……"溜溜说。

"如山？"

"如山。"

"山……"

"血流滚滚……"溜溜说。

"滚滚？"

"滚滚……"

"滚？"

溜溜像喝醉酒了一样。人们激动得满脸通红。他们不知道该怎么才好。

"来了。"有人突然说了一声。

人们鸦雀无声了。他们齐刷刷把头扭过去。他们看见了鳖娃。他站在坡头那里，脖子上飘着两条红布。他站了一会儿，然后下坡，向村口走过来。

鳖娃走到跟前了。

鳖娃看着他们。他们看着鳖娃。他们突然都有了一种陌生的感觉。他们都硬在了地上，一动不动。后来，鳖娃就看见有人想往回溜。

"回来啦。"拴牢说。拴牢很不自在的样子，脸上的肉动弹了几下。

"嘿嘿。"拴牢友善地笑了两声。

"回去抱娃去。"仁义在他婆娘的屁股上踢了一脚。婆娘腆了一下肚子。

再后来，人们一个跟着一个散了。溜溜左顾右盼。溜溜不知道这是怎么啦。溜溜的眼珠子咕噜咕噜滚着。

"嘿嘿。"溜溜给鳖娃笑着。

溜溜也走了。

鳖娃一个人立在村口，鳖娃满脸干土。没有人知道那时候鳖娃心里想一些什么。

那天，村上人给鳖娃烩了几大碗菜。拴牢和存道几个人陪着鳖娃吃喝了一顿。

村上顺便炸了几锅油饼，全村人在六姥家门口吃了一次"大户"。拴牢又敲着鼓在街道上走了一趟。他一边敲鼓一边喊："吃大户了——"

"鳖娃，这是专意给你弄的。"拴牢指着那几碗菜给鳖娃说。

鳖娃像倒脏水一样往喉咙里灌了一瓶酒。

"吃！"鳖娃说。

鳖娃叉开筷子，照准一碗肥肉片插了进去。

后来，人们看见鳖娃摇摇晃晃地从六姥家走出来。他一脸喜色，边走边唱：

> 来了来了又来了
>
> 披红挂绿过来了
>
> 来了来了又来了
>
> 花花大门进来了……

他们看见他摇进了他家的那道土门。他家门口有许多土坯，整整齐齐地垒成几个方块。人们突然想起来，挑猪阉蛋的鳖娃好像说过，等他有了女人，就盖几间大房。

二十一

六姥脸上像涂了油一样，泛着那种油光。六姥的柜盖上有一串油饼，用筷子串着，像个小塔。六姥家上房屋里光线很暗，人们的脸埋在阴影里。

"不能留这种人。"有人说。

"留不成。谁知道会出什么事。"仁义说。他蹲在最不显眼的角落里。

"他杀了老眼，土匪饶不了咱。"他说。

"等着看么。"他说。

"杀了老眼，不知还杀谁呢！"仁义又说了一句。

六姥一声不吭。六姥的手越过那串油饼，摸出来一根胡萝卜。他们看着六姥。

他们肌肉紧张，精神亢奋。他们听见那种不详的嚼声又响起来了，直往肉里钻。

那天晚上月光很亮。不知谁家的狗叫了几声。许多人影从门里闪了出来，急匆匆穿过街道。他们来到鳖娃家的土门跟前。他们好像要商量什么事情。他们没有说话。

鳖娃歪倒在土炕上正沉沉大睡。一根粗壮的大红蜡烛蹶在半墙上的木楔子上。鳖娃挑猪的职业标志胡乱扔在炕头那里。锅台上有一个盛水的黑瓷盆。那是一种连着土炕的锅台。

"鳖娃。"一个男人的声音在门外叫着，很温柔。

"鳖娃开门。"

鳖娃没醒。

"开门！"声音大了起来。

鳖娃醒了。他感到有点渴。他抱起锅台上的黑瓷盆灌了一气。

有人敲门了。敲门声越来越大。门扇猛烈地颤动着。鳖娃感到有些不对劲。鳖娃甚至听见一声窗纸破裂的声音。他看见一根手指头从纸洞里戳了进来。

"嚓——"。

窗纸被撕烂了。鳖娃看见了几个人头。鳖娃没见过这种事。他想找一件什么东西提在手里。他听见哗啦一声，然后就看见一堆人从门里拥了进来。

谁也不知道他们是怎么弄死鳖娃的。那天晚上，许多人都听见了鳖娃家那一阵可怕的响动。许多人坐在他们的土炕上，他们睁眼静静地听着。

那伙人离开鳖娃睡觉的那间屋的时候，门没有合严。他们看见一股血水从门槛底下爬出来，顺着门缝里射出的那道光亮爬着，像游蛇一样。他们才知道人身上的血能像箭一样往外射，还能像蛇一样地在地上往前爬。

他们在鳖娃家院子里和了一堆泥。他们挽裤腿，在泥堆里踩着。他们想把泥和得匀一些。他们看着那股血水。

"年轻人的血旺。"他们说。

他们排成一行，一直从土门外排到流血的那间屋门口。他们一块一块递着土坯。仁义拿着泥刀，把土坯砌在门框里。仁义砌得很认真，他甚至不放过一个拳头大小的窟窿。

他把窗户也砌上了。

他给砌好的土坯上抹了一层泥皮。

"唰——"他用泥抹子抹着，泥皮越来越光滑。他一直抹到天亮的时候。

"唰——"仁义还在抹着。

仁义抬头往亮天的地方看了一眼。他看见山包子像他婆娘的奶子一样。他想他婆娘这会儿还在炕上睡着。他想他现在回去还来得及。他想他婆娘要是不愿意他就在她的肥腿上拧一把，一拧她就愿意了。他离开鳖娃家的时候，看见还有几道风干的血水没有盖住，他抓了一把泥，摔在上面。

他到底听见了牲口走路的声音。那是许多天以后。那时候也是天刚亮的光景。村上人都听到了。一伙骑牲口的人包围了村子。

他们是骡马寨子的土匪。

1989年秋

（原载于《收获》1990年第1期）

老旦是一棵树

一

　　老旦坐在屋檐下，眼睛像两枚深邃的黑药丸。他在看雨。雨织成细密的薄网，

　　从昏黄色的天空一股一股飘下来，落在院子里。风不大，但时不时会吹破那张网，

　　吹出些冰凉的水沫，淋在他的脸上，精湿的瘦脸便泛出那种明滑的水光。如果是过去，他就不会这么专注地看雨了。他会立刻把他捂在被窝里，抱着他的女人，或者骑在她身上，制造出一长串欢乐。下雨的时候，男人精气旺，女人阴气盛，他说。他不止一次给双沟村的男人们传授过他的经验。下雨的时候你抱着女人，你会以为你是在水里哩，你会以为你抱的是一条鱼，光丢丢的，信不信由你，你们不信我信，他说。当然，这都是十五年以前的事了。盖上房屋的时候，一片崭新的瓦从房顶上滑落下来，掉在了老旦女人的头上。尖利的瓦棱和女人乌黑的头发

一起砸进了头盖骨，她一声没吭，流了一摊污血，死了。他成了鳏夫。

"啐——"老旦朝天上吐了一口。唾沫切断绵长的雨丝，在空中划出一道弧线，啪哒一声，落在水洼里，散成了一朵萝卜花。他吐得很不经意。

老旦的儿子大旦也在看雨，只是心情和他爸有些不同。他三十岁，是个光棍，一颗生姜一样的头很随便地连接在粗短的脖子上。他坐在上房屋的厅堂里，平展伸着两条腿，两只大拇脚趾从鞋的顶端挤出来，好奇地看着外面的世界。他一手提着一副生铁犁铧，一手抓着一块粗糙的石头。

"啐——"大旦也吐了一口。他一直盯着那口唾沫，看着它飞出去，再落下来，散开，被雨水淹没，然后，他扭过头，看着他爸。他和他爸吐在了同一个地方。这不是一件很容易的事情。他想看看他爸的反应。他爸侧着脸。他只能看见他爸的一只耳朵。他爸一动不动，严肃得像个将军。他感到自尊心受到了极大的伤害。他想让他爸说点什么。他一直想让他爸和他说点什么。

"我真想在犁铧上敲一下。"他突然说。

老旦好像没听见。大旦感到他的自尊心又遭到了一次伤害。

"当！"他真的敲了一下。犁铧发出一声短促的钝响。他爸被吓了一跳，头飞快地向他扭过来。这回，他到底看见了他爸的脸，他爸不说话，只是瞅着他。

"当！"又一声。

大旦迎着他爸的目光，一脸挑衅的神情。

"你能不能不敲？"老旦终于开口了。

"不能。"大旦说。

"要敲你提到街道上敲去，甭让我听见，我不想听。"老旦说。

"我敲我的犁铧，你看你的雨，井水不犯河水。"

"敲吧敲吧。"老旦说，"爱敲你就敲。"

"敲就敲。"大旦说。他一下一下敲了起来，不紧也不慢，而且摆出一副要不断地敲下去的架势。他仰着头，偶尔朝他爸斜睽一眼。

"当——当——当——当——"

老旦终于受不住了。

"你这是敲丧哩！"老旦说。

"不对，我敲犁铧哩！"大旦说。

"犁铧是让人敲的？难道犁铧是锣？你说。"

"狗是看门的，还是杀了吃肉的？你说。"

"你敲得人心里瞀乱。"

"我不敲我心里瞀乱。"

"娶不到媳妇能怪我？你和我较什么劲？"

"我没和你较劲，我敲犁铧。"

大旦感到他浑身的肉突然变热了。他站起身，把犁铧提在手里，用石头在上面飞快地砸了起来，犁铧立刻发出一阵急促的生铁声。

"当当当当……"

"你驴日的敲吧。"老旦也站起来，"看你能敲出个媳妇来。"他甩甩袖子，要走。

大旦急眼了，他想他敲犁铧就是给他爸听的，他爸一走，他一个人敲着一定很乏味。

"站住！"他朝他爸吼了一声。

老旦站住了。他看见大旦两眼发红，狼一样盯着他。

"我去白菜地。"老旦说，"你敲你的。"

老旦走了，再也没有回头。大旦看着他爸的背影，眼里像要渗出血来。他恨不能掐住他爸的脖子，把他扭回来。

"敲就敲——"他跳起来，撕扯着嗓子吼了一声。

生铁犁铧愤怒地响了起来。

老旦已走出村口了。他看见东边正在退云。他想雨一停，他的两亩白菜就会疯了一样往上长。他没想到他会碰上仇人赵镇，更想不到后来发生的一切，都与他和赵镇的那一次碰面有关。

二

他听见了一阵踩踏泥水的声音，然后就看见了赵镇。

天说晴就晴了。太阳像圆圆的红柿饼。远处是群山，近处是一片又一片秋庄稼。老旦像一只安静的老狗，看着他的两亩白菜，白菜长势很好，一棵挨着一棵，从湿软的泥土里拱出来，白生生一片，朝着高远的天空。阳光唤醒了它们在雨天里聚积的精力，不时发出那种舒筋展骨的梆梆声。老旦爱听这种声音。他是个种白菜的老手。他从不多种，一年只种两亩。他总能让它们卖出好价钱。

啪叽啪叽，有人踩踏着泥水走过来。雨刚停，路上还有积水。

是赵镇。他走到老旦跟前了，身后还有一位外乡女子。他是个人贩子。每一次出远门，他都会领回来一个年轻女人。这次领回来的女子叫环环，她家在北山深处的一个旮旯里。赵镇在她的村子里住了几天，然后就进了她家的门。赵镇说你跟我走，我给你找个男人，让你过好日子。她就跟着赵镇来了。赵镇说我们那里有吃有喝，就是缺女人。她长得不漂亮，但年轻，不到二十岁的样子，脸上布满太阳长久烘烤过的那种颜色。出家门的时候，她把一块印花手帕塞进裤兜，有意让手帕的一个角从裤兜边上探出来，远看像一只鸟的花尾巴。她觉得这么好看。村上许多女人都这样，花尾巴在裤腿那里一颠一颠的。赵镇说路上有人问，你就说我是你姨夫。环环说姨夫咱走吧。他们走了两天两晚。走到一天一夜的时候下起了雨。环环说姨夫咱还走吗？赵镇说走。他们一路踩踏着泥水。湿泥粘在鞋底上，越粘越厚，他们不时地踢甩着。有时鞋和湿泥一起甩出去了，他们就喊叫一声，光着一只脚追过去。这样，他们的路程就会少一些单调。村上有许多女人叫我姨夫哩，赵镇偶尔也给环环说几句这样的话。

"白菜长得不错。"赵镇站在老旦的屁股后头，微笑着。

"走你的路，你管尿它长得错不错。"老旦说。

老旦从来也不掩饰他对赵镇的仇恨。我看不惯他，我恨他，老旦给人这么说。为什么？不为什么。难道世界上的每一件事情都要为个什么？人为什么要吃？你说。肚子饿？肚子为什么要饿？你能说清楚？说不清嘛。其实，他对赵镇的仇恨由来已久了。那是在他的女人被瓦棱砸死以后，他突然有些无所事事了。最难熬的是晚上，他躺在炕上胡思乱想。他突然想人一辈子应该有个仇人，不然活着还有个尿意思。他觉得这个想法很妙。他甚至有些激动，浑身的肉不停地发颤。以后的许多日子里，一躺在炕上，他就会想仇人，仇人，仇人，浑身的肉打着战。他把双沟村的人一个一个从脑子里过了一遍，挑来挑去，便挑中了人贩子赵镇。就这么，赵镇成了他的仇人。他巴望赵镇能遇到些倒霉的事情，他甚至希望赵镇出远门的时候栽进车轱辘里，最好不要把他碾死，碾断一条腿就行，让他整天拖拉着走来走去。看着你的仇人拖拉着一条断腿在街上走来走去，你心里会是个什么滋味？可赵镇每一次都会好好地回到双沟村，他活得很滋润。赵镇遇到的事情都是好事情，而且，日子越过越富。每一次领回一个女人，他都会赚一笔钱。老旦怎么看也看不出赵镇会在哪一天倒运。老旦更恨他了。一个人没根没由地仇恨一个人，这听起来好像有些古怪。可老旦不觉得古怪。

"老旦，你能不能对我友好一点？"赵镇看着老旦的后脑勺，"这么多天没见，我好好问你话，你看你，让我走我的路。"

"我和你没说的。"老旦说。

老旦还想说几句恶毒的话，话还没出口，他听见了女人的声音。是环环。

"姨夫咱走。"环环说。

老旦扭过头来，用那两只药丸一样的眼睛把环环从头到脚审视了一遍，然后，把目光移在赵镇的脸上。

"你驴日的又领回来一个。"他说。

"她叫环环。"赵镇说。

"环环？这名字怪。"老旦说，不知为什么，他的语气缓和了许多。

"怎么样，给你家大旦？"赵镇说。

老旦的眼珠子直了。他没想到仇人赵镇的嘴里会吐出这么一句话来。他想起了大旦给他敲生铁犁铧的样子。他心里有些乱了。

"你驴日的奚落我。"他费了好大劲，终于说出了这么一句话。

"我不和你开玩笑。我不像你，把满世界人的心都看成黑的。"赵镇说。

老旦从赵镇的脸上看不出真假。

"要不要？不要我就给别人说去，村上的光棍一茬茬往上长哩。"赵镇说。

"姨夫咱走。"环环说。她有些不好意思。

"你再想想，就是这个人，你看过了，想要就去我家。"赵镇说。

啪叽啪叽啪叽，赵镇领着环环走了。

老旦怔怔地看着那两个人拐进了村子。他突然抡起拳头，在大腿上砸了一下。

"驴日的你，我为啥不要！"

他撒开腿朝村里跑，一路上摔了几跤，等跑回家的时候，已变成了泥人。他看见大旦靠着墙壁睡着了，生铁犁铧已被敲成了碎片，散乱在厅堂里。他没叫醒大旦。他踩着生铁碎片来回走了一阵，然后仰起脖子，朝着赵镇家的方向吼了一声：

"驴日的你，我为啥不要！"

大旦被他爸撕裂的嗓门吓醒了。他看见他爸一身泥水，满脸涨红，脖子上直直竖着两条筋，吼叫声早顺墙传了过去，嘴唇还不停地抖动着。他以为他爸在骂他。

"我睡着了，我又没惹你。"他给他爸这么说。

老旦说做饭。大旦说做饭就做饭，没好吃的，热剩饭。老旦说剩饭就剩饭。他们吃了一顿剩饭，然后就睡了。老旦没告诉赵镇领环环的事，他感到这事没个准头。第二天，他被一阵干脆的爆竹声吵醒了。

三

赵镇回来的那天晚上。他婆娘一高兴，便提前生产了。她在炕上栽来滚去，失眉吊眼地喊叫了半夜，挣出了一堆羊水和一个白白胖胖的儿子。赵镇一辈子什么都不缺，就缺个继承香火的人。他想过各种办法，求神告奶奶，吃各种丸药汤药，闯过红，用过各种姿势，也有过一连十几天抱着婆娘不下炕的经历，结果都令他沮丧，婆娘的肚子怎么也鼓不起来。他恨不能从婆娘的肚子里掏出一块肉，捏成个儿子。有时候他会摸着婆娘的肚子，可怜兮兮地说，你给我生个儿子吧，我把你叫爷哩。有时候，他会咬牙切齿地在婆娘的大腿上抓一把，让婆娘发出几声猫一样的叫声。他说你甭叫唤，你给我生个儿子，我把你当我妈一样服侍。有时候，他会把婆娘折腾成一摊软泥，他说我就不相信我赵镇整不出一个儿子来。他奋斗了几十年，他终于整出来了。他险些晕了过去。他激动得像一只公鸡。他实在想不出表达他心情的好办法，便把头抵在衣柜腿上大哭了一声。爷呀，我的爷呀！他哭着说。然后，他一蹦子跳到了院子里，大声野气地喊着：灌黄酒去！有人跑了出去。买炮！放几串炮！又有人跑了出去。磨面，磨五斗面，我要给全村的人喝一顿胡辣汤！第二天一大早，人贩子赵镇亲自给婆娘热了第一碗黄酒。三长串爆竹一齐爆响，把他五十岁得子的消息传遍了双沟村。当天下午，胡辣汤也做好了。双沟村男女老幼一百多口人挟着碗筷在赵镇家门口新支的铁锅前排起长队。爱吃不掏钱的饭是双沟村人的脾气。不掏钱的饭吃起来香，他们都有这种感受。何况，能吃他的粥，是抬举他哩。一会儿，满街道就响起了那种喝汤的吸溜声。赵镇换上了一身崭新的衣服，戴一顶瓜皮帽，不时走出门，一脸得意的神色，像上了油彩。他抱着手给喝汤的人摇着：你们喝，我婆娘身子虚，我得照看。然后，再朝那扇大门里走进去。

赵镇家的那只狮子狗把眼睛瞪得像豆角一样，朝满街喝粥的人吼叫着。有人说你看那狗，不悦意了。有人说吼你娘的腿，主人施粥，你鼓什么闲劲。

老旦和大旦一前一后领了一碗粥，圪蹴在一个土堆背后喝着。赵镇得子，老旦的心又疼了一次，但粥不得不喝，不喝白不喝，至少可以省去做一顿饭的麻烦。

"他得意成熊了！"老旦说。他已喝完了一碗，"你等着我，我再去舀一碗，我有话和你说。他驴日的应该蒸些馒头，胡辣汤泡馒头才好吃哩。"他说，他真的又舀了一碗。他感到他应该把那件事告诉大旦了。

"大旦，我把实话给你说了。赵镇又领回来一个女人。"他说。

大旦停止了吸溜，看他爸。

"他问我想不想给你要过来。"老旦说。

"你咋说？"大旦的心提了起来。

"我咋不想要？可他是我的仇人。"老旦说，"受仇人的恩惠，咱先人在坟里会睡不安稳。"

"他又没得罪咱先人。"大旦说。

"他得罪我了！"老旦说。

"我想要。"大旦说，"你压根就不想给我娶媳妇。"

"胡说！"

老旦是一棵树

169

"哼！"

"你让我再想想，这是和仇人做事哩。"老旦说。

"他给我个媳妇，我给他磕头哩。"大旦说，"这有什么好想的？爱想你想去！"

大旦端着碗走了。在街道的拐角处，大旦把那只空碗高高地举起来，又狠狠地摔下去，叭一声，碎了。

老旦眨瞢着眼，脖子直了半晌。

事情太重大了。几天工夫，老旦瘦了一圈。大旦无犁铧可敲，便靠着墙壁胡哼哼，哼累了，就把头埋在胳膊里睡觉。他说他不想做饭，他已做了十几年饭了，做够了，谁爱做谁做去。他说做饭是女人的事。老旦说我是你爸，我不许你这么和我说话。大旦说我是你儿，我不许你坏了我的前程。老旦说你看你那死猪样，我真想踢你一脚。大旦说死猪不怕烫，还怕踢？踢吧，嘟哩格嘟哩格嘟哩格嘟。

后来，老旦终于想通了。水从门前过，哪有不舀一勺之理？赵镇这几天高兴，说不定会少要几个钱哩。就这么，他想明白了。那天晚上，他迈着双沟村人很熟悉的那种步子，走到了赵镇家门口。

"哎！"他喊了一声，"把狗拴住！"

赵镇说，是老旦啊，进，进，这几天人来人往，狗拴着哩。老旦说不进了不进了，那天你在我家白菜地头说的话还算不算数？赵镇想了想说，咋不算数，算数。老旦说我没钱给你，我只种了两亩白菜。赵镇说就那两亩白菜吧。老旦一直背着手，不时地抖着。这会儿，他不抖了。他像不认识赵镇一样，上上下下瞅着赵镇的脸。他没想到赵镇高兴的时候还这么清醒。

"我以为你这几天心里高兴，会少给我要几个哩。"老旦说。

"看你说的，我指这活哩。"赵镇说。

"我的白菜不白种了？"老旦说。

"你换了个大姑娘。"赵镇说。

"噢，噢，白菜就白菜吧。过两天我接人。"老旦说。

"我婆娘坐月子，我想让环环照看两天。"赵镇说。

"一个萝卜让你八头栽呀？"老旦说。

"接人也成。环环白天来我家照看月婆，晚上回你家睡觉，成不？"赵镇说。

"一接过去，就是我家的人，你得付点工钱吧？"老旦说

"我少要些白菜，成吧？再不成就算屄了。"赵镇说。

"就按你说的办。驴日的你。"老旦说。

事情办成了，但老旦的肚子里好像吃了一只苍蝇，横竖不舒服，第二天一早有人看见他背着手到村长家走了一趟。

老旦是一棵树

四

村长马林正在给他家的鸡修盖一座房屋。他不抬眼，一听声音就知道是老旦。

他听见老旦站在他的背后了。他掂量着一根木棍，想把它塞进墙上的窟窿眼里。他已塞了一排。墙上还有几个窟窿，满有信心地等待着木棍。马林塞了一根，又塞了一根，塞得一丝不苟。他想老旦很快就会给他说点什么。他想错了。老旦伸着脖子，眼珠子盯着墙上剩余的那几个窟窿，好像要等马林塞完以后才开口。马林有些诧异，然后就有些激愤：你驴熊爱等就等着，我塞完木棍还要上草箔子，上完草箔子还要上泥，还要上瓦，你个驴熊。

老旦似乎很有耐心，脖子一直伸着。

他们开始了一场漫长的等待。后来，马林有些忍不住了。

"你驴熊没见过盖鸡窝得是？"马林说。

"没见过。"老旦说，"实话说，我长这么大还没见过。"他说得

很诚恳，他好像定了心要跟马林学一门盖鸡窝的手艺，"我长这么大还没见过像你这么盖鸡窝的。"

"那你就瞪圆眼珠子看吧。"马林说。

"我看这做什么？我没事干看你盖鸡窝？"老旦说，"我死了女人就不养鸡了，你不知道？我家要是有女人我他妈的就盖鸡窝。可我不会有女人了。"他说。

"大旦总要娶女人的。"马林。

"当然，那是一定的。他娶女人他盖鸡窝去。"老旦说。

"你个驴熊哎！"

马林把最后一根木棍塞进了最后一个窟窿里，然后拍拍手，转过身来，看着老旦的鼻子，"你找我有什么事？"他说。

"赵镇又领回来一个女人。"老旦说。

"就这事？"马林从地上端起一把泥壶，喝了一口茶水。

"你是村长，你得管管这事。"老旦说。

"我只管收粮交税。"马林说。

"赵镇是人贩子！"老旦说。

"我知道他是人贩子。可管了赵镇，咱村上的光棍怎么办？他只贩女人。赵镇好就好在他只贩女人。"马林说，他又吸了一口茶水。

"好事都让赵镇占了。他贩女人发了财，还得了个儿子。"老旦说。

"那你得问赵镇的婆娘去。她要生，谁也没办法。赵镇就不该有个种？"马林说，"这又不是墙上的窟窿，用木棍可以塞住。她要生嘛！"

"我就想让他没种。"老旦说，"好事都是他的，一个萝卜八头栽。"

"有时候，一个萝卜就让一个人八头栽了。"马林说。

"这么说你下决心不管赵镇了？"老旦说。

"噢么。"马林说，"你能管你管去，我不管。"

"你不管你不管，这次领回来的女人要给大旦，我又不吃亏。"老旦说。

"你个驴熊！"马林说，"人家给你领女人，你还告人家的状，你个驴熊。"

老旦对马林笑了两下。他觉得这事确实有些好笑。

"嗬。嗬嗬。过两天我就给大旦成亲，到时候你来喝白菜汤，一定，你忙，我走呀。"

老旦背着手，马林看见老旦的手指头在后腰背上得意地动弹着。

两天以后，环环和大旦见了一面。又过了两天，环环和大旦便成了大礼，成了老旦的儿子大旦的女人。按照约定，环环白天在赵镇家照顾坐月婆，晚上回老旦家睡觉。先一天，老旦从白菜地里挖了五十棵白菜。这也是事先的约定。老旦把那五十棵白菜做成汤，给村上的几家头面人物喝了一次。挖白菜的那天，老旦心里很难过，一句话，两亩白菜就成了赵镇的，他想不通。他流着泪给大旦说："这是咱父子两个一年的血汗。"大旦说噢么。老旦说你噢屎哩，白菜很容易就成了赵镇的你还噢么。大旦说那你让我说什么？老旦说你走吧你先走，我在这里坐坐，我知道你现在想的不是白菜。大旦背着白菜背篓走了。大旦心想他爸说得对，他这会儿满脑子都是环环的身子和大腿。

风一会儿就吹干了老旦的眼眶，他在白菜地里坐了半晌，太阳早已落山，地里的湿气上来，毛毛虫一样在他的屁股上爬来爬去。他想他不能再坐了，再坐下去湿气就会钻进他的肠子里。他希望他的两亩白菜明天就烂在地里，烂成一堆又一堆臭泥，发出粪尿一样的气味。他这么一想，便有了一些激动。他走到白菜地中间，掰开几片叶子，把手伸进去，抓住脆嫩的菜心在里边胡揉乱捏了一阵，然后再把叶子盖好。他一连揉捏了十几棵。

"你们烂了吧，看在我老旦的老脸上，烂了吧。"他对满地的白菜说。

他站在白菜们中间，像一只孤独的老狼。他的手指头上沾满了白菜的汁液。

五

喝白菜汤的人一走，院子里就空空荡荡了。几十个白瓷碗像从地里长出来的一样，圆圆的，朝天张着，每一个碗上都整齐地担着一双木筷子。刚才稀里呼噜一片吃声，突然就剩下了几十个空碗。老旦愣愣地看着那些空碗，半晌没说一句话。他感到他家的院子像散场后的戏台。大旦的感受和他爸完全不同。他觉得那些空碗都是过时的东西，有一样更新鲜更实在的事情正等着他去做，戏还没开场哩。他说环环，咱回屋去，咱爸就这么爱想事情，让他想吧，咱进屋。环环正要转身，老旦却开口了。

"你们回屋，这些空碗咋办？让我收拾？"

"我看你看它们哩。"大旦说。

"我看空碗？空碗有什么可看的？你错了！"老旦说。

环环什么也没说，挽起袖子，开始收拾那些粗瓷大碗。大旦愣了一会儿，也跟着一块收拾。粗瓷大碗的碰撞声立刻使老旦的家里有了活人气息。老旦没动，他看着他们收拾。他感到环环还算懂规矩。收拾完了，天也黑了，大旦和环环站在他爸老旦跟前，看他爸还有什么吩咐。

"有二十八个碗是借人家的。让我去还？"老旦说。

"明天还。"大旦说，"我还。"

"这就对了。"老旦说。

"环环你先回屋，我和大旦有话说。"

环环回屋了。大旦直挺挺站着。老旦好长时间没开口。

"说么。"大旦说。

"本来要说些话，很重要，不知怎么又忘了。你先去，想起来我叫你。"老旦说。

大旦真想扇他爸一个耳光。

"去，回屋去。"老旦说。

大旦进屋的时候，环环已钻进被窝。被子一直拥到下巴颏跟前，眼睛乌溜溜地看着大旦。大旦感到他身上的骨头突然软了。他想他不能软，一软就什么事也干不成了。这么一想，他感到他的骨头又硬了起来。他插上门，转过身来，迎着环环的目光看了一会儿。

"上来呀。"他好像听见了环环这么说了一声。其实环环什么也没说，环环只是眨了一下眼。环环的眼睫毛很长。

他走到炕跟前，把两只脚从鞋窝里退了出来。他的眼睛始终没离开环环的脸。可事后，他一点也想不起环环当时的脸是个什么样子。

一只带着土腥味的大脚伸到了环环的耳朵跟前。环环闭上眼睛，她听见一只同样大的脚跨过她的脸，落在了她的另一个耳朵跟前。然后，就听见布单下边的炕席发出一阵不堪重负的咯噜声。咯噜噜，咯噜。

"把灯吹了。"她说。环环的声音很轻。

后来，环环感到了一阵钻心的疼痛。她突然从炕上弹起来，跳下去，抱着肚子蹾在地上。大旦被她弹到了炕墙根下。两只眼睛恐慌地看着她，嘴唇抖动着。

"环环，你怎么啦，我怎么你了？"大旦说。他不知道他该不该下去扶她，把她抱上炕来。

环环摇摇头，呻吟了两声。

"我抱你上来。"大旦说。

环环又摇摇头，从地上站起来，钻进了被窝。大旦一动也不动。

"你来。"环环说。

大旦还是不动。他怕环环哄他。

咯儿咯儿，环环笑了两声。"来呀。"环环说。

大旦放心了。他想他这次得小心一些，不能让环环再把他从她的身子上弹下来。可一挨着环环身子，他就不由自己了。

"环环！"他叫着，"环环！"

大旦感到身子底下的这个女人变成了他身上的一块肉。他和她太亲了。他想给她说尽天下的好话，可他一句也想不出来，只一声一声地叫着，"环环，哦，环环。"他想把他化成水，渗到女人的身子里边去。他像在做一件可心而又费力的事，猴急又没办法。突然，他不动了。他的心里正拱动着一种悲酸的潮水。他把脸慢慢贴上环环的肚子。他趴在环环身上哭了起来，泪如泉涌。环环吓了一跳。

"环环，"他哭着说，"你让我没一点办法。"他说，"你比我妈还亲！"

环环又感动又有些怜惜他。她用手指头在大旦多肉的脊背上摩挲着。她没有说话。

第二天一早，环环按照本地人的规矩，给她阿公爸老旦请了个安，倒了老旦的尿盆，又给老旦点了一锅旱烟。然后给老旦说：

"爸，我到姨夫家去呀！"

"姨夫？哪儿蹦出个姨夫？"老旦说。

"赵镇让我叫他姨夫。"环环说。

"噢，噢。"老旦说，"以后甭提赵镇，他和我有仇哩。"

环环觉得阿公爸有些好笑，便咯儿咯儿笑了两声。她笑的时候，总是发出那种咯儿咯儿的声音。

"我不骗你，你甭笑。"老旦说。老旦也笑了两声。

那时候，老旦的心情还好，但一会儿就由晴转阴了。环环出门的时候，他看见了环环裤兜里露出来的那一截手帕。他突然感到这女人身上有一股妖气。到吃饭的时候，他的心情就更坏了。

"娶个女人，还要自己做饭，这算什么世界！"他说。

"环环说，赵镇婆娘一满月，她就回来。"大旦说。

"满月，满月，我一天也不想让她去。"老旦说。

"你事先和人家说好的你怪谁。"大旦说。

"你听着，你的媳妇可是用两亩白菜换来的。"老旦说，"裤兜吊着一截花尾巴，惹谁哩？"他说。他看见大旦没有吭声，有些急了，"你怎么不说话？"

"我说什么？我没什么说的。"大旦说。

"你当然没说的，你娶了女人当然就没说的了。打到的媳妇揉到的面，我告诉你，你要治住她。"

"做什么治她？怎么治？你说的我不懂。"大旦说。

老旦想了一阵，也实在想不出一个非常新鲜的办法。他使劲咽了一口唾沫，说："反正你得治住她。"

"白菜是赵镇给你要的。"大旦说。

"对，是赵镇，这我知道。我迟早要整倒他。我早就想整倒他了。我不会放过他的。"老旦说。

他没想到机会来得那么快。

事情出在环环身上。

六

当人贩子赵镇和老旦的儿媳妇环环通奸的消息在双沟村的巷子里门背后茅墙前饭桌上传得沸沸扬扬，老旦像判官一样审问环环的时候，连环环自己也说不清是赵镇勾引了她，还是她自己送上了赵镇的门。

她每天都去赵镇家，给赵镇的婆娘端饭送水，洗尿褯子。她不但熟悉了赵镇家的住屋院子厨房和盛油盐酱醋的坛坛罐罐，也熟悉了赵镇家的各种气味。她常常和赵镇婆娘拥在一个被窝里，说一些女人爱说的话题。赵镇的婆娘是个胖女人，生孩子以后又胖了许多，浑身散发着一种逼人的奶味。她奶水很多，肥大的奶子从衣襟里挤出来，嘟噜噜吊着。小孩吃不了，她就把奶水挤在碗里。环环不知道把这些奶水怎么办。赵镇婆娘说你放着，让你姨夫晚上吃。大人吃小孩的奶，这让环环感到新奇。奶水养人哩。赵镇婆娘说。环环想不出赵镇喝奶水的样子。一个满脸茬茬胡子的男人和小孩一起吃他婆娘的奶，一定很怪吧？

那天，环环一进屋，就看见赵镇婆娘用一种怪异的目光看她。环环立刻想到了大旦和她在炕上的情景。其实，她一路上都想着昨夜的事。大旦的样子让她怎么也忘不了。赵镇婆娘怪异的目光看得她心跳。她觉得赵镇婆娘好像看见了她和大旦的作态，脸立刻红了。孩子尿了一泡。她把花布褯子提出去，搭在门口的竹竿上。进去的时候，赵镇的婆娘还在看她。她说姨你甭这么看我你看得我心里像兔子一样跳。赵镇婆娘仰起脖子笑出一串声音。环环上炕，挨着赵镇婆娘坐下。赵镇婆娘还在笑。环环把头偎在赵镇婆娘的胳膊里，说，你笑，你能笑破天。赵镇婆娘说不笑了不笑了，一笑奶疼。环环取过柜盖上的碗，说，挤，挤出来让姨夫吃。赵镇的婆娘一下一下捋奶子，奶水像水枪一样有力地打在碗上，一会儿，就挤出来半碗。环环听着奶水的声音，又想起了大旦的样子。她想大旦的样子很好玩。赵镇婆娘把两个奶子塞进衣襟里，说，松快多了。环环没说话。每一次挤完奶水，赵镇婆娘都要这么说一句：松快多了。黏糊糊的奶味在屋子里弥漫着。赵镇婆娘拉拉被子，和环环并排靠墙坐好。

"我是过来人呢。"赵镇婆娘说。

这会儿，环环的心不跳了，脸也不红了。她甚至想问赵镇婆娘一点什么，一时不知该怎么开口。她一直把被头拉到脖子跟前，用牙齿咬着。

"好么？"赵镇婆娘看着环环的脸。

"什么好么？"环环装作不懂。

"大旦和你，好么？"赵镇婆娘说。

"他猴急。"环环一说，脸又热了。

赵镇婆娘又仰着脖子笑了。环环在赵镇婆娘的胳膊上打了一下。

"看你，人家给你说了，你又笑。"环环说。

"不笑了不笑了，我和你说正经的。"赵镇婆娘说，"你说。"

"我给你说过了。"环环说。

"就一句？就那么一句？"赵镇婆娘说。

环环眨矇着眼，好像在想什么。

"后来，"环环说，"他趴在我身上哭了。"

"怪。这可是有些怪。"赵镇婆娘也眨矇着眼。

"我吓了一跳。后来，我就可怜他。"环环说，"他的样子真让人可怜。"

"唔，"赵镇婆娘说，"唔。"

"男人和女人都这样？"环环说。

"都这样。"赵镇婆娘说。

"都猴急？"

"开始都猴急，后来就不了。"赵镇婆娘说。

"你和姨夫呢？"

"你姨夫？他可是个好把式哩。"赵镇婆娘说，很得意的口气。

"我们那里把做农活的能人叫好把式。"环环说。

"男人和女人的事也一样。"

"我不信。"

"以后你就信了。"

"我不信。"

"这号事你姨夫给你说不成，要是能说，就让他给你说说。"

"姨你看你，又胡说了。"环环说。

没有人打扰她们，她们谈得很热和。赵镇婆娘要是知道她的话会在环环的心里产生什么影响，她就不会这么和环环说了。她怎么能知道环环的心思呢？人心都是肉长的，可人心不是同一块肉。

环环对人贩子赵镇产生了一种新的感觉。同样是那个人，但感觉不一样了。赵镇的身上有一种说不清道不明的东西吸引着她。她觉得人太有意思了。当她一个人在偏院里洗刷尿裤子的时候，她就会想起赵镇。也会想起大旦。大旦好像有使不完的劲，泄不完的精力。大旦总是猴急，然后就趴在她身上哭。大旦说我一辈子都会对你好我都不知道该怎么对你好了我没办法。大旦总这么说。赵镇和他婆娘在一起会是个什么样子呢？她把四个人想在一起了，一会儿是她和大旦，一会儿是赵镇和他婆娘。偏院是养牲口和堆柴火的地方，那里很安静，环环一个人想着她感兴趣的事情。后来，就发生了她和赵镇通奸的事。

那天，环环又要去偏院洗尿裤子，赵镇婆娘说你看我这身衣服，像在奶缸里泡过一样，臊得难闻。环环说你脱下来我一块洗。赵镇正要出门，赵镇婆娘说把你的也脱下来让环环洗。赵镇说是该洗了，便脱下衣服。又说我帮环环抱过去，给她提几桶水，然后我去玉米地里转转，过些天该收秋了。赵镇没去玉米地，他给环环提了一桶水，倒在木盆里，然后又提了一桶，然后就蹴在环环跟前看环环洗衣服。水很凉，环环的手在水里浸得红红的。赵镇在跟前蹴着。环环的心里有些乱，呼吸有些急促。赵镇看了一会儿，朝偏门走去。环环长出了一口气，又突然憋住了。她看见赵镇没出门，而是把门插上了。赵镇向她走回来。赵镇脸上的茬茬胡子排成一种笑的样子。赵镇把环环的手从水盆里拉出来，握在了他肥厚的手里。

"你和你姨说什么了？"赵镇问环环。

环环低下头。她的手在赵镇的手里一点点发热。

"你姨全给我说了。"赵镇说。

赵镇把环环抱起来，进了柴房，环环感到自己的身子很轻，像棉花一样。在软软的柴堆里，赵镇用一个大男人的温柔款待了环环。赵镇不用蛮力。他知道怎样做能让环环觉得他好。他说他和许多女人睡过，她们都叫他姨夫。

"都是你领来的女人？"

"都是。"赵镇说。

"我姨愿意？"

"傻蛋蛋，你姨怎么会愿意？"赵镇说。

环环不吭声了，一根一根摘着头发上的柴草。能听见他们出气的声音。院子里的阳光很鲜亮。

"孩子一满月，我就回大旦家。"环环说。

"不急，你多待些日子。我找老旦去说，他会愿意的。"赵镇说。

赵镇真找了一次老旦。他说他想让环环再帮一段时间工。老旦说你想得又美又臭，不成。赵镇说我不要你的两亩白菜了。老旦用药丸一样的眼睛审视了半晌，确信赵镇没耍鬼招，便答应了。

"这还说得过去。"老旦说。

赵镇一走，老旦立刻去了一趟白菜地。他好长时间不去那里了，他没想到它又会回到他的手里，而且很容易，太容易了。他背着手，站在地边上，心直往嗓子眼里跳。世界真奇妙，驴日的这世界！他突然想起了他揉捏过的那十几棵白菜。他跑进白菜地中间，掰开叶子，一股臭气呛进了他的鼻子，它们果然烂了。

"驴日的这世界。"他说。

他很后悔，但他立刻就把这笔账记在了赵镇身上。他想他总有一天要整倒赵镇。这么一想，心里就舒服了一些。后来，白菜卖了个好价钱，他就舒服了许多。

他是在卖完白菜以后听到环环和赵镇通奸的消息的。那时候，环环帮工期满，已从赵镇家回来了。

"哈！"他叫了一声，他有些不信，"哈！"他又叫了一声。他信了。

"哈哈！"他叫了两声，两腮偾红，"驴日的，这世界！"他说。

等了许多年，终于等来了机会，他不能让机会滑过去。他要让双沟村的人看着他怎么和仇人闹事情。他想他得一步一步来。他想应该先和大旦说说。

七

那天傍晚，环环像往常一样，依次点着了两个土炕里的柴火，用扇子猛扇了一阵，浑黄的浓烟立刻弥漫了整个屋子。老旦和大旦像老鼠一样从门洞里跳出来，站在院子里喘气，看浓烟从烟囱里一嘟噜一嘟噜往外冒。天有些阴，烟不往上走，游蛇一样在地上爬动着。一会儿，环环提着扇子，也从门洞里跳出来，和老旦大旦一起等着烟雾消退。他们互相看着咳嗽了一阵。烟雾弥漫了院子，屋里的烟就少了，他们便走进去，点灯，然后吹灯，然后睡觉。

老旦没点灯。他想一个人躺在黑暗里再想一想他和赵镇的事情。按老旦过去的脾气，他一时也憋不住，立刻会揪住环环问个明白。但这一次的事情太不平常，他必须好好想一想。他恨赵镇，恨了好多年，可一直不具体，这回具体了，他想事情一具体就好办了。一想到这个，心就不停地敲打他胸膛上的那块骨头，发出一阵快活的响声。他感到浑身的血像跑马一样在血管里乱窜。他翻过身想了一阵，翻过身又想了一阵，然后平躺着继续想。夜深人静，能听见大旦和环环在另一间屋里的响动。这种响动惊扰了他许多夜晚，他已很熟悉了。他知道他们在干什么。那种响动在他的心里引起过许多感受，可一句也不能说，也说不出口。大旦是他的儿子，环环是儿媳妇，他怎么说？所以，也仅仅只是感受。就连这感受也是一种罪过，最好没有感受，最好不听他们的响动。可偏偏在晚上，什么声音都会传得很远、很清楚。它要往我的耳朵里钻嘛，我总不能塞着耳朵睡觉，我总不能说睡就睡得人事不省。他总这么安慰自己。有时候他真想让大旦做点什么事情，可三更半夜能有什么事情可做？他想不出来，也就只能忍着，一直到那种响动渗进深深的夜里，他才能安稳地睡过去。现在，那种响动又从老地方传了过来，一切照旧。他甚至能听出哪一声是大旦弄出来的，哪一声是环环。但现在，老旦已有充分的理由让他们终止那种响动。他想他绝不是和儿子过不去，他绝不愿打扰他们。可事情总不能不说，这么大的事情，大旦还蒙在鼓里哩。他一边想着，一边从炕上摸下来，走出屋门。

大旦屋的门窗都关闭着，像一大一小一长一方两个黑框。响动声就是从那两个黑框的缝隙之间流露出来的。

我实在不想惊扰他们，他想。

我不能这么站在屋外听，他想。

然后，他叫了一声："大旦！"

响动声突然消失了。老旦立刻想到了两只受了惊吓的兔子。他想他们一定张着眼睛，听着屋外的动静。他咳嗽了两声。"是我，大旦。"他说，"你到我屋里来，我有事和你说。"

"明天说不成？"大旦的声音很虚。

"不成。"老旦说。

等听见了大旦穿衣服的声音，他才转回屋，点上油灯。大旦裹着一件棉袄，光着腿来了，一进门就往热被窝里塞，两只手压在屁股底下。

"还是热被窝好，冷死人了。有事你快说。"大旦说。他不停地抖着腿，时刻准备回自己的屋里去。环环还在等着他。

"我快说不了。"老旦说。

"快说不了就慢说，总不会说到大天亮。"大旦说。

"说，你说，我听着哩。"大旦说。

"你听个屁。你媳妇和赵镇睡觉哩！"老旦说。

大旦身子一挺，脖子直了。一会儿，又软了，头真的成了一块生姜疙瘩，吊在胸膛上。

"你不知道这事吧？"老旦说。

"我知道。"大旦说。

老旦没想到大旦会说出这么一句，脖子也突然直了。不过，他没像大旦那样软下去。他一直梗着，朝大旦扑闪着眼睛。大旦知道他爸在瞪他。他没抬头。

"你知道？你说你知道？你知道咋不告诉我？你为什么不去问她？你个驴日下的，你看你个驴日下的，你没问她？"老旦说。

"我不问。我不想问。"大旦说。

"哈！"

"我想问，可我没问。我装我不知道。我就当作没那事。"

"哈！"老旦说。

"环环对我不坏。"大旦说。

"你媳妇和我仇人睡觉，你说她对你不坏。哈！"老旦说。

"环环不去赵镇家就行了。"大旦说。

"一碗水泼出去了，地湿了！"老旦说。

"太阳一晒就会干。"大旦说。

老旦的眼睛不闪了。他一时想不出合适的话来。

"我不想这事，不想就等于没有。"大旦说。

老旦还没有想出合适的话。

"就这事？说完了没？我走呀。"大旦说。

"你个驴日下的。"老旦说，"你不问我问。"

"你问去。"大旦说。

大旦把两条光腿从被窝里抽出来，两只光脚很熟练地塞进鞋里，走了。

"我当然要问！"老旦冲门外喊着，"我为什么不问！"

第二天吃完早饭，环环要收拾碗筷，老旦拦住了她。

"我有事问你。"老旦说。

大旦朝地上吐了一口，拂袖而去。老旦没理他。环环把身体的重心放在一条腿上，另一条腿伸出去，一只手的大拇指勾在裤兜边上，另一只手托着下巴颏，等老旦问话。

"赵镇勾引你了？"老旦一点弯子也不拐。

"我不知道。"环环说。

"你勾引他了？难道是你勾引他了？"老旦说。

"我不知道。"环环说得很诚恳。

"你把你的那截鸟尾巴塞进裤兜里去。"老旦说。

环环看着裤兜边露出的一角手帕，没动。

"塞进去。"老旦说。

环环很不情愿地把它塞进去。她看了老旦一眼，然后把头转向一边。

"就是你勾引他，你也不能这么说。是他勾引你！"老旦说，"我要让双沟村的人都知道这件事。"

"你不想让我活人，我就死。"环环说。

"这我不管，我这就去找村长马林，到时候你和他们说。"

"我是你家的媳妇，你不嫌丢人？"环环说。

"丢人？对，丢人。就因为丢人，我才要让人都知道这事，舍不了娃就打不住狼，这话你没听说过？"

八

马林家的屋檐头树杈上挂满了玉米棒子。玉米颗粒饱满，像一排金黄的牙齿。

冬天地里没活，鸡窝早已盖好，无事可干的时候，马林就把手抄在袖筒里，在院子里走来走去，仰头看那些玉米棒子。老旦从门外走进来，叫了一声村长。马林的眼睛还在那些金黄的玉米上。几只麻雀飞来飞去，急得喳喳叫，尾巴一翘一翘。它们嘴太小了，一粒玉米也啄不走。

"你看我这些玉米，越来越让人爱。"马林说。

"我没心思，我家有的是。"老旦说，"我儿媳妇让赵镇睡了。"

马林想笑，可马林做出的是一副惊异的表情。

"是么？"马林说。

"你甭装洋蒜，你早知道了。"老旦说。

"你看，我还真不知道这事。"马林说。

"这回你可得管。"老旦说。

"捉奸捉双，听来的话难辨真假，我怎么管？"马林说，"清官难断家务事。"

"你把村上理事的人叫齐，晚上去我家。"老旦说。

"环环愿意说？这号事她愿意说？"

"你是村长，她敢不说？"老旦说，"问什么她说什么。"

还有什么事能比调查一桩男女奸情更激动人心呢？没有。村长马林很快就找齐了几位理事的人，在晚饭之后来到了老旦家。上房厅里摆着一排小板凳，他们挨个儿坐上去，表情严肃。老旦说倒水。环环便给他们每人倒了一碗水。大旦想出门，马林说你不要走，听听没什么坏处。大旦蹲在墙角，把头埋在两个膝盖之间，像睡着了一样。马林说我看就让环环开始说吧。其他几个人应了一声，说，说吧。马林说环环你找个地方坐下说。环环说我不坐，我就站着，站着一样说。马林说那就站着说吧，老旦你坐下。老旦说我蹴着，我喜欢蹴。老旦把头扭向环环说，问你什么你说什么。环环说，噢。

他们问得很仔细。他们说环环不是我们爱管闲事，是你爸老旦让我们管，好事坏事都是双沟村的事，就是管不了听听也好。老旦说就是就是，我就是让你们听听，听听就清楚了。马林说我们知道这号事说起来有些夯口的，说到底不是个光彩事。环环说没什么夯口的，问这号事的人比做这号事的还不要脸。马林他们怔了一下。马林说环环你这不是骂我们吧？环环说我没骂。马林说骂也好没骂也好我们不和你计较，你比我们年轻，懂事太少，你们说是吧？其他人说就是就是。老旦说咱甭说废话，你们接着往下问。马林他们便接着往下问。环环开始讲那天洗衣服和尿裤子的事了。

"姨夫给我提了两桶水，水很凉，直往人的骨头里凉。我以为姨夫要出门，可他没有，他把偏门插上了。我的心咚咚地跳。"

"后来呢？后来？"

"后来，他走到我跟前，看我洗衣服。"

"那时候你心里咋想的？"

"我没咋想，我洗衣服，水很凉。"环环说。

"再说，往下说。"

"姨夫说你看你的手，红了。我说水太凉，姨夫就拉住了我的手。"

"你甭再姨夫姨夫的。"老旦说。

"甭打断她，让她讲。一打断就会讲乱。"马林说。

"他把我抱进了柴房。"环环说。

马林他们大张着眼睛和嘴，等环环讲下边发生的事。可环环不说了。

"说么。"马林说。

"后来，就发生了那事。"环环说。

"太轻巧了，说得太轻巧了。"马林说，"我听不出是谁勾引了谁，你们说是不是？"

"就是。"其他人说。

"他总要先做什么事吧？比如衣服，你的衣服，他总要，你看这话真难出口，他总要先解你的衣服吧？"马林说，"你的衣服是他解的吧？"

环环点点头。环环的眼里涌满了泪水。

老旦站了起来。

"怎么样，是赵镇勾引人吧？事情太明白了。环环，你接着说。"老旦很激动。

"他解了两个纽扣，剩下的是我解的。"环环说。

泪水突然夺眶而去。环环受不住那种熬煎了。

"你们太不要脸了，你们想听，我就都给你们说了。他脱了我的裤子。他弄了我。我愿意他弄我。这回你们满意了吧？呜哇——"环环放声大哭。她扭身跑进了屋子，咣一声关上门。

大旦像遭了蜂蜇，一蹦子跳起来，追了过去，摇着门扇。

"环环，你开门，环环。"大旦叫着。

谁也没想到环环会这样。他们感到有些尴尬，互相瞅着。他们正听得上心。他们咀嚼着环环的每一句话。环环的话使他们产生了许多联想，他们进入了角色。他们甚至感到和环环干那件事情的不是赵镇，而是他们自己。他们大张着眼窝，看着环环的脸，眼珠子一动不动……他们听得紧张而舒坦。他们谁也没想到环环会哭。他们一时不知道该怎么收场了。

"老旦，你看这事。"马林说。

"一口气好忍。"有人说了一句。

"说的是，一口气好忍。"马林觉得这话说得太是时候了。他站起来，在老旦肩膀上拍了几下，"什么气都是人忍的，你说是吧？那你就忍了吧。多一事不如少一事。"

其他人都从小板凳上站起来，超然而亲切地看着老旦。

"忍了吧。"他们说。

"老旦你在，我们走了。"马林说。

他们排成一队，从大门里走了出去。他们已忘记了尴尬，剩下的只是满足。以后的许多日子里，他们时不时会想起环环给他们讲述的一切。他们会禁不住笑几声。"驴日的赵镇。"他们还会这么骂一句，不带一点恶意。

走出大门，他们听见老旦带着哭腔喊了一声："我怎么能忍？驴日的你们。"有人说村长你听，老旦骂我们哩。马林说噢么，让他骂去。他们分别隐进各自的家门，黑暗中响起一阵插门的声音。

九

村长马林他们不阴不阳的态度不但没使老旦气馁，反而激发了他久积在心底的一股热情。他好像突然年轻了二十岁。他感到他的头发和二十根指头都散发着精力。第二天一大早，他便开始了一项更为艰苦的努力。他挨家挨户向双沟村的人讲述人贩子赵镇勾引环环的经过。几乎每一户人家都怀着浓厚的兴趣听他讲述。他们对老旦给予了绝对的同情和关切。他们给他让座倒水，让他边喝边说。老旦从来没享受过这么高的待遇。他抱着开水碗，长长地吸一口滚烫的水，然后张开嘴，哈出一口气。

"他驴日的早就谋划好了。"他总是这么开头，"他让环环洗衣服，环环当然得洗，可他驴日的把门插上了。他捏环环的手，你想环环怎么能抵挡得住？他把环环抱到柴房里，柴房是什么地方？柴房和猪圈能差多少？"他说。

"抱到柴房不见得就能弄成事。"有人说。

"咋没弄成？没弄成我老旦就不给你说了。"老旦说，"难怪他驴日的要多留环环一些日子。他找我说的时候装得像个人一样，我想让环环再帮几天工，他这么说。"

"赵镇不是白送了你两亩白菜么？"有人说。

"是啊是啊，可那也叫白送？"老旦说。

每到饭时，老旦便准时回家，吃完饭，又换一户人家，开始另一轮讲述。十几天以后，双沟村的每一个人都能讲述环环和赵镇的故事了，新奇的感受逐渐消失，再听老旦的话，就像刷锅水一样乏味了。

"老旦，你能不能说点新鲜的？"有人说。

老旦怔了一下，眼睛扑闪了半晌。

"你这是什么意思？"他说。

"话说三遍比屎还臭。"他们说。

"我说过三遍了？难道我给你说过三遍了？"老旦说。他感到他们太不近情理。

"你说过十八遍了。"他们说。

老旦这才发现他们没给他让座，也没倒水。他受到了沉重的打击。他悻悻然走回家，在炕上躺了整整一个上午。他突然有了一种白日做梦的感觉。他感到他这十几天到处给人讲述的故事离他很遥远，也许根本就没发生过。饭做好了，环环站在屋外叫他吃饭。环环总是按时把饭做好。环环不恼也不怒，做饭，扫院，抱柴火烧炕，老旦所做的一切好像与她无关。

"爸，饭好了，吃饭。"环环说。

吃饭的时候，老旦把环环从头到脚审视了一遍，他从环环身上看不出一点迹象证明她和人贩子赵镇有过奸情。他有些慌乱了。他想他也许真是在做梦。吃完饭，他急匆匆走进屋，关上屋门，在自己的脸上扇了一下，又扇了一下。他放心了。"我怎么会做梦？做梦扇脸就不会疼。"他说，他感到身上的血又像马一样奔跑起来了。

他很快就发现双沟村人的兴趣已转移到了老鼠身上。那些天，双沟村家家户户都发现了老鼠，它们不分昼夜地啃啮挂在屋檐头树杈上的玉米棒子。马林召集全村开了一次会，一场逮老鼠的运动很快在双沟村开展起来。他们逮住老鼠后，并不把它们弄死，而是用绳子拴住一条后腿，把它们赶到大街上展览。每天都有人逮住一只或两只老鼠。有时候，街道上会出现一排人，牵着十几只老鼠让大家观赏。老鼠们在太阳底下悠闲地跑来跑去。太阳光使老鼠们的眼睛显得贼亮。人们兴致勃勃地品评着老鼠的大小，尾巴的长短。然后，他们就提出来几把铁锨，追赶着把它们一个一个铲死，或者拍死。这时候，街道上就会响起一阵尖厉的鼠叫声。

大旦和环环也参加了，因为他们家也发现了老鼠。逮住了，就兴高采烈地到街上展览，逮不住，就去街上观赏。

人贩子赵镇让双沟村的人大吃了一惊。那天，他一个人牵着八只老鼠突然出现在街道上。他又去了一趟北山，领回来一个女人，正准备说给村上的一个光棍做媳妇。

"闪开闪开，我家的老鼠来了。"赵镇一脸风光，边走边说。八只老鼠一溜小跑，满街人发出一声声夸张的惊叫。

老旦是双沟村唯一拒绝参加逮老鼠运动的人。双沟村人的堕落使他寒心，他以为双沟村的人一见赵镇就会恶心。他想错了。他们根本没把赵镇和环环的奸情放在心上。老旦眼睁睁看着他十多天的努力像一堆狗屎一样被风吹干了。赵镇牵着八只老鼠轻而易举地赢得了双沟村人的一片惊叹。最让他受不了的是，赵镇经过他家门前的时候好像给环环挤了一下眼。环环竟然没有脸红。环环好像笑了一下。那时候，老旦站在环环和大旦背后，正一眼一眼剜着仇人赵镇。他想他不能再耽搁了，他得行动。他从大旦和环环背后挤出来，跳到街道当中。

"啊呸！"他闭着眼，朝天上喷了一口唾沫星子。

"你们玩老鼠！"他对满街的人说。

"有你们这么做人的么？我白和你们说了十几天的话。有你们这么做人的么？"他说。

他满脸通红，来回走了几步，突然停下来，用一根手指头指着赵镇。

"你们为什么不给他脸上唾！"他说。

人们哄一声笑了。他们觉得老旦和老鼠一样好玩。

"你们等着！他赵镇迟早要弄出人命！"他说。

人们笑得更响了。马林走过来，在老旦的额头上摸着。

"老旦，你怕是病了。"马林说。

老旦拨开马林的手，"哪个驴日下的才病呢！"他说。他鼓着全身的力气朝地上吐了一口。

几天以后，老旦和环环进行了一次严肃的谈话。

"环环，全村的人都知道你和赵镇的事了。"老旦说。

环环顺着眼。她刚洗完碗筷，用围裙擦着手。

"我给你说话哩。"老旦说。

"噢么。"环环说，"你挨家挨户说了十几天，他们还能不知道。"

"我说的都不是捏造吧？你说。"老旦说。

"你这么纠缠我你想做什么？"环环说，"他们早忘了这事。"

"他们忘了我可没忘。"老旦说。

"你没忘你就记着，让它在肚子里给你生儿子。"环环说。

"你应该上吊，给赵镇甩人命。"老旦说。

环环看了老旦一眼，她真想在那张老脸上抓一把。

"我不想死。"环环说。

"我说我要让双沟村的人都知道这事，你说我不让你活人你就死，现在他们都知道了。人说话应该算数。"老旦说。

"我不想死。"环环说。

"你哪怕假装上吊，吊个半死不成？"老旦说，"你一上吊，我就有话找赵镇说了。"

"你真不要脸，"环环说，"我没见过你这么不要脸的人。你逼急了我，我再找赵镇睡，睡给你看。"

"好哇！"老旦叫了一声，"你敢睡，我就敢捉。我正想捉你们一次哩。难怪赵镇给你挤眼的时候你还给他笑。"

"你等着。"环环说。

"等着。"老旦说。

大旦一直没有吭声,他以为环环只是想气气老旦。他没想到环环会真做。

十

环环在村外土坡底下拦住了赵镇。赵镇婆娘拉肚子,赵镇去城里抓药回来,手里提着几副草药包包,刚走下坡就看见了环环。看样子,环环已等了多时。她坐在一块石头上。环环帮工期满以后,他们再没单独见过面。

"姨夫。"环环从石头上站起来,叫了赵镇一声。即使两个人在一起,她也叫他姨夫。

"是环环啊,你在这做什么?这么冷的天。"赵镇说。

"我等你哩。"环环说。

"有事?"赵镇四下看了看,狗大的一个人影也没有,便在石头上坐下,"来,坐下说。"

环环挨着赵镇坐下。环环的心咚咚跳了起来,脸突然红了。赵镇看着她的脸。赵镇的气息扑在她的额头上,热热的。

"你说,环环。"赵镇说。

"你去北山的时候,老旦满村里胡说。"环环说。

"这我知道,说让他说去。他说那些话和放屁一样,不咋。"赵镇说。

"我姨没骂你?"环环说。

"骂我?没骂。你姨说老旦不是东西。"赵镇说。

赵镇没说实话。他从北山回来,一进家,婆娘就朝他的肚子蹭了一脚。他趴在炕边上想看看儿子，婆娘一伸脚正好蹬在他肚子上。婆娘说你到街上听去，满村人说你和环环睡觉的事哩！我真想用剪刀把你那东西割了狗改不了吃屎你。赵镇说有气待会儿撒我先看看儿子。赵镇拨开小棉被在儿子的嫩脸上亲了一下。赵镇一亲儿子，婆娘的气就消了许多。婆娘说你看这娃越长越像你了。赵镇说多亏你。这下，婆娘不但消了气，还添了许多甜蜜。赵镇坐在炕边上说，你别信老旦的话，他是个什么人你还不知道？婆娘说环环也不是好货，你弄去，弄烂她我才解气。赵镇说好，好，弄烂她弄烂她，世上的女人都烂了你就成了宝贝。婆娘被逗笑了，说，你总是没个正经。这些话，赵镇怎么能给环环说？

"老旦让我上吊，给你甩人命。"环环说。

"他真黑。"赵镇说。

"我说你再纠缠我我就再找他睡。"环环说。

"他是谁？"赵镇明知故问。他感到他身子里正一点点发热。

"还能是谁。"环环白了赵镇一眼。

赵镇用眼睛搜寻了一阵，不远处有个草庵子。

"走，咱去草庵里说话。"赵镇说。他给环环挤弄着眼睛。

"我就想气气老旦。"环环说。环环的心又咚咚跳起来。

"走。这里眼宽，让人看见又该胡说。"赵镇说。

一进草庵，赵镇就扑倒了环环。这时，环环的心不再跳了。她的身体里涌动着一股从来没有过的激情。以前和赵镇在一起，她也许还有些羞耻，现在没有了。她甚至渴望赵镇对她的蹂躏。她觉得赵镇对她越狠，她对老旦的报复也就越狠。我让你再满村里说去。她在心里叫唤着。大旦，这不怪我，这怪你爸老旦，他想让我上吊。我气死你老旦，你为什么不来看！

草庵门口的光亮突然被什么堵住了。赵镇和环环吃了一惊。

是老旦。他手里提着一块半截砖头。

坏了。赵镇想。

环环往上翻着眼睛，看着老旦阴森森的模样，不知该怎么办。她想老旦手里的半截砖头很容易砸到她的脸上。

"哈！"老旦叫了一声。

环环出门的时候，他就注意她了。这些天，他一直注意环环。他想环环也许会找赵镇。他一直看着赵镇和环环进了草庵。他觉得时间差不多了，就朝草庵摸过去，顺手提了一块半截砖头。他把他们堵在了草庵里。

"你要干什么？"赵镇说。他趴在环环身上不敢动。他也怕老旦手里的砖头。

"我要让全村的人来看。"老旦说，"你们别动，谁动我就砸谁的头。"

"你叫人去吧，我们穿上衣服。"赵镇说。

"不要动，你动我就砸。穿上衣服就不好看了。"老旦说。"总会有个过路的人看见我，我就让他叫村上的人来。"他说。

"你心太黑了老旦。"赵镇说。

环环捂着脸哭了。

"你还有脸哭啊，要哭等村上人都来了你再哭吧，哭个够。"老旦说。

赵镇蛤蟆一样突然一个前扑，从环环的头上跃过去，抱住了老旦的腿。老旦没想到赵镇会来这一手。手举起砖头朝赵镇砸下去。砖头砸在了赵镇的脊背上，赵镇哼了一声，但死不松手。

"环环，快，抱住他！"赵镇说。

环环翻身起来，抱住了老旦。他们把老旦压倒了。老旦失眉吊眼喊了起来。

"来人啊，要出人命了！"

赵镇和环环轮换穿好衣服。然后，赵镇骑在老旦身上，捂住老旦的嘴。

"环环你快走。"赵镇说。

环环闪出草庵，一溜烟跑了。

老旦努力想咬赵镇的手指头，怎么也咬不到，喉咙里呜呜响着。

"你现在舒坦了吧？"赵镇说，"是你家儿媳妇送上门来的，水从门前过，哪有不舀一勺之理。这是你常说的话，是不？我今天把话说给你。你现在舒坦了吧？"

"呜呜。"老旦想把嘴从赵镇手里挣出来。

赵镇松开了老旦的嘴。

"我说的是古人的话，"老旦说，"你让我起来。"

赵镇放开了老旦，老旦爬起来，拍拍身上的土。

"你现在喊吧，叫村上的人吧。"赵镇说。

老旦呀地叫了一声，一头朝赵镇撞了过去。后来的事实证明他根本不是赵镇的对手。赵镇拳脚相加，在他的屁股上、大腿上、肩膀上一下一下砸着，踢着。他抱着头缩成一堆。他很后悔他没能拿紧那半截砖头，他想砖现在要是在他手上该多好。赵镇的脚又抬了起来，这一次踢在了老旦的尾骨上。一阵剧烈的疼痛迅速滑过脊背，一直疼到了脖根。老旦呻吟了一声，栽倒了。醒过来以后，赵镇早已不见了踪影，被踢砸过的每一处都一揪一揪的疼。他想他确实被赵镇打了，而且打得不轻。赵镇打得很有章法，他不打人能看见的地方，专打身上有肉的地方。怒火在老旦的身子里燃烧起来，他很快就找到了一个简捷的办法。他先把手捂上脸，慢慢伸开五根手指头，然后一用力，从脸上抓了下去，那张瘦脸上立刻出现了五条鲜明的指印，逐渐由白变红，终于渗出了血珠。他并没有就此罢休。他把手又紧紧地攥起来，牙一咬，挥拳朝鼻子砸去。一股酸辣的眼泪从眼眶里挤出来，唰一声，鼻血如注。他胡乱一抹，那张脸就成了鬼脸。

"要出人命了！"

他叫喊了一声，从草庵里冲出去。

十一

老旦在炕上整整躺了三天。他拒绝洗脸。

"我疼。"他说。

每顿饭前，大旦都要给他爸端一盆热水，让他擦脸。老旦总是那句话："我疼。"

"饭我吃，但我不擦脸。"他说。

大旦很为难。老旦在草庵捉奸反遭一顿狠打的消息很快在双沟村引起一阵骚动。人们又开始说赵镇和环环了，而且，旧事情翻出了新花样。老旦很满意。可大旦的心里却像钻进了毛毛虫，六神无主。被赵镇偷的是他媳妇，被赵镇打的是他亲爸，为男人为儿子都没了脸面，他不知道该怎么办。他揍了环环一顿，环环不哭也不闹，环环说大旦你打我不怨你。第二天起来，环环照样扫院做饭。她就是这么个女人。他想他总不能把环环捏死。

"爸，你擦擦脸，别人看了笑话。"大旦说。

"你嫌难看，是不是？"老旦说。

老旦的脸确实不好看，胡乱抹的鼻血已经干在了脸上，几条指印正在结痂，整个像做出来的一张假脸。

"我已打过环环了。"大旦说，"她像猫一样乖。"

"打她顶尿用。"老旦说。

"那就捏死她？"大旦说。

"我想捏死的是赵镇。你为什么不和他拼命？"老旦说。

"我打不过他。"大旦说。

"我明天就上街去，我让双沟村的人再看看我这张老脸。"老旦说。

"你这是逼我呢！"大旦说，"你想给我难看。"

"你难看什么？赵镇又没打你，你的脸没烂你难看什么。"老旦说。

大旦不敢想象他爸上街的情景。他爸再上街，他就没脸活了。

"你让我想想。"大旦说。

"你想你的，我上我的街。"老旦说，"明天一早我就去。"

大旦一夜没睡。

第二天一早，他把他爸堵在了屋子里。他满脸发绿。

前半夜他摸着环环的肚子，心里弥漫着一种哀伤的情绪。环环真像一只猫，卧在他的大腿跟前，时不时睁眼看他。后来，她便睡了。她睡着的时候也像一只猫，或许是一只猫精。大旦叹了一口气，然后便咬住牙关，开始想赵镇家的那只狗，那只狗凶恶地朝他瞪着眼一声不吭，让他骨子里发冷。不叫的狗才咬人哩，他这么想。整个后半夜他都这么想。

"我给你杀了赵镇。"他说。

老旦把儿子审视了一遍。

"你把卖白菜的钱给我，我去买几条狗。"大旦说。

老旦有些糊涂了。

"赵镇家有狗，我先学着杀狗。"大旦说。

老旦明白了。他从木柜里翻出来一包银钱，甩给了大旦。

"再买一把杀猪刀。"老旦说。

大旦很容易买来了十几条狗。他在双沟村周围查看了一遍，最后看中了那座草庵。草庵原是看瓜用的，现在是冬天，没人去那里。大旦本不想用它，因为一见它就会产生联想，后来又想，有联想也好，更能加深对赵镇的仇恨，他能在那里偷环环、打人，我也就能在那里杀狗。他把十几条狗拉进草庵，又磨了几斗玉米，把它们喂了几天，然后，磨快了那把杀猪刀，便开始了他的杀狗试验。他把十几条狗一只一只牵出来，用窝窝头招惹它们，让它们向他做出各种扑咬的姿势，然后用那把杀猪刀插进狗的致命处。一只狗死于后扑，两只狗死于侧扑，三只狗死于前扑。他想他要去赵镇家，那只狗正面前扑的可能性最大，所以他在练习刺杀前扑的狗上花的本钱和工夫最大。他每天只刺杀一只。他想他不能让它们死得太容易。他要用尽它们的力气。每一只狗都是在做出各种扑咬的姿势之后死去的。有几只狗没伤着致命处，带着流血的伤口跑走了，一路上发出一声声痛苦的哀叫。大旦没追上它们，他为此很后悔。每天傍晚，他都会提着那把沾满狗血的刀子走回家去。

"事情弄大了。"双沟村的人说。

"真要出人命。"他们说。

老旦曾去草庵看过几次，他很振奋。

"大旦，这不只是学杀狗的技术，还练你的心肠呢！练你的胆气呢！"他说。

"杀，杀他个驴日的。"他说。

他感到赵镇的死期不远了。他恨不得赵镇就是那只挨刀的狗。

"大旦，到时候我跟你一起去。杀了赵镇，我立刻洗脸。"他说。

老旦怀着一种激动的心情熬着日子。他觉得时间过得太慢，他有些熬不住了。

"大旦动手吧，我熬不住了，再熬下去我会生病。"他说。

"狗还没杀完哩。"大旦说。

"为什么非要杀完？你就当赵镇是一只狗。"老旦说，"夜长梦多。"他说，"我看就把日子定在腊月初八，赵镇肯定在家。最好不要捅死他，捅他个残废。"

"也许就会捅死他。到时候人心急，刀子就没眼睛了。"大旦说。

"捅死他就便宜他了。捅死他说不定要抵命。"老旦说。

"要抵命你抵。"大旦说。

"我抵。"老旦说，"万一捅死他我就抵。"

腊月初八那天，双沟村的人在恐惧中喝完了腊八粥。赵镇果然回到村上。有人给他通风报信。

"大旦在草庵里杀狗哩。"那人说。

"噢么。"赵镇说。

"他一脸杀气。"那人说。

"噢么。"赵镇说。

"你出去躲躲吧。"那人说。

"躲了初一，躲不了十五，他要杀你，你没办法。"赵镇说。

"也是，你说的也是。"那人说。

喝粥的时候，赵镇想了一下刀子捅进他身体时的情景，他不知道刀子会捅进他的脖子还是肚子，也许是大腿。他感到他的牙齿有些凉飕飕的。他放下粥碗，进了村长马林家。马林喝得太饱，正抚摸着鼓胀的肚子。

"赵镇你来了。粥喝多了，肚子胀得难受。喝的时候只想多喝，喝胀了又难受，人真是个贱东西。"马林说，"你坐。"

赵镇说我不坐了，有人说大旦要杀我你知道不？马林说我只知道大旦杀狗我问过他他说他心里难受，杀狗开心哩。赵镇说他真要杀我怎么办我让双沟村的光棍都娶上了媳妇没功劳也有苦劳吧？马林说清官难断家务事大旦又没说他要杀你这事就不好管。赵镇说大旦的媳妇也是我领回来的。马林说人不讲良心你有什么办法？赵镇说你要不管以后就甭想让我再领女人回来我领回来也不给双沟村。马林说村里的光棍差不多都有了女人剩下一两个没关系双沟村的香火断不了，再说你领女人你也没少要钱没少占便宜，你家盖大房的钱是哪里来的？赵镇说我听你说话和放屁一样。马林说我喝胀了还真想放个屁你走吧。

赵镇把马林的话给他婆娘转述了一遍，婆娘说马林算什么村长马林是屎蛋，然后愣眼瞅着窗户上的麻纸想了一阵，又说，大旦真杀了你，剩我们娘母子怎么办？话音未落，眼泪水已淌过了胭脂骨。赵镇半晌没话，突然抬起头说：大旦也是个屎蛋，弄不好我先杀了他。他走出屋门，在院里走了几圈，看着几年前盖的偏房上房，心里生出一阵辛酸。人都知道人贩子挣钱，人不知道人贩子的酸苦，更不知道人贩子要被人放血时的酸苦，人里头没一个好东西，人不如一只狗。他这么想着，走到狗窝跟前，蹲下去，对着那只狮子狗瞅了一阵。

狮子狗卧在一堆温热的细土里。细土散发出一股狗臊味，直往赵镇的鼻眼里钻，一直钻进了他的心里。狮子狗也瞅着赵镇，然后站起来摇摇身上的细土，走到赵镇跟前，用头在赵镇的膝盖上蹭着。赵镇把手埋在狗脖子的长毛里抓着。他说狗啊有人要杀我你怎么办？狗没答话。狗当然不能说话。赵镇解开了拴狗的铁链子。

赵镇没有白爱他的那只狗。当大旦提着那把杀猪刀挤进赵镇家的黑漆大门时，狮子狗一口就咬断了大旦的懒筋。它一声也没叫。

十二

刺杀赵镇的行动是从午夜时分开始的。吃过晚饭，老旦把碗一推，给大旦说，磨刀吧。大旦看了老旦一眼，便去提那把刀子。

"我看着你磨。"老旦说。

大旦把磨刀石放在上房厅里，老旦端来一碗水。环环在厨房一边洗涮锅碗，一边往上房厅瞄着。老旦说环环你弄你的事，弄完你睡觉去。

"磨吧。"老旦给大旦说。

大旦开始磨刀了。大旦一脸悲壮的神色。风一直刮着，干冽冽的。后来，风小了一些，天上飘下来几片雪花。大旦打个冷战。

老旦看了大旦一眼。

"下雪了。"大旦说。

"冬天当然要下雪。"老旦说。

"冷。"大旦说，"我有些冷。"

"你害怕了。"老旦说，"你看你，一把刀磨了多长时间，半夜了。"

"有一瓶酒就好了。"大旦说。

"现在到哪里弄酒去? 喝水吧，热水也暖身子。"老旦说。

"那就喝水。"大旦说。

大旦一连喝了两碗开水。

"走吧。"老旦说。

"走。"大旦说。

他们打开门，一前一后朝赵镇家摸过去。雪不知什么时候停了。风依然刺骨，往他们的脖子里钻着。

赵镇家的门紧紧闭着。他们站了一会儿。大旦冷得牙齿打架。

"前边是个大坑，咱父子俩也得跳。"老旦说。

"要先杀了那只狗。"大旦说。

"这是你的事。"老旦说，"撬门，你先把门撬开。"

大旦把刀从门缝里塞进去，没找到门闩。大旦的心突然狂跳起来。

"门没插。"大旦说。

"那就进。"老旦说。

大旦往握刀的手上使了使劲，轻轻推开门，跷进了一只脚，又跷进一只，用眼睛搜寻着那只狗，搜寻着赵镇睡觉的上房屋。院子里一片黑暗。上房屋的飞檐伸在空蒙的夜色里。

就在这时候，赵镇家的那只狮子狗朝大旦扑了过去，一口咬住了大旦的脚后跟。咯噜一声，大旦知道他的懒筋被咬断了。他没感到疼。他只感到他身上汗毛也咯噜了一声，全竖了起来。没等那只狗咬第二口，他就把那把刀子捅进了它的脖子。狗突然松开嘴，侧身跑了几步，倒了下去，浑身打着抖，喉咙里发出一阵含混的呜呜声，一会儿，就不动了。大旦死死地盯着它。他怕它再爬起来。他想它如果再扑过来，他就只有让它咬了，因为他没从狗脖子里拔出那把刀子。

狮子狗没有爬起来，大旦的脚腕却疼痛难忍了。这时，他才感到他白杀十几条狗。那十几条狗没有一条与赵镇的狮子狗扑咬的姿势相似，它们扑咬是为了他手里的窝窝头，而赵镇的狮子狗扑咬就是为了咬他的懒筋。

老旦一进门，就看见了那只狮子狗。

"杀了？"老旦趴在大旦跟前，嗓子激动地颤着。

"它把我的腿毁了。"大旦说。

老旦伸手一摸，摸到一把热乎乎的东西，他知道是大旦的血，一阵揪心的悲哀从他的心底涌上来。他抱住大旦的肩膀放声哭了。

"我的儿啊，啊，啊。"

上房屋里的灯亮了。赵镇披着一件皮袄走出来，看看老旦和大旦，又看看他的那只狮子狗。他蹲在狗跟前，也摸到了一把热乎乎的东西，也同样产生了一股揪心的悲哀。他在狗毛上抹着手上的血。

"狗啊！"他叫了一声，抱着一条狗腿哭了，"啊啊啊啊……"

赵镇一放悲声，老旦立刻抹去了老泪。

"你驴日下的还哭？你摸摸狗脖子。那里边有刀子哩。"老旦说，"本来是给你准备的。"

赵镇哭得更伤心了。大旦说回吧我疼得身上冒汗。老旦说你忍着点我背你回。他背着大旦，拉开赵镇家的大门，从门槛上跷出去。赵镇止住了哭声：赔我的狗！

老旦没有回头，他背着大旦在街道上走着。他听见赵镇的喊声从他的耳朵边擦过去，一直传到村街的另一头。声音比人走得快，他想。

大旦一连贴了二十七贴膏药，伤口终于长出了新肉，但被狗咬断的懒筋再也没长在一起。他成了瘸子。

在他养伤的一个多月中，环环精心地服侍他，给他洗伤口，换膏药。环环的手指头像棉花蛋儿。大旦说环环你的手绵乎乎的。环环说以前更绵哩。大旦说噢噢，你偷男人我还觉得你好你看这事怪不？环环说不怪不怪，过去的事过去了你甭提说。大旦说噢噢，日他妈不提说了。下炕的那天，大旦瘸着一条腿在院子里走了一圈，然后给环环说，环环你看我以后就这样走路了你要嫌弃就另找个人过日子去。环环说我不嫌弃我就跟你过。大旦说你甭再找赵镇。环环说你看刚还说过去的事不提说了。大旦说不提说不提说我真后悔。环环说怎么啦？大旦说我是个笨人跟我爸学种白菜都学不成。环环说没成也好，种白菜也不是什么好营生，你爸种了一辈子白菜也没种出个好日子来。大旦说那咋办不种白菜咋办？环环说想想咱好好想想也许能想出个好营生。

几天以后，一个外村人牵着一只母狗来找大旦。大旦正跛着脚在院子里转圈子。他把那人从头到脚看了一遍，又看看那只母狗，一脸迷惑的神情。

"这母狗发情寻儿子哩。"那人说。

"发情寻儿子怎么寻到我家来了？"大旦说。他有些生气了。

"满世界找不到一只像样的公狗。"那人说。

"噢，噢，难道我家有公狗？"他想把那人赶出去，"你这不是糟蹋人嘛。"他说。

"看你大旦说的话，"那人给大旦笑了一下，"像样的公狗都让你买走了。"

"噢，噢，"大旦想起来了，"有两只没杀现在可能饿死了。"大旦说。

"咱去看看也许没死，没有公狗咱方圆几个村子就会绝了狗种。咱看看去你就当行善积德哩。"那人说。

环环叫了一声，从厨房里跳出来，说，也许没死，给狗蒸的窝窝头要坏我觉得可惜就把它们倒在草庵里了那时候你的腿伤了没几天。

"看去看去。"外村人说。

他们到草庵去了一趟。草庵周围摆满了狗尸。没杀的那两只狗在草庵里，一只死了，另一只还真活着，只是成了一只瘦狗，已没了睁眼的力气。

"你看，它没用了。"大旦说。

"也许你能把它喂起来，"外村人说，"总不能没有公狗。"

大旦想了一阵，说，看你这人是个热心肠，我就试试，过些天你再来。

"一定？"外村人有些不信。

"一定。"大旦说，"你放宽心。怕就怕它不争气。"大旦指着那只公狗。

那人一走，大旦就急急地跛回家。他说环环有了有了咱要来钱了。环环不明白，直勾勾看着大旦。大旦说真有一只公狗没死咱只要一门心思养活它。环环还是不明白。

"配一只狗两块钱。"大旦说。

环环噢了一声，到底明白了大旦的心思。

"咱得先养活它。"大旦说。

"那不是个难事。"环环说。

大旦拖着一条瘸腿挖了一个大坑，埋了草庵周围的十几条狗尸。环环每天给那只公狗煮玉米粥。没几天，那只公狗就站起来了。又过些日子，那只公狗就变成了一只真正的公狗，一见母狗，就火烧火燎地扑过去，看得大旦和母狗的主人心里直发热。大旦给那外村人说我给你少要一块钱你给人传传话就说我大旦要办配狗站谁家母狗发情尽管来。

就这么，大旦很快就把那座草庵变成了配狗站，生意很红火，配狗的人络绎不绝，有时候排着长队。大旦说你们甭排队我家的狗不是机器一天只能配一个，最多两个。

大旦用他的公狗挽救了许多母狗，也挣了不少钱。环环说大旦人都说你是个木头你怎么就灵醒了？大旦用手指头搓搓脖子上的污垢，说，梆子也是木头，一敲怪响。环环说过去你不灵醒是缺敲。大旦说就是就是，多亏那个配狗的人，他把我敲灵醒了。他驴熊迟来几天就玄乎了，咱的公狗就饿死了。

后来大旦才知道，双沟村方圆几十里的人对养狗突然产生热情和他有很大关系。他杀赵镇被那只狮子狗挡住了刀子，许多人一提起就激动。他们说狗不但能看门还能救命。大旦说环环你听见了没有？环环说听见了。大旦说这世界真日他娘怪。环环说就是，我也觉得怪。

那时候，他们已正式从家里搬了出来，在草庵旁边盖了一间木屋。他们准备过两年就盖大房。那时候配狗的人依然很多。大旦的种狗已不是一只而是两只了。他从外地又买了一只。他给人吹嘘说是从内蒙古买回来的，是牧羊犬，不但跑得快，咬人也不惜力气，能下狠口。

他对他爸老旦和赵镇已没了一点兴趣。

十三

赵镇很难过地葬了那只狮子狗。他感到狗死得太悲壮了。老旦没有说错，狗脖子里确实捅进了一把刀子，是一把杀猪刀。为了把它拔出来，他很费了些力气。狗血已经凝固，刀子捅进的地方像一个黑洞。狗眼紧紧闭着，嘴却咧开了一点，露出来几颗牙齿，能想见它临死前经历了一段多么难熬的时间。他抚平了狗嘴，又用布条包住了狗脖子上的刀口。狗的死态变得温和了。他把它抱进挖好的坑里，然后填上土。

几天后，他领着外村的一伙地痞二流子来到了老旦家。

"赔我的狗。"他说。

老旦扑闪着眼，把赵镇领来的人扫了一遍。

"它咬断了大旦的懒筋，我找谁赔？"老旦说，"大旦要残废了。"

那时候，环环正给躺在炕上的大旦贴膏药。他们没有出屋。

"上房。"赵镇说。

两个人很快就爬上了房顶。两个人扛来了两根木椽，靠在房檐头。

"赔还是不赔？"赵镇说。

"你敢？你们敢？"老旦冲着房上的两个人说。

"溜瓦。"赵镇说，"谁敢拦就砸断谁的腿。"

"你们要打抢人！"老旦喊了一声。

"溜！"赵镇说。

房顶的一个人用脚把瓦蹬成一堆，另一个顺着木椽一个一个往下溜。老旦的眼睛黑了一会儿，又红了。他心里像猫爪子在挠，但没有一点办法。

"光天化日，你们打抢人！"他又喊了一声，然后跑了出去。

他一脚就踹开了村长马林家的门。

"赵镇溜我房上的瓦呢！"他说。

"他不会平白无故吧？"马林说。

"他让我赔他的狗。"老旦说。

"我就说嘛，平白无故他就不敢，他吃了豹子的胆？"马林说。

"他偷我家的女人，还要溜我房上的瓦。"老旦说。

"你杀了人家的狗。"马林说。

"他偷我家的女人就不算了？"老旦说。

"你家女人好好的，可他家的狗死了。"马林说，"两码事，这是两码事。"

"我忍不下这口气。"老旦说。

"忍不下气也不能杀人家的狗。"马林说，"你也气他嘛！也偷他家的女人嘛！有本事就偷他家的女人，有本事就气死他，但你不能杀他，更不能杀人家的狗。"

等老旦再回家的时候，上房屋上的瓦已没了。赵镇吆来了一辆马车，把瓦全装走了。院子里一片狼藉。老旦蹲在屋檐下，他很想哭几声。他捂着脸，没哭出来，他想起了马林说的话。马林给他说的时候，他感到那些话比屎还臭，现在想起来又有些道理。他想他无论如何也勾引不了赵镇的女人。但勾引不了他的女人不一定就找不到气他的办法。

他很快就有了办法。他做了一件双沟村的人想过却从来也没做过的事情。一天晚上，有人看见老旦扛着一把镢头和一把铁锨出了村。他们有些狐疑，他们说老旦这么晚了你扛着这些玩货做什么去？老旦没理他们，他已不想和他们说话了。后来他们才知道，老旦正在挖赵镇家的祖坟。

老旦的心里涌动着一股战斗到底的激情，他不舍昼夜，在乱坟岗里挖着。那些天，赵镇又出门了。有人给赵镇婆娘说了这件事。赵镇婆娘说我不管那是赵镇先人的坟。等赵镇回到村上的时候，老旦挖坟已经结束，他刨出了几根骨头，他把它们用绳子串起来，横挂在他家的门墙上。他手里还拿着一根。他用它拨弄着绳子上的那一串，挨个儿敲着。

"他敲着你先人的骨头玩哩。"有人给赵镇说。

赵镇的脸一阵红一阵白。过了一会儿，赵镇的脸松活了，他笑了一声。

"让他敲去。"赵镇说，"死了死了，一死就了，人死了要骨头做什么？他哪怕用那些骨头敲锣呢！"

赵镇的话很快就传到了老旦耳朵里。那几天，老旦敲骨头敲得已有些厌烦，一听赵镇的话，心里便咯噔响了一声，再也不愿敲了。他揪断了绳子，把那几根骨头扔进了村外的土壕里。

"我治不了他。"他想，他沮丧了一会儿。

"我一定要治他。"他想，两枚黑药丸一样的眼里闪出狼的目光。

他很快又有了新的办法。

他心气平和地找了一次赵镇。

"我想站在你家的粪堆顶上。"老旦说。

赵镇很奇怪，他像看怪物一样看着老旦。赵镇婆娘愤怒地叫了起来。

"不成，你站在粪堆上我怎么屙屎尿尿。"

"成还是不成？"老旦盯着赵镇的脸。

"你不嫌臭？"赵镇说。

"我不嫌。我想我会长成一棵树。粪堆里都是养分。"

赵镇笑了。赵镇说成，你去试试，我可不管你的饭。老旦说我不吃也不喝。赵镇说没准你真会长成一棵树，我把你砍了做箱子柜子。老旦说那得等多年以后，也许你已经死了。赵镇说那就让我儿子做。老旦说你儿子一打开柜子箱子闻到的全是我老旦的气味。

第二天，老旦就站在了赵镇家的粪堆顶上。双沟村的人像看景致一样一拨一拨来到赵镇家的茅厕跟前看老旦。他们抱着孩子领着孩子或者让孩子骑在他们的脖子上嘻嘻哈哈指手画脚品评着老旦站立的姿势。老旦和他们已无话可说。他感到他的脚纹正在开裂，从里边长出许多根须一样的东西，一点一点往粪堆里扎进去，头发则往上伸展着，如果他是一棵树，它们就会分成树杈或者树枝条儿。

（原载于《收获》1992年第2期）

驴队来到奉先畤

一

　　蝗虫忽一下就来了。不是那种说来就来的来，而是那种不打招呼没有预兆的来。忽一下，像谁往天上扬了一铁锨土，然后就着了魔一样，忽忽忽从西边的天空往上升，就遮天蔽日了。

　　最先看见蝗虫的是在地里务弄庄稼的人。玉米已半人高了，一行一行顺顺溜溜的，很蓬勃。他们没想到会来蝗虫。他们直起腰看着西边的天空，以为起龙卷风了，起沙尘暴了。可是，不对啊，声音不对啊。龙卷风沙尘暴只有拉呼哨一样的呼啸声啊，没有那咯喳喳咯喳喳的声响啊！

　　就是那种咯喳喳咯喳喳的声响让他们骇怕了。他们立刻变了脸色，短促地咦了一声，就撒腿往村里跑。

　　他们想不通他们为什么那么骇怕蝗虫的声音。

　　后来，他们认真地把蝗虫和龙卷风沙尘暴做过对比。龙卷风也让人骇怕，但比不过蝗虫。龙卷风旋着转着说不定就绕过去了，就是不绕过去拔树拔屋子把人旋到天上，等摔下来的时候人也就死尸了，死了就没知觉了，没知觉也就无所谓骇怕不骇怕了。沙尘暴呢？闭着眼捂着鼻子随它作践么，过去了就啥事也没有了，最多落下一层沙尘。落一层沙尘能算个事么？

驴日的不是龙卷风么，不是沙尘暴么。它们不但狂风一样拉着呼哨还咯喳喳咯喳喳。嘛呀哎！

不就是平日能见到的蚂蚱嘛，能跳几下飞一截儿，胆子也不大嘛，不聚群嘛，咋就成了蝗群呢？咋就这么狂风一样拉着呼哨咯喳喳咯喳喳遮天蔽日地来了呢？

他们听说，也是后来听说的，蝗虫的后腿有个部位不能碰，一碰就会受刺激，一受到刺激就会改变习性，就喜欢聚群了，不但聚群还要集体迁飞，一飞可以三天三夜不落地，一落地就是灾。

谁个驴日的闲尿没事干为啥要碰人家的后腿嘛！驴日的你要飞就一直飞一直飞死你个驴日的再落地不行嘛呀哎！

村庄里所有的人都从屋里院里跑到村街上了，都梗着脖子，都直愣着眼，把眼睛直愣成了眼窝，看着西边的天空，都咦了一声。

"咦！"

就一声。每个人只咦了一声，蝗虫就到他们的头顶上了。他们被震慑住了，没法咦第二声。他们的心立刻收缩成了一块肉疙瘩，肉管子一样的喉咙也挤严实了，没一点缝隙了，没法出声。人在恐惧骇怕的时候叫唤几声会好受一些的，但他们确实只咦了一声。

就算他们的喉管没挤严实，还能咦，也听不见的。蝗虫不但遮住了太阳糊住了天空，还狂风一样拉着呼哨咯喳喳咯喳喳要搅昏天地呢！把全村人排成演唱队伍让谁指挥着一起咦，也听不见。他们咦不过蝗虫。

他们抱着头，跑回各自的家，紧紧地关上了门。

为什么要抱头呢？蝗虫又不是飞来的砖头。他们抱头抱得有些自作多情了。就算蝗虫是砖头，也不是冲着他们来的。

为什么要跑回屋关上门呢？他们太把他们的屋子当回事了，以为把他们关在屋里就安全了。事实不是这样的。后来，他们也认真地把屋子和蝗虫和安全关联在一起思量过。屋子是用来遮风挡雨的，遮挡邻人的目光的，当然也能遮挡仇人撇过来的砖头。但蝗虫不是风雨，也没想偷看他们的隐私，也没和他们结怨结仇，用不着把自己变成解冤消仇的砖头。蝗虫只是蝗虫。蝗虫对他们的头和他们的屋子都没兴趣。蝗虫感兴趣的是他们在地里种出来的田禾，具体到眼下，就是已长到半人高的玉米。他们到底还是思量明白了，真正能给他们安全的，实在不是他们费心使力建造起来的以为可以一劳永逸的屋子，屋子没有这么大的能耐。真正能给他们安全的，也正是蝗虫感兴趣的东西——地里的田禾么。

狂风一样拉着呼哨的声音没有了，只剩下那种咯喳喳咯喳喳的声响。他们知道蝗虫已经落地，正在啃嚼着他们的田禾。全村的人都直直地坐在他们的屋子里听蝗虫的声音。他们没睡没躺，直直地坐着，直愣着眼窝，听得很仔细，很耐心，一直听了三天三夜。

也有人听得不耐心了，不服气了。再说它们也只是蝗虫啊！再说咱们是人啊！难道就这么一声不吭地让虫虫治咱们人么？他们拉开门，跑出村，就看到了蝗虫啃嚼田禾的情景。它们太多太多了，没法说清它们的数目。它们咯喳喳咯喳喳地拥着铺排在田地里，看不到边沿。它们啃嚼得多认真啊，多细心啊，多从容啊，多有章法啊。玉米不是半人高了么？它们就互相擦在一起搭成架子从上往下啃。它们咯喳喳咯喳喳啃完一片，就挪到另一片地里，挨个儿往过啃。

踢它们驴日的！可是，你的脚有多大的能耐呢？把脚踢断也踢不散它们。

踩它们驴日的！一脚下去，能踩出一个蝗虫肉饼。可是，腿脚上的力气是很有限的，你能踩多少下？对整个蝗虫队伍来说，你踩多少下也没有知觉的，和没踩一样，它们依然啃嚼得很从容，很细心，不乱章法，啃嚼完一片再挪移到另一片里继续啃，结果只能是，你踩得没了一丝力气，一屁股坐下去，眼睁睁地看着它们啃嚼，咯喳喳咯喳喳，你服气不？不服气也没办法啊。想哭不？想哭也哭不出声的，没力气哭了嘛。这就叫绝望。

如果不带意气不带情感的话，你就会佩服蝗虫的。三天三夜之后，它们忽一下又走了，和来的时候一样，不打招呼，没有预兆。村庄里没有一个人看见它们是怎么走的。服不？

还有，它们啃嚼得多开心啊！不光是玉米，还有各种草，还有树叶，方圆多少里连个碎渣渣都找不到的。所有的田地都一个成色了，连成一片了，光秃秃一丝不挂，平展展裸袒着，让太阳照着，好像遭了劫掠连衣服也扒得精光的人，在用它们的裸体给所有围观的人说：别看了，没啥看的了，它们搞得很彻底。

驴日的把咱弄精光了嘛。没冤没仇啊！驴日的你还不如冲着人来呢，哪怕把人弄死呢！驴日的你不弄人弄田禾！既然你不弄人让人活着为啥要断人的活路嘛？你个驴日的。

这就叫自然灾害，没冤没仇给你弄个灾，害你么。

你说的意思就是天灾嘛，非要说成个自然灾害好像你念过书一样。

不不不，龙卷风沙尘暴是天灾。地震也是。上半年的大旱也是。这是蝗虫么。

那叫虫灾！

你看你看，咱犟这嘴有啥意思嘛又犟不来口粮。

就是没口粮才犟嘴呢嘛，有口粮吃饱肚子我就上我女人的肚子去了，哪有心思和工夫和你磨这号闲牙！

那些天，村庄里时常有人在一起磨这样的闲牙。其实那些天他们还是有口粮的。说蝗虫走了以后什么都没留下也不符合实情。实情是，蝗虫走的时候留下了许多死蝗虫。他们用脚踩出的蝗虫肉饼算是被动留下的，更多的是它们主动留下的尸体。谁也弄不清楚它们是怎么死的，是咀嚼的时候拥着挤着互相踩踏死的，还是搭架子从玉米顶头往下啃的时候压死的，还是吃得太饱撑死的？一连吃了三天三夜，难道没有撑死的？没有人细究这个问题，反正它们被留下了，就成了人的口粮。他们提着草笼子背着背篓，用扫帚在地里抢着扫拾那些死蝗虫。也有人用的是装粮食的麻布袋子，装满了摇一阵压一阵继续装，装得很实在。也有人为抢拾发生过口角，甚至恶言相向，到了要动手脚的地步。多亏蝗虫的尸体是有限的，很快就抢拾完了。

咋吃呢？蝗虫挺肥的，身体上不但有肉也有油，在锅里一炒，又酥又香。他们过了几天好日子。但很快就有了不良的后果，许多人屙不下来了，要用手抠，抠出来的全是蝗虫皮。

这时候，他们才知道，蝗虫的尸体可以当口粮，却实在不是真正的口粮。可以当口粮的蝗虫嚼断了他们获取真口粮的路。

这时候，他们也知道了，在很多情况下，虫虫是可以把人治住的，尤其是像蝗虫这样的虫虫，不但能把人治住，还要往绝路上治呢！

他们一年种两料田禾。上半年的田禾因为一场大旱全死了，田禾变成了柴禾，土地不但没有给他们一粒口粮，还龇着牙咧着嘴给他们示威一样。他们也龇牙咧嘴了。他们龇着牙咧着嘴用他们的力气和汗水把龇牙咧嘴的土地抚弄平顺了，松软了，种上了第二料田禾，眼看着半人高了，忽一下，蝗虫来了。

驴日的明年来也成啊，让咱收一料庄稼有点口粮就能对付了咋拣这时候来嘛哎哎！

驴日的就是干旱了才碰后腿才聚成群胡飞哩要不就不是驴日的蝗虫了。

如果听到这一类的对谈，五十九岁的吴思成就会一脸轻蔑地给对谈者撂过去两个字：扯淡。村上已经有饿死的人了，许多人已经撂下了他们的屋子院子推车挑担逃难去了。他不屑于这样的对谈。在他看来，这时候还说这样的话，就不是拉闲话也不是犟嘴了，而是纯粹的扯淡。扯淡就是虽有动作却无所作为的意思。

然后是驴队。

二

驴队比蝗虫简单。

是啊，不能光扯淡啊，肚子也不悦意啊。哪怕逃难呢！哪怕去远地方伸手讨要呢！哪怕做三只手当贼娃子呢……

"不行。要有所作为，但不能下贱。"

这是吴思成撂出来的另一句话。他们老中青一共十二个人，聚合在村外的一个草庵子里，都是没离开村庄想有所作为都不知道怎么才能有所作为的人。他们要在这里商量出一个有所作为的办法来。他们都同意吴思成"要有所作为但不能下贱"的观点。在他们中间，吴思成年龄最长，也是十二个人里唯一没有被饥饿捏弄得面露凶相的人。他高而干瘦，像麻秆，有一对老鼠一样贼亮的小眼睛，三十多岁的时候娶过一房女人，没等到生养儿女，女人病死了。他一直单身，和村上一个寡妇好，隔三岔五到寡妇炕上放松一次。逃难的人里就有那个寡妇。他没留她，也没跟她走。他不愿逃难，原因就是他说的：不能下贱。

现在，吴思成站着，小眼睛一下也不眨。他的小眼睛只在兴奋的时候才会眨的。他在给蹲坐在地上的十一个人说话。他说：

"咱不投亲靠友不伸手讨要不做三只手，也不能等着饿死。"

瓦罐打断了吴思成的话：别说饿啊，你一说饿我就会想把蝗虫当口粮的那些天贪吃屙不下，现在连吃了屙不下的东西也没了你还说饿！

瓦罐本不叫瓦罐，因为头越长越像瓦罐，就叫他瓦罐了。瓦罐的表情和声调都很痛苦。他不让吴思成话里带饿字。他在十二个人里年龄最小。

吴思成一丝同情也没有：扯淡。

瓦罐急了，站起来了：没有啊我的手在屁股上你看么。

瓦罐把屁股摆给吴思成看。瓦罐的手确实在屁股那里。瓦罐说他那些天抠得太过火了还没好彻底。

吴思成说：扯淡！

瓦罐蹲下了：好吧，就算我扯淡了。

吴思成继续说他要说的话了。他说：

"人拿天没办法，拿虫虫也没办法，人拿人呢？那就看怎么办了。咱不想把咱活成贱人，就只能当强人。强人就是明着抢人的人，也是不怕死不得已也敢杀人的人。把你们家的驴拉出来，再掂一样家伙，最好是带铁的，注意，镢头锄头镰刀不行，这些家伙虽然带铁，一看就是种地的家伙。最好是榔头、砍刀。有了驴和家伙，咱就是队伍了。"

有人问：女人和娃咋办？

吴思成说：留着守村子，守家。咱有吃有喝就由咱了，要么接他们出去，要么咱再回来，继续种地。

瓦罐又起身了：我媳妇娶进门还不到一年啊叔哎！

吴思成说：扯淡。成队伍就没有叔了。队伍要有个头儿，注意，我年岁大了，当不了头儿，咱弄一个头儿。咋弄？你们往外边看——

草庵外边放着两只木桶，凉水满得要溢出来了。

吴思成说：谁有能耐往肚子里灌进去一桶，谁就是咱的头儿。

十一个人都看着那两只木桶。

吴思成看着看木桶的十一个人。

瓦罐咽了一口唾沫，把目光从木桶上移开，看吴思成了。

吴思成说：想试试，得是？

瓦罐说：我没想试。

吴思成说：没想试就别看我。

瓦罐说：别刺激我啊。

吴思成说：凭你那么一点肚子也装不下的。

瓦罐说：你刺激我了！

吴思成不理他了。

瓦罐说：你又刺激我了！

吴思成还是不理他。瓦罐站起来了。

瓦罐问：一桶还是两桶？

吴思成说：一桶。

瓦罐低头看了一下自己的肚子，走到吴思成跟前，又问了一个问题：当头儿能带媳妇不？吴思成说不能。瓦罐又看了一下自己的肚子，想了一下，又问：当了头儿说话算数不？吴思成说那得看说什么话，还有军师呢。瓦罐问军师是谁？吴思成说：我么。瓦罐又想了一下，说好吧那就再问一句，头儿大还是军师大？吴思成说头儿大。瓦罐说我真受刺激了，蝗虫受刺激就聚群了我受刺激就想喝那桶凉水了。吴思成说这时候说再多的话都是扯淡往木桶跟前去才是有所作为你往木桶跟前去。

瓦罐真朝木桶走过去了，走到木桶跟前了。他歪过头又问了吴思成一个问题：头儿和军师的话顶牛了听谁的？

吴思成说：听头儿的。

瓦罐冲着草庵里的人说：你们可都听见了啊！

瓦罐一脸悲壮，跪在木桶跟前了。他看着桶里的凉水，一只手在肚子上来回摸着，看摸了好长时间。这时候他才知道，他要把满满一桶凉水全灌进肚子实在不是一件容易的事情，甚至根本就是不可能的事情。

吴思成说：你看摸的时间太长了，再看凉水不会变少再摸肚子也不会变大的。

瓦罐扭过头要哭了一样，对吴思成说：你又刺激我了！

吴思成说：你又扯淡了。

瓦罐说好吧我不扯淡了我喝。他把嘴伸进木桶，开始喝了。

咕咚一口。咕咚一口。

除了吴思成，没有人看瓦罐。他们在听。

咕咚。咕咚。

该有小半桶了吧。

咕咚……咕咚……

咕咚声的间隔越来越长了，响动也越来越小了。快要变成一口一口往进吸的声音了。

吴思成说：满满一桶凉水是喝不完的，要抱着桶往下灌。

瓦罐把头从木桶里抽出来了。他没看吴思成，他的脸对着桶里的凉水：你管我喝还是灌呢！喝和灌都要进肚子呢！

他把头又埋进了木桶里。

他已经咕咚得很艰难了。听声音就能知道他咕咚得有多么艰难。他不像在喝凉水，像在受刑，快受不下去了。

咕……咚。

他把嘴从凉水里抽离出来，头脸依然埋在木桶里，好像要歇会气。

他说：我不叫你叔要叫你吴思成了！

他说：虫把人没整死你拿凉水把人往死里整啊！

吴思成好像没听见一样。其他人也是。他们都阴着脸，一直阴着脸。

瓦罐又把嘴塞进凉水里了。

吴思成皱眉头了，他听见瓦罐喝凉水的声音好像变化了，不再咕咚了。他走到瓦罐跟前看了一会儿，然后就叫了起来：

"瓦罐你个驴日的喝一口吐一口等于没喝啊难怪不咕咚了！"

又给草庵里的人说：他驴日的喝进去一口啵儿一声又吐出来了不往肚子里咽了！

这一回。瓦罐很快速地把头脸从木桶里抽出来了，直直地对着吴思成。瓦罐不但满脸是水，眼里也有水了。说话的声音也不如前了：

"我早喝到喉咙眼了，一口也下不去了，再下去一口喝到肚子里的凉水就会全吐出来的不吐就会死的你信不信嘛啊唔唔……"

瓦罐哭了。他跪着，两只手在木桶沿上把着。

"我想我要喝下去这桶凉水头一样事就是另换个军师肚子不给力么你为啥不让带媳妇嘛啊唔唔唔……"

瓦罐的眼泪水像断了线的珠子一样往木桶里掉着。

九娃几步就到了瓦罐跟前。九娃的脚大而厚重，落地稳而有力。他走得很快，最后一脚没落地，反而抬高了，一脚就踏在了瓦罐的屁股上。

瓦罐没想到会有人踢他。他哼了一声想拧过头看一眼踏他的是谁，身子却朝前扑去了，扑在了木桶上，和木桶一起倒了。他翻了个身，就仰着肚子躺在他没喝完的那大半桶水里了。他像打嗝一样，嗝一声嘴里就会冒出一口凉水。他不哭了，也没心情看踏他的是谁了。他大张着嘴在冒水。

九娃抱起了另一只木桶。

九娃往喉咙里灌凉水的声响很清晰。

麻秆吴思成快速地眨了一阵小眼睛，给草庵里的人说：拉你们的驴去。

他们都起身了。他们没人追究九娃到底能不能把那桶凉水全灌到他的肚子里去。

吴思成没忘记躺在泥水里的瓦罐：听见我的话了么？

瓦罐还在冒水，一边冒着水一边给吴思成点着头。

三

驴队是朝着东南方向走的。他们认为东南方向雨水多，好长庄稼。

驴队有一条纪律：走到任何地方见了任何人，都要把面目摆弄成一副凶狠的样子。这不难，蝗虫已经让他们一脸凶相了。但吴思成想得比较远：有吃有喝了就不一定老这么一脸凶相了，所以，一定要有这么一条纪律。

三个月以后，他们换了装备，把从家里带出来的榔头砍刀换成了清一色的鬼头刀。吴思成嫌鬼头刀不好听，就另起了个名字，叫护胆夺命刀，给自个儿壮胆，必要时夺他人性命的意思。

半年以后，他们接收了一个打兔的。他有一杆土枪。他们私下叫他打兔的，公开场合叫他土枪手。他们不但有了铁器，也有了火器，真成队伍了。

驴队就是驴队，最好不往里边掺杂其他牲口，所以他们给打兔的也弄到了一头驴。这时候的他们要弄到一头驴已经不算什么事了，顺带着就能办到。

驴队上路没多少天，九娃就给瓦罐分配了一样特别的差事，要他把一路上走过的村住过的店记下来，不但要记住村名店名还要记住方位和线路。瓦罐问为啥？九娃说不为啥让你记你就记少问多做。瓦罐说走村过店大家一起的大家都记嘛为啥要我记？九娃说你年龄最小脑子最好使。瓦罐说脑子好使就应该管账。九娃说管账有吴思成呢！你就给咱记村名店名。瓦罐说好吧你是头你说钉子就是铁我记。九娃说可不能记乱啊。瓦罐说不会乱的不过我得问清楚，你说的是经过的村还是进过的村？九娃说进过的经过的都记。瓦罐说咱经过的村比进过的可就多了去了，不过那也不会乱的，你不是说我脑子好使么我也承认。

每天晚上临睡前，瓦罐都会把他们走过的村住过的店在脑子里过滤一遍。不难么。不但不难，而且还很享受么，很刺激么。因为过滤的时候会顺带着过滤出一些情景来，过滤到进某个村要吃要喝要钱款很顺利的情景，他就觉得很享受，过滤到那些逢凶化吉化险为夷的情景，他就觉得很刺激。这实在是一件出乎意料的好差事么，不但能锻炼记性，还能品咂经世活人的滋味么。

但很快就过滤不出享受和刺激了。走过的村住过的店越来越多，瓦罐过滤不过来了。不光是村名店名啊，还有方位啊，还有线路啊，那么多村名店名加上方位线路在脑子里快要搅成一锅粥了。真搅成一锅粥就没法给九娃交代了。

他给九娃说：我脑子不听使唤了我受不下心里也不平衡了。

他说：每天晚上我都要在脑子里演皮影戏一样走村过店你们睡得和猪一样。

他说：再这么折磨几个晚上我脑子就残废了。

他让九娃另找个人。他说我不是怕脑子残废是怕误你的事。

九娃问吴思成咋办？吴思成笑着说瓦罐：你驴日的肚子不行脑子也不行么。瓦罐说你别给我笑你人瘦脸瘦咋笑都看着不厚道，打人不打脸骂人不揭短啊。吴思成说你脑子不行就找个东西代替脑子嘛。瓦罐说你可真能说话脑子不行还能想出个东西代替脑子啊？吴思成说你找张牛皮纸往上画嘛。瓦罐在自己的额颅上拍了一巴掌，说：是啊，咋就想不到牛皮纸呢！可是，光有牛皮纸也不行啊还得有笔有墨才能往上画啊。也不行，总不能因为一张牛皮纸还要揣上笔和砚台吧？砚台是石头啊！吴思成说哪个村都有识文断字的人都能找到笔墨你只揣一张牛皮纸就成。瓦罐又在额颅上拍了一巴掌，说：服你了服你了我找牛皮纸。他找到了一张牛皮纸。

从此，每过一个村庄住一个店吃了喝了以后，瓦罐就到处找笔墨，在牛皮纸上画记号，写村名店名，不会写的字就问吴思成。他把牛皮纸画成了一张地图。

瓦罐的牛皮纸快画满了，驴队还在往前走。但九娃说了，走到一个合适的地方，就想办法试着落脚。

瓦罐说：再不落脚我就得另换一张牛皮纸了。

九娃说：你再画小一点就能多画一阵子。

瓦罐说：不再往上画了多好，你的话真让我绝望。

瓦罐质问过吴思成：你说有吃有喝了就咋就咋你说过没？

吴思成说：说过，咋啦？

瓦罐说：我以为你忘了。

吴思成说：我没忘。

瓦罐说：那我再问你，咱现在算不算有吃有喝了？

吴思成没回答瓦罐的问题，他说你问九娃去。

瓦罐没问九娃。瓦罐避开吴思成，私下给九娃说了一番话。他说：

"吴思成说等咱有吃有喝了要么把女人接出来要么咱回去，依我看吴思成压根就没想这么做。他钻了多年的那个寡妇撂下他连影子都没了他接谁去？他光屁一个人和咱一边当强人一边逛世界他跑回去做啥？种地啊？在外边有吃有喝他为啥要回去种地？他和咱情况不一样心思也不会一样的。咱有女人啊，你还有娃儿呢！咱抢人劫人这么长时间总有些积攒了吧？你一路上只让劫财不准劫色硬憋着熬着不就是还想看咱自个儿女人么？我不信你晚上不想女人。吴思成去年五十九今年过六十了还说饱暖思淫欲呢！他年岁大了过个嘴瘾能行，咱血气正旺说不想就能不想么？实话给你说，我天天晚上都想！你是头儿，你可不能忘了咱拉驴出来时说的话。要不你就把规定放宽一些，实在憋不住了也劫点色。"

杨争光中短篇小说精选

九娃给瓦罐的回答是：你个驴日的敢动这心思敢动哪个地方的女人我让土枪手把枪里的火药和铁砂全打到你驴日的脸上，让你到阎王那里动女鬼去。

然后，又替吴思成说了几句话：你别把人家吴思成想恶了。我也实话给你说，劫财不劫色就是吴思成的主意。财是身外之物，女人不是。咱走了一路劫了一路没死一个人没伤一个人就是因为咱只劫财不劫色。你以为我不想？不想就不是人了。敢劫么？有人会和咱拼命的。就算不拼命，咱劫着劫着会乱心性的。你听好了，驴日的你老实憋着，憋死你个驴日的也不能坏规矩。生锈？你驴日的真能想也能说出口啊。你那东西不是铁多长时间不用也不会生锈，只要不割下来就不会坏不会变成一吊子烂肉！咱现在还不算有吃有喝，咱还没有积攒。咱还没走到合适的地方还得继续走，你好好给牛皮纸上画记号去！

瓦罐在自己的嘴上扇了一巴掌，说：明白了我嘴上爱说淡屁没味的话你别生气你赶紧看土枪手正瞄呢要放枪了——

驴队要停下来了。他们骑在驴背上，看着土枪手。

土枪手也在驴背上，他正在瞄准。他拿枪瞄准的姿势很特别，不是两手一前一后端着枪朝前瞄，而是两只胳膊直伸出去，横握着，枪口朝着旁边。这实在不能叫瞄准，应该叫对准。他不用眼睛用的是感觉。他感觉对准了就等于瞄准了。然后，右手食指一勾，砰——他不会打偏的。

九娃喜欢看土枪手这么瞄准这么放枪。这么拿枪不是本事。这么拿枪每一次都能打准都不会失手才是本事。土枪手就有这样的本事。土枪手说他的这手本事是让兔逼出来的。兔不会卧在你前边让你瞄着打它嘛。你看见兔的时候它也不一定正在你前边嘛，它在你旁边咋办？你转身还没瞄它就跑了。它胡乱跑不给你瞄的时间嘛。你要瞄你的身子你的枪就得跟着它胡转，转几下兔跑了你晕了。你晕乎乎端着一杆土枪你会是个啥感觉？你让兔把你当猴耍了嘛。"所以，"土枪手说，"我不胡转，我不动身子只动枪。"

现在，驴背上的土枪手就那么直伸着两只胳膊，横握着那杆土枪。

不光九娃，整个驴队都喜欢看土枪手这么瞄准这么放枪。他们顺着那杆土枪看过去，不远处有一道土台，长着许多杂草，草丛里好像有一只黄羊。他们提紧缰绳，不让他们的驴挪动蹄脚。万一惊扰了黄羊呢？

"砰——"

看不见黄羊了。

瓦罐拍了一下驴屁股，紧跑了几步，第一个跑上土台，这才看见土台上不是长乱草的地方，土台上边只长着一溜杂草。土台是个打麦场。铺在场子中间的麦秸秆已碾压过无数遍，成麦草了。一头拉碌碡的驴戴着笼嘴在麦草上站着，很安静，也很孤独。它不用拉着碌碡在麦草上无休止地转圈了，因为赶它转圈的人中了土枪，栽倒在土台边上的那一溜杂草里了。它竟然没有受到土枪的惊吓。

驴队全上了土台，围在那个误挨了土枪的碾场人跟前了。

瓦罐给九娃说：不是黄羊。

骑在驴背上的九娃没有吭声，脸上的茬茬胡子里满是灰土。

他们都没有吭声，都一脸灰土，都骑在驴背上。

驴到底是不省人事的牲畜，有几头不但打了几声响鼻，还轻松地挪了几下蹄脚，引得麦场上的那一头也刨了几下前蹄，表示它和它们是一类的。

瓦罐跳下驴背，把蜷拱成一团的碾场人摆弄平顺了。是个老头，光着屁股，裤腰在腿弯处。然后，瓦罐又看见了一泡人粪尿。

瓦罐明白了，给土枪手说：人家正撅着屁股屙屎呢，你看成黄羊了。

又说：屁股稀烂稀烂了，成马蜂窝了。

又惊讶地叫了一声，说：不会吧？脸咋也稀烂了？噢噢明白了全明白了，你瞄他的时候他也撅着屁股瞄你呢，屁股和脸都给你了。

又发表了几句看法：他不瞄你也许还死不了。屁股打得再稀烂也不会致命，头脸可是致命的地方。他不知道要挨土枪么，要知道肯定不会撅着屁股往后看的。

土枪手很尴尬，给九娃说：我看走眼了。

九娃好像没听见土枪手在给他说话。他扭着头朝周围看着。到处都能看到碾完场收完粮食以后摞起来的麦草垛。

土枪手说：肯定是坡底下那个村里的。咋办？

九娃和吴思成商量了一阵子，就有了断语。

九娃说：命该如此。

吴思成说：我同意。

九娃：这地方有好收成了。

吴思成说：我看见那些草垛了。

九娃说：还是个出细粮的地方。

吴思成说：全是麦草垛。

九娃和吴思成又商量了一阵，就定了主意。

九娃给瓦罐说：你去把那头驴卸了。

又给其他几个说：把死人搭到驴背上，驴认识路，会驮着死人进村的。

他们问：咱们呢？

九娃说：驴进村一袋烟的工夫，咱也进。

他特别叮咛要让死人的屁股朝上，看见的人首先看到的是他马蜂窝一样钻满铁砂的屁股。

他们立刻紧张起来了。

土枪手也很紧张。九娃拍了一下土枪手的肩膀，说：别紧张，你给咱往土枪里装火药装铁砂，我看着你装。他真蹲在了土枪手跟前。

他说：你得把打兔的姿势改一下了，要改成直瞄。

一阵锣鼓唢呐声从坡底下的村子里传了过来。

瓦罐拍了一下驮着尸体的那头驴。它挪动蹄脚，下了土台。

九娃他们也骑上了他们的驴背，模样都变成了驴队纪律要求的那种模样。

四

那天，正是村庄庆祝丰收的日子。

村庄在山坡底下，近百户人家，是真正依山临水的村庄。从山里流淌出来的河水在村庄旁边绕了一个弯，好像特意给村庄腾出来一块地方，然后，又朝前流去了。河水流经的地方是平整的良田。"上山么——打柴，过河么——脱鞋"，在其他地方说这句话，多少会有一些遂天认命的无奈，在这里说这句话，说的可就是村庄优越的地理和它的自如自在了。同样的话说在不同的地方，意思会大不一样的。

村庄叫奉先畤，证明着村庄是知道感恩的，感恩他们的先人给他们选了一块好地方，也感恩天地神明允准他们的先人选择这里做安居棲栖之地，并在这里永久地繁衍生息。逢年过节之时，村庄就烧香上供，感恩他们的先人；收粮归仓之后，村庄就组织锣鼓唢呐，踩高跷跑竹马，用锣鼓唢呐和他们的肢体取悦天地神明，也自娱自乐。

指挥锣鼓唢呐的是村长赵天乐。他把缠着红绸布的鼓槌抡成了两朵花。踩高跷的领队是赵天乐的儿子赵包子。他们穿着花花绿绿的奇装异服，脸上涂抹得五马六道，绑着细长的柳木腿，随着锣鼓和唢呐，在村街上转圈子走着各种花样，给围观的女人们抛着媚眼。有人摔倒了，村街上立刻就会跳荡起一阵欢叫和浪笑。

全村的人都在村街上了。他们忘记了村外土台上的任老四，更想不到会有人在他们欢叫和浪笑的时候把任老四搭在他家的那头驴背上，让驴驮着叮咣叮咣地走进村街，让他们的锣鼓唢呐和他们的嘴立刻收声。

最先看见那头驴和任老四的是鞋匠周正良的徒弟马鸣。他十五岁，是个结巴。他看热闹看得尿急了，想找个能撒尿又不耽误看热闹的地方，就跑到了村口外边。村庄没有城门，敞开着的，在那里既能背身撒尿，又能扭回头看村街。事后想起来，结巴马鸣真有些可怜，他想得很好，却落空了。他刚解下裤带，就看见了任老四家的驴。然后，又看见了搭在驴背上的任老四。然后，又看见了任老四被土枪打得稀烂的屁股。然后，就看见了驴队。

他一滴也没尿出来，全夹在尿管里了。他提着裤腰和裤带，失眉吊眼地跑进村街，拦住了转圈子走花样往前进着的高跷队伍。他惊恐又焦急，努力地扯着嘴，却说不出一句话来，手也不知该怎么比画了，看得高跷上的包子也焦急了。

包子朝马鸣喊了一声：唱啊！

马鸣立刻唱出来了：咿呀哎土匪——土匪把任老四打，打呀嘛打哎打死了！

先收声的是浪笑，然后是鼓乐。满村街的人都定住了身子，把头扭向村口。

九娃的驴队已排列在村口了，十三头驴齐齐地排成一行，不动一下蹄脚。

动蹄脚的是任老四家的那头驴，叮咣，叮咣，往里走着，走得不紧不慢，很从容。

它到底收住了蹄脚。

他们看清了任老四，也看清了任老四的屁股，看清的顺序和结巴马鸣一样。

他们没有惊叫。他们脸上的神情由迷惑变成了恐惧。他们把目光从任老四的屁股转到了土匪们的脸上。土匪们粗糙肮脏的脸像一块块毛铁。

土枪手适时地把那杆装着火药和铁砂的土枪伸了出去。他没有横握，是直瞄。

一直提着裤腰和裤带的结巴马鸣实在夹不住了，把那一泡尿不声不响地一下一下全溜在了裤裆里。

没有人追究土匪为什么要弄死任老四。不是不想追究，是顾不上追究，都顾着骇怕了。他们在村街上和驴队对视了很长时间，有人突然哇了一声，他们突然也就乱了，丢下了锣鼓家伙，丢下了一截截的柳木腿，不见了。眨眼的工夫，村街上就剩下了村长赵天乐一个人，还有任老四家的那头驴。就因为赵天乐是村长，在别人都不见了的时候，他把自己留在了村街上。他不和驴队对视了。他放下鼓槌，走到那头驴跟前，在驴脸上轻轻拍了一下，驴就叮咣叮咣朝任老四家走去了。驴不但识得路，也认得门。

任老四的家人也没有追究。他们尽可能小心仔细地用镊子夹出了一些打进任老四脸里边的铁砂粒。只能是一些，不可能是全部，因为有许多打进得太深，要全部取出来，任老四的脸就没法看了。屁股里的用不着费神取，穿好衣服就看不见了，不影响形象。他们给他穿好寿衣，入殓了。任老四已年近七十，儿女们早就给他看好了寿衣寿材。这是奉先時的先人们留下来的讲究，老人上了年岁，就要备好寿衣寿材。所以，任老四的寿衣寿材是现成的，只是提前使用了。

村长赵天乐也没有追究。他一连做了几样事情。一，他把九娃他们的驴队安顿在了村公所。二，他叫出了一些不见了的村人，让他们给驴队备酒做饭。三，他去了一趟任老四家，除了言语安慰，也给了实惠的安慰。任老四意外死亡，按出公差对待，丧葬费用由全村人分摊。任老四家人问他：他们为什么要打死人？他说这得问他们。又说：想问也可以问，就怕问出更大的事来，所以我主张不问。任老四的家人说好吧不问了。他说：你们好好安顿老四的事我还得去村公所，饭菜差不多好了我得招呼他们吃喝。

饭菜已经好了，摆了两桌。依奉先時的先人们留下来的讲究和礼数，待客坐席面一桌六个人，加一个招呼照应陪酒的，坐在席口。驴队十三个人，两桌十二个，多出了一个。赵天乐说按礼数应该再开一桌。瓦罐说不另开了我坐这一桌的席口代替了，不算坏你们的礼数。九娃也说不另开了就两桌。赵天乐没有坚持，说：那就委屈那位兄弟了。瓦罐说不委屈不委屈咱开吃。饭菜很丰盛，酒也不坏。他们已经很饿了，本该狼吞虎咽的，但吴思成饭前有交代，要尽量吃得斯文一些。所以，他们就吃得有些斯文。九娃一边吃喝着一边和赵天乐拉家常一样说了一段话。

九娃：你是村长？

赵天乐：村长。

九娃：你们这地方好。

赵天乐：就是。

九娃：你们的先人有眼力。

赵天乐：就是。

九娃：你们该记着先人的好处。

赵天乐：记着呢么，所以叫奉先畤。

九娃：为啥不叫村要叫个畤？

赵天乐：也要记着天地神明么。

九娃：噢噢。你们这儿出了不少念书人吧？

赵天乐：讲究耕也讲究读么，耕读之家么。

九娃：有大识文家吧？

赵天乐：听说过去有，老早了。

九娃：你算不算识文家？

赵天乐：不算。一代不如一代了。我爷给我起名叫天乐，我爸给他孙子起名叫包子，离文远了，离嘴近了。

九娃：实惠么。我们就是为了嘴才走到这儿的。

赵天乐：是人都一样，这么活那么活，说到底都是为了一张嘴。你们是远道来的，还要上远路，吃好喝好。托老天爷的福，这里风调雨顺，今年尤其是，多打了粮。就是不多打粮，对远道来的客人也会尽心款待的。这也是先人留下来的礼数。

九娃：噢噢……

五

九娃礼貌地谢绝了村长赵天乐的好意，没有在村公所过夜，他和他的驴队住在了村外的天地庙。九娃让赵天乐放心，他说驴队的牲口都是经过训练的，吃饱喝足以后很安静，不会胡屙乱撒，脏不了庙院。驴队的人就更不用说了，在庙殿里只是睡觉，不会动庙殿里的任何东西，惊扰不了殿里的神灵。

事实上，不是所有的人都住庙殿。住庙殿的只有九娃和吴思成。土枪手和瓦罐在庙门后三尺远的地方轮换睡觉。十三头驴拴在庙殿后边，有两个人照看，万一有事就立刻解缰绳。其余七个人在前院里，可随意找地方睡。安排好以后，九娃又吩咐他们：不管睡哪儿，家伙都放在手跟前。

九娃说的家伙就是他们的护胆夺命刀，他一直改不了口，把刀叫家伙。

按说该踏实睡一觉了，但九娃睡不着，翻了十几回身都不行。他说咋搞的睡不着么真是的。睡在另一头的吴思成没给他声气。九娃不再翻身了，坐起来说：月亮咋这么亮。吴思成还是没有声气。九娃起身出了庙殿，一会儿又回来了，后边跟着瓦罐。瓦罐说三更半夜了迟不叫晚不叫我刚迷糊住我是两个人轮着睡啊我的哥哎，你睡不着我能睡着嘛。九娃让瓦罐把供桌前的两根大蜡烛点着。瓦罐说我听你给村长说不动庙里的东西。九娃说点蜡烛是替他们敬神哩我顺便借个光。瓦罐说有光亮晃着你更睡不着的。九娃说你个驴日的。瓦罐说噢噢我点我点。瓦罐点着了那两根大蜡烛。九娃说我要光亮不是照着我睡觉我想看那张牛皮纸了你拿出来我看看。瓦罐说不用看吃完酒席我一刻也没耽搁就找笔找墨把奉先時画上去了。九娃说你的话比屎还多你赶紧。瓦罐就掏出了那张牛皮纸。九娃说你让蜡烛离我近些。瓦罐就从蜡架上拔出来一根蜡烛照着让九娃看。

九娃看了好长时间。

瓦罐说要看你好好看别走神啊。

九娃确实有些走神了。九娃说好吧不看了你装好吧蜡烛插好回你睡觉的地方去。

瓦罐走了，吴思成坐了起来。

九娃说：把你弄醒了。

吴思成说：我没睡着。

九娃说：噢噢。

吴思成说：我耳朵听着心里揣摩你哩。

九娃说：噢噢。

吴思成说：你心里搁事了。

九娃说：就是。

吴思成说：酒桌上你和村长说话我就听出来了。你叫瓦罐进来要看牛皮纸我就认定了。又说：你心里不安稳。

九娃说：就是。

吴思成说：硬睡是睡不着的要不咱出去再转转看看？

他们就到了庙外边。他们没转。他们在外边坐了一会儿，看不远处的山，看山坡底下的奉先畤，看从山里流淌出来的河水。天地庙就在河水拐弯处的高台上。月光很清亮，把河水照得也很清亮。

然后，他们说话了。

九娃：咋看都是个好地方。

吴思成：就是。

九娃：和咱那儿照的是一个月亮吧？

吴思成：一个。

九娃：一个太阳吧？

吴思成：一个。天上只有一个月亮一个太阳。咱没走到天外么。

九娃：都在一个太阳一个月亮底下，他们咋就摊了个好地方。

吴思成：命好么。

九娃：咱不可能走到天外吧？

吴思成：不可能，天外还是天。

九娃：那咱还走啊？咱不能永远走吧？

吴思成：这就看咋想了。坐地为匪危险大。

九娃：坐住了就不是匪了。窜匪永远是匪。

吴思成：你定心了？

九娃：想听你的意思嘛。定心了就睡去了。

吴思成：不是咱的地方么。

九娃：咱走了一路吃的喝的住的哪一样是咱的？还不是吃了喝了住了？

吴思成：就怕万一。

九娃：万一万一万一！

吴思成：你别激动么。走和坐是不一样的。不是咱的咱能吃能喝能住还能拿，就因为咱是走着的。要坐着可就没那么简单了，先得能坐住才行。坐不住呢？

九娃：坐不住再走嘛。

吴思成：坐不住又走不了呢？

九娃：我听不懂你的话。

吴思成：那你就仔细听。坐住了就是拿住了，拿住了也就坐住了，就啥事也没有。坐不住就是拿不住，拿不住就啥也没准头了。你好好想想我的话。咱十三个，他们一个村，二百多号人。我已经把话说得很直白了，再说就不美气。你想想蝗虫吧，忽一下，没打招呼没有兆头，你来得及么？

九娃真想了一会儿蝗虫。

九娃：你不说蝗虫我心里还一直嘀咕呢，你一说蝗虫把我提灵醒了。你踩一个蝗虫肉饼再踩一个踩再多对别的蝗虫没影响，你踩你的，我啃我的，踩到我了我死踩不到我照旧啃。这就是蝗虫，不知道死活不知道骇怕么。人和蝗虫不一样，人知道死活知道骇怕。咱一路能吃能喝能拿，是因为软的碰到硬的了，硬的碰到不要命的了。咱是提着命寻活路呢。你想想，咱要是在随便哪个地方碰上和咱一样不惜命的，咱就走不到这儿了。

吴思成开始眨他的眼睛了：说么，刚说出点滋味来了接着说么。

九娃：咱不能只往万一坐不住上想，也要往万一能坐住上想。

吴思成：嗯嗯，越说离万一能坐住越近了，再说。

九娃：骇怕死不敢死，人再多也是单个的，不是一堆，更不是一伙，一杆土枪就能拿住。

吴思成：再说再说。

九娃：真要在这儿碰上了硬拿肉身子往枪口刀刃上扑的，也就认了。

吴思成：好了打住。

吴思成站了起来：话说到这份上，也就说到底了。还说么？

九娃：不说了，没了。

九娃也站了起来：再说就是和他们说了。

驴队来到奉先畤

233

六

那天晚上，奉先畤村长赵天乐和儿子包子也有过一次谈话。

赵天乐没想和谁说话，也包括包子。招呼土匪吃过酒席送他们到天地庙以后，他不想和任何人说话了。他穿过村街往回走，许多村人在他们各自的家门口叫他"村长"。他们叫得很小心。他知道他们想和他说话，想打问点什么知道点什么。他"嗯啊噢"地应着，没停脚，径直进了他家的大门。他拒绝和他们说话至少有两个理由：一，土匪进村的时候你们为啥不叫村长，吱哇一声老鼠见了猫一样不见了呢？把村长一个人撂在当街上了呢？你们知道他把土匪安顿好，又老鼠一样贼溜溜从门背后溜出来叫村长了。老鼠的村长应该是老鼠，不是赵天乐。二，从放下鼓槌，把搭着任老四的那头毛驴拍回任老四家开始，你们知道村长是怎么捱过来的么？你们知道骇怕他不知道骇怕么？说得不好听一点，尿蛋都吓得上楼了！浑身上下从里到外连头皮都绷着劲呢！绷了多长时间？世上还有比应付土匪费体力更费心力的事情没？那时候你们在哪儿呢？都在你们家里缩着呢！现在你们想和村长说话了？村长不想说！连"嗯啊噢"一声也不想！想知道什么新闻到天地庙找土匪去。更何况，你们想知道的问我也没用，因为我也不知道。知道的是土匪。

他不但拒绝了村人，也拒绝了家人，连他爸赵礼让和他婆娘也拒绝了。他一进门他们就围上来，他给他们竖了一下手掌心，就把他们急切切张开的嘴堵住了，想问的话全噎在了喉咙里。包子也是。他们看着他倒在炕上，闭着眼睛睡了。

包子妈说：算了不问了人安安全全回来了他想睡就让他睡咱都睡。

包子不睡。包子说天刚黑不久没到睡的时候咋睡？他坐在了他爸他妈的炕沿上，说他要守着他爸等他爸醒来。包子妈说你爸累了也许一觉到天亮了。包子说不会的他睡不踏实。他往他爸脸上瞄了一眼，说：我爸虽然闭着眼但眼皮跳哩证明我说的没错。

又说：我爷我奶也睡不踏实的。

又说：全村人没几个能睡踏实的。

又问他妈：妈你能睡踏实么？

赵天乐忽一下坐了起来：你小子听着，踏实也好不踏实也好你让我睡着，你坐在我跟前影着蛤蟆一样咯哇咯哇叫唤着我就能睡踏实了？

包子说：我不影着不咯哇你也睡不踏实的。不就几句话的事嘛。

赵天乐说：我不想说话，不想和任何人说话，也包括你。

包子说：明明都说了几句了嘛。

赵天乐上了一趟茅房，回来又躺下了。

包子很固执，坐在炕沿上不走。

包子妈说：娃想和你说话你就说几句，你不说娃不睡，娃不睡我也睡不着。

赵天乐闭着眼说：没啥说的。

包子说：有。

赵天乐又一次坐了起来：满满一街人，吱哇一声全不见了，就剩我一个人在当街上了。你是我儿你也不见了，我没说错吧？

包子：我以为你也会不见的。

赵天乐：屁话，都不见了土匪咋办？

包子：我也招呼他们吃酒席了。你没叫我我自动去的。不是因为村长是因为我爸。

包子妈：就是就是，娃也是提着心吊着胆去的。

赵天乐用鼻子长吸了一口气，一直吸到肚脐眼那儿，然后，又把它们长呼了出来。他似乎不再拒绝说话了。

包子：好好一场丰收锣鼓让他们搅塌伙了。

赵天乐：又是屁话。任老四都搭在驴背上了，他家悄没声儿想着埋人呢，你想的是锣鼓！

包子：好吧不说锣鼓了，说他们。他们杀了人好像没杀一样。

赵天乐：你不能这么想。你按先人说的话去想——天有不测的风云，人有旦夕的祸福。

包子：欠债还钱杀人偿命也是先人说的。

啊啊啊啊！赵天乐立刻瞪圆了眼睛，梗过脖子定定地看着包子。他没想到包子会这么想。你咋能这么想你用的是啥脑子你是！他说。你这么想很危险你知道不你！你朝着这方向想几步就会出事知道不你！他叫了一声包子，他说别看你长到十九了要为人夫了你还是个生瓜蛋子么你！他不想出事，就是出事也不能在包子身上。他又叫了一声包子，他说咱三辈单传啊你爷你奶你爸你妈都巴望你赶紧娶媳妇生娃造人兴旺门庭呢啊哎！嗨！

赵天乐的嘴角已冒出白沫了。他越说越觉得事关重大。他觉得要把事情给包子说清楚靠嘴角的白沫是不行的。他想他得让心情平缓下来，把话头拉回去说。他抹了一下嘴，让心情平缓了一些。

赵天乐：你说的欠债还钱杀人偿命确实也是先人的话。可是，你想没想过，先人的话是给人说的，不是给土匪说的，这你没想过吧？

包子：土匪也是人。

"错！"他说，"土匪是人，也不是人。"

他不让包子说话了。他要包子听他说。

他说：人行人道，匪行匪道。土匪行人道的时候是人，行匪道的时候是匪。他们说了是误伤，他们把任老四当成黄羊了。假话真话？不能追究。为啥？不重要，因为人已经死了。重要的是，他们这么说的时候，还是人话，还在人道上。你要追究，他们就不会说人话往匪道上拐了，拐到匪道上，奉先時埋人的就不是任老四一家人了。明白不？

他说：接下来给你说偿命。人命能偿么？给钱财不叫偿命，因为人命不是钱财，钱财也不是人命，给再多的钱财死人能用么？能用就不是死人了，也就不用给钱给财了是不是？有本事就偿给他一个命，让任老四活过来，能么？所以，命是没法偿的。我也没见过偿命，只见过抵命，一命抵一命。可是，你想让土匪给人抵命么？小子你听着，这不是人的想法。是人就不能这么想。谁这么想谁就是想做第二个任老四了。你想让谁做第二个任老四？你？还是我？你别吱唔嗯啊了，听我说。

他说：能做的我都做了，对人对匪都做了。我去了任老四家。我给土匪摆了酒席。我把他们安顿在了天地庙。我没让他们拐上匪道。还有更好的办法么？吃一顿喝一顿，安安生生睡一觉，然后就走人了，爱去哪去哪。他们一走，奉先時还是奉先時。所以，小子你再听一句，别给我发昏犯混，别想土匪的事，也别想丰收锣鼓，要想就想想你和芽子的事去。

芽子是包子未进门的媳妇，鞋匠周正良的女儿。

七

土匪没吓着芽子和她爸周正良，因为他们没看见土匪。土匪进村的时候他们已经从村街上回家了。周正良不喜欢热闹。周正良说太乱了太乱了锣鼓震得人头疼回回。芽子说看嘛再看看嘛。周正良知道芽子想看的是包子。周正良说你想看高跷以后嫁给包子让他踩给你一个人看。芽子不情愿回去。周正良说你一对荷包做了一个还有一个呢。一说荷包，芽子就情愿了，跟她爸回去了。

院子里铺了一张芦席。芽子弯腿坐在芦席上做荷包，用丝线给荷包上绣花鸟。她爸周正良坐在屋檐下的台阶上，两腿夹着顶板绱鞋。

芽子突然说：爸哎你听，锣鼓停了。

周正良说：你看你，回来这么长时间心思还在街上。

芽子说真的你听么。周正良正想说不听，门被马鸣撞开了。

马鸣脸蜡黄，扯着嘴用手比画着：土、土土土……

周正良说：唱么。

马鸣：咿呀哎土匪——把任老四打呀嘛打死了！

周正良：啊啊啊是不是？

马鸣：是呀么就是任老四在呀么驴背上血糊滋拉拉拉……

周正良：再唱啊！

马鸣：咿呀哎锣鼓呀么撂一地人呀么跑光了！

周正良和芽子都有些紧张了。

芽子问包子哥呢？马鸣使劲给她摇着头。

周正良起身关了大门，并使上了横杠。

芽子扔了手里的荷包针线，手抓着马鸣的胳膊：你别抖啊我问你包子哥呢！

马鸣紧夹着两条腿缩着身子：咿呀哎没顾上嘛看哎我尿了么尿了么

哎哎！

芽子看见了马鸣尿湿的裤子，格儿格儿笑了。马鸣蜡黄的脸又涨红了，身子缩得更紧了，要把自己缩没了一样。芽子笑得更响了，笑得坐在芦席上了。

周正良：笑笑笑！

芽子说不笑了不笑了赶紧换裤子去格儿格儿。

马鸣换裤子去了。

周正良说你看你看，多亏咱回来了。芽子不笑了。芽子说我担心包子哥我去街上看看我不怕。说着就要去抽门上的杠子。周正良嗨了一声，堵住了芽子。

周正良：担心谁也不能出门！

他让芽子给马鸣洗裤子。芽子洗着马鸣的裤子，说她还是担心包子哥。周正良说担心就担心着先在家里听听动静。他们就在家里听动静了，一边听动静一边听马鸣说土匪和驴队，说土枪和长刀。也说了驴背上任老四血糊滋拉的脸面和尻子。芽子更担心包子了。周正良说马鸣你打住别说了。他不想让芽子担心。他说马鸣少见多怪说过火了。

天黑以后，村上终于有动静了。周正良想让马鸣去街上打探消息，马鸣不去。马鸣说不不不。芽子说我去。周正良说你不能去。周正良抽了门杠子，自己去了。

他们就知道了村长给土匪摆酒席土匪住了天地庙，也知道了村长已经回家睡觉了等等。芽子问他爸看见包子哥没有，周正良说包子哥包子哥心里就记着个包子哥！你担心人家人家在他家里门关得牢实又牢实你不骇怕人家骇怕么你知道不？芽子说爸哎你净捡人家不爱听的说！周正良说爱听不爱听是实话么，你担心包子哥你想出去我怕你出去么土匪还在天地庙里呢！周正良又把门后的横杠插上了。芽子说我谁也不担心了我不出去。芽子回她屋了。

马鸣问周正良：土匪还会杀人不？

周正良说：这得问土匪。

马鸣说：噢噢。

马鸣和周正良睡一个炕。进了被窝，马鸣又问：土匪要杀人咋办？周正良说土匪要杀人也杀不到你头上你放心睡。马鸣说会不会杀到你头上？周正良蹬了马鸣一脚，说，天塌下来有大个子撑着呢我是小个子。马鸣说天不会塌下来可土匪会杀人的。周正良又蹬了马鸣一脚，说，前边有村长挡着为啥杀我？马鸣说任老四不是村长。周正良说哎哎你是咋了非把土匪和我往一起拉我真想把你从炕上蹬下去。马鸣说我睡不着么土匪老在我眼前晃呢么晃得我心慌。周正良说把眼睛闭实。马鸣说闭实也晃啊！周正良说那你就受着别问我话。马鸣不再问了。马鸣闭着眼睛咬了一会儿被角，竟睡着了。

周正良反而没睡着，不是因为土匪，是因为芽子。

芽子和包子是春上说的婚。包子十九，芽子十六，和歌里唱的三哥哥四妹子一般大：三哥哥今年一十九，四妹子今年一十六。

在奉先峙的人看来，女子长到十六，就长到一生中最好的时候，为啥？水格灵灵么，嫩格生生么。他们是把女子当蔬菜当水果说的。还有一句：嫩得能掐出水来。这就把水格灵灵和嫩格生生连在一起说了。十六岁之前就不嫩不水了？但不能掐，太嫩，不到掐的时候，要掐就要流氓了。十六岁以后呢？能掐，也不流氓，却晚了一些，闪过了一段最好的时光。再晚些呢？再晚再晚呢？你掐去，使劲掐，连她喊叫的声音都听不出水色了。所以，奉先峙的人说女子十六的时候最好，不但是说水和嫩，还有"能掐了"的意思在里头。

赵天乐就是依了这一条，一打春就找鞋匠周正良给包子提了婚。也依了这一条还要说服鞋匠尽快同意包子和芽子在当年完婚。鞋匠周正良好像有一些舍不得女儿出嫁，赵天乐专门和他提说过几次，他都支吾过去了。赵天乐让包子想想他和芽子的事，意思是让包子在芽子身上下点功夫，让芽子说动她爸。

周正良确实有些舍不得女儿出门。芽子六岁的时候，周正良死了婆娘，成了鳏夫，芽子成了没娘的娃。周正良本想续一房，看着芽子叫他爸的时候眼睛总是水汪汪的，就打消了续房的念头，怕后续的娘对芽子不好。他一直单身，当爹又当娘，直到芽子能缝补洗刷了，才只当爹不当娘了。芽子是那种很会长的女子娃，眉眼儿身条儿都往好处长，越长越好看。芽子手也巧，喜欢剪窗花做女红，承了她爸的血脉。周正良给人做鞋，芽子就帮着刮鞋底。父女俩刚刚把一个家过得富足又有人情味儿了，咋就忽一下到了谈婚论嫁的时候了呢？周正良有些接受不了，太快太突然了嘛！听到赵天乐要提亲的耳风以后，周正良心里咯噔了一下，"啊啊"了半晌。"啊"是不顶用的，再怎么"啊"，芽子也到了该说亲的时候了，芽子迟早是别人家的一口人么哎哎！

　　两年前，周正良收了马鸣做徒弟。马鸣没家没舍，流浪到奉先峙。马鸣心眼实在，也勤快，小芽子一岁。小一岁不是问题，说话结巴么，胆小么，做上门女婿太可惜芽子了么，没法和芽子提说么。

　　但还是和芽子提说了一回，就在听到赵天乐要提亲的耳风以后。他说马鸣来咱家两年了，实在又勤快，对你对我都好，一家人一样。芽子说就是就是我把他当亲弟呢干脆让他给你当儿子。又说，过两年有合适的茬口就给马鸣提一房亲，我走了也放心。芽子压根就没往马鸣身上想么。芽子正在做一只荷包。周正良说噢噢你这荷包给谁做的？芽子从炕头的匣子里取出来一串，排成两溜儿，说，这一溜儿是给你的，这一溜是给马鸣的。周正良说我问你手上的呢。芽子说要做一对呢还没主呢，谁有福气就是谁的。周正良说噢噢你是不是听到村上人说什么了？芽子说爸哎，你今天咋成个啰唆爸了。周正良不啰唆了，就和芽子说到了包子。

　　周正良：包子他爸要来提亲我咋说？

　　芽子：该咋说咋说么。

　　周正良：我就说我要找个和我家芽子般配的。

芽子：这么说啊？人家要问包子般配不你咋说？

周正良：包子端正倒是挺端正的，就眼睛小一点。

芽子：不么？眉毛浓黑浓黑的，眼睛就显得有神了。

周正良：噢噢，我得好好思量思量。

芽子噘嘴了，把荷包扔在一边：我要嫁就嫁在奉先峙，不出村。

周正良不再说了。芽子的心思很明了么。不出村能配上芽子的就只有包子么。芽子分明已经知道赵天乐要提亲么。芽子的荷包就是给包子做的么。

就订了婚。

芽子说：爸哎，我不出村是为了照顾你不是为了别人啊。

嘴上是这么说的，一订婚心就移到包子身上了嘛。一天不说包子就过不去一样了嘛。说天上的事七拐八拐也能拐到包子身上嘛。而且，一句一个"包子哥"，听着比叫她爸还要亲嘛。八字才一撇啊，他咋就成了比她爸还亲的人了呢？你说亲和亲不一样你爸也知道不一样可心里咋就不是滋味呢？土匪吓得马鸣都尿裤子了，你一个女娃你要上街你说你不怕你担心包子哥！你不怕你爸还怕呢！不是怕土匪把你爸怎么了是怕把你怎么了！你包子哥呢？在他家睡觉呢！

那天晚上，周正良就这么想着想着，把自己想累了，快要睡着的时候，又让敲门声吓灵醒了。有人敲他家门。他头皮一下绷紧了，连蹬了马鸣几脚：快快马鸣！

马鸣忽一下坐了起来。周正良听见芽子蹬蹬蹬开门去了。周正良一边啊啊啊叫着一边穿衣服要下炕。衣服没穿好，芽子已经到屋门口了。

芽子说：是包子哥。

周正良浑身绷着的劲立刻松散了，靠在炕墙上呼了一口气。

芽子说：包子哥说他想和我说几句话。

周正良：人呢？

包子说：在哩，我和芽子说几句话。

周正良浑身又有劲了，坐直了身子：进来！

包子和芽子都进屋里了。

周正良冲着包子说，你偷偷摸摸来过我家多少回了你以为我不知道？你每次来要么让芽子给你留着门要么贼一样撬门关子今晚咋就敲门了？包子说今晚也撬了，可门后边插了横杠子么。周正良说你看你把马鸣吓成啥了！马鸣说没没没我怕是土土土匪么。马鸣缩到被窝里去了。包子说我爸说土匪在天地庙睡一晚明天就走了。芽子说爸哎你看你没完了。芽子拉着包子要去她的屋，周正良说别啊我有话要问。芽子又叫了一声爸。周正良说好吧不问了想问的已经知道了。周正良也缩进了被窝，自己给自己嘟囔着：说去吧我不松口看你能说个啥！

包子也确实没说个啥。他们先说了几句土匪。芽子问土匪啥样，包子说人样，不骑马不骑骡，全骑驴，一人一把长刀，还有一杆土枪，吓得满街一个人也没了。芽子说你骇怕不？包子想了一下，说，骇怕么。芽子说你骇怕这么晚还出门？包子说当时骇怕后来就不怕了还招呼他们吃酒席了。芽子说马鸣吓得尿裤子了他一说土匪我就担心你了，我爸不让我出去。芽子的眼睛忽一下泪盈盈了，手指头捏着包子布衫上的纽扣。芽子说你都不知道我急成啥了我爸咋说我的。包子揽住了芽子的腰。包子说我爸也说我了不让我想土匪的事，我爸说土匪一走奉先畤还是奉先畤他让我想我和你的事，我想不出个结果就找你来了。包子把芽子抱得紧了一些。包子说我爸找你爸一回你爸支吾一回找一回支吾一回。芽子把头埋在包子的胸脯上了。芽子说你想么我一走就我爸和马鸣了。包子说迟早的事你咋想嘛。芽子叫了一声包子哥。芽子说你别急嘛我不想让你急我爸也知道是迟早的事。包子一只手伸到芽子的衣服里了，掯到什么上了，出气立刻粗了。芽子想出声怕她爸听见，就咬着嘴唇不出声，让包子捏摸着。包子不安分了，另一只手要解芽子的衣扣，芽子使劲给包子摇着头，按着包子的手不让解。包子说我看看我想看。周正良咳嗽了一声。芽子忽一下摘离了包子的手。芽子声音高了一些，说，才做了一只做好了看嘛。包子听不明白，芽子低声说是说给我爸听的。包子的手好像没地方放了，很失望的样子。芽子不想让包子失望，又把包子的一只手拉进衣服里。包子又捏摸了。芽子说包子哥你可要对我好。包子说嗯。芽子说包子哥我是你的人了，我心里早就是了。包子说嗯。芽子说包子哥你再这么一会儿我就没办法了。包子说嗯。周正良又咳嗽了一声。芽子说包子哥你不走我爸睡不着的。包子说嗯。包子又捏摸了一会。

八

赵天乐早早起来了。包子妈给他端了一盆洗脸水。他问包子呢？包子妈说昨晚出去后半夜才回来睡着呢。咋啦？他说不咋。他胡乱洗了几下，擦了擦，就把擦脸巾扔在水盆里。包子妈说不行不行没洗净，把擦脸巾捞出来让他再洗。他又洗了一遍，让包子妈看：净了没？包子妈在他脸上仔细看了一会，用洗脸巾在他眼角那里擦了几下，说，净了。他们都想不到，这张脸很快会嘭一下就没了。

赵天乐说：包子起来别让他出门，在家刷房子。送走土匪我就去找鞋匠。躲过初一躲不过十五的。

出门时又叮咛了一句：记着别出门。

包子妈说知道了你不叮咛也不让他出去的，土匪不走都小着心呢，许多人家连门都不开呢。赵天乐说可笑，土匪要进谁家门杠子顶着也没用的。包子妈说知道了门开着人不出去。

然后，赵天乐就去了天地庙。

土匪不像要走的样子么。晚上睡觉的铺盖在院子里胡撂着没收拾么。十几头驴在庙殿后边拴着没拉出来么。气氛好像有些不对劲，从庙门到庙殿这一段路，土枪手和那个叫瓦罐的在他后边像押犯人一样。

看着他进了庙殿他们又回到庙门口把守去了。院子里的土匪一个个脸都像生铁一样，看着他往进走不打招呼么，不像昨天在酒席桌上的那一帮人了么。

这就更得小心一点了，怎么也要让他们说人话，不说匪话，平平顺顺地送他们走。

进庙殿的时候，赵天乐就是这么想的。

从看见土匪的那一刻起，他都是这么想的。这是个耐心的活儿。从始到终都要有耐心。每一句话都得耐心。

九娃和吴思成在烧香叩头用的布垫上坐着，专门等他一样。

赵天乐想让自己放松一些，扭头朝庙殿外边瞄了一眼，说：都刚起来啊，我紧赶慢赶以为你们早起来了。

吴思成拉过一个垫子让赵天乐坐。赵天乐说噢噢，和九娃面对面坐了。

九娃揉了一下眼，说：没睡好，想了一夜事情，越想越睡不着。

赵天乐也揉了一下眼，说：我也是后半夜才睡的，一想天地庙还有一帮客人要送得早起，就硬睡了，也没睡好，洗了两次脸，眼角的眼屎还是婆娘给擦的。

九娃给吴思成说：你看，我没想错吧。

吴思成说：就是就是。

赵天乐觉得他们说的好像和他有关，演双簧一样。他解不开他们话里的意思，就说：你想我早上起来要洗两次脸了？想我洗两次脸还洗不净眼角的眼屎了？我不信。

九娃说：不是不是。我在想，你把我们当成要饭的了。

啊啊？赵天乐没想到九娃会这么说。没有啊，咋会呢？从你们一进村，你想想，我把你们当要饭的了？没有没有，有给要饭的摆酒席的么？

九娃：摆酒席打发我们么。

赵天乐：打发？摆酒席？还装了粮啊。

九娃：对啊，吃点喝点再拿点睡一觉赶紧走，就是打发嘛。

赵天乐心里紧了一下。他想起了他昨晚上给包子说的那些话。土匪这么说好像也没说错啊。他心里又紧了一下：不能让土匪这么想啊。

赵天乐：噢噢，你是这么想的。

九娃：不这么想还能咋想？把你和我掉个个儿，把你换成我，你会咋想？

赵天乐：想成欢迎呢？

九娃：欢迎你们来。吃点喝点拿点，然后走人，还是打发嘛。

赵天乐：好心好意得往好处想。照你这么说的话，酒席就摆错了。

九娃：错不在摆酒席，在打发。你早早来天地庙，就是打发我们走嘛。

赵天乐：别这么想啊。我说打发了么？我说我来打发你们了？

九娃：你没说打发，你说送，换了个说法，把老鼠叫了个耗子，你说是不是？

赵天乐：不是！我说不是！

赵天乐忽一下急了，躁了，瞀乱了，从垫子上站起来，来回走着。

赵天乐：我都不知道我该咋说了。我都不想说了。我真想从这儿走出去。真是奇了怪了，世上还有你这么想事情的人！

他突然又站住了，不说了。他自个儿说的话把自个儿提灵醒了：和他说话的人就是世上这么想事情的人嘛。他被自己刚才说的话吓住了。

九娃：说么，再说么。

赵天乐舒了一口气，又坐下了：好吧，我说。我是说，咱说话要好好说。咱好好说行不？打发，送，送，打发，你们把我搅糊涂了。你冤枉我了嘛。我没想打发，也不想打发，你非要说打发。我想不来咋样就不是打发了，你说个不打发的，我就按你说的不打发做去，行不？

九娃：咱不说打发了。问你个话。

赵天乐：问么。你好好问，我好好说，咱都好好的。

九娃：你见过蝗虫么？

赵天乐：蝗虫？没见过。听老人说过，蝗虫到过的地方寸草不留。

九娃：你咋就没见过蝗虫呢？

赵天乐：没到这来么，托老天爷的福。

九娃：你说蝗虫该到啥地方去不该到啥地方去？

赵天乐：这你就把我问住了。不知道。

九娃：老天爷不公嘛。你说老天爷公不公？

赵天乐：这你又把我问住了。说不来，咱咋说到蝗虫上去了？

九娃：那就不说蝗虫了。你昨晚上想啥了？

赵天乐：刚说了嘛，想你们了么，你千万别往歪处解啊，我可没想打发，我想你们是客人。还想了些家务事。儿子大了，该婆媳妇了，都是些琐碎事。

九娃：我想老天了。我想的是老天不公。

赵天乐：噢噢，你们是走世界的人，经见得多，想的都是大事情。

九娃：老天不公，人就得出手。我这么想对不对？

赵天乐：解不开，还真解不开你这话。

九娃：你想没想任老四？

赵天乐：没有。已经死了么。活人的事情都想不过来，死人就不想了。

九娃：那你想想，任老四为啥死了？

赵天乐想了一会。九娃一说到任老四，他头皮就紧了一下，他想他每一句话都要小心说，说好。

赵天乐：想一想，好像是人的事，是人用土枪打死了。仔细一想，还是老天爷的事。老天爷给他的寿数到了，就在那一忽儿让他变成黄羊了，撞到土枪上了。

九娃：你不想撞土枪吧？

坏了，要往匪道上拐了。赵天乐的头皮又紧了一下。他感到他的头像苍蝇扇了一下翅膀，又扇了一下。他不敢往九娃的脸上看。

赵天乐：不想么。

九娃：刀呢？

赵天乐：也不想。都是要命的东西么。

九娃：你刚说了，咱都好好的，是不是？

赵天乐：对么对么。咱都好好的。

九娃：我想让我们这一伙在奉先時扎下来，你是村长，你觉得咋样？

赵天乐：扎下来？

九娃：你想想栽树。把树从别的地方挪过来，栽上，浇水。栽树你该知道吧？

赵天乐不说话了。

九娃：你要觉得难办，就先给我们筹几石粮食。这不难吧？

赵天乐：说难么？也不难，说不难么？也难。就看咋想了。就是，你说的先是啥意思？

九娃：先的意思就是把筹粮放在前边，然后再说栽树的事。

赵天乐：噢噢。

赵天乐说他听明白了，他得回去了。九娃问赵天乐要不要派几个人跟着去帮忙，赵天乐说不用。九娃说有麻烦我帮你解决。赵天乐说噢么。

九娃看着赵天乐出了庙门。

瓦罐从庙门口跑进来问九娃：来了咋又走了？弄酒饭去了？

九娃没理瓦罐。他心里不踏实，问吴思成：咋样？

吴思成说：我看不咋样。

九娃说：那就得杀人了。

瓦罐瞪大眼睛，说，杀人？杀谁？

九娃抬头看着瓦罐。瓦罐说别看我啊好像要杀我一样。瓦罐转身要走，九娃说你别走。瓦罐的眼睛又瞪大了。瓦罐说不会吧？九娃说不杀你让你杀行不？瓦罐啊了一声说不会不会吧？九娃要看那张牛皮纸。瓦罐一边掏一边说，你昨晚看过了还看啊。九娃看着牛皮纸问瓦罐，你想咱村不？瓦罐说想啊实话实说我更想我媳妇。九娃又问瓦罐，按牛皮纸上的记号能走回去不？瓦罐说不看记号也能你刚说杀人现在又说回村。九娃说一回事。瓦罐说我听不明白。九娃说村长筹粮去了，筹来粮你就把粮送回村上去。顺便看看你媳妇，也看看大家的媳妇。筹不来粮你就给咱杀人，然后再筹粮再回去，这下明白了么？瓦罐说明白了太明白了。可是，为啥要我杀？九娃说大家都想媳妇你最想让你回去看媳妇么。瓦罐说是的是的我最想媳妇可为啥非要把杀人和想媳妇看媳妇拉在一起？让打兔的杀不行么？九娃说打兔的没媳妇不是咱村的人我选中你了没选中他么。瓦罐说是不是村长。九娃说也许是也许不是，到时候看情况。瓦罐从刀鞘里抽出他的刀看了看，问九娃：就用这？九娃说废话。瓦罐说我怕我下不了手村长给咱吃肉喝酒挺好的。九娃说筹不来粮就不好。瓦罐说人急了才会怒从心中起恶向胆边生村长不像那种让人发急的人。九娃说你驴日的想媳妇的时候急不急？他筹来粮你才能回去见你媳妇他筹不来你急不急？我看你驴日的是没胆气尻子松。吴思成说你手里拿的是护胆夺命刀你先护胆嘛，胆气旺了就敢夺命了。瓦罐说好吧我去院里挥几下刀给自己吆喝几声。我先想媳妇再想他驴日的筹不来粮挡了我见媳妇的路，然后我就生气了，越想越气越想越气，就怒从心中起恶向胆边生了，行不？九娃说你先别去院子你去村里看看动静。瓦罐立刻紧张了，问：我一个人去？九娃说叫上打兔的。瓦罐说我一个人去也行但人多力量大么。

　　瓦罐和土枪手很快就回来了。瓦罐说村街上狗大一个人也没有，村长根本没筹粮在他家刷墙准备给儿子娶媳妇呢！九娃说是不是？瓦罐说我去看了嘛和他儿子一人一个泥水盆一块抹布往墙上刷泥水呢，我险些恶向胆边生了但还是回来给你说一下好。

九娃给吴思成说：我去看看。

吴思成有些担心，问九娃：行不行？九娃说人不是蝗虫我给你说过的。瓦罐问他和打兔的去不去，九娃说废话。瓦罐说我还没护胆呢。九娃说我真想让打兔的把你的头轰了去。瓦罐摸了一下头说，好吧我一边走一边护。

瓦罐没说错。赵天乐和包子用抹布蘸着泥水漫刷着他家一间屋子的墙壁。泥水是用细土和成的，漫刷后墙壁会变得平顺又光亮。

九娃他们刚到大门口，包子妈就慌神了。包子妈说来了来了还多了一个人咋办？赵天乐说你到上房屋，照看两个老人去，包子妈就上了上房屋。

九娃他们就到屋门口了。

瓦罐说你看咱来了他们好像没事一样还在刷。

九娃看着他们刷了一会墙，然后让包子出去。包子看看九娃，又看看他爸，不知道他该不该出去。九娃说你最好出去。赵天乐说让你出去你就出去，包子就去了院子。赵天乐说我刷墙啊刷墙不耽误说话。九娃说刷么没人不让你刷墙可你没筹粮么。又说，你就没想筹粮的事么。赵天乐说我想了把头都想疼了，想来想去还是得让你们走，奉先時要过正常的日子。

"噢噢。"九娃不说话了。九娃点了几下头，然后又说了。

九娃：在天地庙说的话白说了，你一句也没听进去。

赵天乐：我没法听么。

九娃：为啥？

赵天乐不刷墙了，扭过身子看着九娃。

赵天乐：因为你不好好和我说。因为你说的是匪话。

九娃也看着赵天乐，好像给赵天乐笑了一下。赵天乐扭回身子又刷墙了。

九娃：这村长你当不成了。

赵天乐：为啥？

九娃：你不听话么，我换个听话的。

赵天乐又把身子扭过来了：你？你换？

九娃：噢么，我换。

赵天乐：奉先畤的村长要由奉先畤的人换吧？

九娃：我让他们换。

赵天乐笑了：那肯定还是我，不信你试去。

赵天乐又扭回身子刷墙了。

九娃：奉先畤的人能让死人当村长不？

赵天乐：我没死么。死不死由老天爷说呢。

九娃：别人由老天爷说，你由我说。

赵天乐又扭了一回身子，这一次扭得很快，忽一下就扭过来了。他看见那杆土枪已经到了九娃的手里。他一动不动，眼睛越睁越大。他手里的泥抹布滴答滴答往下掉泥水。他的腿正在发软，打抖了。

赵天乐：别，你别，我和他们说筹粮……

九娃：晚了。

九娃抬手一勾，嘭一声，赵天乐的脸就没有了。

瓦罐惊呼了一声：哇！他看着赵天乐的肚子往前映了一下，整个身子就重重地撞到了后边的墙上，弹了几下，顺着墙壁溜下去了，折在了墙根下。他手里的泥抹布竟然没飞出去，在手里攥着，和手一起落在了旁边的泥水盆里。

包子叫了一声"爸"！跌绊着过来了，没等看见他爸，就被瓦罐和土枪手扭住了胳臂，揪住了头发，跪在了屋门外边。包子叫喊着：我要看我爸！

九娃几步就到了包子跟前，把土枪头塞进了包子的嘴里，对哭着喊着跌绊着从上房屋跑出来的包子妈包子爷包子奶说：别动！

他们立刻收声不动了。

包子被土枪撬开的嘴里往下流着口水。

九娃给包子说：让村里人去村公所。

包子眼睛往上翻着，看着九娃。

九娃：让男人们去，听见没？

包子妈：听见了听见了包子你听见了！

九娃：听见没？

包子给九娃使劲点了几下头。

九娃说听见了就好。他把土枪从包子嘴里拔了出来，给瓦罐和土枪手说，放开他让他看他爸去。

包子没起来。他抱着头把自己蜷成一疙瘩，喉咙里呜一声呜一声响着。

九娃他们还没走出大门，包子妈就跌绊到了赵天乐跟前。她抱着赵天乐的身子哭着叫着：包子啊你赶紧看你爸是你爸么你爸脸咋不见了哎啊啊啊啊……

包子蜷曲着，呜呜着。

九

芽子说爸啊你能坐住包子他爸让土匪杀了你能坐住啊！芽子又跺了一下脚。已跺了几下了。

周正良正在绑鞋，马鸣在纳鞋底。他们一人一副顶板，并排坐着，在院子里。

芽子：你吭声啊爸！

周正良没吭声。他绑好了那只鞋，把鞋从顶板里取下来，用剪子剪断了针线。把鞋拿在手上前后左右看了看，起身进屋了。

芽子用手背抹眼泪了。

马鸣说别嗯哎哭啊。

芽子背过身去了，哭出声了。

周正良拿出来一只鞋，和刚绑好的那一只放在一起端详着，比对着。它们是一对儿。每绑好一双鞋，周正良都要这么放在一起比对端详，是检查也是欣赏。马鸣说哭了你看。周正良说楦子。马鸣噢一声起身了，腿脚很快，取来了放楦子的木箱。周正良从里边取了几块合适的，把它们一块一块塞进鞋窝里，砸实在了，两只鞋立刻有了精神和生气，鼓绷绷的。他把它们并排放在了窗台上。

这才到了芽子跟前。

周正良拉了一下芽子的胳臂：不哭了不哭了。

芽子把身子趔到一边了，哭得更厉害了，抹不完的眼泪水。

周正良说芽子不理她爸了是不？又拉了一下芽子的胳臂：不哭了行不？

芽子把身子趔到另一边了，还在哭。

周正良不拉芽子的胳臂了。周正良说不理你爸了你爸就没办法了你哭吧。

芽子：是你不理我！

又哭去了。

周正良说理嘛理嘛刚才忙着绱鞋最后几针嘛现在理嘛。

芽子：我让你和我去包子家你不去我说我去你不让。

周正良：包子哥变成包子了。

芽子：叫包子哥你笑话嘛你去不去？

周正良：不去。

芽子：我去！

周正良：我说的是现在不去。你想不想知道为啥？

芽子：为啥？

周正良：你知道包子家现在是啥情况么？你知道土匪还会不会再去

包子家呢？包子现在年轻气盛土匪杀了他爸他会不会提一把砍刀和土匪拼命呢？包子和土匪拼命你和我在旁边是跑呢藏呢还是给包子帮忙呢？躲了藏了跑了会给人留下一辈子的话把儿，帮包子一起和土匪拼咱拼不过的。土匪是匪咱是人啊，人能拼过匪么？拼不过硬拼结果人死了匪还是匪。包子他爸死了包子还好好的就证明没拼，这你想过没有？包子他妈他爷他奶也没拼啊，这你想过没有？这一回没拼再来一回呢？你连这些都不想你就去包子家去包子家包子包子包子情况不明咋去？去了回不来咋办？包子他爸那么聪明的人也没想到今天是他的死期！你知道去了会发生啥事情？你咋知道土匪不会再去包子家？

也说了芽子和包子的事。他说包子家刚遭了难这时候说这事好像有些不仁不义。他说包子能配上你不光是因为包子，也有他爸的原因。包子说话走路做事有底气，一半是他爸给的。把村长的原因撂在一边不算，包子他爸要是个傻子瘸子二流子你看包子说话走路做事还有没有底气？就算有底气，也不会那么有底气。现在情况变了，他爸死了，给他长气的人没有了，包子还是不是以前的那个包子就难说了。

芽子叫了一声：爸！

周正良：好好你不爱听就不说了，再问你一句话总行吧？

芽子：啥话？

周正良：你先不要急着回答你想好了再回答。我是说，包子要不是以前那个包子了你，我问了啊？你还嫁不嫁他？

芽子：嫁。

周正良：为啥？

芽子：你问的不是一句了。

周正良：再问一句么。你回答得也太快了么。

芽子：你这是给人家伤口上撒盐呢爸哎！

周正良：撒盐？你把你想成盐了？你是盐，难道？

芽子：我不做落井下石的事。

周正良：那也不能跟着往井里跳啊芽子！

芽子：我就跳我认准他了不和你说了。

周正良：不说了不说了我也是闲问呢。你想么，土匪还在呢，不定会出什么事呢。包子真要去天地庙和土匪——你想想，咱说这些还不是闲闲的闲话？

芽子急了。芽子说你别这么想不让你这么想，要捂她爸的嘴。嘭嘭嘭，有人敲门了。

马鸣的腿立刻夹紧了。

周正良说赶紧，推了一下芽子，让芽子去屋里。

是包子。包子又敲了几下门说：鞋匠叔是我。

"包子哥是包子哥！"芽子像雀儿一样叫着，打开了门，让包子进来。

包子没进来。包子头上戴着孝布。包子的脸像霜打过的树叶一样。

包子说鞋匠叔土匪让村上的男人吃过饭去村公所选村长呢。

包子的声音也像霜打了一样。

芽子说包子哥你进来你进来说。包子说我戴着孝不能进邻家门。芽子一把拉掉了包子头上的孝布。芽子说你头上没孝了这儿也不是邻家你来我让你进来嘛。包子说还有几家没传到呢。芽子说没传到待会儿传进来！芽子嗯呀一拉，就把包子拉进了门。

芽子关上门，回身看着包子。

包子整个人也像霜打了一样，低着头。

芽子的眼泪忽一下涌出来了。

芽子：包子哥。

芽子用两个手轮换擦着眼泪。

马鸣说别别别哭啊。

周正良说：往里边一点隔一道门外边能听见。

芽子干脆把包子拉到她屋里去了。周正良说屋里也好更保险，就在屋外边听芽子和包子说话。

芽子又叫了一声包子哥。芽子说我要去看你的。包子摇着头。芽子说包子哥你嘴咋了你心里苦你咬嘴了。包子摇着头说，他们用土枪戳的，他们揪着我头发扭着我胳膊把土枪塞到我嘴里不让我动。包子呜咽了。包子说和我爸说了几句话就放枪了把我爸的脸打没了唔唔唔。包子哭了，蹲下去了，手捂着鼻子和嘴，硬不让自己哭出声来。包子说他们要我爸筹粮我爸先不愿意后来又愿意了他们说晚了就朝我爸放枪了，咿咿咿，我刚叫了一声爸他们就塞土枪了我憋屈啊！唔啊！包子放声哭了。包子说我想找个地方哭一场在家我不敢哭我妈已经哭死过去几回了还有我爷我奶咋办嘛唔啊，啊！

芽子拉着包子的胳膊一声一声叫着包子哥，不哭嘛不哭嘛不哭嘛，说着说着也哭了。屋外的周正良和马鸣也掉着眼泪。周正良还掉了几滴清鼻涕。周正良说芽子你就让包子哭几声他心里苦嘛。

包子说我不想骇怕我知道土枪打了我爸就没火药了可我还是骇怕他们还有刀嘛啊啊！他们打死了我爸还要我挨家挨户叫人去村公所我不想叫可还是叫了嘛啊啊！包子说每到一家我就想说你们别去了我不敢这么说嘛啊唔唔，唔。

包子不哭了。包子擦了眼泪和鼻涕，说他得走了。芽子不想让包子走，她想把自己变成一样东西，软软的暖暖的一样东西，把包子包在里面。她想她能的，只要想就能。她让包子晚上来她这儿。她说包子哥你晚上再来。

周正良把窗台上的那双新鞋给了包子。他说这是你爸让我做的没想到出了这么大的事。他说刚做好楦子还在里边你连楦子都拿去给你爸穿的时候再取出来。他说我不要钱算我送你爸的让你爸穿上新鞋去。他还给包子说，村长选不出来的没人能把村长当得像你爸一样。他说奉先畤没有人昧着良心当这个村长的不信看么。

包子走了。芽子问他爸去不去村公所。周正良说去么，我和马鸣都去。没人敢不去的，不信看么，谁不去村公所土匪就会去谁家的。

十

奉先畤的男人都去了村公所。七八十人蹲坐在村公所的院子里。昨天用过的锣鼓家伙和柳木腿在台阶上随便扔着，好像和院子里的这些人没什么关系一样。

包子也去了，在人堆里，戴着孝布，把头在臂弯里埋着。

土匪没有全去。九娃给天地庙留了两个人，让他们盖厨房。

选村长用的是抓阄的办法。九娃说让你们推选你们没人吭声，我指定一个人又怕不合你们的心意，那就抓阄吧，谁抓到谁当，公平合理，村长就是发话的人，你们每个人都能当。

土枪手在九娃跟前站着，端着那杆装满火药和铁砂的土枪。其他几个人提着他们的护胆夺命刀，分开站着。他们不紧张，因为九娃还宣布了一条规矩：蹲着也行坐着也行，只要不站起来就行，谁要站起来谁就是不想活了。所以，他们只瞄着有没有人要站起来。

瓦罐和吴思成在一间屋里团着纸蛋蛋。桌上放着一个铙钹，是瓦罐从台阶上随手拿的。他们团好一个纸蛋儿就扔在铙钹的凹窝里。瓦罐一边团一边给吴思成发着感慨。

瓦罐：咱一路上也杀过人，都是急眼了胡乱杀的。这一回不是，好好的正说着话，头儿拿过土枪说了一句"晚了"，抬手一勾，嘭一下，村长的脸就整个儿被揭走了。神勇神勇。我都护好胆了，等着头儿发话呢，嘿，头儿自个做了，用土枪。还是土枪解馋，嘭一下。

只剩一个小纸片了。瓦罐把纸片儿举起来看着，说：你就是村长了。他用小竹筒给纸片儿上按了个红圈儿，吹了一口气，说：我团了啊？吴思成说团么。瓦罐把那张纸片儿团成了纸蛋儿，扔进铙钹里，胡乱搅了一阵。他端起铙钹又说了一句：能这么选皇上多好，我死活也要蹭着抓一个，碰运气嘛。

端着铙钹的瓦罐站到九娃跟前了。

瓦罐给九娃说：按人头团的，一个不多一个不少。

九娃：让他们抓吧。

瓦罐挨个儿让奉先時的男人们抓纸蛋儿了。瓦罐说一人抓一个，抓着了就赶紧拆开看，看到红圈儿就说，一说就是村长了。

院子里只有抓纸蛋儿的声音了。也能听见出气的声音，抓的时候都提着气，一看没红圈儿就呼出来了。

包子也抓了一个，没有红圈儿。他也出了一口气，把纸片儿扔在了脚跟前。瓦罐说别扔啊都扔了就说不清了。包子又捡了起来。

周正良不让马鸣抓，他说马鸣是未成年人。瓦罐说抓，不抓就会多一个纸蛋儿，刚好是有红圈儿的咋办？马鸣就抓了一个。

周正良也抓了一个，他正要拆他的纸蛋儿，马鸣叫起来了：不不不不！周正良说咋了咋了？马鸣抽扯着嘴让周正良看他拆开的纸蛋儿。瓦罐折转身，一把夺了过去，看了一眼，又仔细地看了一眼，然后就看马鸣了。

瓦罐：咋让你给抓到了嘛你说。

没轮到抓的都不用抓了，都长出了一口气。

马鸣的脸已经不像人脸了：不不不不！

九娃走过来，拿过纸蛋儿看着。

周正良急了，要起身说话，被瓦罐一脚踹倒了。

瓦罐给九娃说：没错，就是这一个，我按的嘛。

被踹倒的周正良说：他当不了当不了村长！

九娃看着周正良，说：你咋知道他当不了？

周正良：他十五岁，是个结巴，他不是奉先時的人是我收的徒弟。

九娃说：那你就替他当。

周正良愣了，看着九娃，眼珠子一动不动。他在地上坐着。

马鸣要哭了：不不不不！

瓦罐举起手里的铙钹，照准马鸣的头扣了下去。马鸣叫了一声，倒在了周正良怀里。

九娃给院子里的人说：你们有村长了。

村人们起身了，一个跟着一个，悄无声息地往外走了。

瓦罐说：明早村长收粮，每户一斗。

吴思成快速地眨着小眼睛走到九娃跟前，说：你没说错，人不是蝗虫，再多也是单个的。

周正良突然叫了起来：别走啊我不能替马鸣啊马鸣当不了啊你们不能走！

他们好像没听见周正良的喊叫，撂下了周正良和马鸣。

周正良给九娃说：我当不了。

土枪手看了一眼九娃，忽一下把土枪顶在了周正良的额颅上。

九娃问周正良：能当不?

周正良不说了。他感到马鸣又尿裤子了。马鸣在他的怀里。他说马鸣你尿裤子了。马鸣说没没没有。马鸣自己不知道。他说马鸣回吧。瓦罐说记着明天的事。

周正良一到家就躺在炕上睡了。芽子问马鸣，才知道了选村长的经过。马鸣说都是他害了师傅，把奉先时的祸患惹到师傅身上了。他说他想把他的手剁了去。他说芽子姐我是个没出息的人我自个儿洗裤子去。马鸣头上起了一个大包。他说他头疼他也想睡一觉去。芽子抓着马鸣的胳膊说你不能睡你得给我说清楚！芽子说你结结巴巴说了半天我还没听明白我爸到底是不是村长了。马鸣说土匪说是了师傅啥也没说土枪在师傅额颅上顶着呢，师傅没说他是不是只说我尿裤子了。

芽子不再问了。芽子感到她浑身忽然一下没了力气，连问话的力气也没有了。她坐在屋檐下的台阶上，一直坐到了天黑。

后来，包子就来了。

芽子没像她想的那样安慰包子，正像她爸周正良说的，情况变了。芽子反倒需要包子的安慰了。芽子说包子哥咋成这样了咋能这样嘛天要塌下来一样，我爸一回来就埋头睡不吃不喝咋问也不说话我不知道该咋办了一直在院子里坐着呢你说我咋办我爸咋办呀嘛。

包子：不知道，我也不知道。

芽子说我知道的你也在难过你家遇那么大的事情。

包子：我的难过快过去了，现在落到了你爸身上，难过还在后头呢。

芽子说包子哥我不想让你难过也不想让我爸难过。

包子：不知道你爸当不当村长？

芽子说不知道么一句话不说问马鸣结结巴巴说了半晌说不清。

包子：明早就知道了，收粮了就当了不收粮就没当。

芽子说不能当嘛包子哥可不当咋办呀嘛当也不是不当也不是。

包子好像要走的样子。芽子说包子哥你想走就走吧我今晚肯定不睡了我得守着我爸。芽子说我想得好好的等你晚上来我好好待你我没想到成这样子你不会怪我吧包子哥？

包子：我不怪你。

芽子把包子的一只手拉到她脸上放了一会儿。芽子说包子哥你可要对我好啊不管咋样你都要对我好。她说我明天一早就在你家给你说我爸当没当村长。

第二天早上，芽子真去了包子家。包子打开门，没等芽子开口，就说："我知道你爸当村长了，我听见锣声了。"

包子好像没有让芽子进门的意思。他们一个门里一个门外。

芽子：我爸半夜起来像换了个人一样。我爸问我芽子你想不想我死？我说不想。我爸说那你给我做碗面我饿了。我给我爸做了一碗面。我爸连汤都喝净了，然后又睡了。我问他当不当村长他不说。大清早来了两个土匪叫我爸，村长村长收粮去，我爸就去了。

包子说：你没拦你爸？

芽子：我想拦挡，又没拦挡。

包子说：噢么。

芽子要流泪了：我不想让我爸当村长也不想让我爸死。

包子妈在屋里叫包子：包子包子你来把这让芽子给她爸拿回去。

包子拿出来一双鞋。芽子的脸立刻煞白了。她看见是她爸做的那一双。

包子说：我妈让你拿回去说我爸有鞋穿。

芽子的脸又涨红了：包子哥你不能你不能这样。

包子说：我爸真有鞋他只能穿一双没法穿第二双了。

包子把鞋塞到了芽子的手里。

眼泪水在芽子的眼睛里打旋儿了。

芽子：包子哥，你不理我了是不？

包子说：没有不理么，我爸不能穿两双鞋入土……

芽子咬住嘴唇，没让眼泪水滚出来。她转身跑了，抱着那双鞋，越跑越快。

跑到她爸跟前的时候，芽子已经满脸泪水了。

周正良提着一只铜锣，每到谁家门口就敲一声。本来不用敲锣，各家各户该把粮交到村公所的，但等不来人。九娃派来帮着收粮的瓦罐和土枪手躁气了，要挨家挨户踹门。周正良拦住了他们。周正良说收粮是个麻烦事就看麻烦谁了。交到村公所麻烦一村人。你不是要挨家挨户踹吗？咱不踹，咱挨家挨户收，就只麻烦咱三个人。他让他们回天地庙拉了两头驴。村公所有大粮袋，他给驴背上各搭了几条，又提了一面铜锣。他说咱挨门挨户走一趟，这些粮袋就会装满的。他们就这么收粮了。每到一家，敲一声锣，主人就会打开门，把盛粮的粮具或口袋放在门口，等周正良把粮倒腾进驴背上的大粮袋，再把他们的粮具用脚勾进门里。他们不看周正良，也不看瓦罐和土枪手。有人还会朝旁边吐一口唾沫，关上门。瓦罐说他吐咱呢！周正良说没吐你吐我哩。瓦罐说那也不行你是村长他们咋能吐村长！周正良说他喉咙刚好难受了想吐一口村长刚好收粮来了。瓦罐说你这村长这么收粮太窝囊了。周正良说不不不我每天坐着绱鞋这么收粮正好能舒筋展腰。他还提醒关门的人说：别关门了粮一交就没事了每天关在屋里不管地里的庄稼以后就没日子过了。

啪嗒啪嗒，两只鞋扔到了他的脚跟前。他很诧异。他先诧异的是那两只鞋，然后是芽子满脸的泪水。他说我好好的没死啊你咋哭成泪人了？他给瓦罐和土枪手笑了一下，说：我女儿。

芽子：包子哥不理我了。

周正良这才看清了那两只鞋。

周正良：不是给包子他……噢噢，不要了。不要了就撂了去。

瓦罐说哎哎新新的没沾脚咋就撂了去我穿。他捡起了那两只鞋。

芽子：我真想把驴背上的粮食掀了去！

正在试鞋的瓦罐把头扭过来说：为啥？芽子说没和你说话。

芽子又和她爸说了：昧良心的话是你说的。

周正良：那是我昨天说的。现在情况变了，我不那么想了。我没昧，我比他们勇敢。

又说：这儿不是说话的地方你先回去给我晒一盆水。

瓦罐问土枪手：他们在说啥？

土枪手：听不来。

瓦罐看了一眼芽子：这女子挺水灵的么。

芽子朝旁边呸了一声，走了。

瓦罐给周正良说：你女儿不是喉咙刚好难受了吧？

周正良：也许吧。

瓦罐说：她脾气不好。

周正良：咦！坏极坏极。

瓦罐脚太小，穿不了那双鞋。土枪手穿着正好。

土枪手没穿，他把那双鞋别在了腰里。

十一

周正良一到家就问芽子给他晒好水没有。芽子说晒好了一大盆。周正良让马鸣帮他把大水盆抬到房背后。他说马鸣你去拿马勺来我得好好冲一下身子，狗日的粮食吃着好收拾着净是土，汗水一搅和又黏糊又难闻。他把自己脱了个精光，先坐在水盆里让马鸣给他洗搓，然后站起来让马鸣用马勺给他身上泼水。他说从头上挨着往下泼。马鸣泼一勺他就说一声舒服了舒服死了。马鸣来了兴致，想这么一直泼下去。马鸣说师傅你和土匪一出门我就担心今天怕都过不去了。周正良说没有过不去的火焰山以后每天这么泼一回身子。马鸣说阴天呢下雨呢？周正良说阴过了下过了太阳好了就晒水就泼么噢舒服死了。

然后，又让芽子端了一盆水，连耳朵背后耳朵窟窿都洗到了。然后，他坐在绱鞋的凳子上，叫芽子过来。他说我现在身上心里都清爽了我和你说话。

关于包子，周正良是这么说的：

"土匪打死他爸的时候他在跟前，他做啥了？除了骇怕他做啥了？他爸让土匪打死了他叫人去村公所选村长代替他爸。没错，是土匪让他叫的。那我呢？难道是我自个儿争着当的？他因为啥叫人去村公所，我就因为啥当的村长。他和我一样，不比我高。说他比我矮才更合情理呢！他都没想想，他应该感谢马鸣感谢我才合情理。要是让他抓到了呢？他抓到了替他爸给土匪筹粮的就是他了。他爸在家里还没入殓呢，他在街上给打死他爸的土匪筹粮，他会是个啥滋味？他咋就不这么想呢？”

“你别嫌我说他不好，我也没说他不好，我说的是他不比我好。我去他家筹粮他吐了一口唾沫，当然是朝旁边吐的，那我也知道他是吐给我的。我说了他两句。我说包子你好好的，凭我家芽子对你那一份死心眼的感情你也不该给我一口唾沫。我说唾沫能打发我打发不了土匪。我说你不怕那杆土枪了？我是为了不死人才收粮的，不收粮就会死人，说不定就是你。他问为啥不是我？我说我交粮了，我不吐唾沫。”

“我没和包子说那双鞋。我怕说了给他惹事，两个土匪在旁边呢。那双鞋是他爸让我做的，说得早我做晚了，可我不是故意的。找我绱鞋的人多么，有个先来后到。他爸一死我就想赶紧赶紧做好了让他穿一双新鞋入土，我不收工钱，送的么。包子不要了，拿回去又不要了，明摆着是拿鞋羞辱我嘛。鞋是他爸让做的，他凭啥不要？不要了得他爸说！说不要就不要了？工钱呢？有志气把工钱给我。芽子你知道你把鞋扔到你爸跟前你爸啥心情么？你爸心跟烂了一样。我心想赶紧赶紧来个狗叼了去。没来狗么，奉先畤的狗也骇怕土匪么。狗没叼，土匪别到他腰里去了。”

关于当村长，周正良是这么说的：

“赵天乐是村长可土匪不让他当么，把他打死了。你以为赵天乐是因为不怕土匪才死的？不是么，包子亲口给你说的时候我在外边听着哩。赵天乐骇怕得晚了，土匪嫌他晚了么。土匪不但要人怕他们还看时间呢么。赵天乐早说一句筹粮就不会死还是村长。土匪让他死就是要另换一个村长。土匪瞅上你了说你能当你就得当，你不当你就是第二个赵天乐，也得死。马鸣抓上了马鸣当不了土匪也看马鸣当不了，就顺势撂到我头上了。我想要赖我不敢么。我怕土匪用土枪揭我的脸么。”

也说了村里人：

“都和我一样么，怕挨土匪的枪土匪的刀么。不怕咋都乖乖去了村公所？不怕咋都把粮乖乖地交了？对土匪的气往我身上撒，撒错人了么。狗日的不想么，我当时要说一句我不当死也不当嘭一声我就和赵天乐一样了，光荣了。赵天乐也不咋光荣，只能叫半截子光荣，他一见土枪也怕了说筹粮，土匪不让他筹要让他死他才死的。我要说不当我死了才真叫光荣，完全的光荣。我没光荣。我没光荣你们才能一个跟着一个从村公所往外走，回你们家吃饭睡觉。我光荣了你们能出村公所能回家么？把我的尸首撂在一边去继续选村长！我一身子背了，狗日的们没人说句体谅话反而另眼看我，有人还给我吐唾沫。给你们自个儿吐去吧！"

周正良问芽子：你爸说的对不？

芽子说：对也不对。

周正良：你这是啥话？

芽子说：听着好像都对想着啥地方又不对，我说不来。你把我的心说乱了我不听了。

周正良：我也说完了。你仔细地慢慢地想去。

264

杨争光中短篇小说精选

十二

瓦罐和土枪手也冲身子了。脱了个精光，在庙院里，用的是凉水。粮食筹到了，土匪们高兴，就把瓦罐和土枪手冲身子弄成了玩闹。他们围着他们俩，用马勺泼，或者干脆用水桶从头上往下浇。

瓦罐和土枪手没说舒服死了。他们说痛快啊痛快啊噗噗！

有人说：瓦罐你精身子了你想你媳妇让大牛起来我们瞧瞧。

有人说：长时间不用成锈牛了起不来倒小了缩回去了你们看么。

瓦罐说：凉水啊你们泼几桶热水看它起来不啊噗噗！

吃过晚饭，他们安静了。他们坐在院子里，听九娃安排瓦罐回村送粮的事。九娃让一个叫三平的和瓦罐一起回去。土枪手不是他们村的，就在庙门外守门了。

九娃说：咱走了一路，到底走到个好地方了，该有的都有，有山有水有粮，不该有的没有，没有蝗虫，不怕天旱。咱就坐这儿了。咱每年轮换着回村送粮探亲。为啥头一回要瓦罐回去？他一路给咱记地图用心了，就算美他一回吧。三平算沾光了。谁往家里捎话，睡觉前说给瓦罐，他们天不亮就上路。

瓦罐立刻成了红人。他们围着瓦罐让他记他们要捎的话。瓦罐挨个儿听了一遍。瓦罐说你们各说各的太乱我记不了干脆统一成几条我好记回去也能说明白。他们说行么你给咱统一么。瓦罐统一成了三句话：给你们的女人就说尿想你们了；给你们的娃儿就说你爸要你们乖乖地听你妈的话；给你们的老人就说你儿在外边好着呢你们放心你看这不送粮回来了。他们说瓦罐统一得好，给瓦罐鼓了一阵掌。瓦罐说鼓尿呢我心里瞀乱着呢只让在家里住一晚上，我说好不容易回去了多住两天求你了，头儿说存这心思就换人你们说瞀乱不？有人说一晚上也行啊你一进门就拉着媳妇上炕别下来。有人立刻反对说那不行腿软了咋传咱捎的话？他们觉得有道理，说就是就是咱给瓦罐也统个一：先传话再上你家炕。

那天晚上他们都没睡好觉，都在想他们的村子，有人想得流眼泪抽鼻子了。

让瓦罐和三平天不亮就上路是吴思成的主意。他说大白天四头驴驮着粮走太扎眼。九娃说粮食是明打明筹的为啥要偷偷摸摸做贼一样。吴思成说咱正在坐而未住的时候，还得顾着奉先峙人的感受。你说人不是蝗虫我服了，可咱想坐住，就得让他们天天不是蝗虫永远不是蝗虫，万一把他们刺激成蝗虫了呢？

送瓦罐和三平走的时候，九娃说你们可记住，舍命也要保住这些粮食。瓦罐说你放心人在粮在。九娃说人不在呢？瓦罐说咋可能啊碰上劫道的我就——瓦罐唰一下抽出他的护胆夺命刀，演示了一下：兄弟你没看出咱是同行么？瓦罐说我们两个人啊，万一碰上了镇不住就一个对付一个赶着驴跑啊，要不，白天睡觉晚上走行不？总之，粮会送到的。九娃说驴也要喂好，回去四头回来还是四头。瓦罐说当然当然。九娃摸着一头驴的屁股好像舍不得让它们走一样。九娃说走吧走吧美你驴日的一回我不是头儿送粮的就是我了。

那天，任老四和赵天乐平安入土。

也就从那天开始，奉先時的人不再白天关门了。他们互相走动了。也有人在地里看庄稼了。除了天地庙，他们好像哪儿都敢去了。

吴思成给九娃说：看来第一脚踏实了。

九娃说：那就想着踏第二脚。

也有土匪去村里找人要烟叶了。

吴思成适时地让九娃宣布了一条纪律：不能常去村里，不准透露咱的底细。

十三

所有的人好像妥帖好过了，连任老四和赵天乐也妥帖地躺到了地底下了。周正良却妥帖不了，好过不了。

他失业了。

一连几天，没有人来找他绱鞋。绱好的鞋也没人来取。不取也罢，让马鸣给他们送去。送鞋的马鸣连工钱和鞋一起拿回来了，都说鞋不要了工钱不少你的，好像商量过一样。还有更刺耳的话：让鞋匠把鞋送给土匪去。

啥意思嘛！你们付了钱鞋就是你们的，送土匪？你们不送我送？明着欺侮人羞辱人嘛！

十几双新鞋在院子里摆放着，好像不是周正良在看它们，而是它们在看周正良。看得周正良心口疼。

周正良想把那些鞋撇到他们的脸上去。周正良想站到街上胡屎骂去，一边骂一边把那些鞋一只一只胡乱撂到谁家的房上去，粪堆上去，挂在树上也行。你们的鞋你们不要我也不要！

周正良不好过，芽子和马鸣也就不好过。

芽子说：咋办呀嘛没人理睬这日子咋过呀嘛！

马鸣又说剁手的话了。马鸣说都怪我的手抓了那个纸蛋儿。马鸣说师傅你去骂街我和你一起去。

周正良没骂街也没撇鞋。他说我为啥要骂他们？我骂他们我还嫌费力气费唾沫呢！我为啥要撇？这么多鞋都是没日没夜一针一针做的我为啥要撇？我不撇我自己穿。马鸣你也穿，我穿大的你穿小的，芽子穿女的。芽子说我不穿。周正良脱了一只鞋，把脚随便塞进了一只新鞋里，在院子里一踩一踩来回走，给芽子说：芽子你看，你看，你看……

周正良的声音越来越小，脚越踩越慢了，坐在地上了，捂着脸不出声了。

芽子进她屋里去了。

马鸣不知该咋办，想把师傅拉起来，闪了几下身子，到底还是没挪脚，原地站着，直到看见九娃和土枪手来了，才说师师师傅他们来来来了，把地上的鞋收了起来。

坐在地上的周正良没起身。他看着九娃和土枪手。土枪手牵着一头驴。驴背上有一袋粮食。

周正良：咋了？粮食有问题？

九娃：没有没有，每一颗都是好粮食。

周正良：那你这是？

九娃：退给你的。你辛苦，还受委屈。

周正良：不退不退，一视同仁。再说，我没啥委屈，也没觉得么。

九娃：那就算犒赏你的。

土枪手把粮食卸下驴背，搬到了台阶上。

九娃：客人来了你就这么一直坐地上啊？

周正良：我腰疼。

九娃：腰疼坐地上更疼起来展几下嘛。

周正良：头也疼。坐着不是站着不是，我正想去炕上躺一会儿呢。

九娃：噢噢，我就几句话，说完事你躺去。

周正良：还有事啊？粮不是筹了么还有事啊？

周正良忽一下站起来了。

九娃：也是为村上好的事。我们不能老占着天地庙。天地庙是村上敬天地敬神灵的地方，我们住着不好，成吃喝拉撒的地方了，不恭敬么。庙殿也太小，十几个人挤不下。村公所倒是能住，可村公所在村子里，都是精气旺盛的大男人，保不住钻谁家被窝里去就成麻烦事了。你说呢？

周正良用大拇指一下一下捏着他的鬓角。

九娃：你头疼就坐地上说。

周正良：不疼了，正在晕。

九娃：让你徒弟扶着你。

马鸣赶紧过来扶住了周正良。

周正良：我想不来该让你们住哪儿么。我头晕想不成事了我。

九娃：不用你想。山上那么多树，盖一院房很容易的。地方我瞅好了，任老四家的碾麦场那儿就行，离村子不远不近。你和村上人商量商量，伐树的打土坯的分个工，一块儿动，快么。

周正良又用手拍额颅了。

九娃：我把事说完了。你头晕又腰疼你躺去我们走。

周正良把手从额颅上取下来，听着九娃、土枪手和毛驴走远了。他突然跳了起来：

"躺你妈个毛啊我！"

马鸣被周正良突然的跳骂吓住了，瞪眼看着周正良。芽子也跑出屋门看着她爸。

周正良又跳了一下：没人理我了我和谁商量去我躺去躺去躺你妈个——

他打住了，因为九娃又拐回来了，在大门外看着他。

九娃：骂谁呢？

周正良：骂，骂，马鸣么。我不想躺他非要我去躺，我得想伐树打土坯的事我咋能躺去？我正想把鞋脱下来扇他的嘴呢！

九娃：噢噢我以为你咋了，徒弟是好心你躺着也能想么。

九娃走了。周正良没再跳骂。他又坐在地上了，用手捂着脸。

周正良想了一晚上，也没想出个好办法把村里人召在一起商量给土匪盖房子，就用了个笨办法。他让马鸣帮他扛着九娃退返的那一袋粮食，挨门挨户去退，顺便把上山伐树打土坯盖房的事说给他们。粮食爱要不要，不要就掬几把放你家门口，哪怕让猪拱了去让鸡啄了去，那是你们的事。我的事是通知伐树，打土坯。

"水生，土匪退了一袋粮，每家均分，你拿升子来。顺便说个事，土匪要盖房，让咱去山上伐树，去不去你自个儿拿主意。"

"金宝，土匪要盖房，让咱打土坯，我把话给你传到，去不去你自个儿做主。"

就这么，周正良一家不漏把全村走了一遍。任老四和包子家也去了。粮分完了，话传到了。周正良把空粮袋搭在肩膀上往回走了。走到村街中间了，周正良收住了脚步，思量了一会儿，然后，周正良仰起脖子，像尖叫的一样，拍打着胸脯，给奉先时的人吼了几句话：

"你们都听着！土匪不是我舅，也不是我爷！我周正良咋当的村长你们清楚。我没得土匪的好处。土匪要盖房，我一个人盖不了！不盖房他们要往村里住。盖不盖你们思量去。思量好了就去山上砍树，打土坯！"

然后，他一个人提着斧头上山了。他给他自己是这么说的。我把话传到了，我也砍树了。我不敢得罪土匪，也没逼迫你们任何人。我只能这么做了，老天爷评断去。

山上很静，只有周正良一个人砍树的声音。他砍得很专心，流汗了，光着膀子了。他忽然感到他现在这么砍树是天底下最好的事情。树不会让你骇怕么。树不会不理你埋怨你么，更不会羞辱你么。好，砍树，砍它个狗日的树！

哎哎哎，有人上山来了，拿着斧头锯子和绳，都是砍树的工具么。都是奉先時的精壮劳力么。包子也在里边么。任老四的儿子也在里边么。

他想和他们打声招呼。他们好像没有理他的意思。那就不打招呼了，都砍树。

斧头声锯子声给手心里吐唾沫的声音都有了。也有树被绳拉倒的声音了。可在山上，把这些声音放在山上就不算什么了不起的声音了，就和一大片草滩里有几个蛐蛐叫唤一样。

他偶尔也会看他们一眼。他们也光着膀子了。他们胳膊上鼓着肌肉，亮着汗水的油光。他们手上身上满是力气么。可他们也骇怕土匪，骇怕那杆土枪。他们和他一样么。

他也留心了一下包子。十九岁的身板，真正男子汉的身板么，难怪芽子喜欢。他抡着斧头很结实很有力么，听声音就能听出来么。

用斧头能砍树咋就不能砍人呢？噢噢，斧头造出来不是砍人的么，和土枪不一样和长刀不一样么。噢噢，斧头能砍人一见土枪就骇怕了么，手上身上就没力气了么。

咔咔咔咔，又一棵树被放倒了。

九娃和吴思成在天地庙门口站着，他们能看见山上砍树的人。九娃受了感染。九娃说咱也砍树去。吴思成说不行不行。九娃说闲着也是闲着，身子骨还难受。吴思成说闲着难受用刀砍砖头也不能和他们一块儿砍树，你想么。九娃一想就明白了。九娃说那就让咱的人在庙院里抡刀去，砍砖头也行。

两个多月以后，九娃他们从土地庙搬进了新盖的院子。正房三间，偏房两排，还有一间厨房，也搭了驴棚。茅房在大院外边。

吴思成给他们的院子起了个名：舍得大院。对外的意思是，人生在世有舍有得，有得必有舍，能舍才有得。对内的意思是，敢舍命就能得你想要的。

九娃和吴思成住了正房。

九娃问吴思成：咱这算不算坐住了？

吴思成说：差不多算坐住了，离坐稳还有一截儿。

九娃：你说话像教书先生一样。

吴思成：古人说，居安思危。

九娃：噢噢，还真成教书先生了。

地里的秋庄稼正在成熟，不出院门就能闻到那种味气。九娃说他爱闻这味气。吴思成说这可是个危险的讯号。九娃问为啥？吴思成说咱不是种庄稼的是匪啊，鼻子和鼻子是不一样的，各有各的喜好。

九娃没再说话。他不太服气吴思成的说法。匪的鼻子就不能爱闻庄稼的味气了？他觉得吴思成神神乎乎有些卖弄。

十四

一进舍得大院，瓦罐哇一声哭了。他一个人，拉着两头驴。

舍得大院的人都从他们的屋里跑出来了。九娃和吴思成也出来了。他们围着瓦罐，叫着瓦罐。瓦罐好像没看见也没听见一样，只是个哭。

九娃有些急了。九娃说你个驴日的一走几个月回来啥也不说你给我哭！

瓦罐哭声更大了，一边哭一边用手抹着他脏脸上的泪水。

九娃说你个驴日的四头驴咋成两头了三平呢？

瓦罐松开了驴的缰绳，用两个手抹脸了，哭得止不住了。

九娃说你驴日的是不是半道上折回来了没走到村上？

瓦罐一边哭一边使劲摇着头。

九娃说驴日的十几个人急着听你说话呢再哭我把你的嘴缝了去！

瓦罐终于迸出了一声：我媳妇跟人跑了啊，啊呜！

九娃说你媳妇跑了别的媳妇呢？

瓦罐说你媳妇你们的媳妇也跑了老人娃们都没了咱村一个人也没了连个鬼都没有了，啊啊，呜！要蹲下去哭了。

九娃没让他蹲下去。九娃真急了。九娃抡起胳膊，巴掌就扇在了瓦罐的脏脸上。瓦罐打了个趔趄，捂着脸往后跳了一下，不哭了，直勾勾地看着九娃。

九娃说你哭啊！

瓦罐看九娃还要扇，又往后跳了一下：我不哭了。一进村我就哭回来哭了一路把肠子快哭断了我哭够了！

九娃：哭够了就说话。

瓦罐：你问的我都说了。

九娃：说详细点。

瓦罐：详细点就是村上一个人都没有了女人都跟人走了我媳妇……

瓦罐又要哭了，看见九娃的巴掌随时都会扇过来，就说：你别啊你要回去找不着你媳妇找不着一个人连只狗也找不着你也会哭的。我和三平在自家院子里哭了半晌，坐在村街上哭了半晌，后来又坐在村头上哭，把眼都哭肿了，把四头驴都哭得尥蹶子了。然后我们就往回折。

九娃：三平呢？

瓦罐：三平和我折到半道上不愿折了，说要找他媳妇去。我说天底下那么大你到哪儿找去？我说你媳妇跟了别人你找见也是人家的媳妇了你算老几？你硬说她是你媳妇人家往你脸上唾！就算人家不唾，你媳妇热被窝热炕头有吃有喝愿意再给你当媳妇么？我这么给三平说的时候我的心像刀子在搅扒一样。我给他说也是给我自个儿说呢。我媳妇也在不知道啥地方哪个人的炕上呢。我说三平你还有仁有义没有？咱一路来一路回去见了大伙你再走。三平不听。我说我一个人四头驴还有粮食照顾不过来。三平说我没想让你把四头驴都拉回去。三平拉走了两头驴，不让拉他跟我动刀。我动不过他。

九娃：粮食呢？

瓦罐：粜了。

瓦罐掏出来几块银圆，交给了九娃。瓦罐说三平要走了一半不给也要和我动刀。瓦罐也掏出了那张牛皮纸。瓦罐说村子没有了每家院子的草有半人高回去只能看草里的虫虫了。他把那张牛皮纸也给了九娃。瓦罐说你留着做个纪念。

没人吭声了。九娃也不吭声了。吴思成说好了好了这是没想到的事情都清楚了给瓦罐弄点吃的去。瓦罐说我不想吃只想哭。我媳妇娶进门才多少天……

瓦罐真的又哭了。

瓦罐一连哭了几天，吃了喝了放下碗筷就流泪，要不就发愣，愣着愣着眼里就有眼泪了。吴思成说瓦罐你把舍得大院上边的天都哭阴了舍得大院除了叹气没别的声音了。瓦罐说我没哭我只是流泪。吴思成说你惹得每个人都抹泪呢你没看见？瓦罐说不是我惹得各有各的伤心。吴思成说你看你还像不像个男人。瓦罐说就因为是男人才这样了不是男人就不会有这样的伤心。吴思成说你能不能忍住不流眼泪？瓦罐说我忍不住你给我个媳妇我不用忍就没眼泪了我满脸都是笑。吴思成说我给不了么。瓦罐说那你就别说我你让我有泪就流着。吴思成说你流眼泪流不来媳妇啊。瓦罐说就因为流不来才流呢，能流来不用你说就不流了。吴思成说噢噢流吧你流吧小心九娃扇你。

九娃没扇瓦罐。九娃在看那张牛皮纸。那几天，九娃时不时就会掏出那张牛皮纸看一会，然后就叫瓦罐到他跟前去。

九娃：我不信村里一个人也没有了。

瓦罐：你回去看去么。方圆几十里的村子都没人了，不光是咱一个村。

九娃：你驴日的是不是把你媳妇安顿在啥地方了？

瓦罐：咦！咦！

九娃：比如说这儿附近的哪个村里。

瓦罐：老天在上啊。

九娃：你敢说你没给你私藏粜粮的钱？

瓦罐：天地良心啊。

九娃：你咋知道你媳妇是跟人走了？你一个人也没见着。你咋知道？

瓦罐：你想么，没吃没喝，没指望了，来了个男人说你跟我走。这不就走了？要不，就是给门上挂一把锁，自个儿去了，走到别处人家的炕上去了。

九娃：你说你到我家看了我信，可我咋也不信我媳妇会跟人走。

瓦罐：咦！咦！咦！

瓦罐在自己脸上扇了一巴掌。瓦罐说我媳妇你媳妇咱的媳妇都跟人走了跟了人了你不信你老这么问我还不如一巴掌把我扇死算屌了我一句话也不想说了。

吴思成给九娃说，你就别刻迫瓦罐了，我是你女人也会跟人走的。九娃问为啥？吴思成说，就是她愿意守着可肚子不愿意啊。人是张口虫么，一张口就得给里边填东西，你算算咱出来多长时间了？为了肚子还卖身子卖儿卖女呢！天要下雨鸟要飞，退一步想，跟人走了还算一条好路。又说，我看你就别想这事了，想村子村子成了蒿草滩了，想女人女人成了别人的女人了，想也没用。

九娃：儿女呢？儿女也是别人的了？

吴思成：儿女和女人不一样。女人吃谁的上谁的炕就是谁的女人。儿女到天尽头也是你的骨血，吃谁的就是谁替你养着呢，谁想变也变不了，所以，也用不着想，你让人家长着去，成着去，将来见了是你的儿女，不见也是你的儿女，都在这世上呢么，你想着做啥？想着也是个没用么。你是头儿，不能和瓦罐一样。

九娃：我咋和瓦罐一样了？

吴思成：瓦罐一天到晚干流泪，你一天到晚干想么。知道没用还要流泪还要干想。

九娃不爱听了。九娃说你光屄一个没家没舍没女人站着说话不腰疼！九娃说我想得好好的收了秋庄稼就筹粮我也回一趟村可现在女人没了村子也没了筹粮也没用了你让我想啥去？吴思成说哎哎哎还有十几个人在这儿你咋能说筹粮没用呢？吴思成说依我看没女人没家没舍也就没了牵挂，从今往后舍得大院就是咱的家舍，十几个人就是亲兄热弟，你把心思往这儿扭！

吴思成说的话起了作用。几天后，九娃给吴思成说他扭了几天把心思扭过来了，也想好了，要把舍得大院的人召到正房厅会事。吴思成说你都想了些啥咋想的咱两个先通个气。九娃没和吴思成通气，九娃说到时候你就知道了。

人到齐了。

九娃先把那张牛皮纸掏出来给他们看了一下，说：这张纸是我让瓦罐费神费心画的，想着也许有一天会有用。瓦罐用了一次就没用了，再也没用了，谁拿着也没用了，因为村子没了，咱女人跟别人走了，谁也用不着回那个地方去了。没用了也好，没用了也就没牵挂了。说着，就把那张牛皮纸撕成了碎片，撒在了身子背后。

九娃说：咱拉驴队出来的时候是十二个人，后来加了打兔的，十三个。现在走了一个，又成十二个了。你们里边还有谁想走？想走就走，我不拦，还给盘缠。有没有？

没有。

九娃：走的那一个说是找媳妇去了，难道你们没人想找媳妇去？

已经是别人的女人了去屎吧不找不找。

九娃：这就对了。找也是瞎找。咱不走也不找，咱有捷路。咱就地筹！

啊啊啊啊？筹女人啊？

九娃：对了，咱筹女人。这几天我胡思乱想头快要变成萝卜干了。吴思成把我提灵醒了。他说我净想些没用的，要想有用的。他说得对，我就听他的。

吴思成说哎哎哎我让你往有用处想没说让你筹女人啊。

九娃：你别打岔。你说从今往后这舍得大院就是咱的家舍，咱十二个人就是亲兄热弟。亲兄热弟就要为亲兄热弟着想。我想着想着就想到了筹女人。咱的女人能跟别人，别人的女人为啥就不能跟咱？咱能筹粮筹钱，为啥就不能筹女人？

吴思成：反对反对，你们的女人跟别人走是自愿的。

九娃：你这话我才反对呢！不是自愿的，是逼的！

吴思成：那是老天逼的啊兄弟！

九娃：老天不公。老天不公人就得出手。这话我给赵天乐说过，你知道的。

吴思成：人不是粮食，粮食到你手上你想吃就能吃，人不一定。

九娃：咱试么，摸着石头过河么。试着摸着就知道了，咱不试就没有这舍得大院。

吴思成：劫财不劫色，咱出来的时候说过的。你也骂过瓦罐你忘了。

九娃：咱出来的时候说没说过在奉先時盖个舍得大院？我骂瓦罐的时候，咱还不算有吃有喝，现在有了。我骂瓦罐的时候我以为我们的女人还在呢。现在知道不在了。

吴思成：你这么说我就说不过你了。我没想到你把心思扭到这儿了。

九娃：你想想，真要筹到女人了，咱就不光是立住了，就把根扎在这儿了，这你没想过吧？

吴思成：没想过，确实没想过。筹出事来呢？

九娃：那就对付事。

吴思成：噢噢，我想不来这筹女人咋个筹法。你们商量吧，我不支持，也不反对。

九娃：筹女人比筹粮难，没法摊派。咱一次筹不够就分期分批筹。咱也抓个阄，排个队，筹到了就按顺序来。我不抓阄，我把我排在最后。打兔的也不抓，排第一。为啥？他拿的是火器，威力大。

打兔的说不不不，我不要女人，我吃了女人的亏，你们筹我不眼红。九娃说你驴日的是不是想走？打兔的说我不走，要走早走了，我跟你们一起热闹，我一个人打兔打烦了我喜欢人多。九娃说要走也行你把土枪留下。打兔的说不走不走。

吴思成说他也不抓阄不排队。他说将来真要像九娃说的把根扎住了，他就和以前一样，找个相好的，吃零食。

没人反对，就按九娃说的定了。他们抓了阄。

九娃说从现在开始你们就留心打听着，谁家有好女人先号下。

瓦罐问九娃自个儿能挑不？九娃说筹来的就不能挑，要挑也得按顺序，排在前边的先挑，除非你自己瞅上的人家也愿意跟你。九娃说他把他排在最后就是想自己瞅。瓦罐说噢噢。

他们很快就摸清了奉先畤女人的情况。他们很兴奋，因为可筹的女人远远多于他们的需求，有媳妇也有黄花闺女。九娃说这是第一步，秋庄稼一收咱就走第二步。

瓦罐号了芽子。九娃说你真会号我想扇你！瓦罐说为啥？九娃说芽子是村长的女儿不能动，咱第二步能不能走出去靠的就是村长！瓦罐郁闷了。瓦罐说噢噢。

吴思成心里不踏实。九娃说你放心我记着你的话，我不会把他们惹成蝗虫的。吴思成还是不踏实。九娃说你想么，咱不是每家筹一个，咱号了二三十，只筹九个十个。九户十户能成蝗虫么？成蝗虫了也是一脚踩的事。

十五

九娃给周正良一份名单，把话说得很直白：一，奉先畤该有女人的都有女人，舍得大院的人没有。这不行。二，这一次把筹粮放在第二位，先筹女人后筹粮。筹到谁家的女人就免谁家的粮。三，谁家有可筹的女人都在名单上，到底筹谁家的，你要么召集全村人一起商量，要么按名单挨门挨户去说，说通了谁家就筹谁家。四，名单上没有你女儿。你要是不管，第一个就筹她。你要是不尽心尽力，也筹她。

周正良把眼睛瞪得像死鱼一样，看着屋顶。两只手抓在两个脚腕子上一动不动了。盖舍得大院的时候，他在梯子上给房上揭瓦送瓦，有人使坏，勾倒了梯子，崴了一只脚。他几十天没出门，在家养他的脚脖子。这几天能下地走动了，但在炕上的时候多。他想让脚好得快一些，一上炕就会用手在脚腕上搓摩。九娃领着土枪手和瓦罐来找他的时候，他就在炕上。九娃说你别下炕搓你的几句话我说完就走。

九娃说到第二句，周正良的眼睛就变成死鱼了，手抓着脚腕不动了。

九娃：我说完了村长。

周正良没反应。

九娃：我走啊。

周正良立刻慌失了，一把拉住了九娃的胳臂。周正良说别别别你别走说了一大串我只记住了三个字，我脑子停在那三个字上不动了后边的没听清。

九娃：哪三个字？

周正良：筹女人么。

九娃：你把这三个字听清就行了其他的不重要。

周正良：重要重要听清了没解开么。

九娃：那我再说一遍？

周正良：不不不，你先说筹女人，你说的筹女人是啥意思？

九娃：奉先時该有女人的都有女人了，听清了没有？舍得大院的人没有，听清了没？所以不行，所以要筹女人，给他们每人筹一个女人，这下听清了没？

周正良：噢噢，我好像在睡梦里听梦话呢。世上有这样的事么？

九娃：世上的事无奇不有。世上的事都是人做出来的。就算没有，咱一做不就有了？

周正良：噢噢。你说奉先時该有女人的都有了，不对么，我就没。

九娃：那就给你也筹一个，顺便的事。你瞅么，瞅上了给我说，我给你筹。

周正良：不不不，我不是这意思。我是说，咱筹了人家的女人，人家就没女人了。人家没女人了咋办？舍得大院的人有了，人家又没了，是不是？

九娃：你脑子转得挺快的，我还没转到这一层。那就先筹黄花闺女，不够再补。给他们说让他们心放大一点么。他们天天有女人，舍得大院的人一直没有，匀一匀么，哪天我们走了，再还给他们。

周正良：我的爷呀，女人可不是椅子板凳也不是袜子布衫，匀不成吧？

九娃：试么。试一下就知道了。

周正良：女人不是鞋么穿成穿不成脚上可以试女人不行么，这事我弄不来。

九娃：你好好看看名单。我刚说了名单上没你女儿芽子。

周正良：芽子有主了。我把人家彩礼都收了。过些天就办事全村人都知道。你也知道么就是老村长的儿子包子。

九娃：所以么，这事你得弄，要不第一个就筹你家芽子，刚才也说了么。有人已号上芽子了，我扇了他一个耳光，我说村长的女儿不能动，为啥？就因为是村长，给咱办事呢。

周正良：你另换村长吧，这村长我没法当。

九娃：啊啊？你再说一遍。

周正良：这村长我没法当，真的真的。

九娃：那就让你徒弟和芽子给你准备后事。你挑个日子。这样对芽子也好，进舍得大院就无牵无挂了。

周正良：不不不，不是。我说没法当的意思是，村上到现在没人理我，这么大的事没人理我找谁商量去？我的脚咋崴的你知道么。你换谁村上人就不理谁。你让谁当村长你得让村上人理他。

九娃：噢噢，你是说你又愿意试了？

周正良：试么。成不成试么。我说换村长的意思不是弄死一个换一个。弄死一个换一个弄死一个换一个把村上人换完了到最后就剩一个人给他自己当村长了。你要让我试着筹女人就得先试着让村上人理我。我保证一说换村长他们就会理我的。他们理我了一河水就开了，我就好试了。我说的意思是这。

九娃说噢噢你的意思就是让我帮你给村上人演一回戏么。周正良说对对对。九娃说演砸了咋办？周正良说演不砸的人心我还是知道一点的我也是人么。周正良说你试么你就当要呢你试么。九娃笑了。九娃说没想到筹女人还要先演戏有意思有意思那就演一回。周正良说要演就演得真一些。九娃说我当着他们的面让土枪手抵着你的后脑勺你觉得真不？要不就抵额颅。周正良想了一下说，都不是好地方么。

周正良选择了后脑勺。周正良说眼睛看不见心里不慌乱就后脑勺吧。

又提了个要求：能不能让土枪手的指头离枪勾儿远一点？

九娃说要远一点就不真了。他让周正良放心。他说土枪手是老把式我不发话他不会给你手指头上乱使劲的。

周正良：你不会让他勾吧？

九娃：我要的不是你的命是顺顺当当筹女人，只要顺当我就不会。

就真演戏了。

奉先峙的男人们又一次蹲坐在了村公所的院子里。土枪手的土枪真抵着周正良的后脑勺。九娃说这个人不愿给你们当村长了你们就再换一个，换了新的就让新村长给这一个收尸。谁愿意当谁就站起来没人站就和上次一样抓阄，谁抓到就是谁。

周正良打抖了，不是装的，是真骇怕了。不是骇怕抵着后脑勺的土枪，是骇怕有人站起来。

没人站起来。

也没人说抓阄。

九娃：你们没人站起来也不愿抓阄，那你们就想个办法让这个人继续当。

周正良的腿不太抖了：我不当了我当得很窝囊，我像奉先峙的罪人一样生不如死，你们赶紧把我弄死嘭一下我就解脱了。

九娃：那不行，你再受一会儿，有了新村长你就是想活也不让你活。

周正良有些放心了：没人站起来抓阄太麻烦我给你推荐一个，你让我快点我就是不想活了才不当的。

周正良真用眼睛在人堆里瞅了。瞅到金宝了。

金宝变了脸色。金宝知道只要周正良一叫出他的名字，那杆土枪就会抵到他的头上。他不能让周正良叫出来。金宝说村长当得好好的咋能不当呢？别推荐也别抓阄我同意村长继续当。

金宝的话立刻得到了满场人的响应：同意。同意。同意。

周正良好像没听见一样，继续瞅着，瞅到包子了。

包子：鞋匠叔你就当吧，全村人在求你呢。

九娃：村长你听见了没有全村人在求你呢，你再说一句你不当我就立马让土枪手勾手指头。

周正良胆壮了，一把推开抵着他的土枪，冲着满场的人说：让我当就别给我吐唾沫！

他们说：没有么没吐么不会的。

周正良：我的脚让给弄崴了我担心我的腰腿。

他们说：村长想多了不会的不会。

周正良：把我绑好的鞋都拿回去。

他们说：拿么给谁绑的谁拿么。

周正良：咱有事好好商量。

他们说：商量么好好商量么。

周正良放缓了口气，他说眼下就有事商量。他拿出九娃给他的那份名单，念了名字。他说念到名字的人明天早饭后都来这儿。行不？他们说行么行么。

他们咋能想到要商量的是筹他们的女人呢？更想不到这会有一连串的想不到。他们说行么行么。和村长一团和气了。

周正良似乎很满意，和九娃也一团和气了。他说：戏没演砸，我就知道砸不了，接下来我就试着和他们商量。

九娃也很满意。一进舍得大院，九娃就给吴思成说：很顺当很顺当村长要给咱踏第二脚了。

十六

芽子叫了一声爸。芽子说你和土匪说的话马鸣听见了，都给我说

了，你真要给土匪筹女人？周正良说噢么。芽子说你和土匪成一家
了。周正良看芽子了。周正良说马鸣没给你说演戏的事？芽子说也说
了。周正良说那你就不能这么说你爸，你爸不答应给他们筹女人你爸
已经死了你已经让他们筹到土匪窝里去了，你爸不想和土匪成一家死
了反倒成一家了，白搭一条命。他让芽子给他弄点吃的。他说：你爸
是死里逃生啊芽子。土枪一直在你爸后脑勺上抵着呢，土枪手一不留
神手指头一勾你爸就呜呼了。他们另弄一个村长你还得去土匪窝。这
下你知道你爸这一天是咋过来的了吧？知道你爸的心思了吧？他说赶
紧赶紧吃过饭天就黑了让马鸣叫包子去我要和包子说话。他说包子要
有点人心就应该和我说话。

　　包子来了。周正良说芽子你先到你屋里去，我和包子说几句话，说
完你们说。

　　周正良说：包子你能过来就好，你几个月不理我不理芽子你看芽子
把眼睛哭成啥了？再这么哭几天就哭烂了哭瞎了。你的心是肉长的还是
石头做的你不知道芽子天天想着你？

　　周正良：你知道为啥要换村长？土匪要在本村里给他们筹女人呢！
你没想到吧？是人都想不到！包子，我叫你一声包子你听着，两次选村
长你都经见了，你现在该能知道你鞋匠叔的难肠了吧？难肠是啥？肠子
和心连着呢！肠子知道心的难，和心一起难着呢！你不理你叔你叔不怪
罪你。也不怪村上人，还要感谢呢！今天在村公所不管谁站起来说他愿
意当村长，你想想，你叔就和你爸一样了。芽子就到土匪窝了，比你爸
还惨！

　　周正良说：我再叫你一声包子你听着，叔叫你来有两个意思，一个
是想给你说说你叔的难肠，再就是说你和芽子的事。你给你爷你奶你妈
说说，别低看你叔。低看你叔也行，别牵带到芽子。芽子是好娃，乖
娃，你把她领走，到天尽头她都是乖女子，都能配上你，丢不了你的
人。你们走，离开奉先峙。不走有危险。只要有土匪就有危险，村上人

还不知道土匪要筹他们的女人呢，知道了不知会咋样呢。你和芽子走你们的，你让我和他们和土匪搅和着，搅和到土匪走了你们再回来。你听清了没有？就算叔求你了。

包子说：你今天看我的时候我怕你要我当村长呢。

周正良说：叔没想让你当，也没想让任何人当。叔给你和芽子铺路呢。你和芽子说去，她听你的你好好和她说，叔等你的话。

门帘一挑，芽子进来了。芽子说爸你别难为包子哥了我不会去的。芽子说我不能撂下你包子哥也不会撂下他家的人。芽子说包子哥你能撂下你爷你奶你妈不？包子说我不知道。芽子说爸你都不想一下我和包子哥走了你和包子哥家的人能活不？

周正良把头低下去了。周正良说想过么，想着就是让你们走么。你们不走，我就得死心塌地给土匪筹女人了，接下来会咋样我想不来。他说包子你能想来不？

包子：我也想不来。

芽子：你能想来要我不？

包子说能想来马鸣叫我的时候我就想来了。包子说我回去就刷房子，我现在就想你和我一件事。

然后，包子就回去了。就碰上了瓦罐。他没想到他会碰上瓦罐。

瓦罐心里很郁闷。他想号芽子九娃不让他就开始郁闷了。别的女人能号为什么就不能号村长的女儿？村长的女儿就不是女人了？村长的女儿脾气不好可咋看都是个好女人啊！九娃不让号是想着留给他自己吧？他想问九娃又不敢问，就更郁闷了。今天去村长家说筹女人的事，瓦罐的心思一直在芽子的屋子的。他真想进去看看芽子，不敢么。九娃脾气一上来会拿过土枪揭他的脸的。看样子女人是筹定了，肯定能筹到女人的。可是，筹到的女人不是你最想要的你能不郁闷么？瓦罐躺在被窝里这么想着，越想越郁闷，郁闷得不行了，就出去尿尿，尿完尿就不想进被窝了，就在外边胡转悠了。转着转着就转到村口了。转悠到村街里了。就和包子碰上了。包子正要进他家门。

瓦罐说：站住站住。

手里没长刀，没摸到，才想起他是因为尿尿胡转出来的，没带家伙。

包子站住了。

瓦罐：这么晚了你不睡觉胡转啥？

包子看瓦罐是一个人，没带长刀，胆壮了些。他说：我去村长家了。

瓦罐：村长家？这么晚了你不在家睡觉你去村长家？做啥了？

包子：村长叫我去的。村长想把他女儿嫁给我，我不愿意。

瓦罐：不愿意就对了。

包子：为啥？

瓦罐：村长没给你说筹女人的事？

包子：说了。村长说不会筹他女儿。

瓦罐：听他胡吹。这一回筹不到下一回就筹到了，迟早的事。

包子：为啥？

瓦罐：我们头儿给他留着呢。头儿嘴上不说主意在心里呢。

包子：噢噢。

瓦罐：我想号给我，头不让。郁闷郁闷。我真想和村长说说，和他女儿说说，迟早都要进舍得大院，为啥就不能跟我？他们要愿意，头儿就没话说了。我不敢么。

包子：为啥？

瓦罐：万一说不通呢？头儿知道了呢？其实她跟我挺好的。我会对她好的。我天生是个对女人好的人。哎哎，忘了问，他女儿愿意嫁你不？

包子：愿意不顶用，我不愿意么。

瓦罐：为啥？

包子：他爸接了我爸的村长，你知道么。

瓦罐：噢噢，心里结疙瘩了。

包子：我说我不愿意她就哭了，这会还哭着呢。

瓦罐：我要是你就好了。两相情愿，妥了。我不是你么。事情总阴差阳错着呢么。

包子：和你头儿比，你和她更般配。你头儿年龄太大。

瓦罐：给你说么，世上许多事都阴差阳错着呢。

包子：你不敢试么。你想不想试？

瓦罐：咋试？

包子：我把她给你叫出来你给她说。

瓦罐：能叫出来么？

包子：叫出来就怕你不敢说了。

瓦罐：就这儿？街上？

包子：找个地方。天地庙？那儿你熟悉。

瓦罐：你让我想想。万一不成我就死定了。

包子：就是说不成她也不会怪罪你，她怪罪我。我不怕她怪罪。

瓦罐：我想的不光是用嘴说啊兄弟。我想的是说不成就硬下手。下手成了就成了，成不了她会说给她爸，她爸会说给头儿，那我就死定了。

包子：一个大男人，一个小女子，硬下手，成不成？你自己想。我只叫人，不帮你硬下手。你自个儿想。

瓦罐朝成的方向想了。硬下手硬办，生米做成熟饭，不愿意也就愿意了，女人都这样。瓦罐把心想热了，色胆包天了。瓦罐说行吧我豁出去了你给我叫去，成不成是我的事，我都感谢你。你诳我可不行，你诳我你就死定了。

瓦罐真豁出去了，去了天地庙。

包子一碗水泼出去了，也不得不豁出去了。他觉得他家称粮用的大秤砣最合适，就回家取了秤砣。

瓦罐在天地庙里坐着候了好长时间，突然有些骇怕了，越坐越骇怕，坐不住了，就起身朝外走，刚到庙门口，包子进来了。瓦罐说来了？包子说不来不行我不敢诳你么。瓦罐伸着脖子往包子身后看。包子说别往外看在这儿呢！包子的手抡了起来，硕大的秤砣在空中画了个半圆，准准地砸在瓦罐的脑门上。瓦罐就像经常受呵斥的乖孩子又受到一声呵斥一样低下了头，一声没吭。

接着是第二下。

没有第三下，因为瓦罐软下去了。包子扑上去，两只手死死掐住了瓦罐的脖子。松开瓦罐的时候，包子的手指头已经僵硬了。他跪在瓦罐跟前喘了几口气。

他说：你狗日的色迷心窍了。

他又喘了一口气。

他说：呸！

他不知道该怎么处理瓦罐了。

他把瓦罐拖到庙殿后边的那间厨房里。

他又不知道该怎么处理瓦罐了。

他抱起瓦罐，把他折在了灶闷阆里。瓦罐很软。他不敢看瓦罐。他抱来了几块土坯，砸在了上边。又砸了几块。他看不见瓦罐了。他就是想看不见瓦罐才这么做的。看不见就等于不在这个世界上了，消失了，没有了。

他往回走了，一抬腿，才感到他的腿也软了，每踩一步都要软下去一样。

他也感到了秤砣的重量。它一直在他的一根手指头上绾着。他做了那么多事，它竟然一直在他手指头上绾着。

他把它扔到了河水里。

他没回家。他敲开了芽子家的门。他一进门就软在了给他开门的马鸣怀里。

他给他们说了瓦罐消失的经过。他们都变了脸色。

周正良的舌头打闪了：是是是哪一个？

包子：老跟着土枪手的那一个，瓦罐。

芽子叫了一声：包子哥你杀人了！

马鸣吓哭了，把头塞进了被窝里。

芽子看着她爸和包子：咋办嘛咋办嘛！

周正良不说话。包子说给我喝口水。芽子倒了一碗水，包子一口气全灌到了喉咙里。

芽子：咋办呀嘛爸！

周正良：包子啥也没干。包子你听见了没有你啥也没干！天王老子问你都是这一句，啥也没干！

包子一个劲点头。

十七

名单上的男人们都到村公所了。一共二十九个人。他们每人给周正良吐了三口唾沫。顺序如下：

周正良给他们说了要商量的事。他们愣了。周正良说叫你们来商量是因为你们家有可筹的女人，其他人家没有，叫来没用，事不关己么，来了也是听热闹，所以没叫。周正良说不是每家筹一个，只筹九个十个，所以要商量，到底筹谁家的，大家商量着定。他们说周正良你好意思啊说这种话你也能把脸定得平平的你能说出口啊？周正良说这可是大事情我不能嬉皮笑脸么。他们就给周正良吐了第一口唾沫。

周正良用手抹了几下脸，抹净了。周正良说昨天说好不吐唾沫。他们说昨天不知道你要和我们商量啥事情现在知道了不吐不由人了。他们就吐了第二口。

　　周正良又擦净了。周正良说你们只吐唾沫不商量解决不了问题啊。他们说你要我们商量的事情我们没法和你商量你和唾沫商量去。他们就吐了第三口。

　　他们走了。

　　周正良没拦他们，也没抹脸。周正良说走吧你们走吧我带着你们的唾沫给土匪说去。

　　周正良一进舍得大院就说：你们看你们都来看。

　　土匪们都围过来的。周正良指着脸说：你们往这儿看。

　　九娃笑了。九娃说唾沫么。

　　周正良说他们每人吐了三口，前两口我擦了，你们看到的只是一口。这就是我和他们商量的结果。九娃说你赶紧擦了再和他们商量去，你告诉他们可以少筹一个，因为我们的一个人半夜跑了。周正良说噢噢。九娃说驴日的号了你家芽子我要扇他就赌气走了，走了也好，给你减负担了少筹一个。周正良说已经要筹了少一个多一个也不算啥，问题是他们只吐唾沫不商量嘛，再去还是吐唾沫。九娃说那咋办？我们自筹奉先時就乱套了。周正良说你们先筹一个两个他们就愿意商量了，筹一个两个乱不了。九娃说也行，谁先给你吐的唾沫就去他家筹。周正良说二十九个人呢好像是金宝。九娃问金宝的女人咋样？周正良说好么弯眉大眼。九娃说那就去金宝家。

　　几个土匪踏开了金宝家的门。土枪一抵着金宝的额颅，金宝就扑通一下跪到地上了，翻白眼了。周正良说金宝你别翻眼不要你的命要的是你女人。金宝动了几下翘着的下巴颏，依然翻着白眼，没看见他的女人是怎么跟着土匪走的。

　　金宝不翻白眼了，把眼睛闭上了。

　　周正良没走。周正良说金宝你别这么闭着眼他们已经走了你听我说话。周正良说你现在就能体味我的难肠了你跟我一起叫他们商量去，咱想办法多筹一个说不定还能把你女人要回来。

金宝扇了自己一个耳光。金宝说好吧我跟你去，谁不商量我就让他家灶爷老鼠窝都不得安宁！金宝很积极，每到一家就说：去不去？不去土匪就来踏你家门，我领他来。

二十九个人很快又聚到村公所了。周正良说可以少筹一个因为一个土匪昨晚走了。他们说咋不全走嘛全走嘛！金宝说这是屁话说正事。他们就正经商量筹女人的事了。

有人提议，先把对老人不好爱和男人吵架撒泼的女人排出来，把刁蛮的动不动就给父母使性子的女子也排出来。结果，没人承认他家的女人是这样的女人，也没有刁蛮的女子。每家的女人都成了好女人，女子都是乖女子。平时说他家女人女子不好的都改口了，说他们过去的话是顺嘴胡说，不是事实。

有人提议，既然都是好女人好女子那就抓阄，凭天凭运气。结果，没人愿意抓，连提议抓阄的人也不愿意了。

他们说一阵啊一阵，啊一阵说一阵，说累了啊累了，还是商量不出个好办法。金宝急了。金宝说你们赶紧我媳妇已经在土匪窝里了你们太自私只顾自己！他们说那就让村长定夺。

周正良很超脱。他说大家的事大家商量，我不发表意见，免得以后脸上天天挂着唾沫活人。他们说唾沫的事就不提了你还是咱的村长你说了算。周正良说村长不想得罪任何人，村长比你们还可怜你们只骇怕土匪，村长骇怕土匪也骇怕你们。

有人拍了一下脑袋说：哎哎村上的事村长不能把自己撇在外边啊。有人立即附和说：对呀，芽子也该在可筹的人里边咋没有芽子？土匪偏心眼村长你不能啊你得一视同仁。周正良说芽子给包子了过几天就圆房。他们来情绪了。他们说我们的女人连娃都生了芽子还没过门呢！有人说既然芽子给包子了包子就是有女人了包子为啥不来商量事？金宝说就是嘛我叫包子去。周正良说行么叫么包子愿意把芽子列进去我没啥说的。

包子来了。包子说我不愿意，名单里也没芽子。

他们愤怒了。他们说我们的女人要成土匪的女人了你和芽子圆房啊？圆不成！芽子还不是你的女人你凭啥占着一个名额？你说！

包子急了，满脸涨红。包子说我杀了一个土匪！少一个土匪少筹一个女人！我凭这占一个名额！

周正良说啊啊啊少一个土匪是他自个儿走的咋是你杀的你这不是胡说么？

包子：我没胡说！不信到天地庙看去！在土匪盖的厨房里！灶闶阆里！

他们不说话了，定定地看着包子。

包子：有本事你们也去杀一个，给自己腾个名额！你们敢么？

有人：我不信，你哪来的胆？

包子：你管我哪来的胆有胆没胆我杀了！

他们说好好好你杀了你杀了你别这么大声。你咋杀的？

包子：用秤砣砸死的。

他们说奇了奇了，秤砣，天地庙，土匪，没法信么。

包子就给他们讲了用秤砣砸死瓦罐的经过。

他们似乎信了。

包子：你们敢么？

没人吭声。周正良也不吭声了。

金宝：就是啊，咱咋就不往这个道上想呢？不说全村的人，就咱在场的三十人和他们也是三个对一个，咱咋就不往这道上想呢？

周正良：你们要往这道上想我就走啊，你们商量我不参与。

金宝：你别急嘛，我只是说说，行不行说说嘛。

有人问包子：你还敢杀不？

包子：我不知道。我是碰上了，糊里糊涂杀的，腿现在还是软的。

就是嘛，土匪一个人么，没拿刀没拿枪么，是谁都敢，没危险么。咱一拥而上，和他们拼，可总有人在前边吧？在前边的就是吃土枪挨刀的，就算把土匪全弄死，自个儿也死了，以后的日子也享受不到了，享受的是活着的人，是不是？谁敢在前边？有人敢在前边我就敢跟着。金宝你敢不？

金宝：放你娘的狗臭屁！我要敢在我家就敢了不在这儿和你们拌嘴了。

商量不在一起。那就让土匪自筹去。原来要筹九个十个，死了一个土匪，加上金宝家的，少筹两个，成七个八个了。不商量不商量了，筹到谁家谁受去。要受的是少数，也许侥幸我在大多数里呢！

他们就是这么想的。他们散伙了。

周正良说包子的事别说出去死一个土匪少一个祸害。他们说不会不会。

金宝不愿散伙。他们一边往外走一边说：金宝你别自己和自己过不去我们里边也有人要和你一样呢。

金宝没走。金宝问周正良咋办？周正良很无奈。周正良说大家商量的只能按大家商量的办了。周正良说我也得走我得去舍得大院给土匪说去。

金宝跳了起来。金宝说商量了个屎嘛这咋能叫商量嘛哎？哎？哎？

十八

九娃说行么行么，你们商量了我们晚上也商量商量，明天一早就筹。周正良说筹到谁家谁都和金宝一样我保证。九娃说好么好么那就一次筹够，到时候你来舍得大院喝喜酒。

周正良一到家就给芽子说：吓死了吓死了包子把他的事说给他们

了。芽子说是不是他咋能乱说咋能嘛他！周正良说包子被逼急了忘了危险了不过你放心包子不会有事，土匪明天就筹人，明天一过啥事都没有了土匪不会知道的。芽子说不行不行纸里包不住火土匪迟早会知道的马鸣你赶紧叫包子哥去。

没等马鸣去叫，包子自己来了。包子说我后悔了我一说出口就后悔了。我越想越骇怕在家停不住咋办？

芽子：爸啊你听见没咋办呀咋办嘛！

周正良说土匪不会知道的。

芽子：万一呢万一呢？

周正良说没有万一，筹了女人土匪就安生了。

包子给周正良说：我想跟芽子走，你说过让芽子跟我走。

周正良说我担心芽子么现在情况变了不担心了，熬过明天就更不担心了。周正良问包子家里人知道不？包子说不知道我没敢说我说我杀了土匪他们会吓死的。周正良说别说别说省得他们担惊受怕你不忍撂下家里人一走了事吧？包子点着头，点得很无奈。

第二天早上，终于到了第二天早上。周正良早早起来了。他没出门，他坐在院子里等着听村里的动静。没多长时间就有了哭喊声，一会儿一阵，一会儿又一阵。他给马鸣和芽子说你们听土匪筹女人呢。他说赶紧赶紧求老天爷了赶紧让他们筹吧筹完就妥了——哎哎哎九娃怎么来了。

九娃推开大门走进来了。马鸣和芽子闪到屋子里去了。

周正良要起身。九娃说坐着坐着我也坐。九娃抽出他的长刀，盘腿坐在周正良的对面，长刀就放在了腿上。九娃笑吟吟的。

周正良：筹够了？

九娃：没有么，难筹得很，拉着扯着抬着又蹬又喊又叫，劲大得很。几个人筹一个都得出一身汗。你没说错，男人倒挺乖的，都和金宝一样，一见土枪人就软了。只翻着白眼不说话。

周正良：我知道么，都一样的人么。

九娃：我给我也瞅下了。

周正良：好啊好啊，哪家的？

九娃：一会你就知道了。

周正良：水生家的吧？那女人可是村里数一数二的。

九娃笑着：不是不是，一会儿还要和你商量呢。

周正良站起来了。他看见土枪手用土枪顶着包子进来了。周正良说咋回事咋回事？他看着九娃。

九娃也站起来了，不笑了：我以为我的人半夜跑了，弄来弄去是他杀了。有人给我透气我还不信，去天地庙从厨房的炕闹阗里刨出来了。

周正良：包子你咋回事你杀人了？

芽子叫了一声包子哥，从屋里冲出来，要到包子跟前去。九娃用他的长刀挡住了她。九娃说妹子你别乱来土枪手指头一勾你包子哥就没命了，你赶紧回屋去，免得伤到你。

马鸣把芽子硬拉扯到屋里去了。

周正良冲包子喊了一声：包子你杀人了？

包子不吭声。

九娃：村长你就别装蒜了，我的人就是他杀的。我把他弄到这儿是要和你说事情的。你不是要把芽子给他么？你说让他死不死？他死了，芽子咋办？

周正良：别死人了别再死人了咱筹人不死人。

九娃：他不死说不过去么。我的人让他白杀了？总得给我死了的兄弟有点交代吧？要不剁他一只胳臂？砍一条腿？你愿意让芽子跟一个缺胳膊少腿的人？

周正良：不么不么。

九娃：那我就揭底给你说吧。我本来没想筹你家芽子，现在变主意了。他不死可以，就按你说的，咱筹人不死人。他把芽子让出来，另找人去。

周正良：不么不么。芽子是我女儿他凭啥让嘛！

九娃：是你女儿也是他媳妇啊。

周正良：芽子不跟他了，行不？

九娃：那你就是让他死么。

芽子甩开马鸣的拉扯，又从屋里冲出来了：爸，你不能让包子哥死！我就是他的人，他死我也死！

九娃：村长你听见没？

周正良：芽子你去屋里你爸求你了行不行？

马鸣又把芽子拽进屋了。

周正良已经满眼是泪了：我为你们尽心尽力了啊！我尽心尽力你不能反悔啊！你说了你不筹芽子你不能反悔啊！我尽心尽力你给我个活路嘛⋯⋯

九娃：你这话说得太奇怪了。芽子跟包子你有活路跟我就没活路了？

周正良：不能强扭啊强扭的瓜不甜啊！

九娃：你这话更奇怪，筹的女人都是强扭的，要不咋拉着扯着抬着又蹬又喊又叫呢？你说强扭的瓜不甜这话不对，只要是熟瓜，摘下来扭下来一样甜。人不是瓜扭着不甜这话也不对，扭一阵再扭一阵该甜的时候也就甜了。芽子跟包子就一定甜？你先让芽子跟我扭，不甜了我就不让她扭了，让她跟包子扭去。我也太通情达理吧？

周正良：为啥不能先跟包子嘛！人家两相情愿嘛啊哎！

九娃：刚都说了嘛，他杀了我的人，不死不缺胳臂不少腿就舍他的女人。

九娃问包子：要么死，要么让芽子，你愿意哪个？

包子：我不想死，也不愿让芽子。

九娃：你说了不算么。

包子：芽子不会跟你。

九娃：她说了也不算。

周正良拍打着坐在地上了：没天理了啊哈！啊！

九娃：村长你别这样，天理是哭不来的。这世上没有天理，只有人理。我带他的女人走啊。

周正良：不！不！芽子不是他的女人！你把我弄死你别糟蹋芽子！包子你看你弄的啥事嘛你把芽子害了嘛，啊啊！

包子给九娃说：人是我杀的，你处置我。

九娃：两回事了。杀了你也要筹芽子的。

周正良：杀我吧让我死吧！

周正良突然起身要往墙上撞去了。快撞上了。水生领着一伙人呼啦啦进来了。

九娃紧张了，把长刀提在了手里。

水生冲着周正良去了，一把揪住了周正良的衣领。水生一脸愤怒。水生说你死不成！要死你先把你家芽子送到土匪窝去！

噢噢。九娃有些放心了。

有人把一块砖头砸在了周正良的窗户上。

水生揪着周正良，又质问九娃了：都是女人为啥不筹周正良的女儿？

有人也指着包子质问九娃了：他杀了你们的人你不筹他的女人美死他啊？

又一块砖砸到了窗户上。

九娃给周正良说：我说对了吧？没有天理，只有人理。我不筹芽子都不行了。你是村长你带个头，后边的几个也就好筹了。

又对包子说：我放你一条活路。

包子：你杀了我。

芽子叫了一声包子哥，又从她的屋里冲出来了。芽子说你能活你为啥要死？你不死！

又给水生说：你别为难我爸。你们都别难为我爸了。

又给九娃说：我去土匪窝，不用你拉扯。

九娃说：是舍得大院啊妹子。

水生松开了周正良。

芽子说：你们走吧，我说到做到。

水生一伙人不声不响地走了。

芽子给九娃说：你们也走，先到别人家筹去。我不用筹，我自个儿去。

九娃：我们走了你跑了咋办？

芽子：我是自愿的我为啥要跑？你小看人了。

九娃：噢噢，那我请村长和我一起去舍得大院，免得有人来家里找麻烦。

周正良：我不去！芽子也不去！

芽子走到她爸跟前，把她爸的衣领拉整齐了。芽子说你去吧你好好的，我就是想让你和包子哥都好好的，你不去他们不放心，你去，我和包子哥说几句话。

九娃给包子说：你命大福大，遇上好女人了。你要记着芽子的好。你别忌恨告你密的人。他告你密是想得好处，让我放过他的女人。这种人我不会让他得好处的。

又给芽子说：妹子你放心，我会让你过好日子的。我和村长在舍得大院等你。

土枪手把土枪朝着周正良了。九娃说收起来收起来让村长前边走。

他们走了。出大门了。

马鸣"咋咋咋"想说话说不出来，唱了：咿呀哎咋呀嘛成这样了唉！

芽子说：马鸣你也出去到街上逛去顺便把门带上。

院子里只有包子和芽子了。

芽子叫了一声包子哥。

包子低着头，不敢看芽子。芽子说包子哥咱不死了咱高兴点。芽子成平时的芽子了。芽子拉包子去她屋里。芽子说我有东西给你看。

芽子打开了她的雕花木箱，取出来几件花花绿绿的衣裳。还有一双绣花鞋。芽子弯腿坐在炕上，一件一件在她身上给包子比试着。芽子说包子哥这都是我自己做的嫁妆，我天天都盼着你娶我，你娶我的那天我就一件一件穿给你看。你看，你看嘛，好看不？

包子不敢看。

芽子说包子哥我就是想让你看才让他们走的，要不我就不让他们带我爸走我跟他们走了。

包子看芽子了。花花绿绿的衣裳们围着芽子。芽子又穿上了她的绣花鞋让包子看。包子说芽子你别让我看了我连死的心都有了是我害了你。

芽子好像没听见一样，又打开了炕头的小木匣，拿出了一对荷包。芽子说包子哥这是我给你做的我爸还嫉妒呢，我想在你娶我的那天晚上给你的，你拿着，给你做的你拿着。包子不接。芽子把荷包装在了包子的衣兜里。

包子抓住了芽子的手，看着芽子。芽子一脸微笑。

包子：你真要跟土匪？

芽子：对呀。

包子：你是为了我！

芽子：我是自愿的，土匪也是人，也该有女人。

包子：为了你爸！

芽子：包子哥，我知道你忌恨我爸。你别忌恨我爸了，啊？

眼泪从包子的眼睛流出来了，他把芽子的手抓得更紧了。

包子：我不让你跟土匪。

芽子把手从包子的手里抽了出来。包子捂着脸哭出声了，先是刀子割心一样的那种哭，然后就号啕了。他扇着自己的脸。

芽子拉住了包子的手，芽子说包子哥你别嘛我不想让你哭，我还要你看呢。

芽子解她的纽扣了，一个一个解着。芽子说我想给你留着你娶我的那天晚上才让你看，没有那一天了，我让马鸣出去就是想让你这会儿看。

芽子开始脱衣服了。连红裹肚也脱了。芽子一点也不羞怯。她把自己脱光了。

芽子说包子你想咋看？你想咋看就咋看。

包子叫了一声：芽子！

包子的脸像病了一样。

芽子一脸笑。芽子把包子的手拉在了她的胸脯上。包子的手很僵硬，和过去不一样。

芽子躺下了，把她鲜嫩的身子躺在她的那些嫁衣上了。

包子叫着：芽子！

芽子一脸笑。芽子说包子哥我躺着你看。芽子说你一看我就是土匪的人了。

包子叫着：芽子……

包子的脸像在收缩一样，越来越难看了。

芽子：包子哥你想要我不？你想要我就给你……

包子突然撕扯着嗓子叫了一声，从屋里跑出去了。

然后芽子去了舍得大院。

十九

九娃想大张旗鼓搞个婚礼。吴思成说太惹眼免了吧，还是小心点好，不是明媒正娶能不能合在一起还难说呢，说不定今晚上就在炕上抓挖起来了。九娃接受了。九娃说那就把门关起来先分人，分好了就上炕，让打兔的辛苦一晚给大家守门，里边的不出去，外边的进不来，抓挖一阵就不抓挖了不信你看。

九个女人，八个按先前抓阄的排号挑选分配，芽子算是九娃自己瞅的，没人有意见。九娃给吴思成说你没眼红吧？你要不说找零食吃也筹下了。吴思成说不眼红，我还是看情况找零食吃，不过——吴思成又说，你还是福分大，九个女人就你的是黄花闺女，嫩啊。

少一间屋，九娃说要知道多盖一间就好了。吴思成说不少啊我和打兔的一间就够了么。九娃说我也是这意思过些天再盖一间。

吴思成没说错，确实有抓挖的，像驴踢仗一样。也有哭的。九娃也没说错，没抓挖到半夜就不抓挖不哭了。

后来才知道，那天晚上，奉先時的八个男人都没在他们家里的炕上。炕上铺了针毡一样，看不见拔不出的一种针，专门扎人的，没法睡。他们在村外的某个地方，能看见舍得大院的某个地方。他们看着舍得大院，想着他们的女人在土匪的炕上和土匪胡整的样子。他们没在一起，一人一个地方。咋能在一个地方嘛，躺在土匪炕上的不是别人的女人嘛，在一起咋说话嘛！说啥话嘛！只能一个人一个地方。

包子也没睡。他从芽子家跑出来以后再没哭。他跑到了村子外边。他远远看着芽子去了舍得大院，心里咯噔了一下，好像井里掉进了一块石头一样。他挪了好几个地方，一会儿在这里的塄坎上蹲着，一会儿又坐在了土壕里，头靠着土崖，手不停地捏着土疙瘩，把许多土疙瘩捏成了土粉。他一会儿想着芽子叫他包子哥的声音，一会想着芽子给他躺在嫁衣上的身子，想着想着就把芽子的身子想到土匪九娃的身子底下了。他想不出芽子在土匪九娃身子底下会咋样。他不想这么想，可想着想着就想到这儿了。"包子哥"，芽子这么叫他。芽子总这么叫他。芽子在土匪九娃的身子底下也会这么叫吧？"包子哥"，芽子一脸笑。也想那杆土枪了。"嘭"，他爸的脸就被揭走了，不见了，没有了。它会揭任何人的脸。它塞进过他的嘴，抵过他的脑门。"嘭"，它对他也会"嘭"的。"包子哥"，芽子总这么叫他。"嘭"。芽子在土匪九娃的身子底下……包子就这么挪一个地方蹲着想着，再挪一个地方坐着想着，心里像拌了辣椒一样，把自己挪坐到了半夜，然后，就迷乱了，就和几天前的瓦罐一样色迷心窍了，不蹲不坐了，胡转悠了。转着转着就转到了舍得大院跟前。

大门上挂着一盏灯笼。

土枪手从门口的石头上站起来了，把土枪对准了他。

土枪手：走开！

包子：我是包子。

土枪手：我让你走开。

包子伸开两手：我睡不着胡转哩。

土枪手：一边转去。你睡不着能胡转，我想睡不能睡还转不成，你和谁？

包子：我一个人。

土枪手：有烟叶没？

包子：有么。

奇怪奇怪，那天咋就带着烟叶呢？

土枪手：撂过来。

包子把烟叶袋扔到了土枪手的脚跟前。

土枪手：好了，你走。我卷根烟卷抽。

包子：我也想抽呢。你不放心你卷根烟把烟袋扔给我，纸条也在里边呢。

土枪手：你站着别动。

包子：不动不动。

土枪手开始卷烟了。土枪在伸手可拿的地方。

土枪手：你的女人跟九娃了。

包子：不是我的女人，她爸一直不愿让她跟我。

土枪手：女人是水性，随心流哩。

包子：我不懂。

土枪手：你才多大没经过女人你当然不懂，经过你就懂了。女人还是花呢，遇风就飘了。我经过，吃过亏的。说给你也不懂。他们也不懂，筹女人筹女人，筹去，我不筹，我给他们守门。

土枪手卷好烟卷，把烟叶袋扔给包子。

土枪手：你卷吧。

土枪手起身在灯笼上点烟了。

包子猫着腰去捡地上的烟叶袋。包子猫着腰忽一下就到了土枪手跟前，抓起了那杆土枪。土枪手刚点着烟，咂吸了一口，回过身的时候，土枪就正对着他的鼻子了。

包子：别动。

土枪手：兄弟……

包子：小声。

土枪手：噢，小声。

包子：芽子在哪个屋？

土枪手：上房左边那间。

包子：想死想活？

土枪手：活么。

包子：那就赶紧走，走得远远的。

土枪手：好的好的，让你一辈子见不着。

包子：拿着地上的烟叶袋，路上抽。

土枪手拾起地上的烟袋，撒腿跑了。

包子端着土枪，径直进了九娃的屋。九娃太不小心了，门没上闩。几根蜡烛把屋里照得很亮。九娃确实在芽子身子上，睡着了。包子用土枪在九娃的后脑勺上狠戳了一下。九娃直起身子，转头看着包子，一只手摸着被戳疼的地方，没醒过来一样。

芽子醒了，睁大眼睛看着包子，要推骑在她身子上的九娃。

包子：别动。

芽子不动了。

九娃灵醒了：你咋进来的？

"嘭！"土枪里的火药和铁砂全打在了九娃的脸上。九娃倒了。芽子惊叫了一声，坐了起来，抓了一件衣裳捂着她的身子。

所有的人都被惊醒了。所有的人都把身子直在了他们的炕上。

包子站到了大门口：你们听着！九娃死了！我把他打死了！都乖乖地在炕上待着，谁敢出来我让他脑袋开花！

没有人出来。很听话。他们竟然都很听话。

不听话的是水生的女人，她光着身子一丝不挂尖叫着从屋里跑出来：杀人了！杀人了！

她叫着喊着跑出大门，不知道跑哪儿去了。

后来就很顺当了。在八个地方看着舍得大院的八个男人随手抓了一块砖头或者石头到舍得大院的时候，八个土匪已经光丢丢排成一行跪在院子里了。他们的女人胡乱穿着衣服，每人手里提着一把长刀。他们手里的砖头和石头成多余的了。他们没扔。

包子：还有一个呢！

吴思成衣着整齐，从上房右边的屋里出来了。

包子把土枪抵到了吴思成的额颅上。

吴思成：枪里没火药了。

包子勾了一下枪勾，没响。包子忘了土枪里的火药被他打出去了。

吴思成：你放我们走。我们不来了。回老家种地去。

包子：种地？

吴思成：我们和你们一样，都是种地的，想当强人了，就拿刀拿你手里的那玩货出来唬人了，唬了一路，把你们也唬住了。

包子手上一下没劲了，拿不住那杆土枪了，声音也发抖了：你们把人害苦了，害得人不是人了……

吴思成：这话你说得不对，是人咋害都是人，你仔细想去。

金宝说放你娘的狗臭屁，一砖头拍在了吴思成的后脑勺上。

他们在一片求饶声里胡乱弄死了跪在院子里的土匪，领走了他们的女人。

每人还拉了一头驴。

包子没动手。他在台阶上坐着，浑身都没了力气一样。

芽子从上房里出来了。她走到包子跟前，叫了一声包子哥。

包子没听见，摇了一下头。

芽子：你把他的脸打没了。

包子没反应。

芽子：包子哥你还要我不？

包子眼睛看着地。

芽子：包子哥你不要我了？

包子抬头看芽子了，看了好大一会儿。

包子：你回去看你爸去。

又说：你爸不会死也不会难过了。

芽子没动，好像没听懂包子的话。

包子有力气了。他站起来，拿起那杆土枪，给上边吐了一口：呸！

他抬起膝盖，用力把土枪向膝盖横下去，想把它顶断。

没顶断。

他不顶了。他把土枪扛在了肩膀上。他给芽子笑了一下，说：我不在奉先時了。

又说：我不会缺女人的。

包子走了。

芽子看着包子走了。芽子在舍得大院的大门底下站着，头上是土枪手点过烟卷的那盏灯笼。后来的事情就没人知道了。能知道的是奉先畤人丁越来越兴旺，许多许多年以后成了一座县城。天地庙成了城隍庙。

现在要城市化了。

2011年4月23日重写于西安

（原载于《收获》2011年第6期）

买媳妇

一

　　根兰的肚子在后村人的眼皮底下一天一天往外鼓，鼓圆了。那天，村长天泰和玉柱扛着纤绳从河滩上往回走。天泰不时瞄着玉柱，想和玉柱说几句有关根兰肚子的话，硬是没说成。因为玉柱的眼睛不和他对光。虽然玉柱的心思也在根兰的肚子上，可就是不和他对光。玉柱一直把头仰在脖子上，看着远处的天。人在得意的时候就会这样，眼睛看着远处，自个儿和自个儿说话。到村口了，天泰抽手在玉柱的脖子上扇了一把。天泰说，瞧你那屎眉眼想和你说几句话你瞧你那眉眼。玉柱缩了一下脖子，眉眼一折，就把一脸的得意折成了笑，嗬嗬，嗬，玉柱看着天泰。天泰说，你甭给我笑你的喜也是咱后村人的喜根兰撇腿的那天你可得意思意思。

　　玉柱脸上的笑没了。

　　"咋？难道你想悄儿没声地让根兰给你下崽？没个响动？"天

泰说。

玉柱吭哧了半晌，脸憋红了。

"要是，要是……"玉柱说。

"要是个屎！"天泰说。

"要是再生个……"

玉柱又憋住了。

天泰明白了玉柱的心思。根兰生过一胎，没落住，玉柱的心有些虚。可是，村长天泰很快就缓过神来，找到了说辞。他把眉毛一拧，教训了玉柱几句。天泰说你还是七尺男人！天泰说蛇咬了你一口连麻绳也怕了，难道说……唉？天泰觉得底下的话不便说出口，就打住了。他看见玉柱紧闭着嘴唇，用力一吸，嘴唇像柳叶一样发出来一声响。

"哎！哎！"有人朝这边喊。是村长的婆娘。她总这么叫村长天泰。天泰听见了，却不回头，依旧看着玉柱。难道咱不能往好处想？他说。

玉柱说嫂子叫你哩。

天泰说咱不能……唉？

嫂子叫你哩！玉柱说。天泰说听见了，屎眉眼，去去，回去摸根兰的肚子去。

玉柱要走。天泰说哎，问你话哩。玉柱又站住了。

"多少天了？"天泰说。

"不知道。"玉柱说。

"你扳着指头算么，"天泰说，"从种上那天起，二百八十天。这跟种庄稼一样，八九不离十。难道你不知道哪天种上的？"

玉柱说："这又不是种庄稼眼睛瞅着往犁沟里埋种子。"

天泰踩着脚说："哎嗨！你真是个哎嗨！"

玉柱说："再哎嗨！也不能把这事和种庄稼混在一起，天天晚上都种，谁知道是哪天晚上种上的。"

"你问根兰嘛。"天泰说。

玉柱还是不懂。天泰的婆娘又喊了。天泰比玉柱年长几岁，是种孩子的把式，婆娘进门五年，下了四个崽。天泰说这事给你一时半会儿说不清，我婆娘又喊叫了，去，摸根兰的肚子去。

天泰耸耸肩膀，把纤绳挪挪好，走了。

根兰是老梅从贵州领来的，和村长天泰的婆娘一样，也是个漂亮女人。每天晚上，玉柱都要摸根兰的肚子。只有玉柱知道根兰的肚子有多好。他感到根兰肚子里的孩子不是一天天长大的，是他一天天摸大的。他躺在根兰的臂弯里，把一只厚重有力的手放在根兰的肚子上，眼睛瞪着屋顶上的木椽，一声不吭，像捂着一样不小心就会弄坏的东西。根兰的肚子没大的时候，他天天晚上骑她。他有使不完的力气。他爱听根兰在他的身子底下给他呻吟，难过得像一摊软泥。他说根兰你难受了？根兰说不，不，根兰把他抱得更紧了。根兰的脸像发烧的柿子。现在，他摸根兰。根兰像一只猫，安静地躺着让玉柱摸她。根兰感到玉柱的手把一股温热的东西传给了她。根兰说玉柱你天天这么摸咋就摸不够。玉柱说唔唔我也不知道咋就摸不够。根兰说我的肚子就这么好？玉柱说我觉着好越摸越好不信你摸。玉柱拉过根兰的手让根兰摸。根兰没摸。根兰把手抽走了。根兰说我摸不出好来。玉柱说这就怪了我咋摸咋好你咋就摸不出来？根兰掩嘴笑了一下。根兰笑的时候老爱掩嘴，其实根兰的嘴很好看。玉柱说也许自个儿的肚子自个儿摸不出好来要别人摸，女人的肚子要男人摸才能摸出好来吧。根兰说那你就摸，你觉着好我也就觉着好了。玉柱说根兰快了吧？根兰说快了。玉柱说我听天泰说能算来日子。根兰说我心里算着哩。玉柱说狗日的天泰。根兰说天泰咋啦？玉柱说不咋他干活是能手养孩子也是能手，一种一个准他狗日的。根兰又要笑。玉柱说根兰你这回……根兰立刻捂住玉柱的嘴不让玉柱往下说。根兰说你甭说本来我就害怕。玉柱说不怕不怕你生个鸡蛋我也认。玉柱想起天泰的话。

玉柱说狗日的天泰教训我让我往好处想。根兰说你看你人家天泰是好心你骂人家。玉柱说我没骂我是感激他狗日的。根兰不再说什么，把手放在玉柱的手背上。就这么，根兰捂着玉柱的手，玉柱的手捂着根兰的肚子，一直到他们睡过去。

几天以后，根兰喊肚子疼。玉柱没忘记天泰的话。他让他哥金梁去找天泰。

"你就说咱给村上叫一场电影。"玉柱说。

金梁大玉柱五岁，是个光棍。他娶过一房，死了，所以成了光棍。玉柱比金梁有主意。其实金梁也是个有主意的人，死了女人后有些蔫了，显得没主意，脾气出奇的好。

根兰在里屋的炕上一声一声叫唤。金梁说我找天泰你去叫二女。二女是个单身女人，会接生。玉柱说根兰你给咱坚持住我去叫二女。金梁和玉柱都从大门里跑了出去。根兰咬着牙根，躺在炕上，眼睛瞪得像死鱼一样。

二

"玉柱想叫一场电影。"金梁给天泰说。

村长天泰正蹲在炕上，嚼白萝卜咸菜吃粥。他把脖子一拧，说：撒腿了？根兰撒腿了？

金梁不好答话。

"噢噢，"天泰说，"你是他哥不能胡说走走到镇上去。"

天泰叫了几个船夫，和金梁一起去了镇上。镇上有一台放映机。

这时候，单身女人二女已经坐在了根兰的炕上。手跟前放着水盆和剪脐带用的剪刀。根兰撒着腿，挺着肚子，叫唤着，呻吟着。二女用毛巾擦着根兰头脸上沁出的汗水珠子，教导着根兰，让根兰鼓劲，用力。

"这是力气活，根兰，"二女说，"生娃没有不出力使劲的。"二女说，"有人生娃前要饱吃一顿，为的就是生娃的时候出力，你吃饭没？"

根兰使劲点头。

"那你就得使劲，甭惜力气。"二女说。

玉柱蹲在屋门外。二女不让他进去。二女说生娃不是亲嘴，用不着男人。玉柱几次想进去，因为根兰的叫唤声猛一下就很揪心，二女还是不让。二女说你要进来你就给接生。玉柱觉得二女的话比根兰的叫唤声更吓人，就只好蹲在门外。他咬着嘴唇，黑着脸，好像根兰不是要给他生娃，而是在给他上吊。

根兰整整叫唤了一天，硬是没让二女的水盆和剪刀派上用场。根兰每叫唤一声，玉柱都想冲进去扇二女一个耳光，然后把手塞进根兰的肚子，掏出那一块迟迟不肯出来的东西。当然他没有冲进去，他只是想。他知道生娃和在鸡窝里掏鸡蛋不一样。

天麻黑了。金梁和天泰扛着纤绳从门外走进来。他们已经把放映机和放映员一起放在了村委会的院子里。他们朝紧闭的屋门看了一眼，挨玉柱蹲下来。他们知道事情有些麻烦，没和玉柱打招呼。玉柱像害牙疼一样。金梁从耳朵背后取下一支卷好的烟卷，递给玉柱。玉柱没接。金梁把烟卷叼在嘴里，在衣袋里摸火柴。天泰已点着了烟，把火递给金梁。金梁摇摇头，继续摸着，到底摸了出来，正要划，屋里突然传出一声喊叫。三个男人立刻扬起脖子，朝屋门看去。

没有婴儿的哭声。

很兴奋。银幕已挂起来。放映机支在人堆里，旁边竖着一根竹竿，吊着一只电灯泡。放映员是个年轻的小伙子，正在教光棍汉万泉发电。万泉把一截麻绳缠在发电机轮子上，拉了几次，没成。万泉并不气馁，反而觉得好玩，一次次缠着，拉着。

孩子们等得没耐心了，喊着：放！放！

"放你妈个腿！"万泉说，"没电咋放？再喊叫把你们扔到房上去。"

孩子们不吱声了。他们都怕他。光棍万泉娶不到媳妇，肚子里有火，躁气了会真扔的。

"去，到玉柱家看去。"万泉给孩子们说，"他婆娘一生，就立马回来报告。"

一伙孩子们跑走了。万泉又一次把麻绳缠上轮子，用力一拉，发电机响了。

竹竿上的电灯泡嘭一下亮了。

"咋样？"万泉一脸得意，看着放映员。

"关了先关了。"放映员说，"掏钱的人没给话不能放。你先把绳子缠上，放的时候再拉。"说着，就要关发电机。

万泉不悦意了。万泉说关了发电机灯泡就灭了。放映员说就是不让灯泡亮才要关灯泡亮着费电。万泉说天黑成屎了你让大伙儿亮亮堂堂的多好。放映员说看电影又不是看大伙儿的脸要看脸叫我来做什么关了关了。

几个孩子从门外跑进来。

"生了？"万泉问。

"生着哩。"孩子们说。

万泉说你妈的腿我知道生着哩去去再看去让她快点生。

孩子们说二女把擀面杖都用上了在根兰肚子上擀哩。

放映员说这事还麻缠关了关了。

又一伙孩子从门外跑进来说生了生了！

"你看，你关不成了。"万泉给放映员说。

"关不成就放。"放映员说。

咔啦啦啦，放映机转动起来，放映员说万泉你往银幕上看你看我做什么电影又不在我脸上。

电灯灭了，一道光束朝银幕射过去。万泉和满院的人都像雁一样伸长了脖子。

"关了关了！"有人失眉吊眼地喊着跑进院子。

是金梁。他拨开人堆，堵在了放映机前边。

"关了！"金梁说。

放映员眨朦着眼。他没关放映机，因为他省不过神来。放映机咔啦啦啦转动着。那束光全在金梁的胸脯上。"关了。"金梁说。

"为啥？"放映员说。

"孩子死了。"金梁说。

放映员把眼睛大张了一下，又缩小了。他咽了一口唾沫，很为难的样子。

"你看，你把钱都交了，不放咋办？"放映员说。

金梁的胸膛上放着光芒。要不是他的胸膛，光芒就会在银幕上放射。

"咋办个尿。"天泰从人堆里挤过来，嘭一下拉亮了电灯。"不放就不放了，还咋办？都回家睡觉去，听见了没有？"

满院的人都站起来，提着椅子板凳往外走。万泉屁股底下坐着一摞砖头。他抬起脚，朝它们踹过去。砖头倒了。

"小心你狗日的脚腕子！"天泰冲万泉骂了一句。"你婆娘生个死娃你放不放电影？"他说。

"我要有婆娘我给村上唱大戏！"万泉说。

"有一头母猪给你，你回家躺在炕上等着去。"天泰说。

万泉不敢回嘴，但万泉的样子很傲气，手背起来，胸脯一挺，从大门里走了出去。

"尿眉眼。"天泰说。

放映员一直愣着。天泰说你还愣什么把你这一摊子收了去。

当天晚上，金梁和玉柱在村外的野地里挖了一个土坑，埋了死婴。

他们在那里蹲了很长时间。

"玉柱……"金梁说。

他想安慰他兄弟几句，却找不到合适的话，显得比玉柱还熬煎。

"玉柱……"他说。

他这么说了几次。

后来，老梅就来了。

三

河水从深山大岭中喷涌而出，到平缓的地带后就变得温和起来，不紧不慢地随山势蜿蜒，向远处流去。阳光照下来，给水波里弄出一块块闪光，也给河滩的沙石里揉进一层淡漠的红色。

后村人除了种庄稼，也吃这条河。他们不捞鱼。河里没鱼。他们给山上送货。

山顶上有座古塔，突然热闹起来，许多人去那里烧香，还有许多人去那里看风景。

后村人用船把货从山后的河水里运上去换钱。他们踩踏着河滩上的沙石，拖着木船逆流而上。船上装着食品和日用百货。船夫都是青年男人。他们送完货物点完钱之后，有婆娘的就各回各家，没婆娘的光棍们无处可去，就跟在村长天泰的屁股后头，到天泰家去吹牛聊天。他们不缺胳膊不少腿，谁知道咋弄的，就是找不到女人。没女人的男人一个人待着太恓惶，也着急，所以，他们都去天泰家。

那些天，他们总说根兰，说着说着，就说到他们自己了，然后就想起了老梅。

天泰的婆娘坐在炕上补衣服裤子。她有补不完的衣服裤子。她的脸上总有一种满足的笑。天泰也很满足，蹲在炕沿上抽旱烟。他不太插嘴，只听光棍们张嘴胡说。

是玉柱不会弄，还是根兰不会生？两个了，都是死的。他们想不通，所以，他们每一次都从这儿说起。然后就有人反驳：娃在根兰的肚子里，根兰撇腿生哩，咋能怪玉柱？咱不能掂个臭嘴胡说吧。然后——

"我看也不全是胡说，老梅弄来的女人都是外地的，不保险。"有人这么说。

万泉也在。他瞄着天泰婆娘说："咱嫂子也是老梅弄来的，咋生一个成一个？难道是咱村长会弄？让村长给玉柱教教。"

天泰婆娘说：臭嘴。依旧是满脸笑。她不到三十岁，身段很好。她是老梅领来的女人中最好看的一个。

"老梅狗日的眼里有水哩，拣好的给村长。"有人说。

万泉不同意。万泉说老梅眼里有水能看见漂亮不漂亮可老梅再能也不能看出会不会生娃吧？

光棍们说那不一定，说不准老梅就有这眼力，母马能不能下驹牲口贩子一搭眼就能看出，老梅弄这事多年没这点眼力还能是老梅？让村长说。

天泰不说，只是个笑。

呼啦啦，门外撞进来四个光葫芦，一个比一个矮一点，清一色长牛牛的。他们都是村长天泰的光荣。最高的一个挪过一条板凳站上去，把手伸进吊在屋梁上的馍笼里，抓出一个馒头，又抓出一个，再一个，分给几个兄弟，然后给自己抓了一个，跳下板凳，又呼啦啦跑了出去。

光棍们正在想着老梅。他们突然想起，老梅好长时间没来村上了。

"老梅咋这么长时间不闪面了？"他们说。

"咋？都把钱攒够了？"万泉说，"钱够了就在本地找嘛，明媒正娶，一不操心跑，二不怕像根兰一样光生死娃。"

一个光棍撇撇嘴，说："钱是屁股流油磨豆腐一样一分分挣的，不是在路上捡的。这账我可算过了。找本地的女子，从订婚到娶进门，至少也得这个数，"他用指头比画出一个六，"六千块。"他说，"从老梅手里买，最多也就三千。"

其实，这笔账光棍们都算过，所以，腰里的钱差不多了，就会想起老梅。

"找本地的知根知底嘛。"万泉说。

"买到屋里过一段日子就知根知底了。"光棍们说。

"问村长，看他知不知嫂子的根底。"他们让天泰说。

天泰还是个笑，不说。

几天后，他们就知道了老梅进村的消息。他们送完货收了船，从河滩上往回走，二女把他们堵在了村口。

"老梅来了！"二女说。

他们愣了一下，有些不信。

"来了？"他们说。

"来了真来了。"二女说。

二女的脸上泛着红色，像下完蛋的母鸡。老梅每次来都住在二女家。老梅说二女干净。也许他们还有别的事，要不老梅一来，二女就像吃了喜娃他妈的奶一样，连大腿上的肉也兴奋得发颤。

"三个。"二女说。

光棍们嗷地叫了一声，撒腿向村里跑去。

"老地方。"二女冲着他们的背影说。

他们很快就看见了老梅，看见老梅领来的三个女人。

他们没想到玉柱也会来。

四

老梅是猎户，女人就是兔子。老梅是钓户，女人就是鱼。他总能打到兔子或者钓到鱼。他把她们弄到一起，然后再弄到后村，分配给这里的光棍们。这就是老梅。

老梅知道什么叫商品经济。老梅说商品经济就是做买卖。买啥卖啥？老梅说啥赚钱买卖啥。在多的地方买，在缺的地方卖；在价钱低的地方买，在价钱高的地方卖。这就是商品流通。

"我流通女人。"老梅说，"你们这儿缺这东西。"

就是就是，光棍们说，咱这地方啥也不缺就缺女人你多给咱流通些。

老梅说这事情越来越难做了。过去叫牵线红娘现在叫人贩子弄不好要坐班房。

光棍们说放娘的狗臭屁说这话的都是有女人的人让他们打十年光棍看他们还说不说。买媒人的就合法买人贩子的就犯法了？媒人就近找人贩子从远地方弄就是个远近的不同啥是个远啥是个近？一百里二百里？一百里以外犯法你就给咱在九十九里的地方弄。

当然当然，老梅说，让紧箍咒箍住的话就不是老梅了。老梅吸了一口烟，又吐出来，歪着头，眯着眼，让吐出的烟雾，从鼻子前边一直飘浮上去。

这就是老梅。

这回，他弄来了三个。他给她们说找工作，先去煤矿做饭，然后做统计员。因为她们里边有识字的。他们走了许多天，女人们不放心了，要回去，老梅的同伴就变了脸。老梅有一个样子很凶的同伴，是个青年男人，脸上有一块刀疤。刀疤说谁也走不成，领你们逛世界来了是不是？一路上坐火车汽车蹦蹦车还有住宿吃喝的花费你们掏是不是？想回去就留一条腿，他说。老梅没有变脸。老梅说别生气别生气她们没出过远门想家了这也是人之常情对不对？女人们害怕了，给老梅直点头。老梅说就是嘛跑这么远的路哪能不工作就回去。老梅也有变脸的时候。老梅一变脸就让女人脱衣服，然后自己也脱。然后，老梅的同伴就会压住女人，让老梅和女人干那事。老梅也压女人。老梅压女人的时候，干那事的就是刀疤。老梅觉着这么弄女人没意思，他觉着二女好，所以他压女人，让刀疤弄。他把心情要留给二女。这也是老梅。他知道怎么能把女人的毛抚顺，让不听话的听话，让听话的更听话。

二女说的老地方是她家的一间空房子。老梅和刀疤把女人们推进去，让她们脱掉长衫长裤，挨着墙壁站好，让光棍们看。

"看吧，"老梅说，"看仔细些。"

蹲在另一面墙壁底下的光棍们立刻睁大了眼。

"高矮胖瘦脸面身材胸脯屁股胳膊和腿都在这儿了，"老梅说，"你们随便看。"

现在，女人们已经明白了，后悔了，可是也来不及了。她们站在一排光棍们的面前，努力收缩着自己，捂着脸，抽泣着。她们头顶的墙面上，用白粉笔写着她们各自的价钱。年龄最小的一位，价钱最高，三千五。

"她叫小艾，"老梅说，"是县城的高中毕业生。"

光棍们开始盘算挑拣了。有的被价钱吓了回去，决定不买了，就品头论足。

"这么高的价，是金子？还是银子？"一个说。

"价高不一定实用。咱花钱买的是女人，不是绣花枕头。"另一个说。

"我看三千五那个，也许是头不会生养的骡子。"另一个说。

玉柱就是这时候走进来的。他轻轻推开门，蹲在一个光棍的跟前，给老梅点点头，然后，把目光放在了三个女人的身体上。

"你来弄啥？想买二房啊？"光棍说。

玉柱不吭声，专心地审视着女人。

万泉从始到终没说一句话。他是光棍们里边看得最认真最细心的一个。经验丰富的老梅知道，这才是真正的买主。他笑吟吟走到万泉跟前，掏出一根纸烟递过去。

"万泉，别把眼看花了。"他说。

光棍万泉挡过老梅递过来的纸烟，站起来，朝年龄大一点的女人走过去。女人立刻把脸埋到了手里。

"我是结了婚的人，"女人说着要哭了，"我有男人，有娃。我被人骗了。"

女人真哭了。

万泉没有诧异，也没有生气，好像没听见女人的话。他上下打量着，然后，把女人拨过身去，又打量了一阵，然后退回来，看着女人，思量着。

"咋样？"老梅说。

这回，万泉接了老梅的纸烟，点着，吸了一口，喷出一股白烟。

"这个我要了。"万泉说，声音不大，却掷地有声。

"二千五的我要！"一个光棍喊了一声，好像怕喊迟了别人会抢走。

老梅一脸得意，扫视着光棍们。

紧挨玉柱的光棍，用胳膊捅捅玉柱说：剩一个了，再不拿主意就迟了。

玉柱把下巴颏抵在搭起的胳膊上，思考着。

"钱不顺手的，过几天也行。"老梅说。

玉柱还在思考。

那天晚上，玉柱不停地翻身。他睡不着，好像被什么难缠的事情纠缠住了。他哥金梁早就睡实在了，鼾声不时地往玉柱的耳朵里钻。他坐起来，在黑暗里瞪着眼。

嘭，灯亮了。根兰也坐起来，给玉柱披上衣服，担心地看着玉柱。她不知道玉柱为什么睡不着。她已经恢复了许多，额头上绑着一块红布，怕受风。

"咋啦？"她说。

玉柱愣着眼，一动不动。

根兰摸摸玉柱的额头，不烧。

"喝水不？我给你倒水去。"根兰说。

玉柱皱皱眉头，很烦躁的样子。根兰不敢再问。玉柱又躺下了。根兰给玉柱掖好被子，关了灯。她没躺在被窝。她侧着身，用手支着头，在黑暗里看着她男人。玉柱又翻了几次身。根兰在心里叹了一口气，无可奈何地缩进了被窝。她实在太困了。

第二天清早，玉柱穿好衣服，勾上鞋，又去了一趟二女家。他好长时间没有开口说话。他坐在炕沿上，仔细地卷着烟卷，好像不是来说事情，而是来卷烟卷的。

老梅也不开口。他抽着纸烟，耐心地等待着。

玉柱到底卷好了那支烟卷。他掐了纸头，却并不点燃，歪过头，定定地看着老梅。

老梅刚吐出一口烟。烟雾弥漫了老梅的脸。

"你抹下来一千，我立马交钱领人。"玉柱说。

老梅在烟雾里思量着。

"行不行你给句话。"玉柱说。

啪啦一声，老梅把半截纸烟扔在了地上。

"就这了，你取钱去。"老梅说。

天大的事情，一下决心就简单了。就这么，玉柱买走了小艾，年龄最小的那个。

"县城的高中毕业生。"老梅说。

五

噼里啪啦。玉柱用竹竿挑着一串鞭炮，挑得老高，炸出一团团五颜六色的纸花。金梁穿着一身新衣服，站在他弟玉柱的身后，笑着，说不清是羞涩，还是幸福。几个孩子捡拾着落地未响的爆竹。另几个孩子在远处朝金梁喊叫。

"金梁，圆房。金梁，娶媳妇。"

玉柱把竹竿朝孩子们抢过去。孩子们跳开去，又转过身，齐声喊着。

金梁只是个笑。

玉柱一直没给金梁说买女人的事。玉柱把小艾从二女家领回来的时候，金梁直眨矇眼。玉柱把小艾交给根兰，然后说："哥你别眨眼，你来，我有话和你说。"

金梁还在眨眼。玉柱把金梁拉进屋。

"咋样？"玉柱一脸笑，问他哥。

"啥咋样？我不懂你的话。"金梁说。

"女人，你看那个女人咋样？"玉柱说。

金梁还是不懂。

"我把她买了。"玉柱说。

金梁更不懂了。

"二千五，从老梅手里买的。"玉柱说，依然是一脸的笑。

"再把她卖出去，是不是？"金梁不高兴了，以为玉柱想当二道贩子。

"你咋就不明白？咱家缺个女人，你咋就不明白？"玉柱说。

"噢噢，"金梁明白了，"你是给我买的？"

"咋样？"玉柱说。

"不咋样。"金梁说。

这回，该玉柱不明白了，急了。

"县城的中学毕业生，老梅亲口说的。"玉柱一着急，说话就像打枪一样，"人刚才你见了，不咋样？"

"嗨嗨！"金梁跺了一下脚，"我不是说人不好。我还能谈嫌人？我是说，这么大的事，你该和我商量商量。"

"噢噢，"玉柱有些放心了，"现在和你商量也不迟。"他说，"你总不能一辈子不要女人吧？"

"是啊是啊。"金梁说。

"那还有啥商量的？钱我已经交了，人你也不谈嫌，还有啥商量的。"

"你看你，你让我把话说完嘛。"金梁说。

"不商量了。"玉柱说，"根兰给你把屋子收拾收拾，明天就办事。"

玉柱走了。

金梁抱着头，在地上蹲了很长时间。他感到事情有些突然，然后，就为他兄弟的用心感动。玉柱啊玉柱，他在心里说，你哥咋能一辈子不要女人呢。他像吃了一块热豆腐，热乎乎要流出眼泪来了。

那天晚上，他们兄弟俩说了半夜话。他们感到他们比世界上所有的兄弟都亲。

"一定得保住这女人。"玉柱给他哥说。

"让根兰好好养身子。"金梁给他弟说。

"得放一串鞭炮。"玉柱说。

"你说放就放。"金梁说。

噼里啪啦，鞭炮放响了，响得村庄好像要跳起来一样。那时候不是清晨，而是黄昏。他们兄弟俩商量好了，爆竹一放完，金梁就进屋，和女人圆房。

金梁的屋子已经收拾过了。根兰拿着几件新衣服让小艾换，小艾不换。小艾坐在炕上。根兰的屁股担着炕沿。

"咋说也是个喜庆的事，换件新衣服，图个吉利。"根兰说。她把同样的话已说过许多遍了。

小艾一声不吭。

"是女人，迟早都得过这一关。"根兰说。

爆竹放完了。玉柱和金梁关了大门。

"根兰！"玉柱朝屋里吼了一声。

"哎。"根兰应了一声。

"出来！"玉柱说。

根兰对小艾说：以后就是一家人了，我该叫你嫂子。

"根兰！"玉柱又吼了。

"来了来了。"根兰说。根兰把手里的新衣服放在小艾跟前，对小艾笑笑，说："我走了。"

根兰刚一出屋，玉柱就把站在门口的金梁推进去，咣唥一声，拉上门，拴上了门闩，又掏出一把锁，咔嗍一声，锁上了，然后转过身，对根兰说。回去。

根兰看着上了锁的屋门，很不放心。玉柱不耐烦了，一把抓住根兰的胳膊，朝他们的屋里拽去。

玉柱一直把根兰拽到炕跟前，一用力，根兰顺势就坐在了炕上。玉柱返身关了屋门。

"你看你。"根兰伸着手腕让玉柱看。她的手腕让玉柱抓疼了。

"谁让你磨蹭。"玉柱说。

"我担心金梁哥……"

"有啥担心的？脱你的衣服。"玉柱说。

"听听嘛，听听金梁哥他们。"根兰说。

"听啥？能扳倒她就成了。脱。"玉柱说。

"啥话也能慢慢说，听你的声，开飞机一样。"根兰亲昵地白了玉柱一眼，开始解衣扣。

玉柱已脱光了。

"真是个二楞。"根兰说。

根兰的衣服还没脱完，玉柱已等不及了。他扳倒了她。她噢地叫了一声，抱紧了玉柱。他们拉灭了灯，纠缠在一起。他们都很投入。玉柱拱着根兰的身子，喘着气。根兰轻轻呻唤着，让玉柱拱。

"啊！"玉柱叫了一声。

"哦！"根兰也叫了一声。

他们就躺平了。他们张着眼，喘了一会儿气，然后就竖着耳朵，听金梁屋里的动静。玉柱的一只手放在根兰的肚子上。他们一声不吭。

六

金梁没有扳倒小艾，那个县城的高中毕业生。

小艾的妈妈是县卫生局的副局长，是那种精明能干又厉害的女人。她爸在一所中学教音乐，会拉手风琴，并有一副嘹亮的嗓门。可在精明又厉害的女人跟前，他就成了窝囊的男人。小艾讨厌她妈的精明，也瞧不起她爸的窝囊。她妈说小艾你考卫校。小艾说我为什么非要考卫校。她妈说你考大学考不上考其他学校我说不上话。小艾说我的事为什么非要你说上话。她盯着副局长。副局长端着磁化杯正在喝水，不喝了。她把磁化杯嘭一声放在茶几上，扭过头对厨房里的音乐教师说：把你那东西给我停了。音乐教师正在拉《莫斯科郊外的晚上》。他总爱拉那首歌，一边走一边拉，拉到了厨房去了。

停了！副局长说。

手风琴不响了。音乐教师走出厨房，卸着手风琴。怎么啦怎么啦我刚拉出点味道这不是你爱听的歌吗？音乐教师的笑脸几乎要挨着副局长冷峻的鼻子了。

小艾越来越不像话了非要跟我对着干，副局长说。

音乐教师说小艾你不能跟你妈对着干对着干对你没好处。小艾说我没想和谁对着干我讨厌你们这么一唱一和的口气！小艾出门走了。副局长也是精明的女人，和音乐教师也是窝囊的男人两口子对瞪着眼，对瞪了好长时间。他们想不到小艾会出远门。他们想她吃晚饭的时候就会回来。

小艾没回来，小艾出了家属院，拐进了巷子，从她家楼前过的时候，她听到了音乐教师的手风琴声，还是那首《莫斯科郊外的晚上》。小艾感到恶心，就一直往前走，一直走到了汽车站。后来，就碰上了老梅。

现在，她坐在了金梁的炕上。她顺着眼，灯光把她的身子投在墙壁上，拖成一团巨大的阴影。根兰给墙上贴了几张画，使这间屋子透露出一些新房的气氛。

金梁不是玉柱。他没有硬扳。他想女人要是愿意，你不扳她自己就会倒，女人不愿意，你就是硬把她扳倒，也弄不成事，所以他没硬扳。他倒了一盆热水，放在炕跟前，看着小艾。

"你洗洗。"金梁说，"你们念书人讲卫生。"

小艾没想到，金梁会这么慢声慢气地和她说话，慢声慢气中还有一种关切。她抬起脸，看着金梁。

金梁一脸诚恳，迎着小艾的目光。

洗就洗。小艾这么一想，就抬腿下炕了，端过脸盆去洗脸。她也实在该洗一次脸了。走了上千里路，洗脸是有次数的。

金梁坐在炕沿上，看着小艾洗脸，心里突然涌动起一种温热的情感。他的屋子里有一个女人在洗脸。他看着她。就这么，他的心里涌动起一种温热的情感。

小艾洗完脸，端着脸盆想出门倒水，拉拉门，这才想起门被反锁了。金梁也想起来玉柱把门锁了，刚才看小艾洗脸，心里忽儿忽儿的，就忘了锁门的事。他跳下炕沿，接过脸盆，给小艾笑了一下，笑得很不好意思。

"我来。"金梁说。

金梁顺着门槛，往外倒脸盆里的水。小艾走到衣柜跟前，对着镜子梳理头发。

衣柜上嵌着一块玻璃镜。金梁倒完水，转身来，小艾已坐在炕上，扎好头发了。她看着金梁，洗过的那张脸像杏一样，看着想吃，吃着又觉得可惜。

金梁的心咯噔响了一声。

小艾又顺下眼去。她听见金梁一步一步朝炕跟前走。走到跟前了，坐在炕沿上了。

啪啦，一只鞋掉到了地上。

啪啦，又一只。

金梁要转身上炕。小艾突然失声叫起来。

"别上来！"小艾扬起头来，叫了一声。羞愤和惊慌，使那张杏一样的脸变成了一枚柿子，红得要喷发出血来。

金梁被吓了一跳，愣了，一动不动地看着小艾。

"你别……"小艾要哭了一样。"你别碰我。"她说，"我才十七岁，我是被老梅骗来的，他说他给我找工作，他骗了我，我要走，我不会给你当媳妇。"

金梁不知该怎么办了。

"你下去。"小艾说。

"你不能让我在地上待一夜吧？"金梁说。

"你下去。"小艾说；

"我不动你，行不？"金梁说。

"我害怕。"小艾说。

金梁摇摇头，在地上找鞋。

"好，我下去。"金梁说。

金梁倒了一茶缸开水，顺衣柜靠着。

"你睡。"金梁说。

"我不睡。"小艾说。她心里宽松了一些。

"我喝水，你睡。"金梁说。

金梁喝了一口，水太烫。金梁吹了几口气，又喝。

小艾拿过根兰送给她的衣服，嘶一声，撕成了两半。金梁不喝水了，看着小艾。小艾继续撕着，把衣服撕成布条，然后用布条扎裤腰和裤腿。金梁感到他的心打战了。他赶紧喝了一口水。小艾扎好裤腰和裤腿，又顺着眼，坐在炕上一动不动了。金梁心里很焦渴，一口一口喝着，喝完了茶缸里的水，还在喝，喝着茶缸里的空气。突然，他不喝了。他的眼睛盯在了墙角的一口瓷瓮上。

"小艾。"金梁说。

小艾受了一惊，扬起头。

"你睡不着，是不？"金梁说。

"我不睡。"小艾说。

"我给你顶缸。"金梁说。

小艾不懂金梁的话。金梁说你见过耍杂技的顶缸没？我给你顶缸。说着，就放下茶缸，朝那口瓷瓮走过去。瓷瓮里有几条麻袋。金梁把麻袋取出来，抓住瓷瓮一用力，嘿一声，瓷瓮沿儿就落在了金梁的头顶上。金梁伸开胳膊，摇摆着身子，努力平衡着，不让瓷瓮掉下来。他龇牙咧嘴，满脸涨红，大张着眼，想看头顶上的瓷瓮，又想看小艾。

小艾被金梁的举动惊呆了。

金梁很想笑一下，可头上的瓷瓮颤悠悠晃动着，不让他分心。金梁说小艾你看我有的是力气我没地方使我给你顶缸要。金梁说这话时，眼眶里溢满了泪水。本来他想笑，不知为什么溢出了眼泪。

"小艾你看，你往我这儿看。"金梁说。

金梁又用了一下力，嘿一声，瓷瓮荡起来，转了一下，又落下来。金梁用头去接，想接往另一边的瓮沿儿。

他没有接住。瓷瓮结结实实地从金梁的头顶上扣了下去，扣住了金梁。

小艾抱住头叫了一声，不敢往过看。她想金梁会被瓷瓮砸死的。

没有。金梁被砸晕了一会儿。没多长时间，他就从瓷瓮里爬了出来，又靠着瓷瓮蹲下去。

他睡着了。

七

玉柱把钥匙塞进锁孔，打开锁，取下门闩。门被拉开了，金梁从屋里走出来。

他睁了一下眼，阳光猛烈地刺进他的眼睛。他挤挤眼，朝茅厕走去。昨晚上喝进肚子的水，全变成尿水了。玉柱又拉上门，拴上门闩，要锁。根兰说不锁了，我和金梁哥都在家里，还看不住一个女子。玉柱就不再锁门，把门锁装在了衣兜里。

金梁从茅厕出来了。

"你不去河上了。"玉柱给他哥说，"你给咱凿个石臼，砸辣面子调料面子用。"

金梁看着玉柱，有些意外。

"石头我找好了。"玉柱说。

院子里真有一块石头，上边放一把铁锤，一把铁凿子。

"人跑了，钱就白扔了。"玉柱说。

"噢噢。"金梁说。

玉柱去了河滩。金梁就坐在院子里，凿那块石头。根兰给小艾端了一盆洗脸水，然后扫院子。扫完院，小艾也梳洗过了，根兰就拉小艾去厨房做饭。根兰淘米，小艾烧火。小艾不会拉风箱，很别扭。根兰说拉几次就好了。她往炉膛里添了一把硬柴。

小艾很快就拉得顺手了。她从来没拉过风箱，觉得很新鲜。根兰给她说很多村上的事情。根兰说的事情也很新鲜。根兰说这村上有许多外地女人。光棍们一有钱，就想媳妇。他们都愿意从老梅手里买。村长的婆娘也是从老梅手里买的。我也是。根兰说，我娘家在贵州，被人骗出来，经老梅跟了玉柱。

"我跑过几次，都给抓回来了。"她说，"后来我就不跑了，就认了。我跑啥呢？女人嫁给谁不是一辈子？在爹妈也是卖，和老梅卖有啥两样？这么一想，我就安心了，也觉着玉柱是个好男人了。"她说，"玉柱脾气不好，不如金梁哥。女人能摊上个好脾气的男人，也是福气。我现在啥也不想了，就想着给玉柱生个孩子。"

根兰像在讲别人的事情一样。

"我命苦，生了两胎，都失了。"根兰说。她说这话的时候，眼圈儿好像红了一下。也许是水蒸气扑了眼。水开了，她揭开锅，吹着升腾的蒸汽。

"水开了待会儿再烧。"她说。

小艾停了风箱。根兰灌了两壶开水，然后往锅里搭米。小艾觉得根兰很能干，人也好。

能听见金梁在院子里凿石头的声音。其实金梁人也不坏。小艾这么一想，就偏过头，想看一眼院子里的金梁。金梁在前边院子的墙根底下，在灶窝里偏偏头是看不见的。

金梁一下一下凿着那块石头，很认真的样子。其实，他的心思不全在石头上。

他想着昨天晚上的事。他感到有些窝囊。他想他不顶缸就好了。他想他就该上炕，把小艾扎裤腰裤腿的布条撕了，然后再撕她的衣服。小艾就是喊叫起来，也不要紧。小艾的喊叫就是让全村的人听见，也不要紧。我又没撕别人的衣服，我撕我的女人的衣服与别人屎不相干。我要能撕掉她的衣服就好了。我抓她的奶奶。我怎么也能抓她的奶奶吧？你要真抓住了女人的奶子，撕了她的衣服，情况也许就会是另一个样子。金梁一边凿着，一边这么想。他越想越后悔，恨不能让时间倒回去，倒回到昨天晚上去。

万泉就是这个时候蹲到金梁跟前的。

万泉轻轻推开头门，闪进来，又轻轻合上门，蹲到了金梁跟前。他朝厨房那里看了一眼，一脸神秘的表情。

"咋样？"万泉问金梁。

金梁没吭气。

"昨晚上，咋样？"万泉又问了一声。

金梁还没吭气。他不会给万泉撒谎，可他也不会给万泉说他顶缸的事。所以，他不吭声。

"没成？"万泉说。

金梁有些恶心，想用手里的铁锤敲万泉的头。

"你是咋弄的嘛！"万泉说，"给她个下马威嘛。"他说，"我那个女人也是，咋说也不愿意，我就给了她一个下马威。我说今晚死都成，不让睡，万万不成。我说完就把她压倒了。"

金梁一下一下凿着。

"女人一到男人身子底下，就不由自己了。"万泉说。

"不信你照我说的试试。"万泉又说，"万事开头难，头一开，往后就顺溜了。就看你能不能横下心。"

金梁不凿石头了。可金梁也没看万泉。他看着那块石头。万泉以为他的话起了作用，更来精神。

"你是有过女人的人嘛，是不是看她嫩，可惜？再嫩也是女人嘛。

放到炕上的女人还睡不了，算屎啥男人！"万泉说。

金梁把手里的凿子在石头上敲了一下。万泉这才看见金梁的脸色有些不对。

"我说错了？"万泉说，"难道我说错了？"

金梁开口了。金梁说你再胡说我就敲你狗日的。

"你看你看，我教你成事你还是这态度。我胡说了？难道我胡说了？"万泉说。

"出去！"金梁说。

万泉有些害怕，站起来。看着金梁。

"这熊是不是病了。"他说。

"滚！"金梁吼了一声。

万泉跳开了，然后往大门跟前退。他很担心金梁手里的铁凿子，也许金梁会把它朝他的头甩过来。

"这熊病了。"万泉咕噜了一句，从大门里跳了出去。

金梁举起凿子，朝石头狠狠地摔下去。铁凿子发出一声脆响，弹起来，蹦出去老远。根兰和小艾听见响声，跑出厨房，看着金梁，不知他怎么了。

几天后，金梁就给了小艾一个下马威，然后，和玉柱打了一架。

八

小艾不和金梁睡，金梁一点办法也没有。小艾和根兰一起扫院，一起做饭，甚至脸上也有了一点儿笑，可一到晚上，就扎裤腰裤腿，并且全扎成死结，看得金梁真想大哭一场。

"哥，你就真拿她没办法了？你就不能来点硬的？"玉柱朝他哥这么吼着。他比他哥还着急。

"绳呢？刀呢？你就不能用上一样！"玉柱喊着。

那天晚上，金梁把绳和刀都甩在了柜盖上。

吭啷一声。是凿石头的那把凿子。

小艾正在扎裤腿。裤腰已扎好了。她停住手，抬头看着金梁。金梁一脸铁青，像一头准备咬人的狮子。小艾的手从脚腕上边松开来，目光慌乱了。

"金梁叔……"小艾胆怯地叫了一声。

"谁是你叔？"金梁的眼睛里要迸出血来，咆哮了，"我是你男人！听见了没？男人！"

小艾的身子立刻缩小了，打着抖。

"脱衣服还是死，你选一样。"金梁说。

小艾把身子缩得更小了，像一只恐惧的羊羔。

"脱！"金梁说。

小艾害怕地摇摇头。

"脱！"金梁声嘶力竭地喊了一声，喊出了满肚子的羞愤和酸楚，泪水立刻模糊了他的眼眶。

金梁怎么也没想到，他这么一喊，把小艾从恐惧中惊醒过来了。小艾的身子慢慢松开来，眼睛里射出一种坚定的目光，盯着金梁。

"我不愿意死。"小艾说，"也不愿给你做女人。你实在要我死，你就把我杀了。"她说。

金梁愣了，眼里的泪水又渗了回去。

"你杀吧。"小艾说。

他们互相盯着，一动也不动。金梁感到身子里聚集起来的气力正在一点一点消退，骨头正一点一点变软。

蹲在院子里的玉柱跳了起来。他一直蹲在院子里，听着屋里的动静。

"窝囊废！"他叫了一声。

屋里悄无声息。

玉柱提起一条木凳，朝屋里砸过去。

"窝囊废！"他又叫了一声。

他跑到门跟前，使劲踢了两脚，又抓住门闩摇着。他急了。

"金梁！"他叫着他哥的名字，"你炕上的女人是用咱的血汗钱买来的！"

根兰跑过去，拼力拉走了玉柱。

"金梁！"玉柱还在叫。

咣当一声，根兰把他们的屋门关上了。

"玉柱你别这么，哥的事让哥慢慢办。"根兰给玉柱说。她把玉柱推到炕上，给玉柱解着纽扣。"快睡快睡，"根兰说，"我的热身子还堵不住你的嘴。"

这时候，金梁身子里的力气已经泄尽了。他蹲在墙根底下，两眼瞪着一个地方，好像在发呆。坐在炕上的小艾仰着头，看着墙上的画儿，不知想着什么。

金梁好像咕噜了一句什么。

小艾扭过头，看着金梁。

"你走吧。"金梁说。他不看小艾，话音轻，却很清楚。

小艾实在不敢相信，金梁会说这样的话。

"我没养女人的命。"金梁像给自己说话一样，"我娶过一房媳妇，死了。玉柱看我孤单，就花钱，买了你。都怪我糊涂。你走吧。"他说。

金梁说得很痛苦，也很诚恳。小艾反而不知该说什么了。她支吾了好大一阵。

"我，我让我爸妈还钱给你。"她终于想到了一句合适的话，"你要信不过，我就写封信去，让我爸妈拿钱来领我。"

"钱不是你爸妈拿的，凭啥让你爸妈还？我认了。"金梁说。

"那，那你就人财两空了。"小艾说。

"你这个样，硬不让你走，我比人财两空还难受。"金梁说。

"金梁叔，你是好人。"小艾说。

"狗屁。"金梁说，"我不愿当这种好人，是你逼着让我当。你别叫我叔，叫得我心口疼。"

小艾想不通，金梁为什么说是她逼他当好人的，可她不敢多说，她怕金梁突然又变了主意。

金梁没变主意。第二天半夜，他轻轻抬开一扇门，把小艾领出去，朝县城方向走了。到县城汽车站，天还没亮，小艾就靠在候车室的长木椅上睡了。金梁蹲在卖票的窗口下打盹，到卖票的时候，他就会站起来，第一个买票。

他没想到会出什么意外，却偏偏出了。没等他把话说出口，玉柱的拳头，就重重地砸在了他的脸上。他攥着车票和找的钱，从人堆里挤出来，想摇醒睡在长木椅上的小艾，就看见玉柱领着一伙人，从外边涌进来。他的头里边嗡地响了一声，身子站直了。小艾正揉着眼。玉柱和那伙人围了上来。小艾清醒了，想把身子缩在金梁背后。

"拉上去！"玉柱说。

那伙人把小艾拉到了车站门口的手扶拖拉机上。

"你……"金梁张着嘴，话没出口，玉柱的拳头就抡起来，照直朝金梁的脸砸过去。金梁听见镪的一声，立刻感到了一阵辛辣。他呻吟了一声，险些倒下去。他又张张嘴。镪！又一声。玉柱的那只拳头又一次击中了他的脸。他叫了一声，栽倒了。玉柱并不罢手，他拳脚相加，在金梁的身上踢打着。他不说一句话，只是疯狂地踢打着。

金梁没有反抗。玉柱不知走了多长时间了，他才慢慢爬起来，摇晃着朝车站外走去，沾在身上的尘土纷纷跌落着。他走到一家饭馆里买了一盆水。饭馆的人问他吃不吃饭。他说我先洗脸。他洗了脸，饭馆的人问他吃不吃。他说吃。饭馆的人说早说吃饭就不要水钱了。他说要吧你要吧无所谓现在你给我上饭菜。饭馆的人说要酒不？

"要。"他说。

晚上，他摇晃着回来了。他从玉柱手里要过屋门上的钥匙，打开锁。他抬起脚，朝门扇踢过去。门闩哗啦啦掉了。他横进去，关上了门，然后，屋里就传出来小艾的叫喊声和激烈的厮打声。

他强暴了她。

小艾平展展躺在炕上，眼睛大张着，看着屋顶。

"金梁，你把我毁了。"她说。

金梁歪倒在一边，打着呼噜，嘴角上挂着笑。

然后就到了冬天，下了一场大雪。

九

大雪下得无声无息，停得也无声无息。山啦，河岸啦，村庄啦，雪把一切都变成了一种颜色。雪刚停，孩子们就在村外的野地里打雪仗了。能看见他们追逐着扔雪团，也能看见雪团打在他们的身上碰开的样子，可听不见他们打闹的声音。他们的打闹声，被松软的雪吸收了。天气很寒冷，但寒冷中有一种安详。

玉柱抡着斧头，潜心地劈着一截树桩。

院子的雪已经扫过了。根兰用铁锨攒着散雪。小艾把雪堆堆成了一个雪人。她想让它更好看一些，便用冻红的手指头，在雪人的眉眼上抠着，抠几下，退两步看看，呵呵手指头，走过去再抠，然后，从雪人头上取下早已做好的鼻子，安上去。她做得很投入。

金梁推着一个大水桶从大门外走进来，用小木桶把大水桶里的水往厨房里的水缸里倒。

"哥，我把打井的找好了。"玉柱给金梁说。

"唔，哪儿的？"金梁说。

"官村的社会。"玉柱说。

"噢噢。"金梁说。

"价钱也说好了，"玉柱说，"一口井二十八块钱。人明天就来。"

"噢噢。"金梁说。

听他们这么说话，看院子里的情景，不知底细的，会以为这是一个美满和睦的家庭。

街上突然响起一阵杂乱的脚步声。

"抓回来了！"有人喊着。

根兰和小艾支棱着耳朵，听着街的上动静。

"万泉媳妇昨晚上跑了。"金梁说。

有人慌慌失失冲进门说："万泉媳妇被抓回来了，给裤裆里灌凉水哩！"说完，又慌慌失失跑了。小艾还没反应过来，根兰已抓住了小艾的手。

"看去看去。"根兰说。

金梁想阻拦，根兰已拉着小艾出门了。他不放心地看了玉柱一眼。玉柱说去嘛。金梁放下木桶跟了出去。

万泉家的院子里围满了人，积雪被踩踏得不堪入目。人们脸上的表情比看电影还强烈。万泉媳妇被围在中间，又羞又怕，面如死灰。她的裤腿已被扎住了。万泉提来一桶凉水，放在女人跟前，伸手要解女人的裤带。女人躲闪了一下，挡着万泉伸过来的手，一脸乞求。

啪啪！两声清脆的耳光扇上了女人的脸。女人痛苦地捂着被扇过的地方，不再躲闪了。

万泉很容易地解开了女人的裤带。他舀起一勺凉水，朝女人的裤裆里灌下去。

女人不禁凉水猛烈地刺激，叫了一声，身子立刻挺直了，乌青的嘴唇颤抖起来。

哗，又一勺。

"活该！"有人说。

"给她灌出点记性来。"有人说。

万泉一语不发，在桶里舀着凉水。

哗。凉水往女人的裤裆里继续灌着。

"她跟你是不是一个地方的？"根兰问小艾。

"不是，"小艾说，"半路上聚在一块的。"

"就说么，说话不一个口音。"根兰说。

女人满脸乌青了，浑身打抖，随时都会栽倒。

"咱走吧。"小艾捅捅根兰。

"咋啦？"根兰问小艾。

"不咋。"小艾说。

"看会儿，再看会儿。"根兰说。

她们又看了一会儿。

那天晚上，金梁脱衣服睡觉的时候，看见小艾坐在炕上发愣，以为小艾还想着万泉媳妇的事。金梁说别想了万泉狗日就不是个人。小艾好像没听见金梁的话。金梁说睡吧，明天打井的要来打了井吃水就方便了。说着，就钻进自个儿的被窝里先睡了。他们睡一个炕，但不睡一个被窝。除了那一次，金梁再没动过小艾。他甚至有些后悔，尽管小艾没对他说过一句怨恨的话，可他还是有些后悔。小艾好像什么事情也没发生过一样，和根兰一起做饭扫院，也收拾屋子，给金梁端洗脸水，有时还和根兰说几句笑话，让金梁看着心里暖乎乎的。可是，一上炕，小艾就扎裤腰和裤腿。这时候，金梁的心就像猫爪子在抓一样难受。小艾就这么让金梁一忽儿暖乎乎一忽儿像猫抓一样。

以后的几天里，金梁没凿石头，他帮着打井的匠人社会打井。根兰小艾合伙做饭。玉柱在河滩上修船，送货的船坏了。玉柱中午不回家，让根兰给他送饭。

事情就出在送饭上。

打井的社会是个怪人，二十五六岁的样子，剃着光头。冬天也剃光头。我这人火气大，他说。他有一台黑白电视机，到哪儿打井就把它背到哪儿。从井里上来，浑身都是泥土，却不急着收拾，先去开那台电视，然后才洗脸洗手。我爱看新闻，他给根兰和小艾这么说。根兰说大白天哪有新闻让你看。她嫌浪费电，要关。社会不让。

等会儿等会儿也许一会儿就有了，他说。他一边吃饭，一边固执地瞅着电视机。

这时候，根兰就该给玉柱送饭了。

"你们吃，我给玉柱送饭去。"根兰说。

根兰送了两天。第三天中午，根兰刚说完你们吃我给玉柱送饭去，小艾就放下饭碗说，我也去。根兰有些为难，却不好拒绝，就看了金梁一眼。小艾知道他们不放心她，就端起饭碗，没再说话。根兰更为难了。

"去吧！想去就一起去。"金梁说。

小艾觉得很没意思，说她不去了。根兰很尴尬，拉起小艾说，不是我不想领你去我怕金梁哥舍不得让你出门走走金梁哥发话了咱就走。根兰硬拉着小艾走了。

没出什么事。小艾和根兰一起去，又一起回来了。金梁放心了，也有些羞愧，

然后，就有些激动了。他借了一辆自行车，骑了几十里地，到镇上的商店里买了几包方便面和一瓶罐头，晚上，把它们一样一样掏出来，放在柜盖上，让小艾吃。

"你吃不惯这儿的饭，你调调胃口。"他给坐在炕上的小艾这么说。

然后，又掏出来两本书，和那几样东西放在一起。

"我跟小学校的老师要了几本书。你是念书人，心烦了就念念。"他说。

小艾朝那两本书瞄了一眼，想笑，又绷住了嘴。

那是两册小学二年级的课本。

"这地方偏僻，没几个念书的人。"金梁说。

金梁上炕了，小艾却没像往常一样扎裤腰裤腿。那几条布带在炕头上放着，金梁看见了它们。金梁的心好像被蚂蚁咬了一下。没多咬，就咬了一下。他把布带扔给小艾，然后脱衣服。

金梁要钻被窝了，小艾还一动不动地坐着，不知想着什么，也许什么也没想。

金梁张张嘴，想说句什么话，一出口，却变成了另外一句。

"你把罐头吃了吧。"他说。

小艾还那么坐着，没动。

"我先睡了。"金梁说。

每天晚上金梁都要这么说一句，然后再睡。只有金梁知道，这句话一点也不多余。他并不想先睡。他想他要能跟小艾一块睡多好。他想也许有一天，小艾会接过他的话，和他说句什么。没有，小艾没有接过他的话。他总是心情凄凉地钻进他的被窝，然后再凄凉好长时间，再睡去。

现在，他又这么说了一句，心情凄凉地往被窝里钻进去。他知道，钻进被窝以后，他还会心情凄凉的。可是——

小艾叫了他一声。

"金梁……"小艾这么叫了一声，虽然很轻，他还是听见了。他有些不相信，以为他听错了。

"金梁……"小艾又叫了声。

这回，他听得真真切切。他把鼻子从被窝里抽出来，看着小艾。

是小艾。她叫了他一声。她没看他，但她确实在叫他，声音依然很轻。

他不知道他该不该回答她一声。

"你，你叫我？"他说。

小艾把头转了过来。小艾脸上的表情让他摸不透她的心思。小艾定定地看着他。

"你不想要我的身子了？"小艾说。

金梁立刻慌了。他没想到小艾会说这样的话。小艾的目光让他心里发毛了。他想起了那一夜，舌头上像缠了头发一样。

"那一次，我喝醉了，我心里难受。"他说。

他躲开了小艾的目光。

"我再也不会那样了小艾。"他说。

"金梁……"小艾又叫了一声。

金梁抬起头，看着小艾的脸。

"今晚上我愿意。"小艾说。

小艾说得很诚恳。但金梁不信。

"小艾，你别戏弄我。"他说。

"我没戏弄你，"小艾说，"我愿意。"

"你想通了？"金梁说。

小艾点点头。

金梁愣了半晌。然后，金梁胳膊一挑，就把被子抡到了炕墙里边，抬起身一跃，就跪到了小艾跟前，抓住了小艾的手。

"你，"他说，"想通了？"

小艾又点点头。金梁激动地叫了一声小艾，就变成了泪人。他抱着小艾，流着泪给小艾说了一串话。他说小艾我咋能不想你的身子我没一天不想把心都想干了。他把他的泪脸埋在小艾的怀里呜咽着，他说小艾我一想你和我睡一个炕你不愿给我做女人我的心就像刀子割一样我都想去死。那一夜，小艾和所有柔顺的女人一样，让金梁在她的身子上揉来攘去，使尽了气力。金梁一声声叫着她的名字，恨不能把他整个儿化进小艾的身子里边去。

他怎么能知道，小艾为什么要这么待他呢！

他很快就明白了。

十

根兰提着送饭的竹篮子，拉着小艾的手从沟边走，边走边给小艾指东道西，说着周围的山名地名。

"你看，那就是鸵鸟峰。说是像个鸵鸟。我没见过鸵鸟，谁知道像不像。这条沟叫羝角沟。咱走快点，我怕玉柱等急了，有你看的时候。这地方偏，可看着好看，比电影上照的那些山啊水啊的好看。"根兰说。

小艾好像有些目不暇接，东看西瞅，一脸好奇。

突然，她停住了脚步，看着沟底。根兰以为小艾看见什么新奇的东西，也停下来，往沟底下看。

没什么好看的。

"沟底下能有啥好看的，想看，啥时候让金梁哥带你……"

根兰话没说完，小艾突然推了她一把。她叫了一声，扭过头，没看清小艾的模样，就落下去。竹篮子像雀儿一样飞起来，又落下去，和根兰一块儿往下滚。

小艾看着往沟底下滚着的根兰，脸上的表情像木头一样。

"根兰姐，我跟你不一样。"她说。

她就这么说了一句，然后转过身，撒腿跑了。

根兰还在往下滚，像一件包着东西的衣服。

当玉柱和天泰几个人把血嗞糊啦的根兰抬回家的时候，金梁像被谁在头上敲了一闷棍，眼睛立马直了，身子立马僵了。玉柱说小艾跑了她把根兰推到沟里自己跑了我去追她。玉柱说完就和一伙人火急火燎地开着手扶拖拉机走了。出门时又给金梁扔了一句话哥你别怕根兰死不了小艾也跑不了。玉柱的眼里噙着泪花。人急了不光会红眼，也会气出眼泪，玉柱就气出眼泪了。

玉柱他们一走，院子里就安静下来。有人在屋里给根兰清洗着伤处。

打井的社会在井底下喊了几声，不见动静，就从井里爬上来。他很快就知道发生了什么事情。他用手抹抹光头上的泥土，走到台阶那里收拾他的电视机，要走的样子。

"干啥！"金梁突然吼了一声。他一直像木桩一样站着。他突然朝社会喊了一声。

社会说走啊你家出了这么大的事我想这井打不成了。

"放你的狗屁。"金梁说。

"噢噢还打啊。"社会说。他不收拾电视机了。"你说打咱就打井打个半截工钱难算。"他说。

金梁不吭声了。金梁一脸凶狠，把手慢慢攥成拳头，越攥越紧，要打人一样。

他没打人。他叫了一声，把那只拳头砸在了自己的脸上，鼻血哗一下流了出来。他知道他流鼻血了，但他不管，好像他鼻血太多，有意要放一些出来。社会看不下去了，在墙上抠下来两小块硬土，塞进了金梁的鼻子。

"血再多也不是这么个流法啊。"社会说，"我看你得睡一觉，人心焦的时候蒙头睡一觉就会好一些。"社会把金梁推进屋，拉了门。

金梁真睡了一觉。一觉醒来，他像换了一个人，不气也不急了。

那时候已是第二天早上，小艾被揪回来了，在根兰的炕跟前跪着。她没逃脱。在通往县城的路上，被玉柱他们追上了。他们揪着她的头发，拳脚相加打了她一顿，然后把她扔上了手扶拖拉机。她浑身是土，脸上一块青一块紫。有人给玉柱出主意，让扒光小艾的衣服游街，有人说断她一根懒筋让她一辈子拉着腿走路，不影响给金梁暖被窝给金梁一个热身子，也不影响生娃。玉柱没吭声。他把小艾揪在根兰的炕跟前，让小艾跪下。小艾扑通一声跪下了。玉柱说根兰挑筋断腿你说句话。他觉得怎么处治小艾，应该让根兰决断。根兰摇摇头，让玉柱出去，她说她想和小艾说几句话。根兰的头上手上都缠着纱布。她看着小艾，好长时间没有吭声。小艾有些受不住了，先开了口。

"根兰姐，我对不起你。"她说。

根兰的眼睛湿了。她拉住小艾的手说：小艾，你真是一块铁石头。

"你让他们弄死我吧。"小艾说。

根兰没接小艾的话茬。根兰说你走了我摔死了让金梁哥和玉柱咋活嘛。根兰说他们活得不容易他们人看着粗其实心肠都不坏。根兰说我咋也得给玉柱生个娃我原想你也许会给金梁生一个生在我的前头。

"有了娃在院子里跑来跑去，这个家就圆满了。"根兰说。

小艾也一脸泪水了。可是，小艾的心思和根兰不一样。

"我要走。"小艾说。

根兰说你走不了，处治万泉媳妇你是亲眼看见了的。这世上有几个人能想咋活就咋活？由不了你，随不了你的心。

小艾抱着根兰的胳膊哭了，哭得很伤心。

"金梁哥的命里也许没女人。"根兰叹了一口气，"看来，金梁哥难拴你的心了。"她说。

金梁和玉柱在院子里蹲着。他们都听见了根兰和小艾的谈话。他们不知道该怎么办了。

社会端着一杯热茶，朝他们走过来，蹲在他们跟前。

"我看，"社会咽了一口茶水，"这女人你们怕是留不住了。"

玉柱用红丝丝的眼睛瞪着社会。他想在社会的嘴上扇一巴掌，或者把茶杯夺过来，把那杯热茶水连茶叶一起泼在社会的脸上。

社会好像没看见玉柱的脸色，又咽了一口茶水。

"我看是留不住了。"社会说。

"呸！"玉柱给社会吐了一口。

社会躲了一下，没吐上。社会并不生气。

"玉柱，我说的是实在话。人不爱听实在话，这是人的毛病。"社会说。

玉柱还要吐，被金梁拦住了。金梁说玉柱你别和社会较劲他没说错，留不住就让她走吧。

玉柱眉头一跳说：你就知道个走！人走了，钱呢？

金梁不吭声了。

"钱呢？"玉柱说。

社会又开口了。社会说的话是金梁和玉柱都想不到的。

"如果愿意，你们把她给我，我给你们钱。"

玉柱和金梁眼睛直了，看着社会。社会不像说耍话。他一脸诚恳的表情。

"这是个商量的事。"他说，"她要走，你们又治不住她，到头来就是个人财两空的下场。"

"我打断她的腿，让她躺在炕上，我养着。"玉柱说。

"这何必呢，"社会说，"看着是你和她过不去，其实是你自己和自己过不去。"

"打你的井吧你，这事和你无关。"玉柱说，"我们治不住她你就行？你有日天的本事？"

"也许我就真有日天的本事。"社会说。

"做媳妇？"玉柱说。

"这你别管。"社会不愿露底，"你拿你的钱，钱子儿不少给你。你要不放心，咱让你们村长当个证人，咋样？这儿不好说话，咱去村长家说。说说总行吧？你不撒手，有你的人在，你怕啥？"

事情竟越谈越真了。

开始的时候，玉柱连想也不愿想。金梁说玉柱我已经死心了也许社会说的也是一条路。玉柱松动了一些。玉柱说要谈你谈去我不去我咽不下这口气。金梁说我去你也去该咽的气再难咽也得咽。玉柱说你真的不想留她了？金梁说我想留可留不住她是个人又不是猫狗能拴住。玉柱不再说话了。

第二天一早，他们和社会一起找了一趟天泰。村长天泰说留不住就给社会算屎了。不过这事可要想好接了社会的钱就不能反悔。社会说为了以后不麻烦咱写个合同。金梁和玉柱都没反对，天泰就写了一份合同。天泰把合同念了一遍，问行不行。他们都说行。天泰说行了就按手印。他取出一盒印色，让他们一人在合同上按了一个红手印。天泰说行了行了社会你交钱。社会说村长你是证人也得按个手印。天泰说对对我忘了这茬儿我按我按。天泰按完手印又说，我再把村委会的章子给你们盖上章子比手印气派。他们都觉得天泰的主意好。天泰又给合同上盖了公章。天泰说社会你现在该给金梁点钱了。社会说事太急不顺手差一千块过几天给。天泰问金梁和玉柱行不。玉柱说不卖了。社会看着天泰。天泰说金梁我看这个小艾是不行了等老梅来了再找合适的啥胳膊配啥袖子就给社会算屎了。天泰说社会又不是跑户走户再说还有合同差的钱就缓几天吧。金梁接了社会的钱。

当天晚上，社会就把小艾扶上了一头毛驴，又把那台电视机递给小艾，让小艾抱着，走出了后村。小艾问拉她去哪儿。社会说先到我家住一夜明天送你去县城。小艾以为社会要送她回家。小艾说你的心咋这么好？社会说爹妈给的没办法。小艾问金梁和玉柱为啥会放她走。社会说我给了他们一点钱。小艾说我一回到家让我爸妈给你寄钱来。社会说寄不寄无所谓钱是人身上的垢痂。小艾说我没骑过驴老觉得要摔下来。社会说你可要抱好我的电视机摔碎了我的损失可就大了。

一到社会家，几个人就把小艾挟起来，装进了一条装粮食的口袋。社会已下井了。社会家后院里有一口水井。"往下溜。"社会在井底下喊着。

他们把口袋拴在井绳上，溜了下去。

十一

井底下有一孔窑，是放红薯用的。现在，窑里铺着一堆干草，干草上铺着塑料布和被褥。被褥上坐着小艾。社会说小艾实话给你说吧我从金梁手里把你买过来了当然是给我做媳妇我跟金梁一样打了多年光棍了，说完就把小艾扑倒在被褥上，撕小艾的衣服。小艾把两只手伸成鹰爪样，在社会脸上狠抓了一把。社会叫了一声，跳开了。社会的脸上立刻现出来几道指印。他摸摸脸，疼得直咧嘴。

"流氓！"小艾喊着。

"是啊是啊。"社会说，"不流氓，咋能把你弄到这儿来，到底是念过书的人，骂得很准。"

井上边的人问社会上不上井，他们等得不耐烦了。社会把头朝土窑里伸出去朝井上喊了一声：你们走吧我自己能上去。井上边的人走了。社会又转过头，对小艾笑着。

"这是我家的井，"他说，"打井的时候就挖了这窑，放红薯的，没想到会放媳妇，连我都觉得有些稀奇古怪。"

"你放我出去。"小艾说。

"要出去就得跟我睡一个炕。我妈把房子和炕都收拾好了，跟井底下比天上地下。"

"不要脸你。"小艾说。

"要脸就要不到媳妇，这个账我还能算过来。"社会说，"只要你给我做媳妇，你天天叫我不要脸都成。我把名字改成不要脸也成。"

小艾说不出话来了，一下一下出着气。社会往小艾跟前凑了凑，小艾的手立刻伸成鹰爪。社会不凑了。社会说你是不是又想抓我不动你了你想不通我就是把衣服剥光也弄不成事这又不是往墙上钉木橛子。小艾说把你的臭嘴弄干净些。社会说乡下人的嘴肯定不如你们城里人干净乡下人不刷牙嫌刷牙麻烦。社会说你要愿意的话我可以天天刷牙。小艾又不说话了，她感到社会太不要脸，不要脸到这种地步。说什么也是白费口舌。

但社会还想说。社会说我不是金梁，金梁那一套我看不上，我有我的手段。我这手段是给金梁家打井的时候突然想出来的。我给你在这儿铺上毛毡塑料布褥子被子我看你往哪儿跑除非你往水里扎。

小艾的头要破了一样。小艾抱住头嘶声叫了起来：

"你放我走！"

两串泪珠豌豆一样从小艾的眼眶里滚了出来。

"那你哭一会吧，"社会说，"有时候哭也能哭走一些伤心。我妈伤心了就一个人哭，哭完了该做啥还做啥。"

小艾真哭了，把头埋在胳膊里，哭得很伤心。社会在一边蹲着，很有耐心地听着小艾哭。

"要哭就好好哭一回。"社会说。

小艾哭了一会儿，止住了声。

"不哭了？"社会说，"不哭了咱继续说。其实也没啥说的，你跟我圆房，我就让你上井。"

"我肚子饿了。"小艾说。

"噢噢，我肚子也饿了。"社会摸摸肚子，"我上去吃点东西，下来再和你说话。当然，我不会给你带吃的，也许饿你几天，你就会想着跟我圆房的。"

社会嬉皮笑脸地又说了几句，就从井筒子里爬上去了。他胡乱吃了一顿。他妈和他爸问他这办法行不行。他说这种办法过几天才能见效，一时半会儿还不行。他妈做了两个荷包蛋，让社会给小艾送下去。社会说，妈，你这是毁我的事情哩，她有吃有喝有住，还能跟你娃成事嘛你。他把那两个鸡蛋吃了。他妈看看他爸。他爸说就听他一回吧。

第二天早上，他们没给小艾送饭。中午也没送。晚饭的时候他妈不依了，端着饭碗朝社会喊叫了社会你想饿死她是不是？社会说妈你说错了饿死她我到哪儿弄媳妇这种机会可不是想有就能有。社会他妈说饿死她你让鬼给你做媳妇去。社会说我在一本书上看过人七天七夜水米不沾牙才能饿死。社会他妈说放屁我今儿非要给她送饭。社会她妈让社会他爸把她往井下送。社会他爸拿出那条口袋，拴在井绳的铁钩上，让社会他妈坐进去。

"我来我来。"社会看他妈动真的了，要自己下井。社会他妈给社会吐了一口，让社会他爸把她往下溜。

"毁了。"社会把头仰在脊背上，朝天说了一句。

"毁了。"他又说了一句。

"溜。"社会他妈说。

社会他爸摇动了辘轳。

事情确实毁了，但不是因为小艾吃了社会他妈送下去的饭，而是另有原因。先是社会他妈发现小艾犯恶心，想呕吐，再是金梁到社会家来了一趟，后来又加进了镇上派出所的赵所长，几个原因搅和在一起，就把事情闹大了。

社会他妈是在另一次下井送饭时发现小艾犯恶心想呕吐的。她问了小艾几句话，然后就慌慌失失让社会他爸把她吊上去，一上井就说：小艾怀孕了。她不知道她在井下边和小艾说话的时候井上边发生了什么事情。

"小艾怀孕了！"她说。

话一出口，才看见金梁也在井台边上站着。

他们都愣了。

十二

　　金梁来社会家，是因为镇上派出所的赵所长。

　　那天，赵所长把他那辆破三轮摩托骑到了后村，还没到村长天泰家就熄了火，怎么也发动不起来。那辆摩托常犯这种毛病，说不定就会在哪儿停下来，给赵所长添点麻烦。也多亏是赵所长，不知有什么手段，最终总能让它重新动弹起来。所以，到什么地方去，他都要骑着它。

　　"天泰，天泰，快叫几个人给我推推摩托。"他站在天泰家门口喊着。他大概有五十岁了，有一口满是茶渍的黄牙。

　　天泰走出门，朝街道两边看看，没人。

　　"走走，我给你推。"天泰说。

　　他们把那辆摩托推进天泰家。天泰婆娘端上了茶水。四个娃要坐摩托，被天泰赶走了。

　　"去去，这摩托不敢动，动坏了你爸赔不起。"

　　"天泰你别讽刺我。"赵所长边收拾摩托边说。

　　天泰说我没讽刺你我怕那几个熊娃胡动真弄坏了耽误你的事。说完，嘿嘿笑了两声，蹲在摩托的另一边。

　　"你也是，所长都当了几年了，也不换个新的。坏到我这儿好说，咋也得给你管饭，你慢慢修。坏到半路上咋办？"天泰说。

　　"能有油让我跑就不错了，还换个新的。上个月的工资还拖欠着哩。"赵所长说。

　　"那你还给他跑尿个啥？"天泰说。

　　"你以为我爱跑？我整天盼退休哩，年龄不到嘛，不跑咋办？"赵所长说。

　　"你没事肯定不来。"天泰说。

　　"废话。"赵所长说，"你们村又买了几个外地媳妇是不是？"

"没有啊。"天泰说。

"你这屎人还跟我要花子。你们村买了那么多外地媳妇，我问过没有？其他事没人说，我也会管，这号事找不到我门上，我不会管的。"

"咋啦？"天泰多少有些紧张。

"里边是不是有个叫小艾的？"赵所长说。

"咋啦？"天泰说。

"她父母找到县公安局了，你说我管不管？"赵所长说，"我不管，上边找我的麻烦。"

"没这么个人。"天泰说。

"我这回可是认真跟你说话哩，天泰。"赵所长说。

"我们村肯定没这个人，你要是找出这么个人来，我跟你坐牢去。"天泰说，"不信你找去。"

"我也没说一定就在你们村。我这个行当，就是个捕风捉影。"赵所长说。他递给天泰一根纸烟，自己也叼了一支。天泰凑过去，给他点火。

"你啥风不能捕啥影不能捉偏要捕捉人家的媳妇？"天泰说。

"你这村长当的，连个法律都没有了。法律把这叫拐卖妇女哩。"赵所长说。

"法律也是人定的嘛。"天泰说。

"人定的是人定的，可不是你跟我定的，对吧？"赵所长说，"总不能让人家父母天天在公安局哭丧吧？"

"你把女人捕捉走了，买女人的光棍汉也一样全家哭丧。"天泰说。

"你这人咋没一点人情味儿？"

"你这话就说得不对了。不是我没人情味儿，是咱俩的人情味儿不在一个地方。"天泰说。

"这话也对。"赵所长说。他站起来，拍拍手。

"修好了？"天泰说。

"试火试火。"赵所长说。

一试火，真好了。赵所长骑上去，要走。

"不吃饭了？"天泰说。

"吃。"赵所长说，"我出去遛一圈。你给咱准备饭。"说着，人和摩托一块儿出门了。

他到金梁家遛了一趟。根兰一个人在家。他说金梁玉柱呢？根兰说河滩去了。

他说噢噢，边说边瞄着几个屋子。根兰说找他们有事？他说没事没事。根兰说不坐了？他说不了不了你咋啦头上缠那东西？根兰说不小心摔到石头上了。他又噢噢了两声，走。他到天泰家吃了一顿饭，说了几句闲话就回镇上去了。

当天晚上，他又转了回来，还领着几个派出所的人。他们敲开了金梁家的门。

他们没找到要找的人。

"人呢？"赵所长问金梁和玉柱。

"两个都在你跟前站着，另一个是我婆娘，在被窝里，要看？"玉柱说。

"哎你个玉柱，你婆娘咋了？你以为我不敢看？我偏要看你领路。"赵所长说。

屋里确实只有根兰一个人。

"对不起对不起。"赵所长说。

"说个对不起就行了？"玉柱说，"半夜三更打门叫户，没看我只穿了一件单衣服，感冒了咋办？下回来带些感冒药，反正你是公费医疗。"

"行啊行啊。"赵所长说。

他们没找到小艾。他们去了万泉家，把万泉媳妇弄上摩托车带走了。万泉像挨刀一样号叫了半夜。

第二天，金梁起得很早。他说他一夜没合眼，他想看看小艾，他不放心。

"社会不是个正经人。"他说。

"你是没事找事。"玉柱说。

根兰说想去就让金梁哥去向社会要欠的一千块钱。她知道金梁在为小艾担心。

"这钱不能要了。"玉柱说。

"看看也不成？"根兰说，"金梁哥你去你的。"

金梁就去了社会家，就知道了社会把小艾溜到了井里。他说社会你咋能把人弄到这种地方？社会本来就对金梁来他家不高兴。社会说弄到啥地方是我的事与你无关。金梁说你把她弄上来。社会说你出去。金梁伸手就给了社会一耳光。社会闪开了，摸了一根棍说：金梁你想打架是不是？金梁说你把人弄上来。社会说我不要打架你就别往跟前来。这时候，社会他妈在井底下摇着井绳，要上来。

就这么，金梁知道了小艾怀孕的事。

十三

金梁红脖子涨脸一口气跑回家，抓住玉柱的胳膊直摇晃，半晌没说出话来。

"咋啦咋啦？"玉柱紧张了。

"小艾怀孕了！"金梁说。

根兰立刻从厨房颠出来。

"小艾怀孕了！"金梁说。

吃过饭，金梁和玉柱又去了社会家，和社会进行了一次激烈的谈判。社会他爸也在。他们说话都很直接，一点弯儿不拐。

"是是，我是差你一千块钱，我不赖账，我给。"社会说。

"我不要钱了我要人。你的钱我退，我带钱来了。"金梁说。

"这钱我不接。咱是订了合同的，想要人找你们村长去，让他来要。"社会说。

"村长来也不行。"社会他爸说。

"他敢来？我扇他耳光！"社会说。

"她怀了我的孩子。"金梁说。

"凭啥说是你的？我跟她也睡了。你红口白牙可不能胡说。人在我家里，咋能怀上你的孩子？再胡说，我可就不客气了。"社会说。

"你敢！"金梁说。

"人急了啥事都能做出来。"社会说。

"王八蛋！"金梁说。

社会噌一下站起来，被他爸拉住了。

"坐下坐下。"他爸说，"咱不跟他吵，不跟他闹，咱凑钱，明天就把钱送过去。"

"我不要。"金梁说。

"那就是你的事了。"社会他爸说。

金梁气得浑身打着抖。

"金梁，这不是生气的事，这是个讲理的事。"社会他爸说。

玉柱一直没吭声。他一直盯着社会和社会他爸的脸。他知道说不下去了，就站起来。

"回。"他给金梁说。

金梁说："事情没说倒，咋能回？"他不回。

"回！"玉柱朝金梁吼了一声。

"还是玉柱明智。"社会他爸说，"明天一早，我让社会把钱送过去。"

"你等着，我会来取的。"玉柱说。

"不要钱！"金梁说。

玉柱拉着金梁的胳膊往外走。

"我不会要钱！"金梁扭过头又喊了一声。

当天晚上，社会和他爸就把钱凑够了。第二天早上，他们哪儿也没去，等着玉柱和金梁来取钱。快吃早饭了，还没等来。

"他们不会来的。"社会说。

"再等一会儿。吃过早饭还不来，咱就送过去。"他爸说。

"妈你做饭。"社会给他妈说。

砰一声，大门被撞开了，有人跑进了院子，喊着：

"社会你快！金梁、玉柱领着人来了！"

社会一步就跳到院子里。

"在哪儿多少人？"他说。

"快到村口了，一大伙人都拿着家伙。"那人说。

社会的脸立刻变白了。社会他爸把钱塞进炕洞，也从门里跳出来。

"叫本家户族的往村口走，能上的全上。"他爸说。

社会应了一声，取下屋檐下的镢头提着，跑出去叫人去了。

社会和本家户族的人涌到村口的时候，玉柱金梁带领的一群人刚好赶到。他们还抬着担架，准备运送伤员。

社会和他爸并不怯火，等着。

金梁、玉柱他们到跟前了，停了下来。两边的人互相看着，紧握着手里的家伙。

"还看啥？"玉柱突然说了一声，"上！"

打斗就这么开始了。他们立刻搅和成一片。镢头、铁锨、棍棒，带着风声，朝对方的头部腰部腿部抡去。石头、砖头和拳头，拍砸出各种结实的声响。劳动的工具一旦成为战斗的武器，劳动的躯体也就不是躯体了，是肉，是一种坚韧或者脆弱的东西，承受着袭击。也只有在这种时候，强壮的肌体才会焕发出一种非人的疯狂。本来他们是互相认识的，见了面会亲热地打招呼，以后也还会亲热地打招呼，但这会儿，他们是战斗者。他们只想着打倒对方。打！打他们这些狗日的！他们打昏了头，打花了眼，有人竟把家伙抢到自己人的身上。这时，被打的就会跳起来骂一声：你狗日的咋往我身上抢！

有人用坚硬的牙齿，咬住了对方身上的一块肉。

很快就有了呻吟声，因为有人已躺在了地上，不知什么地方流着血。

玉柱的对手是社会。他很快打倒了他。他骑上去，揪住社会的两只耳朵，往地上磕社会的头。社会说玉柱你放开我咱有话慢说。玉柱不放。玉柱知道他一放开社会就会跳起来说不定会把他弄倒然后磕他的头，所以他不放。他一下一下磕着。他感到抓耳朵磕不如抓头发磕，但社会是光头，只能抓耳朵。

金梁一开始就瞄准了社会他爸。社会他爸知道不是金梁的对手，就跑，边跑边喊人过来对付金梁。所以金梁一直没打上他。金梁一定要打上他，放倒他。金梁到底没把社会他爸放倒，有人抢了金梁一棍，打在了腿弯处。金梁腿一软，跪了下去。社会他爸笑了一下，正要往金梁跟前扑，一块砖头有力地拍在他的肩膀上，他呻吟了一声，也跪在了地上。

如果不是社会他妈，打斗还会继续下去。可是，社会他妈来了。

"别打了！别打了！小艾让公安抢走了！"她朝打斗的人群失声

……的声音小了。

……艾让公安弄上摩托开走了！"社会他妈说。

……没了。

……和社会社会他爸都从地上爬起来，瞅着社会他妈。然后，

"肯定是赵所长。"金梁说。

"就是就是从后街走了。"社会他妈说。

"咋办？"社会看着金梁和玉柱。

"还不快起来，追！"社会他爸说。

"追！"玉柱说。

能爬起来的人都爬起来，提起各自的家伙，跟着金梁玉柱和社会跑了。他们合成了一个群体。

"抄近路！"社会他爸朝他们喊着。

他们很快就看见了那辆三轮摩托车。

十四

赵所长像狗一样，很快就嗅到了小艾的下落。他激动了一会儿，然后发动了他的那辆三轮摩托，把它开到了社会家。他没费一点周折，因为社会他妈一看见他，牙齿就打战，没等问话，就供出了小艾。她取出那条口袋，拴在井绳钩上溜下去，和赵所长合力把小艾从井底下弄了上来。

"赵所长他们在村口打仗哩。"社会他妈说。

"噢噢。"赵所长说。

"你让他们别打了，你是所长说话管用。"社会他妈说。

"噢噢。"赵所长说。

他没去村口。他从后街走了。他想把小艾送到镇上，然后再回来管他们。他小看了他们的胆量，也忽视了他的那辆摩托车。摩托车在不该坏的时候坏了，怎么也发动不起来。他睁着眼，看着金梁玉柱社会和一大群人从沟坡上滚下来，提着各式各样的家伙。越来越近了。他蹬酸了脚腕，硬是没让他的三轮摩托叫唤一声。他知道一时半会儿没法让它跑起来，索性不蹬了，点了一根烟，等着人群往他跟前跑。小艾焦急地叫了几声所长。赵所长说："你别怕，咱是正义的一方，咱有法律，他们不敢把你咋样。"他擦了一把头上冒出的汗水珠子。

呼啦啦一阵脚步，他就被围住了。最前边的金梁玉柱社会愤怒地盯着他。他想给他们做个笑模样，做出的却是一个哭笑都不是的表情。

"把人放下。"社会说，口气很硬。

"为啥？"赵所长尽量让他的声音绵软一些。

"她是我花钱买的。"社会说。

"你看是这，"赵所长说，"我是奉命行事，没办法，有话咱到镇上去，慢慢说。"

"少废话，不交人，我们就动手了。"社会说。

"你们这么弄要犯法的。"赵所长说。

"我们顾不得了。交人不交？"社会说。

"不交。"赵所长从皮带上解下一副手铐，"谁跟我胡来，我就铐谁。"他说。

"抢！"玉柱喊了一声。

赵所长举起手铐喊着："不准动！"

"打！"社会喊了一声。

人群发出噢的一声，把赵所长和他的摩托车还有小艾，一起淹没了，拳脚从各个方向砸向赵所长，把他的正义和法律砸得没了踪影。

"别打骨头，打残废就麻烦了！"社会给人群喊着。

没人打他的骨头。他们只是把他打倒了。他们从他身上踩踏过去，架走了小艾，然后又掀翻了那辆摩托。赵所长从地上爬起来，人群和小艾不见了，只有他的那辆不争气的三轮摩托倒在一边，正燃烧着。不知谁把它点着了。他看着燃烧的摩托车，终于做出了一个笑模样。刚才他想给他们做，做得不好。现在他做出来了。他感到额头上有些疼，摸摸，那里肿了一个包，一摸更疼。他想起他给小艾说的话，觉得很可笑。

这时候，小艾正在金梁和社会的中间。他们一人拉着小艾的一只胳膊。他们发生了争执。

"小艾不能去你家。"金梁说。

"也不能去你家。"社会说。

"不管去哪儿，也不能让赵所长知道。"玉柱说。

"对对，"社会说，"小艾暂时归咱两家管，把事情说倒，该去谁家就去谁家。"

这一次他们没吵，也没打。他们暂时达成了一致意见。他们把小艾安置在一个隐秘的地方，又开始了谈判。

谈判是在金梁玉柱家进行的。根兰做了几个下酒菜，让他们边吃喝边谈。他们没动筷子。他们的心思不在酒菜上。

金梁几乎要哀求社会了。金梁说社会你就把小艾让给我你比我年轻有的是机会。

社会不同意。

"我是比你年龄小，可我爹妈年龄大了，我娶不下女人，他们睡觉不踏实。"社会说。

"就非要跟我争一个女人？"金梁说。

"没办法，咱们遇上了。"社会说。

"她怀了我的孩子。"金梁说。

"你咋又说这话？"社会很不高兴了，"这风传出去，将来生下娃，我咋面对世人？人都说社会的娃是金梁的，你让我咋往人面前走？"

"总不能把一个女人撕成两半吧？"玉柱说。

"我也是这话。"社会说。

"说啥我也要小艾。"金梁说。

"我跟你一样。"社会说。

他们谈了一个晚上又一个白天，事情说不倒。

"咱有合同嘛。"社会突然想起了那份合同，"咱拿合同说。"

"拿合同就拿合同，合同是两家订的，黑白不由一家说。"金梁说。

他们叫来了村长天泰。天泰说你们这官司难断我断不了。社会急了。社会说天泰你好赖也是个村长你不能这么做事签合同的时候你咋说的？天泰说我当初也是为了你们两家好现在好不了你让我咋说？社会说那咱就去镇上。天泰说这也是个办法镇长官比我大也许他能断这个官司。

"去镇上不能少了你。"社会说。

"当然当然，我跟你们一起去，该我说话我就说。"天泰说。

他们怕赵所长找事，但他们很快就不怕了。小艾在我们手上，他能找个啥事？

他们就去了镇上。

十五

事情进行得很快。这是他们没想到的。

镇政府文书把他们让进一间屋子，给他们每人倒了一杯水，说：镇长让你们等会儿，县上来了几个人正谈话哩。

"啥人？"社会说。

"我没问，你们等等。"文书说。

文书闭上门出去了。一会儿，门又开了。进来的不是镇长，也不是文书，而是赵所长。赵所长额头上的包已经下去了，留着一块紫颜色。

"听说你们要来。"赵所长说。

赵所长一说话，金梁玉柱和社会就不紧张了。天泰站起来想跟赵所长握手。他一到镇政府，见人就握手。

赵所长没和他握。

门大开了。进来几个公安，每人手里提着一副手铐，把金梁玉柱社会铐了。把天泰也铐了。

他们都瞪圆了眼睛。

"这是咋么回事赵所长？"天泰说。他比金梁他们经多见广，很镇静。

"你这是官报私仇！"社会朝赵所长叫喊起来。

"你们都参与了拐卖妇女，犯了法。"赵所长说。

"我也是？"天泰想不通。

赵所长对天泰点点头。

"这怕是冤枉我了。"天泰说。

"治了你的罪，你就知道了，"赵所长说，"村委会的公章不是要货，想往哪儿盖就能往哪儿盖。"

"噢噢。"天泰似乎明白了。

赵所长端过一杯茶水，不慌不忙地喝着。

"等把小艾接来，就送你们去县上。"赵所长说，"这回弄得阵势很大，公安局长也来了，还领着小艾的父母。小艾的母亲把咱镇长教训了好大一阵。那是个厉害女人，说话像刀子一样。你们这地方这么落后，她说，普法教育搞了几年了，群众连一点法律常识都没有，你这镇长也有责任。镇长的脸直发烧。镇长说当然当然，不过说句心里话，在这种地方，让省长来也出不了彩，说不定还不如我哩。镇长不服气。小艾母亲说我心疼女儿，更气你们这儿的人践踏法律。那狗日的女人。

赵所长像拉家常一样，和几个戴铐子的人这么说着。

院子里开进来几辆摩托车。小艾被接来了。小艾扑在她妈怀里哭了很长时间。然后，他们看着公安们，把金梁玉柱社会和天泰一个一个押上了一辆面包车。

“小艾。”有人叫小艾。

是根兰。她不知什么时候来了。

小艾走到根兰跟前，想说什么，又说不出来。她拉住根兰的手，叫了一声根兰姐。

“你看你，害了多少人……”根兰说。

小艾直想哭。

面包车开动了。小艾她妈叫小艾上摩托车。小艾就上了摩托车。

金梁坐在面包车里，一直看着前边摩托车厢里的小艾。他没想他们会怎么处治他，他想着小艾。

“你们要把小艾咋办？”他问赵所长。

赵所长觉得这话问得很可笑。

“你没看人家父母来了？”赵所长说。

“她怀着我的孩子。”金梁说。

赵所长觉得这话更可笑。

“怀你的孩子是怀你的孩子可孩子是非法的肯定得打掉。”赵所长说。

“放屁！”金梁站起来，涨红着脸。

“你坐下，你坐着，车一摇把你闪倒了。”赵所长说。

金梁慢慢坐下去，低着头，一声不吭了。

到县城跟前了。摩托车拉着小艾和小艾父母，要去县政府招待所，拉金梁他们的面包车，要去看守所。金梁突然一跃而起，从车门里撞出去。

“小艾！”他撕心裂肺地喊了一声。

摩托车厢里的小艾扭过头来，看着金梁。金梁被摔倒了，从地上爬起来，跌撞到小艾跟前。

“小艾，你怀了我的孩子。”金梁说。

小艾点点头。她突然觉得金梁很可怜。她感到她心里有一种复杂的感受。她不想欺骗他。

"你要弄掉他，是不？"金梁眼巴巴地看着小艾。

这回，小艾没点头，也没摇头。她不愿伤害金梁。她想给他说几句什么话。

摩托车突然叫了一声，开动了。

"小艾！"金梁绝望地叫着。

"你不能……"他喊着。

两个公安架起金梁，往面包车上拉。金梁固执地拧着脖子，看着那辆越跑越远的摩托。

在看守所，他们见到了老梅和二女。老梅掏出一盒纸烟，给他们散发着，很轻松的样子。玉柱和社会抽了老梅的烟。金梁没抽，他还想着小艾和小艾肚子里的孩子。天泰也没抽，他憋了一肚子冤枉，一个人蹲在一边，一点一点嚼着，连话也不愿说。

一个月以后，他们被判了罪，劳改去了。老梅最重，是五年。二女三年。金梁玉柱和社会各一年。最轻的是天泰，半年，监外执行。

一年后，金梁玉柱和社会三个人背着行李卷，一块儿走出劳改农场的大门。金梁不愿跟玉柱和社会回去。他说他要去找小艾。玉柱知道拦不住，就没吭声。社会说金梁你就把心收了吧。金梁什么也没说，一个人走了。

他真找到了小艾家。小艾认出了他。小艾给金梁倒了一杯水说：金梁你坐我没想到你会来。金梁不坐。金梁说我的孩子呢？小艾低下头，顺下了眼。小艾说金梁我对不起你。正好小艾她妈推门走进来，一看见金梁就往外赶。金梁说我要我的孩子来了。小艾她妈说出去出去赶快出去我们家没人认识你。金梁给小艾她妈笑了一下。小艾她妈说别跟我嬉皮笑脸的肯定是在劳改场学来的。金梁的脸突然变了。他从行李卷里抽出一把刀子，捅进了小艾她妈的肚子。

"这也是从劳改农场学的。"金梁说。

小艾她妈大张着眼，捂着肚子往下倒着。

金梁没再捅。金梁转脸对小艾说：小艾，我每天都看见你的模样在我眼跟前晃来晃去。我没办法。

小艾抱着头，尖叫了一声。

金梁又被判了罪。这一次是十五年。玉柱和根兰去监狱看他的时候，他说现在我心里干净了再不用想着弄媳妇的事了你们好好过日子吧。玉柱给金梁点着头。根兰不停地擦眼泪。

这时候，老梅已经出狱了。他使了钱，减了刑。他想改行，改了几次，都觉着不顺手，就继续做老营生，流通女人了。当然，他没去后村，他把地方挪在了更北边的一个省份，所以，他不知道金梁又一次被判刑的事。他又弄了几个女人，要领着她们北上了。

（原载于《小说家》1995年第4期）